ジェームズ・クラベル
綱淵謙錠 監修
宮川一郎 訳

将軍

James Clavell
SHOGUN

1

扶桑社

SHOGUN(VOL.1)

by James Clavell

Japanese translation rights arranged with Leopard Publishing
Company Ltd., London
through Tuttle-Mori Agency, Inc., Tokyo.

日本語版への序文

『将軍』は、過ぎし日のロマンスであり、フィクションではありますが、歴史上の事実に基づき、歴史上の人物に想を得て書いたものですので、あるいはみなさまに御迷惑をおかけし、御辛抱を願う点もあるかと思い、最初にお詫びいたしておきます。

この小説は慶長五（一六〇〇）年を再現しようとしたものであります。もちろん、徳川幕府の誕生をめぐる物語は、日本では数多くの書物や映画になっております。しかし、私の知る限りでは、英語で書かれたものは一冊もありません。そこに登場する人物たちの名は、みなさまにとっては、きわめてよく知られたものであるはずですが、私がその名を変えて登場させていることもお詫びしなくてはなりません。私は物語作者であって歴史家ではありませんので――その点への御非難もあるかと思いますが――一人のガイジンが、たとえ外国には知られていないとはいえ、みなさまがよく御存じの国民的な英雄たちの言行を実名で書くことは、僭越《せんえつ》なことのように思われたわけであります。

というわけで、『将軍』は、徳川家康に関する実話ではなく、吉井虎長という（日本語ではそれほどではないかと思いますが、英語にすると響きのよい名）、稀《まれ》にみる賢明な大名が、将軍職に就きたいと思ったわけではなく――本人がいうには――日本を再び惨めな戦国の姿に戻したくないと願い――本人がいうには――平和を確立し、合わせて、卑しい生まれから身を起こして武将となり、日本統一の偉業を成しとげ、幼い一子と美貌の側室を残して死んだ一人の英雄の遺志を継ごうとする話であります。

それ見ろ、やはり日本の歴史物語ではないか、とおっしゃるかもしれません。そうかもしれません。しかし、私は史実を語るつもりはありません。もちろん私は現実らしく見せるために全力を尽くしましたが、物語はあくまで物語なのであります。そういえば叱られるかもしれませんが、『将軍』は、ガイジンがガイジンのために書いた小説です。とはいえ、この人たちは驚くほど日本について無知であり、日本のすばらしい文化と芸術のことを知りません。その人たちに、日本の姿を初めて見る機会をもってもらおうと思ったのが『将軍』です。幸い、何百万もの方に、初めて、日本とその歴史、その文化を見てもらうことができました。しかし、その展望のほとんどは簡略すぎるほどのものです。また、間違いもあります。間違いのいくつかは故意にしたもので、いくつかは作者が日本人でないため、認識のいたらないことによります。日本のある種のことは、説明のできることではありません。外人が外人にしようと思っても――時には日本人でもわからないとおっしゃいますから。真に理解するためには、日本人に生まれなければならないでしょう。その意味では、『将軍』は、鏡に映した世界なのであります。

残念ですが、私は日本語が書けませんので、訳者の方の手をわずらわすことになり、すべてをお預けしたのですが、一つだけお断りするのを許されれば、英語版の『将軍』は、熱烈な親日の精神で書かれた物語であり、私は全力を傾けて、正確でありたいと努力しました。私は日本のためを願いました。心から。

それでは、最後にもう一度お願い申し上げますが、どうぞ、最初の数ページをお読みください。もしお気に召したら、また少しお読みください。そしてお時間がいただければ、私の案内で、一六〇〇年に〝神国〟に流れ着いたイギリス人ジョン・ブラックソーンと近づきになってください。この男の〝縁《カーマ》〟は、日本の身分の高い女性に恋し、日本を愛し、侍となるように定まっておりました……

一九八〇年七月

カリフォルニアにて
ジェームズ・クラベル

将軍 1

女よりも船が好きな、海の男のなかの男が二人いた。
いま本書を、その英国海軍《ロイヤル・ネービー》の大尉たちに捧げる。

著者ノート

本書の執筆にご協力いただいたアジアならびにヨーロッパのすべての方たち——すでに亡くなられた方も含めて——に謝意を捧げたい。

カリフォルニアにて

序章

強風が体をひきちぎらんばかりに吹きつける。風がはらわたに食い込んでくる。あと三日のうちに陸地を発見して上陸できなければ、全員が死ぬだろう。今度の航海では、あまりにも多くの人間が死んだ。おれは死の船団の水先案内人の少佐だ。五隻だった船のうち、残ったのは一隻、一〇七名の乗組員のうち、残ったのは二八人。しかも、歩けるのはやっと一〇人で、そのほかのものはほとんど死にかけている。船団長もその一人だ。食べ物は全くない。水もほとんどない。少しばかり残っている水は塩気があるうえに濁っている。

男の名は、ジョン・ブラックソーン。前方見張りの〝だんまり〟のサラモンのほかには甲板にいるのは彼一人だけだ。サラモンは風をよけ、物陰にしゃがんで、前方の海を見つめている。

船は突風に揺らぐ。ブラックソーンは椅子のひじかけにつかまって、船がきしみながら元にもどるのを待つ。この椅子は、後甲板の舵輪《だりん》の近くに縄でくくりつけてある。船の名はエラスムス、二六〇トン、三本マスト、ロッテルダム発の武装商船で、大砲二〇門を搭載している。

この船は、新大陸の敵を壊滅するために、オランダから送り出された最初の遠征軍の船のなかの唯一の生き残りである。そして、マゼラン海峡の秘密を解き、そこを通った最初のオランダ船であった。四九六人の船員はみな志願者だった。そのうち三人のイギリス人――水先案内人二人と、士官一人――を除けば、あとはみなオランダ人だった。彼らの使命は、新大陸におけるスペイン人とポルトガル人の財産を略奪し、焼き払うこと、永久的な貿易拠点を開設すること、オランダ領土として永久的な基地となるような新しい島々を太平洋に見つけること、そして三年以内に故国へもどること、であった。

プロテスタントのオランダは、カトリックのスペインと四〇年以上も戦争状態にあった。オランダにとっては、憎むべきスペインの支配の枷《かせ》を断ち切るための戦いだった。オランダは、ときにはホランド、ダッチランド、またはロウ・カントリー(低い国)と呼ばれるが、法律的には、いまだにスペイン帝国の一部だった。イギリスはオランダにとって唯一の同盟国だが、キリスト教国のなかでは最初にヴァチカンと袂《たもと》を分かった国であり、プロテスタントになってから七〇余年になる。イギリスもまた、過去二〇年、スペインと戦争状態にあり、オランダとは一〇年ほど前から公然と同盟を結んでいる。

風は一段と強まり、船が傾いた。嵐用の上檣帆《じょうしょうはん》を除いては、マストから全部帆を下ろしてある。それでも潮と嵐が、船を暗闇の水平線のかなたへと強く押しやっている。

嵐はもっと強くなるだろう、暗礁《あんしょう》や浅瀬も増すことだろうと、ブラックソーンは思った。

そのうえ、未知の海だ。よかろう、おれはこれまで海と闘ってきた。そして、いつも勝ってきた。これからも必ず勝ってやる……

マゼラン海峡を通ったイギリス人としては最初の水先案内人、そう、そして、アジア水域を航海する最初の水先案内人だ――世界を自分のものだと信じている何人かのポルトガルやスペインの野郎どもを除けば。この海に乗り入れた最初のイギリス人――

〝最初〟がいくつも並んでいる。そうだ、その〝最初〟を勝ちとるために、実に多くの人間が死んできた。

もう一度、ブラックソーンは風に向かってにおいをかいでみた。しかし陸地らしいにおいは感じられない。海のかなたを探してみるが、見えるのはただ暗く灰色にたけり狂う海だけだ。海藻の一片もなければ、砂の浅瀬を暗示する水の色の変化もない。右舷《うげん》のかなたに、暗礁のとがった突起が一つ見えるが、それとて陸地には縁のないものだ。ここ一ヵ月の間、岩礁に船は脅かされてきたが、陸地の影は見たこともない。この大海原には果てがないと、ブラックソーンは思う。よかろう、そのために訓練されたようなものだからな――未知の海を航海し、その海図を作り、そして故国に帰るためにな。ところで故国を出てから何日目だ。一年と一一ヵ月と二日か。最後の上陸地はチリだった。あれから、八〇年前に初めてマゼランが航海した太平洋と呼ばれる海を横断しはじめて一三三日目になる。

ブラックソーンは飢えていた。口も体も壊血病のために痛む。羅針盤で船の向きをチェックしようと、目をこらし、およその位置を算出しようと努力した。現在地を航海日誌に書き込んでしまえば、彼は太平洋のこの地点では安全になるだろう。彼が安全ならば、船も安泰であり、ともに日本という国にたどり着けるだろう。あるいは、キリスト教徒のブレスター・ジョン王と、その〝黄金の帝国〟さえも見つけることができるかもしれない。伝説によれば、そいつは中国の北のほうにあるそうだ。中国がどこにあるにせよだ。

そして、財宝の分け前を手に、再び船に乗って西に向かい、世界を一周した最初のイギリス人水先案内人として故国に帰る。帰ったらもう二度と航海には出ない。二度と出ないぞ、息子の首にかけても。

強風にあおられてブラックソーンの夢想は破れ、我に返った。いま眠るとだめだ。眠ったら二度と目が覚めないだろう。そう思って、腕を伸ばし、張った背中の筋肉をほぐし、外套《がいとう》の前をかき合わせた。帆の具合を確かめ、舵輪が縄で固定されているのを確認した。舳先《へさき》の見張りは起きている。ブラックソーンは忍耐強く席に腰を据え、陸地の見えることを祈った。

「下に降りていいですよ。よかったら、私が見張りを引き受けますから」三等航海士のヘンドリック・スペッツが舷門から足をひきずるように出てきて言った。顔は疲労で血の気がなく、目は落ちくぼみ、肌は荒れて土気色になっている。ヘンドリックは羅針儀箱にのめるようにもたれると、体を安定させた。少し吐きたいらしい。「ちくしょう、オランダを発った日が恨めしい」

「航海士はどうした、ヘンドリック」

「寝棚の中ですよ、あいつは、あの難破ベッドから出られないんですよ。出てきませんよ、こんな、この世の終わりみたいな日にはね」

「船団長は」

「食べ物だ、水だと言いながら、うめいていますよ」と、言って、ヘンドリックは唾を吐いた。

「若鶏を丸焼きにして、その上からブランデー一本ひっかけて、銀の皿に盛って持ってきてやるとでも、あいつに言ってやろうかな。ちくしょう、難破野郎の大ばかめ」

「いいかげんにしろ」

「わかりました。でもあいつは、ほんとに大ばかで、あいつのおかげでこちとらも死ぬようなもんだ」若者はそう言うと、吐き気をもよおし、胃液を吐き出した。「ちくしょう、助けてくれ」

「下へ行け。明け方になったら上がってこいっ」

ヘンドリックは、空いている椅子に苦しそうに身を沈めた。「下へ行くと死人のにおいがするんだ。もしよければ、見張りをやらせてください。コースはどうなってます」

「追い風まかせだ」

「あんたが約束した上陸地点はどこです。日本はどこです。どこにあるんです」

「前方だ」

「いつになっても〝前方だ〟。ばかばかしい。我々が受けた命令には、未知のところへ行けというのはなかった。いまごろは、こんなに腹をすかすこともなく、聖エルモの火を追いかけることもなく、無事に故国に帰っているころなんだ」

「下に行け。そうでなけりゃ、黙ってろ」

ヘンドリックは、この背が高く、ひげを生やした男から、ぷいと目をそらした。いったい、我々はいまどこにいるのだろう。彼は聞いてみたかった。どうして、あの秘密の航海日誌を見せてもらえないのだろう。でもおまえなら水先案内人にこんな質問をしてはいけないのはわかっている。特に、そのことはな。それはそれとして、オランダを発ったころのように元気だったらなあと思った。そうしたら、こんなふうに我慢しやしない。いますぐに、薄青い目をたたきつぶし、その腹の立つようなうすら笑いを、顔から吹っ飛ばしてやるのに。そして、いままでの報いに地獄に突き落としてやる。そしたら、おれが船長で水先案内人だ。つまりオランダ人が船を動かすことになる――外国人でなくてな。そして、あの秘密が我々の手に入る。間もなく、オランダはおまえらイギリスのやつらと戦うんだからな。おれたちだって、同じものが欲しいのさ。この海を支配し、すべての貿易航路を押さえ、新大陸を支配し、スペインをやっつけるためにな。

「たぶん、日本なんてどこにもありゃしねえ」と、ヘンドリックが突然つぶやいた。「とんでもねえ伝説さ」

「確かにある。北緯三〇度から四〇度の間だ。さあ、しゃべるのをやめるのか、下へ行くのか」

「下は死臭がするんだ。水先案内人」ヘンドリックはぶつぶつ言いながら、どうにでもなれというふうに前方を見ている。

ブラックソーンは操舵席の中で体を動かした。今日はいつもより体が痛い。おれはほかのだれよりも運がよかった。ヘンドリックより運がよかった。いや違う、運がよかったのではない。みんなより、用心深かっただけだ。ほかの連中は気にもせずに果物を食べてしまったが、おれはとっておいた。注意もしてやったのだ。だからいま、おれの壊血病は軽いが、みんなは絶えず出血し、腸は下痢を起こし、目は炎症でひりひりし、歯はゆるんだり抜けたりしている。なぜ人間は、ひとの言うことをきかないんだ。

みんながおれを恐れているのはわかっていた。船団長でさえもそうだし、みな、おれのことを嫌っている。しかし、嫌われて当たり前だ。なぜなら、海上では指揮をとるのは水先案内人だからだ。航路を設定するのも、船を動かすのも、港から港へ船を運ぶのも、みな水先案内人のおれのすることだ。

海図はほとんどなく、あっても役に立たないほどあいまいなもので、どこを航海するのも危険だらけだ。そのうえ、経度を測る方法が全くないといっていい。

「経度を測定する方法を見つけるんだ。そうすれば、世界一の金持ちになれるぞ」と、彼の先生であるアルバン・カラドックが言ったものだ。「その難問に答えが出せれば、女王はきっと、一万ポンドと公爵の位をくださる。あのくそくらえのポルトガル人ならもっと出すぞ……例えば、黄金でできた大帆船をくれるかもしれない。スペイン野郎だったら二万ポンドだ。陸地が見えないときは、なあ坊主、いつもおまえらは迷子も同然なんだ」それからカラドックは、少し間をおいて、いつものように彼に向かって、悲しそうに首を振ってみせたものだ。「迷子も同然だ。もし……」

「もし航海日誌がなければ」と、ブラックソーンはカラドックに教えられ、よく勉強したことを思い出し、楽しそうに叫んだ。あのときは一三歳だったが、アルバン・カラドックにはその一年も前から師事していた。水先案内人であり、船大工であったカラドックは、ブラックソーンの亡くなった父親代わりとなったが、決して彼を殴ったりせず、彼やほかの少年たちに対して、船を造る秘訣や、海のことについていろいろ教えてくれた。

航海日誌は、水先案内人が自分で行ったことのある海について、詳細に観察したことを書き記した小型の本のことである。それには、港、岬、岬の鼻、海峡などを結ぶ磁石の羅針盤によるコースが書き込まれている。そのほか、水深や水の色、海底の状態なども記録されている。そして、どのようにしてそこに到達し、どうやって引き返したか、一つの航程に何日を費やしたか、風がいつ、どちらから吹いたかという風のパターン、どんな海流がどこからどう流れていたか、嵐の時間、順風の時間、さらには、どこで船を修理し、どこで水を補給するか、味方がいるのはどこか、敵はどこにいるか、浅瀬、暗礁、潮の満ち干《ひ》、避難場所など、安全な航海に必要なすべてが記録されている。

イギリス、オランダそしてフランスは、各自の海域の航海日誌は持っていたが、そのほかの世界の海域を航海したことのあるのは、ポルトガルとスペイン人の船長ばかりであった。そして、この両国はすべてその航海日誌を秘密にしていた。新大陸への海路の秘密を教える航海日誌、またはマゼラン海峡や喜望峰の謎を明かしてくれる航海日誌――両海路とも、ポルトガル人の発見である――、そしてアジアへの海路などは、ポルトガルとスペインの国宝として守られ、両国の敵であるオランダとイギリスは、この秘密を必死になって探し求めていた。

だが航海日誌は、実際にはそれを書いた水先案内人、それを手で書き写した人、それを印刷したごく少数の印刷屋、またはそれを翻訳した学者だけにしかわからなかった。つまり航海日誌には誤りのある可能性があり、その誤りはときとして故意のものであるからだ。水先案内人は、自分でそこへ航海してみないかぎり、正確なことはわからなかった――少なくとも一度は。

海の上では、水先案内人は指導者であり、ただ一人の案内者であり、また船と乗組員についての全権を持つ者だった。後甲板から、ただ一人で指揮をとるのが水先案内人である。

水先案内という商売は、よくまわる酒みたいなものだと、ブラックソーンは思う。一度飲んだら忘れられず、また欲しくなり、それがなければいられなくなる。ほかの連中が死んでもおまえが生きていかれるのは、ひとつにはそいつのおかげだ。

ブラックソーンは立ち上がると、甲板の排水孔に排尿した。それから、羅針盤のそばの砂時計の砂が下に降りきるのを見て、ひっくり返すと、船の鐘を鳴らした。

「ヘンドリック、ずっと起きていられるか」

「うん、大丈夫だと思う」

「舳先の見張りの交代員をだれかよこす。そいつが風をよけずに、ちゃんと風の中に立って見張りをするように監視しろ。そのほうが、見張りは頭がはっきりして、起きていられるんだ」

ブラックソーンは、船を風上に向けて、夜の間、停泊させたほうがいいかどうかと一瞬考えたが、それはやめにして、昇降階段《コンパニオン》を降りて、船首楼のドアを開けた。階段は船員の部屋につながっていた。船室は船の横幅と同じ広さで、一二〇名の男たちの寝棚やハンモックを収容している。暖かい空気が彼を包んだ。ブラックソーンは、この暖かさに感謝し、船底から上がってくる相も変わらぬ悪臭は無視することにした。二十数名の男たちのなかで、寝棚から起きだしてくる者は一人もいなかった。

「マエツッカー、起きろ」と、彼はオランダ語で言った。それはいわゆるオランダで使われたフランカ語であり、ブラックソーンはポルトガル語、スペイン語、ラテン語と同様にこの言葉を完璧に話すことができた。

「おれはもう死にそうだ」と言うと、この小柄で顔つきの鋭い男は、寝棚の奥にもぐってしまった。「おれは病気だ。見ろよ、壊血病で歯は全部抜けちまった。助けてくれっ。このままじゃみんな死んじまうぜ。あんたがいなけりゃ、いまごろは、おれたちはみな無事に故国に帰っていたところだ。おれは商人だ、水夫じゃない。乗組員じゃないんだ……だれかほかの者にしてくれ。ヨーハン、そこに……」と、言いかけて、ブラックソーンに寝棚から引きずり出され、ドアにたたきつけられて悲鳴をあげた。口のまわりに血がにじみ、そのままのびてしまった。その横腹を激しくけられて、マエツッカーは意識をとりもどした。

「顔をちゃんと上げて、おまえが死ぬか、さもなくば我々が上陸できるまで上で見張れ」

マエツッカーはドアを開けて、苦しそうに出ていった。

ブラックソーンは、ほかの男たちに目をやった。みんなこちらを見ている。「ヨーハン、気分はどうだ」

「いいよ。このぶんなら生きられそうだ」ヨーハン・ヴィンクは四三歳、砲手長で掌帆長であった。乗組員のなかではいちばん年長だった。頭がはげていて、歯もなかった。古い樫《かし》の木のような肌の色をして、体も檻《おり》のようにがんじょうだった。六年前、極東への北回り航路を探る航海にブラックソーンと一緒に出かけ、結果は失敗だったが、二人はお互いの人物を認め合うことができた。

「おまえさんの年じゃ、たいていの仲間は死んでるな。だからおまえさんがいちばん先だな」

ブラックソーンは、三六歳だった。

ヴィンクは笑ったが、明るさはない。「そこにブランデーがある。そいつと姦通と聖なる人生とで、おれはここまで生きてきたさ」

だれも笑わなかった。そのとき、だれかが棚を指差した。「水先案内人、甲板長が死にました」

「死体を上にあげろ。洗って、目を閉じてやれ。おまえと、おまえと、おまえとでだ」

今度は、素早く男たちは寝棚を出ると、協力して、死体を半ば引きずるような格好で船室から運び出した。

「ヴィンク、夜明けの見張りをしてくれ。ギンセル、おまえは舳先の見張りだ」

「わかりました」

ブラックソーンはまた甲板に引き返した。

ヘンドリックはまだ目を覚ましており、船は順調に進んでいた。見張りを終わったサラモンがよろめきながら彼の横を通った。その様子は生きているというより、死にかけており、強風に当たった目は真っ赤にはれあがっている。ブラックソーンは甲板を横切って、別のドアに行き、下へ降りた。その階段は船尾の大きな船室に続いていた。そこには船団長の部屋と弾薬庫があった。ブラックソーンの船室は右舷にあり、反対側の左舷には、通常は三人の航海士の部屋があった。いまは、貿易長のバッカス・ヴァン・ネックと三等航海士のヘンドリック、それにボーイのクロークが使っていた。三人とも病気が重かった。

ブラックソーンは船長室に入っていった。船団長のパウルス・スピルベルゲンが、寝棚に横たわってうとうとしていた。彼は背は低いが血色がよく、いつもは肥満体だがいまはすっかりやせて、腹の皮がたるんで、ひだになっている。ブラックソーンは秘密の引き出しから、水の入った罎《びん》を取り出して、少し飲ませてやった。

「ありがとう」と、スピルベルゲンは弱々しい声で言った。「陸はどこだ、陸はどこだ」

「前方です」もはや彼自身も信じてはいなかったが、ブラックソーンはそう答えると罎をしまい、部屋を出た。泣きごとに耳をかす気はなかった。この船団長がますます嫌いになった。

いまからちょうど一年ほど前、彼らはティエラ・デル・フエゴに着いた。折しも風は、未知のマゼラン海峡に向かって突入するのに都合よく吹いていた。しかし船団長は、上陸して金と宝物を探すように命じた。

「とんでもない。あの浜を見てください、船団長。こんな荒れた土地に宝物などあるわけがない」

「伝説によれば、ここには金が豊富にある。そして我々はこの土地を、栄光あるオランダの領地とすることができる」

「スペイン人は、もう五〇年間もここに勢力を張っているんですよ」

「たぶん……しかし、このような南端まではどうかな、水先案内人」

「これだけ遠い南では、季節が逆になっています。六月、七月、八月は、ここでは真冬です。

航海日誌によると、海峡を通過するにはタイミングが最も重要です。風が数週間のうちに変わってしまいます。そうしたら、我々はここにくぎづけになります。何ヵ月もの冬の間」

「あと何週間だって」

「航海日誌によると八週間です。しかし、季節は毎年同じとはかぎりません」

「それでは、我々は二週間ほど探険しよう。それでも時間は十分ある。そして必要ならば、再び北上して、もう二、三の町を略奪しよう。どうだ、諸君」

「船団長、いま海峡を通過せねばなりません。スペイン人は、太平洋にはほとんど軍艦を持っておりません。しかし、この海域には連中がうようよしており、我々の姿を捜し求めています。いますぐ出発せねばならんのです」

しかし、船団長はブラックソーンの意見を採らず、決定を他の船長たちの投票にまかせ、イギリス人一人と三人のオランダ人からなる水先案内人に相談しなかった。その結果、無益な略奪のための上陸を行うことになった。

ところが去年は、風の変わる時期が早くきて、結局、彼らはそこで冬を越さなければならなかった。船団長はスペインの艦隊が怖くて、北上するのもやめた。再び彼らが出帆するまでには四ヵ月がかかった。それまでに船団の乗組員のうち一五六名が、飢えと寒さと出血で死んだ。一行はロープのカバーの子牛の皮を食べて飢えをしのいだ。マゼラン海峡の激しく吹き荒れる風の中で、船団は散り散りばらばらになった。エラスムス号は、チリ沖合いの合流地点に到達できたただ一隻の船だった。そこで、エラスムス号はほかの船の到着を一ヵ月待ったが、やがてスペイン船が近づいてきたので、未知の海への航海を始めたのだった。持ってきた秘密の航海日誌は、チリのところで終わっていた。

ブラックソーンは廊下をもどって、自分の船室のドアの鍵を開け、中に入ると、また鍵を掛けた。船室の天井に低く梁《はり》が出ており、手狭だったが、よく整理されていた。机の前に座ろうとして部屋を横切れば、梁が頭につかえることになっている。引き出しの鍵を開けて、チリの沖合いのサンタマリア島から、ずっと、細心の注意を払ってひそかに蓄えてあったリンゴの最後の包みを、そっと開いた。リンゴは小さくて、傷んでいた。腐ったところにはカビが生えていた。四分の一ほど切り取った。中に二、三匹のウジがわいていた。ブラックソーンは、ウジをリンゴと一緒に食べた。古くからの海の男の言い伝えによると、リンゴのウジは果物と同じくらいに壊血病に効果があるという。ウジを歯茎にすりこむと、歯が浮き上がって抜け落ちるのを防ぐということだった。ブラックソーンは歯が痛かったし、歯茎もはれていたのでそっとおとなしくリンゴを噛んで食べた。それからワイン用の皮袋から水をすすった。水は塩からかった。そのあと、残りのリンゴを再び包んで引き出しに入れ、鍵を掛けた。

ネズミが、頭の上にあるランプの光の陰をちょろちょろと走っていった。木がきしんで、心地よい音を立てた。ゴキブリが床を這いずり回っている。

おれは疲れた。ひどく疲れた。

ブラックソーンは寝棚に目をやった。長細いわら布団が彼を誘っていた。

ああ、ほんとに疲れた。

一時間ほど寝たほうがいいと邪心が告げる。ほんの一〇分でもいい。そうすれば、一週間はすっきりするのだが。何日もの間に、わずか数時間しか寝ていない。それも、ほとんどは冷たい甲板で寝たのだ。寝なくてはならないぞ。寝ろ。みんなはおれだけが頼りなんだ。

「いや、やめておこう。明日、寝ることにしよう」と、彼は声に出してそう言った。そして、気を取り直し、箱の鍵を開けて、航海日誌を取り出した。もうひとつのポルトガル語の航海日誌は、だれも手を触れた形跡はなく、無事だったので安心した。彼は汚れていない羽根ペンをとって書きはじめた。

一六〇〇年四月二一日。第五時。未明。チリのサンタマリア島より一三三日目。南緯三二度。海は依然として波高く、風強し。帆の状態前日に同じ。海の色は鈍い灰緑色、非常に深い。依然として二七〇度にコースを取り、順風に乗って進み、北北西に転回。船足よし、時速二リーグ。半時間前、北北東方向半リーグの距離に巨大な三角状の岩礁を目撃。

昨夜、壊血病で三人死ぬ。縫帆手ヨリス、砲手レイス、二等航海士デ・ハーン。船団長依然病気中のため、彼らの霊を神のみもとに送ったあと、自分が死体を埋葬布に包まずに海に投じた。埋葬布を作る者がいないため。本日、甲板長リイクロフ死ぬ。

本日の正午の天測はできず、本日も曇りのため。しかし、我々はなお予定の航路上にあり、日本への上陸は近いものと推測する……

「近いとはいつのことだ」彼は、頭の上にぶら下がっているランプに問いかけた。そいつは船の縦揺れに合わせて揺れている。どうやって海図を作る。何か方法があるはずだと、すでに一〇〇万回も自分で自分に言ってきた。だが、経度をどうやって決めるか。何か手があるだろう。野菜を新鮮に保つにはどうする……壊血病とは何か……

「それは、海が出血するんだという話だぞ、坊主」と、アルバン・カラドックが言ったものだ。彼は腹もでっぷりしていたが、心も広くて、大きな男だった。もじゃもじゃのグレイのひげを生やしていたっけ。

「じゃ、野菜を煮て、そのスープを持っていけば」

「腐ってしまうよ。いままでだれも、野菜の貯蔵法を発見した者はいない」

「もうじき、フランシス・ドレイクが出帆するんだってね」

「だめだ。おまえは行けないぞ」

「ぼくはもう一四歳みたいなもんだし、ティムとワットが行くのは許してやったんでしょ。あの船は見習いの水先案内人を募集してるんだよ」

「あの二人は一六だが、おまえはまだ一三だ」

「フランシス・ドレイクは、マゼラン海峡に挑戦しにいくという噂だよ。それから北へ海岸をさかのぼって、未探険のカリフォルニアスというところまで行くんだって。そして太平洋と大西洋をつなぐアニアン海峡を発見するんだって。カリフォルニアスから、ずっとニューファンドランドまで行き、あの北西航路を……」

「北西航路なんてあるのかな。坊主、その伝説を証明した者は、まだいないぞ」

「ドレイクならやるよ。あの人はいま大将で、ぼくたちの船はマゼラン海峡を通る最初のイギリス船となるんだし、最初に太平洋に行くんだし、最初に……ねえ、こんなチャンスはもうこないよ」

「いや、チャンスなんかいくらでもある。それにドレイクにしても、マゼラン海峡の神秘を破ることなどできはせんよ。ポルトガルの航海日誌を盗んで手にいれるか、ポルトガル人の水先案内人を捕らえて案内でもさせないかぎり不可能な話だ。何度言ったらわかるんだ、水先案内人に必要なのは忍耐力だ。忍耐を学べ、坊主。おまえは十分な……」

「お願い」

「だめだ」

「どうしてさ」

「というのはな、ドレイクは二、三年、いや、もっと長い間航海をするかもしれん。弱い者や若い者にくれる食べ物は粗末で、水もわずかしかもらえんぞ。そして、五隻出航しても、ドレイクの船しか帰ってこんだろう。おまえなぞ、生き残れるもんか、坊主」

「それならぼくは、あの人の船に乗るということで契約するよ。ぼくは強いんだから、合格するぞ」

「よく聞くんだ。私は、サン・フアン・デ・ウルアで、ドレイクと一緒にジュディス号という五〇トンの船に乗っていたことがある。我々はミニオン号のホーキンズ提督とともに、港の外に出ようとして、くそくらえのスペイン野郎と戦った。我々はギニアの奴隷をスペイン領メインに売っていたのだが、その貿易のためのスペインの許可を持っていなかった。やつらはホーキンズをだまして、我々の艦隊を罠《わな》にかけた。やつらの船は一二隻で、我々は六隻。やつらのうちの三隻を沈めたが、我々も、スワロー号、エンジェル号、カラベル号、そしてジーザス・オヴ・ルーベック号を失ってしまった。ああ、確かにドレイクは、我々を罠から救うために戦い、我々を故国に連れもどしてくれた。しかし、生き残ってこの話をできるのはたったの一一人だ。ホーキンズの船は、一五人だ。四八〇人の愉快な船乗り仲間がたったそれだけになったんだ。いいか、ドレイクは非情な男だ。彼は栄光と黄金だけが望みだ。それもドレイク自身のためだ。その証拠にはあまりにも多くの海の男たちが死んだんだ」

「でも、ぼくは死なないよ。ぼくは……」

「だめだ。おまえは一二年間ここで修業することになっている。期限はまだあと一〇年残ってる。それからあとは自由だ。それまでは、つまり一五八八年までは船の造り方や動かし方を勉強するんだ。それまではおまえは、船大工と水先案内人の親方《マスター》で、ロンドン水先案内組合《トリニティー・ハウス》の組員であるこのアルバン・カラドックの命令に従わなければならない。それがいやなら、水先案内人の免許をとることはあきらめるんだ。免許がなければ、おまえはこのイギリスの海域の中ではどの船にだって水先案内人として雇ってはもらえない。またどこの海域に行ったとしても、ヘンリー王の法律があるかぎり、後甲板から指揮をとることはできない。またそいつは、あのあばずれ女のメアリー・チューダーの法律なのだ。つまり、女王の法律なんだ。この法律よ永遠なれ。これはかつてなかったほどの最良の海の法律なんだ」

ブラックソーンは、そのとき、いかに自分の親方と組合を憎んだかを思い出す。組合は一五一四年、ヘンリー八世によってつくられた。すべてのイギリス人の水先案内人と、その親方の養成と、免許授与に関する独占権を持つ団体だった。そして一二年という拘束の期間を憎んだものだ。しかし、あれをやらなかったら、自分の望んだものを何一つ手に入れることはできなかったろう。だが、三年間消息を絶っていたドレイクと、彼の一〇〇トン船ゴールデン・ハインド号が奇跡的に本国にもどってきて栄光に包まれる姿を見たとき、ブラックソーン少年は、さらにアルバン・カラドックを憎む気になった。ゴールデン・ハインド号は、世界を一周した最初のイギリスの船となり、いままでにない高価な略奪の獲物を持って帰った。それら金、銀、香料、延べ板の類は一五〇万ポンドにものぼるものであった。

だが五隻のうち四隻を失い、一〇人に八人の割合で人が死に、ティムとワットも死んだ。そして、捕らえたポルトガル人の水先案内人がマゼラン海峡を通って太平洋にドレイクを導いたという話は、親方の予言したとおりだったが、それとて彼の憎しみを和らげるものではなかった。ドレイクが一人の士官を縛り首にしたこと、礼拝堂のフレッチャー師を放逐《ほうちく》したこと、また、北西航路の発見に失敗したことなども彼の国民的な名声を損なうものではなかった。女王は、宝の五〇パーセントを受け取り、ドレイクにナイトの爵位を与えた。遠征のための金を調達した商人や上流の連中は三〇〇パーセントの利益を得た。そして、次の海賊航海用の資金も出すと申し出た。また船乗りたちも、こぞって彼と航海すると言い出した。なぜなら、ドレイクは宝を略奪し、無事に帰国したのであり、宝の分け前にあずかった少数の生存者は一生を豊かに暮らせる身分になったからだ。

このおれも生き残ってやるぞと、ブラックソーンは思う。生き残ってやるんだ。その暁には、財物のおれの分け前は、きっと、ふんだんに……

「前方に、暗礁はっけーん」

その叫び声は、聞こえる前に彼に感じたというほうがいいだろう。そのあと、風の音に混じって、再び悲鳴が聞こえてきた。

彼は船室を出ると、階段を後甲板のほうに駆け上がった。心臓が高鳴り、のどがはりついたようになっている。夜はまだ暗く、雨はどしゃ降りだ。瞬間、彼はうれしいものを見つけた。何週間か前に作った雨受け用の袋が、間もなく、いっぱいになろうとしていたからだ。水だ。ブラックソーンは、横なぐりの雨に向けて大きく口を開け、その甘さを味わった。それからスコールに背を向けた。

ヘンドリックは恐怖のために動けなくなっている。舳先の見張りのマエッッカーは、舳先ですくんでおり、前方を指差しながら、訳のわからないことを叫んでいる。ブラックソーンもまた前方に目をやった。

暗礁はほとんど二〇〇メートルくらいの先に近づいていた。黒い岩は肌をむき出し、飢えた波が砕けて散っていた。白い波の線は前方左舷方向にも右舷方向にも広がり、ところどころで切れている。強風で波が巨大なうねりとなって盛り上がり、闇の中へ突進していく。船首の揚索が、ぴしっと音を立てると、いちばん高いところにある帆桁《ほげた》が飛んでしまった。マストは根元のあたりががたがたしているが、まだ大丈夫だった。しかし海は、情け容赦なく船を死へ追い込んでいる。

「全員、デッキに出ろ」と、ブラックソーンは大声で叫び、鐘を激しく打ち鳴らした。

その音で、ヘンドリックは我に返った。「もうだめだ」と、彼はオランダ語で叫んだ。「おお神よ、お助けください」

「全員をデッキに上げろ、このばか。おまえが居眠りしていたからだぞ、おまえら二人が居眠りしていたからだ」ブラックソーンは、彼を階段のほうへ突き飛ばすと、舵輪を握り、スポークを固定していた綱をほどき、全身に力をこめて、思いきり舵を左いっぱいにきった。

舵が潮流に逆らう。ブラックソーンはありったけの力をふりしぼった。船がきしむ。舳先は徐々に速度を増しながら、向きを変えはじめた。風が吹きつけ、間もなく船は、波と風に対して舷側を向けた。嵐用の帆はいっぱいにふくらみ、けなげにも重い船を前進させようとしており、綱という綱はいっぱいに緊張して、風にあおられてうなっている。波は彼らの前にそそり立ち、船は暗礁と並行して進みはじめた。そのとき、大きな波が押し寄せてくるのが見えた。ブラックソーンは船首楼から出てきた男たちに大声で注意すると同時に、自分も身を守るべく舵輪にしがみついた。

波が船の上に落ちて、船が傾き、もうやられたかと思ったが、船は濡れたテリア犬のように身震いして水を払い、波の谷間に躍り出た。水は甲板排水溝から滝のように流れ落ちた。ブラックソーンはあえぎ、息をついた。気がつくと、葬式をするつもりで甲板に置いてあった甲板長の死体がなくなっていた。そして、前のよりも大きそうな波が襲ってくるのが見えた。ヘンドリックがさらわれ、浮き上がると、もがきながら舷側を越えて海にほうり出されていった。また別の波が甲板に荒れ狂い、ブラックソーンは片腕を舵輪にからませて、波をやりすごした。見るとヘンドリックはもう左舷から五〇メートルも離れている。砕けた波は彼を引きもどし、巨大なうねりとなって彼を船よりも高く持ち上げ、彼の姿はしばらくそこにあって悲鳴が聞こえていたが、やがて、波は彼を連れ去り、岩の突端にたたきつけ、その姿を消し去ってしまった。

船は進もうとして、波に鼻を突っ込む。また一本の揚索が素っ飛び、滑車と車軸とがぶら下がって風に吹かれていたが、帆綱にからみついてしまった。

ヴィンクともう一人が後甲板にたどり着き、手伝うと言って舵輪につかまった。ブラックソーンの目に、右舷に顔を出している暗礁が見える。前よりも近くなっている。前方と左舷にはもっと多くの暗礁がある。しかし、あちこちに、通れるすきまがあることはある。

「ヴィンク、マストに登れ、前檣帆《ぜんしょうはん》だ」一歩一歩、ヴィンクと二人の船員が前檣の横静索《シュラウド》を登っていった。下では、彼らを手助けしようと水夫たちが綱を引っ張っていた。

「前方を見張れ」ブラックソーンが叫んだ。

波が甲板に砕けて散り、それと一緒にまた一人がいなくなったと思ったら、甲板長の死体がまた船にもどっていた。舳先は、海から高く上がったかと思うと、再び下へ突っ込み、甲板に波をかぶる。ヴィンクと二人は綱を外れた帆を呪った。突然、帆が落ちて、風をはらんで開くと、まるで大砲のような音がした。そして船が傾いた。

ヴィンクと助手の二人は、宙にぶら下がり、海の上で揺れていたが、やがて一人ずつ降りはじめた。

「暗礁、前方」ヴィンクが、叫び声をあげた。

ブラックソーンともう一人が舵輪を右舷のほうに回した。船はしばらくためらっていたが、間もなく向きを変えた。そのとき、ほとんど水面に出ていない岩が舷側に当たり、船は悲鳴をあげた。だが、岩に対して斜めにぶつかったため、岩の突端のほうが崩れ、船の外板は無事で、男たちは胸をなでおろした。

ブラックソーンは、前方の暗礁のなかにすきまを見つけ、そのほうへ船を向けた。風はますます強く、波はますますたけり狂ってきた。船は強風にあおられ、急に向きを変えた。すると、握っていた二人の手を振り払って舵輪がぐるっと回ってしまった。二人は力を合わせて舵輪をつかまえ、進路を立て直した。しかし、船は酔っ払ったようにつんのめったり、横を向いたりする。波は甲板を洗い、船首楼になだれ落ち、隔壁に一人の男をたたきつけ、甲板は上甲板同様に水浸しとなった。

「ポンプを用意しろ」ブラックソーンが叫んだ。二人の男が降りていった。

雨が彼の顔に強く降りしぶき、痛くて目を開けていられない。羅針儀箱の明かりと船尾の停泊灯は、もうずっと前から消えてしまっている。そのときまた、強い風にあおられて船はコースから外れ、男たちは滑ってひっくり返り、舵輪をつかんでいた男の手は再び振り払われた。男は舵輪のスポークに頭を殴られ、悲鳴をあげて倒れ、波にさらされた。ブラックソーンは彼を起こして、あわ立つ波が通り過ぎるまで抱きかかえていた。だが、よく見ると、男はすでに死んでいたので、彼は男の体を操舵席に座らせた。次の波が後甲板を洗うと、男は影も形もなくなった。

暗礁の中のはざ間は風上寄り三度の方向にあった。しかし、力のかぎりやってみても、船はその方向に向いてくれない。死にもの狂いで別の出口を探したが、ほかにはないのがわかっただけだった。仕方なく風下に船を回してスピードをつけ、再びいっぱいに風上のほうに向けた。船は少し進んで、コースに乗った。

船の竜骨が、水面下のカミソリのようにとがった暗礁の先をこすったとき、船は泣くように、うめくように音を立てて振動した。乗組員のだれもが、船底の樫の板が真っ二つに割れて、水が入ってくる姿を想像した。船はコントロールを失い、よろめきながら進んでいる。

ブラックソーンは手助けを呼ぼうと、大声を出してみたが、だれも聞こえないらしかった。やむをえず、彼は一人で波に逆らって舵輪と闘った。一度は横に飛ばされたが、手探りでもどり、再びしがみついた。ともすれば遠くなりそうな意識のなかで、彼は、よくここまで船の舵《かじ》がもったものだと思ったりした。

岩の間の細い水路は、波が渦を巻いていた。強風で押し込まれた波が、岩に取り囲まれた中でぐるぐる回るのだ。大きな波が暗礁に砕け、もどろうとして入ってくる波とぶつかり、互いにもみ合いながら四方八方で格闘している。船はその渦の中に吸い込まれ、横向きになり、手がつけられなくなった。

「この嵐の野郎め」ブラックソーンは怒りたけった。「おれの船から手を引け、このくそったれ」

舵輪がまた回転して、彼はほうり出され、甲板は驚くほど傾いた。船首の斜檣《しゃしょう》が岩にぶつかり、索具の一部をつけたまま折れて落ちた。しかし船は元の方角にもどった。前檣は弓のように曲がり、ついに、ポキッと折れた。甲板の上の男たちは、それを切り離すために斧《おの》を持って索具の上に群がった。船は荒れ狂うはざ間を、もがきながら進んだ。男たちがマストを切り離した。マストは舷側から海に落ちたが、それにからまって、一人の男が一緒に落ちた。男はもがきながら叫んでいる。だが、だれもどうすることもできなかった。その男とマストが、波間に見えつ隠れつするのを見ているだけだった。やがて男は見えなくなった。

ヴィンクや残った者たちが後甲板を振り返ると、ブラックソーンが狂気のように嵐と戦っているのが見えた。みなは十字をきって、お祈りを繰り返した。

狭い水路がしばらくの間、広くなり、船はスピードを落としたが、その先はまた不吉なほど細くなっていて、近づくにしたがって岩がしだいに大きくなり、彼らの上にのしかかってくるように見えた。潮の流れが船の片側を洗い、船は押され、真横を向き、ついに運命の最後に向かって突き進むことになった。

ブラックソーンは嵐をののしるのも忘れ、舵を左にきろうとして、全力をあげて舵輪にぶら下がった。腕の筋肉はこぶのように盛り上がっている。しかし、船は舵のとおりには進まず、波もまた舵をほんろうした。

「回れ、くそ、この地獄の売女《ばいた》めっ」彼はあえいだ。そしてその力は急速に衰えていった。

「だれか、助けにこい」

流れはますます速くなり、彼は心臓が破裂するのではないかと思った。しかしなおも、波の力に抵抗してがんばった。目をしっかり見据えようとしたが、視界はぼやけ、色はにじみ、かすんでいった。船は水路のいちばん細いところに止まって動かなくなった。だが、ちょうどそのとき、船底の竜骨が浅瀬の泥に引っ掛かった。そのショックで船は頭を振った。舵が利くようになった。それから先は、風と波が一緒になって船を回し、順風に乗せ、船は狭い水路をくぐり抜けて広いところに出た。その向こうに、入江が待っていた。

第1章

ブラックソーンは、突然、目を覚ました。そしてしばらくは、夢を見ているのではないかと疑った。自分が陸《おか》の上、しかも、部屋の中にいるとは、信じ難いことだった。部屋は小さいが非常に清潔で、柔らかいマットのようなものが敷き詰めてある。自分は厚い布団の上に横たわっており、体の上には別の布団が掛けてあった。天井はきれいに仕上げた杉の板で、壁は細木の桟《さん》を四角に組んで、その上に白い紙を貼ってあり、それによって外光は心地よく和らげられて入ってくる。枕のそばには、赤いお盆に小さなボウルのようなものが載って置いてある。その一つに、料理された冷たい野菜が入っているのを見ると、彼は思わず食らいついた。味は辛かったが全く気にもとめなかった。もう一つのボウルには魚のスープが入っていた。それも彼は流し込んだ。さらに別のボウルには、小麦か大麦の濃い粥《かゆ》のようなものが入っており、それもあっという間に、指ですくって平らげた。妙な形の、ひょうたんのようなものの中の水は暖かく、変わった味がした。少し苦くてよい香りがする。

そして彼は、壁のへこんだ一角に、十字架が飾ってあるのに気がついた。

とするとこの家はスペイン人のものか、あるいはポルトガル人のものなのかと、彼は驚いた。しかしここは日本ではないのだろうか。それとも中国なのだろうか。

紙の壁の一枚が横にすべって、開いた。中年の、肉づきのいい丸顔の女が、入口でひざまずき、頭を下げて礼をすると、にっこり笑った。女の肌は黄金色で、目は黒く、細く、長い黒髪はこぎれいに頭の上で束ねてある。女はグレイの絹の衣装を着て、底の厚い白くて短い靴下を履いている。そして、腰のあたりには、ひどく幅の広い紫色のベルトをしていた。「御気分は、いかがですか」と、女は言った。ブラックソーンが困って、女を見ていると、女のほうも黙って待っている。そしてまた、同じ言葉を繰り返す。「ここは日本か」と、彼は英語で聞いた。「日本か、それとも中国か」

女は、彼の言うことがわからないといった様子で、彼の顔を見ながら何か言ったが、逆に彼にはわからなかった。そのとき、彼は自分が裸であることに気がついた。自分の着ていた衣類はどこにも見当たらない。身振りで、何か着るものをくれと女に言った。それから、食べ物のボウルを指差した。女は、彼がまだ空腹であることがわかった。

女はにっこりすると、頭を下げ、戸をすべらせて閉めた。

ブラックソーンはまた横になったが、体は疲れきっている。床が揺れないので勝手が違い、気分が悪く、かえって目が回る。いろいろ思い出そうと努力してみた。錨を下ろそうとしていたのは覚えている。ヴィンクと一緒だった。確か、あれはヴィンクだったろう。おれたちは湾の中に入り、船は浅瀬に乗り上げて止まった。海岸に波が打ち寄せる音が聞こえた。すべてが無事だった。海岸には、明かりがいくつか見えた。それからおれは、自分の船室にもどったが、真っ暗だった。いや、よく覚えていない。それから闇の中に光が見えて、知らない声が聞こえた。おれは英語をしゃべってみた。それから、ポルトガル語にしてみた。すると、だれかこの土地の人間の一人が、少しポルトガル語を話した。あるいは、あいつはポルトガル人だったのだろうか。いや、あいつはこの土地の人間だったと思う。あいつに、ここはどこだと聞いたのだったかな。いや、覚えていない。それから、おれたちは再び暗礁にもどった。大きな波がまたやってきて、おれは海にほうり出されて、おぼれてしまった……水は凍りつくようだった……いや、水は暖かくて、厚い絹のベッドの中にいるようだった。あの連中がおれを岸に運んで、ここへ連れてきたにちがいない。

「あんなに柔らかくて暖かいと感じたのは、このベッドのおかげだったにちがいない」と、ブラックソーンは声に出して言った。「おれは、絹にくるまって寝るのは初めてだ」しかし、体は衰弱しており、彼はまたぐっすり寝込んでしまった。

目を覚ましてみると、陶器のボウルに、前より多く食べ物が入っていた。そして、彼の衣類がきちんとたたまれて横に置いてあった。それは洗って、プレスしてあったばかりでなく、細かくきれいな縫い方で繕《つくろ》ってあった。しかし、彼のナイフは見当たらず、鍵もなかった。

ナイフを早く手に入れたほうがいい、と思った。なければ短銃だ。

目が十字架のほうへいった。不安はあるものの興奮が高まってくる。これまでに、水先案内人や船乗りたちから、東方にあるポルトガル人たちの秘密の帝国の信じられぬほどの豊かさや、彼らがいかにそれらの異教徒をカトリックに改宗させて牛耳《ぎゅうじ》っているか、というような伝説めいた話を何度聞かされたことだろう。その国では金は鉄と同じくらい安く、エメラルド、ルビー、ダイヤモンド、サファイヤなどは海岸の砂のようにたくさんあるのだそうだ。

もし、そのカトリックへの改宗の話が正しければ、たぶん、ほかの点も正しいかもしれない。つまり、金持ちだということだ。そうだ。それにしても、おれは一刻も早く武器を手に入れ、エラスムス号にもどり、大砲を楯にしないと危ないだろう。

ブラックソーンは食べ物を平らげ、衣服を着けて、ふらふらする体で立ち上がった。いつも、上陸したときに感じる勝手の悪さだった。ブーツがない。よろめきながら戸のところに行き、つかまって体を支えようとした。しかし、細い、四角の升目の紙の壁の桟は、彼の体重を支えることができずに折れてしまい、貼ってあった紙が破けた。彼が起き直ると、廊下にいた女はびっくりして目を丸くしていた。

「悪かった」と、謝った。そういう自分がなぜか情けなかった。この部屋の純潔を汚したような感じだ。

「私のブーツはどこですか」

女は困ったように、彼を見ている。そこで、我慢して、また手振りで尋ねた。女は廊下を小走りにして、別の紙の戸の前でひざまずくと、それを開けて彼を手招きした。近くで人の声が聞こえ、水の流れる音がした。ブラックソーンがその戸から入ると、そこは別な部屋だった。そこにもまた家具は置いてなかった。この部屋は縁側に向かって開け放ってあり、そこから踏み段を降りると小さな庭になっていて、まわりは高い塀だった。門のそばには、年配の女が二人と、赤い衣裳の子供が三人と、一人の年とった、一見して庭師とわかる、手に熊手を持った男が立っていた。彼の姿を見るとすぐに、彼らはそろって恭《うやうや》しく頭を下げ、そのままの姿勢でじっとしている。

ブラックソーンが驚いたのは、その老人が、短い細い布で前を隠している以外は全く裸であるということだった。

何を言っていいかわからなかったので、「おはよう」と、英語であいさつした。

だが、彼らは相変わらず頭を下げたままじっとしている。

当惑して、彼は連中を見ていたが、思いついて、自分も不器用に彼らに向かって、お辞儀をしてみた。すると彼らはそろって頭を上げ、笑みを浮かべた。老人はもう一度お辞儀をすると、庭の仕事にもどった。子供たちは彼を見つめていたが、おかしそうに笑い出すと逃げていった。年配の女たちは、家の奥のほうへ消えていった。しかし、ブラックソーンは、いつまでも彼女らの視線を感じていた。

踏み段の下に自分のブーツがあったので、ブラックソーンが手に取ろうとすると、いち早く中年の女がひざまずいて、ブーツを履くのを手伝ってくれるのには、どうしてよいかわからなかった。

「ありがとう」と、言ってから、しばらく考えて、自分を指差して、慎重に、「ブラックソーン」と、言った。「ブラックソーン」それから女を指差して、「あなたの名前は、なんです」と、聞いた。

女はわからないといった顔で、彼のほうを見ている。

「ブラックソーン」と、注意深く繰り返しながら、自分を指差し、それからまた女を指差して、「お名前は」と言った。

女は眉をひそめていたが、やがてわかったとばかりに、自分を指差して言った。「オンナ、オンナ」

「オンナ」と、彼は繰り返した。その女も得意そうだったが、彼自身も得意に感じた。「オンナ」

彼女はうれしそうに、うなずいた。「オンナ、よ」

庭は、ブラックソーンがこれまでに見たものとはまるで別ものだった。小さな滝と流れと小さな橋があり、すべすべの小石を敷き詰めた道と、いくつかの岩と花と灌木《かんぼく》がある。きれいに手入れされている。ほんとにきれいだと思った。

「信じられない《インクレディブル》」と、彼はつぶやいた。

「ンケリバー?」女は、理解しようと思うかのように繰り返した。

「なんでもない」と、ブラックソーンは言った。それから、ほかにしてもらうこともなかったので、女には、手振りで用はないと言った。彼女はおとなしく頭を下げて、去っていった。

ブラックソーンは、暖かい日だまりに、柱にもたれて座った。体がひどく弱っているのを感じながら。雑草の一本もない庭で、さらに草取りをしている老人をながめていた。ほかの連中はどこにいるのだろう、と思う。船団長はまだ生きているのだろうか。おれは、何日眠っていたのだろう。思い出すのは、起きて、食べて、また眠って、というのを繰り返したことだけだ。食事はいくら食べても、夢の中で食べたように満腹にならなかった。

子供たちが追いかけっこをして、走りはじめた。その子供たちの前の裸の庭師が気になってならない。なぜなら、男が身をかがめたり、しゃがんだりすれば、そこが丸見えだからである。しかし彼が驚いたことは、子供たちのほうが、そんなことを気にもとめない様子であることだった。壁の向こうには瓦やかやぶきの屋根が見え、遠くには高い山も見える。すがすがしい風が空を吹き渡り、積雲が動いていく。蜂が蜜を探して飛んでいる。春のうららかな一日だった。体はもっと睡眠を欲していたが、自分を励まして立ち上がり、庭の戸のほうへ歩いていった。庭師は笑いかけ、お辞儀をし、走っていって戸を開けた。そしてまたお辞儀をして、彼が通ったあとを閉めた。

港は東に向き、半月形をしており、それを取り囲むようにして村がある。二〇〇戸くらいだろうか、いままで見たことのない造りの家が、山のふもとから、海岸にこぼれそうになるあたりまで、ぎっしりとひしめいている。その上は段々畑で、道が一本南北に走っている。水際は砂利だが、舟を引き上げるための斜面は石が敷き詰めてある。安全でよい港であり、石の防波堤がある。男や女たちが、魚を洗ったり、網を繕ったりしている。北側のほうでは特異な形の小舟が建造中である。沖合いはるかに、東と南のほうに島が見える。暗礁はあそこだったのか、それとも水平線のかなたの出来事だったのか。

港の中には、多くの変わった形の小舟が見えたが、ほとんどは漁船で、そのなかのあるものは大きな一枚帆を持っており、あるものは手漕ぎで、漁師たちは自分たちのように腰かけてオールを押したり引いたりするのではなく、立ったまま操っている。あるものは海へ向かっており、あるものは木のドックに向かっている。そしてエラスムス号は岸から五〇メートルほどのところに、きちんと錨を下ろしている。十分な深さのところであり、三本の船首索が引かれていた。だれがやったのだ。舷側には小舟が横づけになっていて、土地の人間が甲板にいるのが見える。だが仲間の姿はない。連中はいったい、どこに消えたんだ。

ブラックソーンは村を見回した。すると、村人がみんな自分を見ているのに気がついた。彼が、彼らに気がついたとわかると、人々はいっせいにお辞儀をした。彼のほうは、相変わらずぎこちなく、お辞儀を返さざるをえない。すると人々は満足して仕事を始めた。行ったり来たり、止まったり、売ったり、お辞儀を交わしたり、あたかも彼の存在を忘れてしまったようで、そのながめは、色鮮やかな蝶の群れを見るようであった。だが、彼が海辺に向かって歩みはじめると、窓という窓、戸口という戸口から、彼の様子をうかがっている視線を感じた。

どうも妙なやつらだ。妙なのは、やつらの衣裳や振る舞いだけではない。いったい……そうだ、やつらは武器を持っていないじゃないか。驚くべきことだ。刀も、銃も持っていない。なぜなのだ。

狭い道の両側に並んで開いている店は、変わった品物や包みでいっぱいになっている。店の床は少し高くなっており、店員も客も、清潔な木の床の上に座ったり、しゃがんだりしている。ほとんどの人が、木の履き物か、わらのサンダルのようなものを履いている。またある者は、先ほどの女と同じような底の厚い、白い短い靴下を履いているが、この靴下は親指と次の指との間で分かれ、履き物の紐をはさむようにできている。そして彼らは、外の土の上に履き物を脱いで家の中に上がる。はだしの者は足を洗い、備えつけの清潔な室内用の履き物を履く。考えてみれば、それはきわめて理にかなったことであると思い、ひどく感心した。

そのとき、頭を剃った男が近づいてくるのに気がついた。すると、ぞっとするような恐怖で睾丸《こうがん》が縮み上がった。その僧侶は、明らかにポルトガル人かスペイン人だった。そしてそのゆるやかな僧服がオレンジ色であったとしても、そのベルトに下げたロザリオと十字架にも、その男の顔に現れた冷たい敵意にも、見誤る余地はなかった。男の着衣は旅で汚れ、ヨーロッパ式のブーツも泥にまみれていた。男は港のエラスムス号をながめている。船を見れば、それがオランダないしはイギリスのものだとわかるにちがいないと、ブラックソーンは思った。エラスムス号のような船は、ほとんどの海域に知られていない新しい型であり、より細く、より速く造られ、商船と軍艦を兼ねていた。そのモデルはスペイン領メインに多大の損害を与えたイギリスの私掠船で、それをさらに改良したものである。その僧には一〇人ほどの土地の者が付き添っていた。みな黒い髪と黒い目をしており、なかの一人はその僧と同じ衣裳を着ていたが、ブーツではなく紐のついたスリッパのようなものを履いているところが違っていた。ほかの者は色とりどりの服に、だぶだぶのズボンのようなものをはいている者もあり、下帯しか着けていない者もいる。しかし、武器を持っている者はいなかった。

ブラックソーンは、相手が気づく前に走って逃げてしまいたかった。しかし、それだけの体力がもどっていないことはわかっていたし、またどこにも隠れる場所はなかった。彼の背丈や体格、目の色では、この国では異邦人であることは明らかだ。彼は壁を背にして立った。

「あなたは、いったいだれか」と、その宣教師はポルトガル語で聞いた。太って色が黒く、栄養のいい二〇代半ばぐらいの男で、長いひげを生やしている。

「おまえは、何者だ」と、ブラックソーンもにらみ返した。

「あれは、オランダの私掠船ですね。あなたは異教徒のオランダ人、そして海賊だ。神よ、この者にあわれみを」

「おれたちは海賊ではない。平和な商人だ。敵国を相手にするとき以外はな。おれはあの船の水先案内人だ。おまえは何者だ」

「セバスティオ神父。どうやってここまで来ました。どうやって」

「風で岸に吹き寄せられたのさ。この国は、ここはなんというところだ。日本か」

「そうだ。日本だ。ニッポンだ」宣教師は、気短そうに答えた。そして仲間の男たちのなかの一人のほうを向いた。その男はほかの者より年配で、背が低く、やせているが、節くれだった腕と、たこだらけの手をしていた。頭のてっぺんを剃って、まわりの髪の毛を引っ張って束に結《ゆ》っているが、髪にも眉毛にも白髪が混じっていた。宣教師は、ブラックソーンを指差しながら片言の日本語でその男に話した。すると一同はショックを受け、なかの一人は、邪を払うかのように十字をきった。

「オランダ人は異教徒で、謀反人で、海賊です。あなたの名前はなんというのです」

「ここはポルトガルの植民地か」

宣教師の目は険しくなり、血走っている。

「村の長が言うには、その筋にあなたのことを届けたそうです。あなたの罪の報いです。ほかの乗組員はどこです」

「おれたちは、嵐でコースを外れた。おれたちに必要なのは食い物と水と、船を修理する時間だ。終わればいなくなる。金なら持っている」

「ほかの乗組員はどこです」

「知らない。船かな。まだ船にいるんだろう」

宣教師は、また村長に何か聞いた。すると、男は村の向こうを指差しながら、長々と説明した。宣教師がブラックソーンのほうに向き直った。「ここでは、罪人ははりつけです。あなたも死ぬことになるでしょう。ダイミョウが、サムライを連れてやってくる。神よ、この者にあわれみを」

「ダイミョウとはなんだ」

「封建領主のことです。その方が、この地域全体を所有している。あなたは、どうやってここに来たのです」

「サムライとはなんだ」

「戦士……兵隊……士族の階級の一員」宣教師は焦りを増してきた。「あなたはどこから来た、何者です」

「おまえのアクセントではどこの者だかわからん」そう言って、ブラックソーンは相手を挑発することにした。「ああ、わかった。おまえはスペイン人か」

「私はポルトガル人だ」宣教師は、カッとなった。まんまとひっかかってくれた。「あなたに言ったとおり、私はポルトガルのセバスティオ神父である。どこでそのような、上手なポルトガル語を学んだのです、え」

「しかし、ポルトガルとスペインは、いまは一つの国だろう」ブラックソーンはさらに挑発した。「王様は同じじゃないか」

「我々は、違う国、違う国民ですぞ。昔からずっとそうです。国旗も違います。海外の領土も別です。そうです、別なんですぞ。フェリペ王が私の国を盗んだときにも、それには同意している」セバスティオ神父は、必死になって感情を抑えようとしているが、手が震えている。

「フェリペ王は、二〇年前、武力で私の国を盗み取ったのです。王の軍隊と、あの悪魔の落とし子のような暴君アルバ公爵が、我々のほんとうの王を滅ぼしてしまった。残念だ。いまはフェリペの息子が支配している。だが、あれは我々のほんとうの王ではない。間もなく、ほんとうの王を取りもどすのです」それから彼は、意地悪くこう付け加えた。「あなたには、私の言うことがほんとうであるのがわかるでしょうな。アルバ公が、あなたの国にしたのと同じことを、私の国にしただけですからね」

「それは嘘だ。なるほどアルバはオランダでは疫病扱いだ。しかし、やつはオランダを征服はできなかった。オランダ人はいまも自由だ。今後もそうだろう。だがポルトガルは、アルバにけちな軍隊を一蹴されると、すぐ国全体が降参してしまった。意気地なしなんだ。やれば、スペイン人を追い出すことぐらいできるだろうに。だが、おまえらはやるまい。誇りがない。キンタマがない。ただ、神の名において、無実の者を火あぶりにすることしかできない」

「永久に地獄におちろ」宣教師はまたカッとなった。「悪魔が、外国を歩き回っているが、必ず滅ぼされる。異教徒は滅ぼされる。おまえは神の前でのろわれている」

そう言われると、ブラックソーンは、宗教的な恐怖が自分の中に忍び込んでくるのを抑えることができなかった。「宣教師どもは、神の耳も持っていなければ、神の言葉を話しもしない。おれたちは、おまえらのような、インチキな枷《かせ》にははまらない。これからもずっとな」

血《ブラディ》のメアリー・チューダーがイギリスの女王で、スペイン人のフェリペ二世〝残酷王〟が彼女の夫であったのは、まだほんの四〇年前のことだ。このヘンリー八世の信心深い娘は、カトリックの僧と宗教裁判官をイギリスに連れもどし、異教の裁判と、異国の法王の支配を復活した。そして国民の大半の意志に反し、彼女の父の規制に逆らい、イギリスのローマ教会の歴史的推移を覆した。彼女の支配は五年間続き、国は憎しみと恐怖と流血によってばらばらに切り裂かれた。しかし彼女は死に、エリザベスが二四歳で新しい女王になった。

ブラックソーンは、エリザベス女王のことを考えるたびに、母に対する愛のようなものを感じる。四〇年間、女王は世界を相手に戦った。法王、神聖ローマ帝国、フランス、スペインらを束にして渡り合った。破門され、外国では唾棄《だき》され、ののしられたが、女王は我々を、安全な、強力な、独立した港へと導いてくれた。

「おれたちは、自由なんだ」ブラックソーンは、宣教師に向かって言った。「だが、おまえらは、負けた。おれたちにはおれたちの学校があり、書物があり、おれたちの聖書があり、教会があるんだ。おまえらスペイン人はみな同じだ。偶像崇拝だ」

宣教師は十字架を取り出すと、ブラックソーンと自分の間にかざして、楯のように構えた。

「おお神よ。この悪魔から、私どもを守りたまえ。私はスペイン人ではない。いいか、私はポルトガル人だ。私は修道僧ではない、イエズス会の兄弟の一人なのだ」

「ああ、そうか。イエズス会か」

「そうだ。神が、おまえの魂の上にあわれみを賜らんことを」

セバスティオ神父は、何か日本語で素早く言った。すると男たちは、ブラックソーンに向かってなだれ寄った。彼は壁のほうへ下がりながら、一人を思いきり殴ったが、あとの連中が彼の上に群がり、彼は息が止まりそうになった。

「ナニゴトダ」

騒ぎはぴたっと、静まった。

若い男が一〇歩ばかり先に立っている。乗馬ズボンのようなものをはき、軽い衣裳を着て、鞘《さや》に入れた刀を二本帯に差している。一つは短かったが、もう一つは長く、少し反りがついている。男の右手は刀の柄の上に置かれていた。

「ナニゴトダ」彼が、語気鋭く聞いたが、だれもすぐに返事をしないのをみると、もう一度、「ナニゴトダ」と大声で怒鳴った。

日本人はひざまずき、地面に頭をすりつけた。宣教師だけが立っていた。彼は一礼すると、たどたどしい日本語で説明を始めたが、男は相手にせず、村長に声をかけた。「村次」呼ばれた男は、頭を下げたままの姿勢で、手短に説明を始めた。途中、何回かブラックソーンを指差し、船を、そして宣教師を指差した。道の上を歩く者はいなくなった。見えるかぎり、全員がひざまずき、頭を下げていた。村次の話が終わると、刀を差した男は尊大な態度で、しばらく質問した。村次は恭しく、かつ素早く返事をした。それから、その武装した男は村長に何か言いつけると、明らかに軽蔑した様子で宣教師を手招きで呼び寄せ、続いて、ブラックソーンを呼んだ。白髪混じりの男は宣教師に何か簡単に伝えた。すると宣教師の顔が赤くなった。

その男は、ブラックソーンよりも頭一つ背が低く、はるかに若かった。その整った顔には、わずかにあばたがあった。男は異人に向かって、「オマエハイイッタイ、ドコカラキタノダ。ドコノクニノモノダ」と、言った。

宣教師は緊張して、上がっている。「柏木近江様は、おまえはどこから来て、どこの国の者だと聞いておられる」

「ミスター近江様というのは、ダイミョウか」と、ブラックソーンは尋ねた。だが、刀だけはどうにも怖い。

「違う、彼は侍です。この村を治めている侍です。苗字が柏木で、名前が近江。この国では常に、苗字を先に言う。様というのは尊称で、丁寧に言うときには名前のあとにつける。あなたも、礼儀正しくすることを学んだほうがいいですぞ。そして、礼儀作法を早く身につけたほうが。ここでは、不作法を許してくれません」そして声を強めて言った。「さ、早く、答えるのです」

「アムステルダム。私はイギリス人」

セバスティオ神父はショックを隠さなかった。「イギリス人、イギリス」と、侍に言って、説明を始めたが、近江はじれったそうに彼をさえぎって、がみがみと怒鳴りつけた。

「近江様は、あなたがリーダーであるかどうかと尋ねています。村長が言うには、あなたたち異教徒の生き残りは数人で、それもほとんどは病気であると言ってます。船長はいるのですか」

「この、おれがリーダーだ」と、ブラックソーンは答えた。ほんとうはもう上陸しているので、船団長のほうに指揮権はあるのだが、「つまり、おれが指揮をとっている」と付け加えた。船団長のスピルベルゲンは何もできない。海の上だろうと陸の上だろうと同じだし、彼が元気であったとしても同じだ。

侍がまたわめいた。「近江様が言うには、あなたがリーダーであるというなら、特に村を自由に歩くことを許してくださる。したいようにしなさい。しかしそれは、近江様の主君が来るまでです。主君はダイミョウで、あなたの運命を決めます。そのときまで、あなたは村長の家で客として暮らすことを許され、好きなようにできます。しかし、村を出ることは許されません。あなたの乗組員は、村の一軒に収容されていますが、外出は許されていません。わかりましたか」

「わかった。乗組員はどこにいる」

セバスティオ神父は、船着き場近くのひとかたまりの家を、漠然と指差した。彼は明らかに、近江の裁定と気の短さが不満のようだ。「さあ、どうぞ御自由に、海賊さん。ほんとにあなたは……」

「ワカリマシタカ」近江は直接、ブラックソーンに言った。

「わかったかと、聞いてます」

「日本語でイエスというのは、なんと言うんだ」

セバスティオ神父はそれに答えず、侍に言った。「ワカリマシタ」

近江は尊大に、彼らに行けという合図をした。全員がまた低く頭を下げた。しかし、一人の男が何を思ったのか、頭を上げたまま、急に立ち上がった。

「無礼者め」目にも止まらぬスピードで、シュッという音とともに大刀が銀の弧を描くと、その男の頭が、肩からぽろりと落ちた。血しぶきが土の上に広がった。体は二、三度ひくひくすると動かなくなった。宣教師は思わず、一歩あとへ下がった。道の上ではだれも、ぴくりとも動かなかった。頭を下げたまま、じっとしていた。ブラックソーンは、ショックで体が硬直したまま動かなかった。

ブラックソーンは舟に乗せてもらった。船頭はのんびりと、エラスムス号に向かって櫓《ろ》を漕いでいる。この舟に乗せてもらうのに、全く問題はなかった。上甲板に人影が見える。それはみな侍だった。幾人か、鉄の胸当てをしている者もいたが、ほとんどはキモノだけだった。日本の長い衣裳をそう呼ぶのだと習ったところだ。そして、二本の刀を差し、みな同じような髪を結っている。頭の中央を剃り、両サイドと後ろの髪を集めて細い束にし、油をつけ、頭の上で二つ折りにして、きちっと縛っている。侍だけがこのスタイルを許されている、と同時に、それ以外の者は許されないということだ。二本の刀を差すことができるのも侍だけで、侍にとって、同時にそれは義務だった。

侍たちは、エラスムスの船べりに並んでブラックソーンを見守っている。

内心は不安だったが、ブラックソーンは舷門を登り、甲板に立った。ほかの者より丁寧に着込んだ侍が、彼のところに来てお辞儀をした。ブラックソーンはすっかり慣れてしまって、自分も同じようにお辞儀を返した。すると、甲板の上の侍たちの顔がいっせいにほころんだ。しかし先ほど、通りで起こった突然の殺人劇の恐怖はまだ彼の脳裏に生々しかったので、侍たちに笑顔をみせてもらっても、不安な気持ちが消えるわけではなかった。ブラックソーンは、自分の船室に通じる昇降階段のほうへ行って、そこで足がくぎづけになった。扉は赤い絹の幅広の布を糊づけして封印してあった。そしてそばに、曲がりくねった文字で、何か小さな表示がしてある。彼はためらって、別の扉を見てみたが、そこにも同じ封印がされており、同じような表示板が隔壁にくぎで打ちつけてあった。

　彼はその網を取り除こうと、手を出した。

「サワルナ！」そう言って、言葉が通じないためか、警備の侍は頭を横に振ってみせた。その顔には先ほどまでの笑みはない。

「これはおれの船だ。おれがしたいようにするのに……」ブラックソーンは、込み上げてくる不安感を抑えつけながら、相手の刀から目を離さないようにした。船室に降りなければならん。航海日誌を持ってこなければならん。あれはおれの秘密の財産だ。まずいぞ、もしだれかがあれを見つけて、宣教師か日本人の手に渡すことになれば、おれたちは終わりだ。イギリスとオランダ以外、世界のどこの裁判所でも、おれたちはあれを証拠に海賊にされ、有罪になるだろう。あの日誌にはアメリカに三回、スペイン領アフリカに一回、上陸したときの日付、場所、略奪物の量、死者の数、また略奪した教会の数、あるいは町や船を焼き尽くした経緯などを書いてある。それに、あのポルトガル人の航海日誌はどうなっただろう。あれは、我々の死の保証書だ。当然ながら、それは盗んだものだからだ。少なくとも、ポルトガル人の裏切り者から買ったものである。そして、彼らの法律によれば、彼らの航海日誌を持っていた外国人が捕まったときには、その場で死刑に処せられることになっている。ましてマゼラン海峡の秘密を明かす記録となれば、なおさらのことだ。そして、その日誌が敵の船の中で発見されたときには、その船は焼き払われ、乗組員はすべて容赦なく処刑されることになっている。

「ナンノヨウダ」と、侍の一人が言った。

「ポルトガル語を話しますか」と、ブラックソーンはポルトガル語で尋ねた。

その男は「ワカラン」と、言った。

別の侍が、前に出てきて、へり下った様子で、リーダーらしい男に話しかけた。男はうなずいた。

「ポルトガル人の友達よ」と、部下のほうが、なまりの強いポルトガル語で呼びかけた。その男は着物の襟を開いてみせたが、首から小さな木の十字架をぶら下げていた。

「キリスト教徒」と、自分を指差して笑ってみせた。そして、「キリスト教徒か」と、今度はブラックソーンを指差した。

ブラックソーンは、一瞬ためらったが、うなずいた。「キリスト教徒だ」

「ポルトガル人か」

「イギリス人だ」

男は、指導者としゃべっていたが、今度は二人で彼のほうを向いた。「ポルトガル人か」

ブラックソーンは、首を横に振った。たといなんであろうと、この際、イエスと言いたいところだが、仕方がない。「私の友達は、どこだ」

侍は村の東の端のほうを指差して、「トモダチ」と言った。

「これは、私の船だ。下へ降りたい」ブラックソーンが、同じことを何回も言い直しながら、身振りで説明すると、やっと通じた。

「ソレハ、ダメダ」彼らは、念を押すように言うと、注意書きを指差して、笑ってみせた。

彼が下へ行くことは許されないということがはっきりした。くそくらえと、彼は戸の取手をがちゃりと回し、少しばかりそれを開けた。

「イカン」

彼は突き飛ばされて、侍と鉢合わせした。彼らの刀は、半分ほど鞘から抜かれた。二人の男は、ブラックソーンがどうするつもりか、じっとうかがっている。甲板のほかの者たちも平然と見守っている。

ブラックソーンは、あきらめるより仕方がないと悟った。肩をすぼめて、その場を離れた。繋船索《けいせんさく》と船を、自分にできる範囲で点検した。破れた帆は下ろされ、所定の位置に巻いてある。だが、綱はいままで見たことのない種類のものだった。そこで船の保全作業をやったのは日本人だろうと推測した。舷門を降りかけて足を止めた。侍たちが、いずれも敵意のまなざしで自分を見ているのに気がつき、汗が背中を伝わるのを感じた。仕方がない、この際、ばかになるんだと心に決めて、日本流にお辞儀をしてみせると、彼らの顔から敵意が消え、代わりに笑みが浮かんだ。しかし彼の背中の汗は消えず、彼は日本の何もかもが嫌いになった。そして、早く武器を取り返し、仲間と一緒にこの船に乗って、海に帰りたいと思った。

「神かけて、あんたは間違っているよ。水先案内人さん」と、ヴィンクが言った。歯のない口で笑うと何か猥褻《わいせつ》な感じがする。「やつらが食い物だという、あの残飯汁みたいなものを我慢できれば、ここはいままでで最高の土地さ。三日のうちに二人も女を抱いたけど、まるでウサギみたいだった。女どもは教えりゃ、そのとおりにする」

「そうだ。だが、おまえだって肉とブランデーがなけりゃ、手も足も出なくなるくせに。長くは続かんぞ。おれはもう飽きた。女のほうは一度だけだったし」と、マエッッカーが言って、細い顔をしかめた。「あの黄色いやつらは、おれたちが肉にビールにパンを食うのがわからねえ。ブランデーとワインもな」

「そこだよ。ああ、国へ帰って、いっぱいやりたい」ヴァン・ネックが、ゆううつそうに言いながら、ブラックソーンの近くに歩み寄り、彼を見上げた。ネックはひどい近眼なのに、嵐の中で最後の眼鏡までなくしてしまったのだ。しかし、眼鏡を掛けていても、そばに寄ってくる癖がある。貿易長であり、出納係であり、今回の航海に金を出したオランダの東インド会社から派遣された男だ。「無事に上陸したけど、まだ一滴も飲んじゃいないよ。ひどいもんだ。あんたは飲んだかね」

「いや」ブラックソーンは、他人が自分の近くにくっついてくるのは好きではなかったが、ヴァン・ネックは友達でもあり、ほとんど盲人同様ときては、離れるわけにもいかなかった。

「飲まされるのは、草の入った熱湯だけだ」

「連中には、酒がわからんらしい。飲むものはただ草入りの熱湯だけだ。たまらんな。考えてみてくれ、この国のどこにも酒がないとしたら」眉がつり上がった。「お願いだから、あんたから何か酒を頼んではくれないか」

ブラックソーンは、村の東の端にある彼らの収容されている家を尋ね当ててきたところだった。侍の見張りは彼を通してくれた。しかし、乗組員たちは、この庭の門の外へ出ることはできないと言った。この家にも、ブラックソーンがいる家と同じように多くの部屋があったが、それよりもっと大きく、年齢もまちまちな男女の召使いが大勢働いていた。

生き残ったのは一一人だった。死んだ者は日本人が処分した。みんなは新鮮な野菜を食べたおかげで、壊血病が治りはじめていた。二人を除いて、ほかの者たちの回復は早かった。二人だけは腸に血がたまっており、内臓の出血が続いていた。ヴィンクが血を取ってやったが、たいして効き目がなかった。今夜のうちに死ぬだろうなと、彼は思った。船団長は別の部屋にいたが、これも重態だった。

コックのソンクは、ずんぐりした小さな男だが、笑いながら言った。「ヨーハンが言ったように、ここは確かにいいところだ。ただし、食べ物と酒はだめだ。土地の人間も、おれたちが家の中で靴を履かないかぎりおとなしいよ。そのかわり、もし靴で上がろうものなら、この黄色いチビどもは、怒るのなんのって」

「みんな聞いてくれ」と、ブラックソーンが言った。「この土地に宣教師がいる。イエズス会の人間だ」

「なんだって」ブラックソーンが、宣教師のことや首斬り事件のことを話して聞かせると、冗談は消えた。

「どうして、その男の首をちょん斬ったんだ」

「わからない」

「船にもどろうぜ。もし、カトリック野郎に陸で捕まったら……」

部屋に恐怖の影が広がった。口のきけないサラモンがブラックソーンを見た。その口が動き、口の端に唾のあわが現れた。

「いや、サラモン、間違いじゃない」と、ブラックソーンは彼の無言の質問に答えてやった。

「やつは自分でイエズス会だと言ったんだからな」

「ちくしょう。イエズス会だろうと、ドミニコ会だろうと、くそったれに変わりはないぜ」と、ヴィンクが言った。「船にもどったほうがいい。水先案内人さん、あんたから侍に聞いてくれ」

「大丈夫だよ」と、ヤン・ローパーが言った。彼は冒険商人の一人で、まだ若く、額が出て、その下に細い目と細い鼻がついていた。「神様が悪魔の手から、守ってくださるだろうって」

ヴィンクが、ブラックソーンを振り返った。「ほかにもポルトガル人はいるのかい。だれか見かけたか」

「いいや。この村にはほかにいる気配はないな」

「おれたちのことを聞きつけたら、うようよ集まってくるだろうよ」と、マエッツッカーが、みんなの気持ちを代弁した。すると、クローク少年が、うめき声を出した。「そうだ。宣教師が一人いれば、ほかにもいるはずだ」と、ギンセルが渇いたくちびるをなめながら言った。「それに、スペインの征服軍《コンキスタドーレス》だってこの辺をうろうろしていると思わねえかい」

「そのとおり」ヴィンクも不安そうだ。「やつらは、シラミだからな。どこにでもいる」

「やれやれ、くそカトリックめ」と、だれかがつぶやいた。「スペイン野郎もな」

「しかし、ここは日本なんだって？」と、ヴァン・ネックが尋ねた。「宣教師が、あんたにそう言ったんですって？」

「そうだ。それがどうした」

ヴァン・ネックは、いちだんと体を寄せてくると、声をおとして言った。「宣教師がいるくらいなら、土地の人間のなかにカトリックがいるわけだ。するとひょっとしたら例の話はほんとうだよ。あの百万長者と金と銀と宝石の話さ」みんなは、一様に黙ってしまった。「あんたは、何も見なかったかね。金とか、土地の人間が宝石を身に着けているとか」

「いや、全く見てないよ」ブラックソーンは、ちょっと考えた。「いや、やはり見た覚えはないな。首飾りとか、腕輪とかもない。さて、もうひとつ言うことがある。おれはエラスムス号に行ってみたが、船は封印されていた」彼が、船で起こったことを説明すると、みんなの不安はさらに強まった。

「もし船にもどれないとして、そして陸には坊主どもがいて、それにカトリック野郎とくると……ここを出なけりゃ、だめだっていうことだ」マエッツカーの声が震えてきた。「あんた、おれたちはいったい、どうしたらいいんだ。このままじゃ焼き殺されるぜ。スペインの征服軍にでも捕まれば、剣で串刺しにされちまう……」

「大丈夫」と、ヤン・ローパーが信念をもって叫んだ。「神は異教徒の手から我々をお守りくださる。それが、神の約束だ。恐れることは何もない」

ブラックソーンが言った。「あの近江という侍が宣教師を怒鳴っている様子からすると、あいつがあの宣教師を嫌っているのは確かだ。それはいいことだ。しかし、ひとつわからんのは、宣教師が、やつらのいつもの衣を着ていないで、なぜオレンジのを着ているかということだ。あんなのは見たことがない」

「そうだな。確かにおかしいな」と、ヴァン・ネックが言った。ブラックソーンは彼を見た。「ことによると、ここでのやつらの立場はそれほど強くないのかもしれんな。そうなりゃ、ありがたいが」

「いったい、どうしたらいいんだ。水先案内人さん」と、ギンセルが尋ねた。

「まあ我慢して待つんだな。ここの領主のダイミョウというのが来るそうだからな。そいつが、釈放してくれるかもしれん。おれたちはやつらに何も手出ししていないからな、釈放しないわけがない。売ってやるような品物も持っている。おれたちは海賊じゃない。怖がることはない」

「そのとおりだ。それに、ここの野蛮人さんたちは、全部がカトリックとはかぎらないと水先案内人が言ったのを忘れなさんな」と、ヴァン・ネックが言ったが、それは他人に聞かせるというより、自分のためらしかった。「そうさ。その侍が宣教師を嫌っているというのは、いい話だ。それに、武器を持っているのは侍だけだ。これも悪いことじゃなかろう。侍だけを気をつけりゃいいんだからな。そして、こちらの武器を取りもどす。名案だろう。相手も知らないうちに船に乗り込んじまうんだ」

「ダイミョウが、カトリックだったらどうする」と、ヤン・ローパーが聞いた。

だれも、返事をしなかった。しばらくして、ギンセルが言った。「水先案内人さん。その刀を持った男が、首を斬ったということだが」

「うん」

「ひどい話だ、武器を持たない男をそんなふうに殺すなんて。なぜ、そいつは殺したのかね」

「おれにはわからん、ギンセル。しかし、あんなスピードは見たことがない。刀が鞘を離れた次の瞬間には、その男の首が転がっていたよ」

「かわいそうに」

「神様」と、ヴァン・ネックがつぶやいた。「船にもどることができなければ……あの嵐が恨めしい。眼鏡もないし、えらいことだ」

「船には、どのくらいの侍がいたんだい」と、ギンセルが聞いた。

「甲板には二二名いた。しかし、岸にはもっといたぞ」

「神の怒りよ、異教徒と罪人たちの上におちたまえ。そして、地獄の火で永遠に焼かれんことを」

「ヤン・ローパー、おれもほんとうに、そうあってほしいと思うよ」と言うブラックソーンの声も、とがっていた。神の懲罰の恐ろしさが、部屋を吹き抜けるのを感じた。彼はひどく疲れていたし、眠りたくなった。

「あんたもそう思うかい。おれもそう思うんだ。あんたの目が、神の真実に開かれんことを。だがね、おれたちがこんなところまで来ちまったのは、あんたのせいなんだということは、わかってくれよ」

「なんだと」ブラックソーンには、聞き逃せなかった。

「あんたは、なぜ船団長を口説いて日本に向かわせたんです。おれたちの使命には、そいつは最初からなかったんだ。おれたちはアメリカで略奪し、敵の懐の中で戦いを起こし、そして帰国することだけだった」

「おれたちの南にも北にもスペイン船がいて、行くところがなかったじゃないか。頭がぼけたら記憶もおかしくなったのか。西へ向かう以外に生き延びるチャンスはなかったのよ」

「敵の船なんて見たこともなかった。おれたちはだれも見ちゃいねえ」

「ヤン、もうよせ」と、ヴァン・ネックがうんざりしたように言った。「水先案内人は、正しいと思ったことをしただけだ。もちろん、スペイン野郎はまわりにいたぜ」

「そうだ。そりゃ嘘じゃない。そしておれたちは敵の水域の中にいて、味方の船とは一〇〇〇リーグも離れていたのさ」と、ヴィンクが吐き出すように言った。「そいつは、神かけて真実だ。そして、おれたちが投票で進路を決めたのも神の真実だ。あのとき、全員がイエスと言ったわけだ」

「おれは、言わなかった」

ソンクが言った。「だれもおれには聞かなかったからな」

「この野郎」

「ヨーハン、落ち着け」と、言って、ヴァン・ネックは緊張を和らげようとした。「おれたちは日本に着いた最初の人間だ。いいか、よく話を思い出せよ。もしおれたちが正気なら、おれたちは金持ちになったんだ。ここには金があり、おれたちには貿易用の品物がある。ほかのどこで、おれたちの品物を売ることができるんだ。アメリカは、略奪して逃げるだけの場所だ。スペイン野郎はおれたちを捜し出し、サンタマリアの沖合いにいるのを見つけた。そういうわけで、チリもおさらばだった。もちろん、マゼラン海峡をもどって逃げることはできない。やつらが待ち伏せしてるにきまってるからな。だから、ここへ来るのが、おれたちのただ一つのチャンスだった。しかし名案だったよ。おれたちの荷は香料や金銀と交換できるんだからな。

もうけのほうを考えてみろ。普通にいって一〇〇〇倍だよ。ここは香料の島だ。日本と中国が金持ちなことぐらい知ってるだろう。昔から言い古されたことだ。そうでなけりゃ、どうしてこんな船を志願した。金持ちになれるぞ、みてろ」

「おれたちは、もう死んだのよ。先に行った仲間と同じだ。ここは悪魔の土地だ」

「やめろ、ローパー」ヴィンクが、怒った。「水先案内人は正しかったんだ。ほかの連中が死んだのは、だれの失敗でもない。こういう航海は命がけのものにきまってるんだ」

ヤン・ローパーの目の色は複雑で、瞳は小さい。「確かにそうだ。天国の魂よ、安らかなれ。おれの弟も、その死んだ仲間の一人だがな」

ブラックソーンはヤン・ローパーを、憎しみをこめて、その気狂いじみた目を見返した。しかし、心の中では、おれ自身、果たしてほんとうに敵の船を逃れるために西へ航海したのかと自問した。それとも、おれ自身があの海峡を通った最初のイギリス人の水先案内人であり、また、西に向かうことのできる立場に立った最初の男であり、つまり地球を一周する機会をもった最初の人間であったから、そうしたのだろうか。

ヤン・ローパーは口をとがらせた。「あんたの野望のおかげで、連中は死んだんじゃないのかね。罰でも当たれ」

「いいから、もう黙れ」ブラックソーンの声は小さかったが、断固としたものがあった。

ヤン・ローパーは、やせてとがった顔をこわばらせて見返したが、口は開かなかった。

「よし」ブラックソーンは、疲れたように床の上に座り、柱の一つに背をもたせた。

「これからどうします、水先案内さん」

「待つんだ。そして体力を回復する。そのうちやつらの首領がやってくるそうだが、そしたら、かたがつくだろう」

ヴィンクは、庭にいる侍を見ていた。侍は門のそばにうずくまったまま身動きもしないでいる。「おい、あれを見ろよ。何時間もああやっているんだが、動きもしなきゃものも言わず、鼻くそもほじくらねえぜ」

「ヨーハン、あいつはあれで平気なんだ。けろっとしてる」と、ヴァン・ネックが言った。

「それに比べりゃ、おれたちは寝たし、女は抱いたし、残飯汁は食らったし」

「水先案内さん。あいつは一人ですぜ。おれたちは一〇人いる」と、ギンセルが声を低めて言った。

「おれも、それは考えた。しかし、おれたちの体はまだ十分じゃない。壊血病が治るには、一週間はかかる」ブラックソーンは心配が先に立っていた。「船の上には侍がごっそりいる。たとい相手が一人でも、槍も銃もなくては喧嘩になるまい。ところで、夜もああやって見張りがついているのか」

「ええ。三回から四回交代しますけどね。だれか、あの見張りが居眠りしたのを見た者はいるか」と、ヴァン・ネックが尋ねた。

みなは頭を横に振った。

「今晩、船に帰れるかもしれない」と、ヤン・ローパーが言った。「神のお助けで、おれたちは異教徒に勝ち、船を取りもどせる」

「てめえ、耳はどこについてるんだ。たったいま、水先案内人が言ったとおりだ。てめえは聞いてなかったのか」ヴィンクは、向かっ腹を立てて怒鳴った。

「そのとおりだ」と、砲手のピーターゾーンが同意した。「ヴィンクにからむのはやめろ」

ヤン・ローパーの目が、さらに細くなった。「自分の胸に聞け、ヨーハン・ヴィンク。そしておまえも、ハンス・ピーターゾーン。審判の日が近づいてきている」そう言うと、縁側に出ていって腰を下ろした。

ヴァン・ネックが沈黙を破った。「まあ、なんとかなるよ、なあ」

「ローパーが正しいよ。こんなところに来るなんて、欲張ったからだ」まだ少年のクロークが言った。その声が震えている。「罰が当たったんだ」

「やめろ」

少年は飛び上がった。「はい、すいません。しかし、ただ……」マクシミリアン・クロークは最年少で、まだ一六歳だった。彼がこの航海を志願したのは、父親がこの船団の船長の一人だったからだ。親子でひと財産つくるつもりだった。しかし、アルゼンチンのサンタ・マグデラナというスペイン人の町を襲ったとき、父親が殺されるのを見た。略奪物はよかったし、そして、生まれて初めて強姦というものを見て、試してみたが、自分がいやになった。血のにおいと殺人には満腹する思いがした。そのあと、さらに仲間が死んでいくのを見たし、五隻の船は一隻になり、いまやどういうわけか、仲間のなかで自分がいちばん年寄りのように感じるのだった。「すいません。ほんとうに申し訳ありません」

「バッカス、おれたちが岸に上がって、何日になるんだね」と、ブラックソーンが聞いた。

「三日目だ」と、言って、ヴァン・ネックが、座ったままでまたブラックソーンにくっついてきた。「着いたときのことは、はっきり覚えていないんだが、気がついたときには、蛮人さんたちが船にうようよしていた。だが連中は、丁寧で親切だった。おれたちに食べ物やお湯をくれた。死体をかたづけ、錨を巻き、はっきり覚えていないが、やつらが船を引っ張っていって、安全な場所に止めたような気がする。あんたを岸に運んだときには、あんたは正気じゃなかったようだ。おれたちも、あんたと一緒にしてもらいたかったが、やつらはそうしてくれなかった。連中のうちの一人が、ほんの少し、ポルトガル語をしゃべった。そいつは白髪混じりで、村長のようだった。その男は、船長という言葉はわかったが、水先案内人というのは通じなかった。そいつが、〝船長〟をおれたちとは違う場所に連れていきたいというのはわかった。で、おれたちに向かって、心配するな、この男の面倒はみるからと言った。おれたちの面倒もな。それからやつは、おれたちをここへ連れてきた。というより、運び込んだというほうが当たっている。そして、やつらの首領が来るまでここにいろと言った。おれたちはあんたと別れるのはいやだったが、どうすることもできなかった。ところで、やつにワインかブランデーを頼んでみてくれませんかね」ヴァン・ネックは、のどが渇いたようにくちびるをなめた。そして、こう付け加えた。「いま考えてみると、あいつも〝ダイミョウ〟と言ったように思うな。そのダイミョウが到着したらどうなるというのかな」

「だれか、ナイフか短銃を持っているか」

「いいや」ヴァン・ネックは、返事をしながら髪の毛のシラミを無意識にかきむしった。「やつらは、おれたちが着ていた物を洗濯するといって全部はぎ取ったついでに、武器も取り上げてしまった。そのときはべつになんとも思わなかったけど、考えたら、おれの鍵も短銃も取られていた。鍵は全部一束になっていた……金庫室、金庫、弾薬庫」

「船の上はどこも、がっちり鍵が掛かっているよ。そのことなら何も心配ない」

「しかし、鍵を持っていないと落ち着かないんだ。気になってしようがない。それにしても、こう目が見えなくっちゃ、ブランデーもビールも飲めやしねえ」

「そうか、驚いたな。そのサメリーは人間の首を斬ったんだとさ」ソンクは、だれにともなく言った。

「頼むから黙ってろ。だいいち、サメリーじゃなくて〝サムライ〟だ。ばからしくて相手にならねえ」と、ギンセルが言った。

「そのくそ坊主が、ここに来なけりゃいいが」と、ヴィンクが言った。

「神様がお守りくださるよ」ヴァン・ネックは努めて安心させようとしていた。「ダイミョウが来れば釈放されるだろう。そしたら船も銃も返してもらおう。みてろ、品物を売り払い、金持ちになってオランダに帰るのさ。しかも、世界一周を果たした最初のオランダ人としてだ。カトリックは地獄へおちる。それで、万事めでたしだ」

「いや、そうはいかない」と、ヴィンクが言った。「カトリックと聞くと、おれは尻がむずむずして、しようがない。それと、あのスペイン野郎だ。水先案内さん。やつらは、ここへ大勢で押しかけてくる気かね」

「わからん。たぶん、そうだろう。おれたちも船団一つあればなあ」

「かわいそうなやつらだ」と、ヴィンクが言った。「どっこい、おれたちは生きてらあ」

マエツッカーが言った。「たぶん、あの連中は、もう国へ帰ったころだ。おれたちが嵐に遭っていたころは、マゼラン海峡にでも引き返していただろうよ」

「そうかもしれんな」と、ブラックソーンが言った。「しかし、やつらは全員、死んだだろう」

ギンセルが身震いした。「どっこい、おれたちは生きている」

「カトリック野郎だとか、わけのわからん異教徒がいるとわかってりゃ、くたばっていたほうがましだったかな」

「なんでオランダを発ったんだ」と、ピーターゾーンが言った。「酒が恨めしいよ。おれが酔っ払いでなけりゃ、いまごろはばあさんに頭を下げて、アムステルダムで暮らしていたところだ」

「ピーターゾーンよ、勝手になんとでもののしれ。けどな、酒の悪口だけは言うなよ。酒は命のもとだ」

「おれたちは、どぶの中にあごまでどっぷりつかっているようなもんだ。そのうち満潮がやってくる」と言って、ヴィンクがぎょろりと見渡した。「そうさ、もうじきだ」

「おれは二度と陸地は拝めねえと思ってた」と、マエッツッカーが言った。彼は、イタチに似ているが、違うところは歯がないことだけだ。「それがなんと、陸も陸、日本に着こうとは思わなかった。カトリックの悪《わる》たちがいたんじゃ、生きてここを出られっこないさ。銃がありゃ別だが。ひでえことになった。これじゃ上陸しても同じだ。こんなつもりじゃなかったが」彼は、ブラックソーンがこちらを見たので、早口に言った。「ただ、運が悪かった。それだけだ」

しばらくすると、召使いが食事を持ってきた。いつも同じだ。野菜は、煮てあろうと生だろうと酢がかかっている。それに魚のスープと麦の粥である。全員、生の魚の刺し身には見向きもせず、肉と酒を欲しがった。だが、話は通じなかった。日暮れ近く、ブラックソーンはそこを出た。彼は、乗組員たちの恐怖心にも、憎悪にも、その卑猥さにも飽き飽きした。夜が明けたらまた来ると、一同に告げてきた。

狭い道路の両側に、店が立て混んでいる。行き帰りの道と家の門は覚えていた。人を斬った道は、掃き清められており、死体は消えていた。何か夢を見たようなものだと思った。庭の門に手を掛けようとすると、門は中から開いた。

年とった庭師は、風が冷たくないのか、相変わらず下帯だけでおり、彼を見るとにっこりして、お辞儀をした。「コンバンハ」

「ハロー」と、ブラックソーンも反射的に言った。そのまま、階段を上がりかけ、靴のことを思い出して立ち止まった。靴を脱ぎ、裸足で縁側に上がり、部屋に入った。そこを横切って中廊下に出たが、自分の部屋がわからなくなった。

「オンナ」と、叫んだ。

一人の年配の女が現れた。「ハイ」

「オンナは、どこだ」

するとその女は、眉を寄せて、自分を指差し、「オンナ」と、言った。

「おい、からかう気か」ブラックソーンはいらいらした。「おれの部屋はどこだ。オンナはどこだ」そう言いながら、反対側の戸を開けてみた。四人の日本人が床に座って、低いテーブルを使って食事をしていた。そのうちの一人は、白髪混じりの例の宣教師と一緒にいた村長であることがわかった。みんなは彼に会釈した。「いや、失礼」と、言って、彼は戸を閉めた。

「オンナ」と、もう一度叫んだ。

すると、年配の女は、ちょっと考えてから、彼を手招きした。彼が女についていくと、別の廊下に出た。女が戸を開けた。十字架に見覚えがあり、彼の部屋であることがわかった。布団がすでにきちんと敷かれていた。

「ありがとう」と、彼は言って、ホッとした。「さて、オンナを呼んでくれ」

その年配の女は、鈍い足音を残して出ていった。彼は座り込んだ。頭と体が痛い。椅子が欲しい。しかし、こいつらはいったいどこに椅子をかたづけちまったんだ。どうやって船にもどる。どうやって銃を手に入れる。何か手はないものか。足音がもどってきた。三人の女がいた。年配の女と、若い丸顔の少女と、中年の婦人だった。

年配の女が、何か怖がっているような表情の少女を指差して、「オンナ」と言った。

「違う」と、ブラックソーンは癇癪《かんしゃく》を起こして立ち上がり、指を中年の女に突きつけて言った。「おまえがオンナじゃないか。自分の名前を忘れたのか。ところでオンナ。おれは腹がへった。食べ物をくれないか」彼は、腹がすいたということを見せようと、自分の腹をさすってみせた。三人は顔を見合わせた。それから、中年の女は、仕方がないといった表情で、何か二言、三言いうと、あとの二人が笑い出した。彼女は布団のところへ行き、帯を解きはじめた。あとの二人は目を丸くして、かたずを飲んで見守っている。

ブラックソーンは仰天した。「おまえはいったい、何をしてる」

「イタシマショウ」そう言いながら、女は帯をわきに寄せ、着物の前を開いた。乳房は平たくしなびており、腹はでっぷりしている。女が布団に入る気なのは目に見えている。彼は、頭を横に振った。そして、着物を着るようにと言いながら、女の腕をとった。すると女たちは三人とも、何か身振りを交じえながら言いはじめたが、裸の女は明らかに怒っている。彼女はとうとう、腰に巻いていた布まで落として全くの裸になると、布団に入ろうとした。

村長が静かに廊下を歩いてきた。女たちは話をやめ、お辞儀をした。「なんだ」と、彼は聞いた。

年配の女が事情を説明した。男は、信じられないといった顔つきをすると、「あなた、この女、欲しいか……」と、なまりが強くてほとんどわからないようなポルトガル語で尋ね、裸の女を指差した。

「いや、違う、もちろん違う。おれはこの女に、食べ物を持ってきてもらいたかっただけだ」と、ブラックソーンは、気短に、その女を指差しながらまくしたてた。「なあ、オンナ」

「オンナは、女性のこと……」と、言いながら、村長は三人を指差した。「これもオンナ、これもオンナ、これもオンナ。あなた、オンナが欲しいか」

ブラックソーンは、うんざりして首を横に振った。「いや、ありがとう。おれの間違いだ。すまない。あの女の名前は、なんというのかね」

「もう一度」

「あの女の、名前は、なんだ」

「ああ、名前は春、ハル……」と彼は言った。

「ハル」

「そう、春」

「すまなかった春さん。オンナというのが、あんたの名前だと思ったんだ」

村長が春に説明した。だが、女はかえって不満そうだった。そして、彼が何か言うと、女たちは三人とも口を手で押さえながら、くすくすと笑い、出ていった。春は裸のまま着物を抱え、威厳を保つかのように、出ていった。

「ありがとう」と、ブラックソーンはもう一度言ったが、自分のばかさかげんに腹が立った。

「これ、私の家。私の名前、村次」

「村次さん。私の名前はブラックソーン」

「もう一度」

「私の名前、ブラックソーン」

「ああ、べ、ラック、フォン」村次には何回やってもできなかった。とうとう彼はあきらめて、目の前にいる巨人をしげしげと観察しはじめた。セバスティオ神父やその仲間に、何年も前に会ったことがあるのを除けば、この男が彼の見た最初の南蛮人である。しかし、宣教師たちは髪も目も黒かったし、背の高さも普通だった。ところが、この男ときたら、背が高く、金髪で、金色のひげを生やし、青い目をし、日に当たらない部分の肌は青白く、出ているところは赤かった。なんとした驚きだ。おれは、すべての人間は髪が黒く、黒い目をしているものと思っていた。驚いた。だが、なぜセバスティオ神父が、この男をあれだけ嫌うのか。あの人のいい神父が、あんなに怒ったのは見たことがない。全くの驚きだ。

青い目と金色の髪は、悪魔のしるしなのだろうか。

村次はブラックソーンを見上げながら、船の上で、最初に彼に質問しようとしたときのことを思い出した。そのあと、この〝船長〟が意識を失ってしまい、彼は自分の家に連れてくることを決心した。つまり、この男が統率者であったので、相応の敬意を払うべきだと思ったからだ。彼らは、この男を布団の上に寝かせて衣類を脱がせたが、その裸は、単なる好奇心の対象以上のものがあった。

「この男の、大事なところはおみごとなものだわねえ」と、村次の母親お才が言った。「これが立ったら、どれくらいになるのかしらね」

「さぞや、でかかろう」と、村次が答えると、みな笑い出した。彼の母親も妻も友達も召使いも、それに医者まで一緒になって笑った。

「この男の国では、女たちのあれも、きっと大きくできてるのでしょうね」と、村次の妻が言った。「ばかなことを、おまえ」と、母親が言った。「この国の遊女でも、喜んでお相手が勤まるそうだよ」そう言うと、彼女は感嘆したように頭を振った。「私は生まれて初めて、こんなのを拝ませてもらいましたよ。見世物のようなものだねえ」彼らは、ブラックソーンの体を洗った。しかし彼は意識を取りもどさなかった。医者は、この男の意識が回復するまではほんとうの風呂に入れるのはよくないと言った。「なにしろ村次さん、うちらは外人の体のことは何ましょう」

「しかし、髪のシラミをどうする」と、村次が聞いた。

「しばらくは生かしておくんですな。南蛮人にはみなシラミがわくそうですな。残念だが、辛抱だ」

「髪ぐらい洗ってはいけませんか」と、彼の妻が言った。「十分、気をつけますけど。私のつたないところは、お母さんにみてもらいます。そのほうが、この南蛮人のためにもいいし、家もきれいになります」

「わかりましたよ。頭を洗ってやりましょう」そう言うと母親は、とどめの言葉を付け加えた。「しかし、あれが立ったらどれくらいになるものか、ほんとに知りたいものだねえ」

いま、村次は、なんとなくブラックソーンをながめている。そして、あの宣教師たちが、この悪魔の海賊たちについて語って聞かせてくれた言葉を思い出した。こいつがそんなにひどいやつだと知っていたら、自分の家へ連れてくることはなかっただろう。いや、そうではない。近江様がそうするなと言うまでは、客として扱う義務がある。しかし、あの宣教師と近江様とにすぐ知らせたのは賢明だった。ほんとうに。おまえは村長として村を守ったが、それはおまえ一人に課せられた責任だからな。

そうだ。そして近江様は、今朝のあの事件についても、つまり死んだ男の非礼というものは、この私の責任であるというだろう。しかし、そのとおりだ。

「ばかなことをするな、玉蔵。おまえは、村の名を傷つけることになるぞ」村次はそう言って、この漁師に、何回も注意してきたのだ。「いいか、腹を立てても仕方あるまい。近江様はキリスト教徒を鼻で笑うだけで、ほかに何もできはせん。それは御領主様がキリスト教徒をお嫌いだからだ。となると、近江様に何ができるというのだ」

「そのとおりだ。村長様。悪うございました」と、玉蔵は形の上では答える。「でもな、仏教徒というのは、もっと心が広くなくっちゃな。二人とも禅宗のくせに」

「そうだ。仏教だって、他人を許せと教えるよ。しかし、何回おまえに言って聞かせたことだ。いいか、あの人たちはお侍で、ここは九州ではなくて伊豆だぞ。仮にここが九州であったとしても、おまえは、やっぱり間違っていることに変わりはない。変わりはないよ」

「そうだ、許してください。おれが悪かった。わかっていても、時々、近江様が真の信心を、あまりにもばかになさると、我慢できなくなるんでなあ」

そして玉蔵よ、おまえは自分で死を選んだのだ。近江様が、「……この邪教の、臭い宣教師め」と、言ったので、おまえがお辞儀をせず、あの方を侮辱したためにおまえは死んだのだ。あの宣教師は確かに臭いし、あの宗教は異国のものにちがいないがな。かわいそうなやつだ。おまえがそこまでやったって、家族が食えるわけでもなければ、村の名についた傷が消えるわけではない。

おお、聖母マリア様。私の友を祝福して、天国の喜びをお与えください。

近江様から、さぞ、きついことを言ってくるだろうと、村次は思った。仮に、それがひどく無理なものではなかったとしても、万事はそのあとにくる御領主様しだいだからな。

村次が、この伊豆の大名で、近江の伯父に当たる柏木矢部のことを考えるとき、いつも強い不安に襲われる。矢部は残酷で、破廉恥で、村人の収穫や漁獲の当然な分け前をもだまし取り、ひどい圧政をしいていたからだ。戦が始まれば、石堂か虎長か、矢部はどちらの側につくのだろう。この国は巨人の間にはさまり、両方に人質をとられている。

北に控える虎長は、存命の武将のなかで最も偉大な人物であり、関八州を所有する最も重要な大名で、東軍の総帥であった。一方、西は石堂の領地で、彼は大坂城の主であり、朝鮮征伐の功労者で、太閤《たいこう》の世継ぎの保護者、そして西軍の大将であった。

戦はどちらが勝つ。

どちらも勝てまい。

なぜなら、今度戦が始まれば、それは再び国中を巻き込むことになるだろうから、そうなれば、友好の盟約はくずれて、以前のように、藩と藩、村と村が戦うようになるだろう。しかし、この一〇年間は違っていた。それは、信じられないことだが、この国のどこにも、戦争のない平和と呼ばれる状態が続いていたのである。有史以来、初めてのことであった。

自分も、平和のほうがいいと考えはじめていると、村次は思った。

しかし、平和をうちたてた男は死んだ。百姓あがりの足軽から侍になり、武将になり、そして武士の総大将になり、ついには太閤となって日本の全権を握ったその男は、一年前に死んだ。そして彼の七歳になる息子は、その全権を受け継ぐにはまだ幼すぎた。この御領地と同様に、あの少年も人質のようなものだ。巨人と巨人の谷間だ。そして、戦は避けられない。こうなれば、たとい太閤がよみがえってきても、自分のかわいい息子、自分の子孫の地位、自分の領土すらも守ることはできまい。

たぶんそれは、なるべくしてなっていく姿なのだろう。太閤は国を平定して平和をもたらし、すべての大名を、自分の前で百姓のように平伏させ、そして、思うままに所領替えを行なった。ある者は昇格し、ある者は身分を落とされた。そして、彼は死んだ。彼はピグミーのなかの巨人だった。しかし彼のなしとげた仕事も、その偉大さも、彼とともに葬られるべきだったということは、正しいだろう。しょせん、人生は風に散る花のようなものではないのか。確かで、不変のものといえば、海や山や星や八百万《やおよろず》の神の宿りたもうこの土地だけではないのか。

人はみなとらわれの身だ。それは事実だ。戦は間もなく始まる。それも事実だ。矢部だけが、我々がどちらにつくかを決定する。それも事実だ。だが、この村はいつまでも生き残るだろう。なぜなら、田は豊かで、海の幸も豊富だから。それは変えることができない。

村次の意識は、自分の前に立っている南蛮の海賊にもどった。おまえは我々に災いをもたらすために送られてきた悪魔なんだ。それが証拠に、おまえの漂着以来、悪いことばかりが続いている。なぜ、ほかの村を選んではくれなかったんだ。

「船長、女、欲しいか」と、彼のほうから聞いてみた。彼の提案で、村ではほかの南蛮人にはすでに女を提供してある。それは一つには礼儀であり、また一つには、領主がやってくるまでやつらを引きつけておくための手段でもあった。それに村ぢゅうは、南蛮人と寝た話や、その後日談でもちきりになり、大いに楽しんでいることを思えば、安い投資だったといえる。

「オンナ」と、村次は繰り返した。この海賊も、足が立つようになった以上は、眠る前に、その天与の逸品の槍を立てて暖かい鞘に納めたくなるだろうと、村次は思った。いずれにせよ、女は準備してある。

「要らない」ブラックソーンは眠りたいだけだった。しかし、この男を味方にしておきたかったので、愛想をつくり、十字架を指差しながら、「あなたは、キリスト教徒か」と聞いた。

村次はうなずいた。「キリスト教徒だ」

「おれも、キリスト教徒」

「神父、違うと言った。キリスト教徒、ない」

「おれはキリスト教徒だ。ただ、カトリックではない。でも、おれはキリスト教徒だ」

しかし、村次にはわからなかった。ブラックソーンは、手をつくして説明を試みたが、相手の語学力では、わからせるのは無理だった。

「オンナ、欲しいか」

「あの……ディミョウ……いつ、来る」

「ディミョウ……わからない」

「ディミョウ……ああ、いや、ダイミョウだ」

「ああ、ダイミョウ、わかった、大名か。大名、来るとき、来る。寝ろ。まず、洗え。どうぞ」

「なに」

「洗う。風呂、どうぞ」

「わからない」

村次は顔を近づけてくると、さも臭そうに鼻にしわを寄せた。

「臭い、悪い、みなポルトガル人。そう、風呂。この、きれい、家」

「おれがしたいと思ったときに入浴する。だいいち、おれは臭くない」ブラックソーンはカッとなった。「風呂が危険なことぐらい、だれだって知ってる。おまえは、おれを赤痢《せきり》にするつもりか。このおれが、それほどのばか者だと思っているのか。さっさとここを出ていけ。おれは寝るぞ」

「風呂」村次は命令した。この南蛮人が怒りをむき出しにしたのには驚いたが、なんという礼儀知らずなのだと思った。この南蛮人はただ臭いだけでなかった。村次の知るかぎりでも、少なくともこの三日間、正式に入浴していない。これではいくら金を払っても、女たちは、彼と枕を共にするのを断るにきまっている。

異人どもはひどいと、彼は思う。とにかく驚くことには、彼らの習慣はひどく不潔である。しかし仕方がない。預かったからには私の責任だ。おまえに礼儀を教えてやる。おまえに人間の入浴の仕方を教える。そうすれば、母上も、知りたがっていたことを知るチャンスだ。「風呂」

「八つ裂きにされないうちに、ここを出ていけ」と、ブラックソーンは出口を手で示しながら、彼をにらみつけた。

一瞬のにらみあいがあって、三人の男と、三人の女が入口に現れた。村次は手短に事のしだいを説明し、それから最後通告のように、きっぱりと、ブラックソーンに言った。「風呂、どうぞ」

「出ていけ」

部屋の中へ、村次が一人でつかつか入ってきた。

ブラックソーンは、村次に怪我をさせる気はなく、ただ追っ払うつもりで、彼を押しのけた。そのとたんに、ブラックソーンの口から悲鳴があがった。村次が手の平の横で、彼のひじを一撃すると、ブラックソーンの腕は一瞬、しびれて、だらりとぶら下がってしまった。頭にきた彼は突進した。しかし、部屋の景色がぐるっと回ると、彼の体は床に腹ばいの形でのびてしまった。そこをまた一撃されると、背骨に痛みが走り、彼はウンとうなったまま、動けなくなってしまった。

「ちくしょう……」

起き上がろうとしたが、足が村次の下に押さえ込まれている。それから村次は、その、小さいが鉄のような指を、ブラックソーンの首の急所に、そっと当てがった。目のくらむような痛みが走った。

「ちくしょうめ」

「風呂、いいな」

「はい、はい」ブラックソーンは、あえぎあえぎ答えた。こんな小さな男にいとも簡単にやられてしまったうえに、まるで子供のように押さえ込まれ、首を斬られても仕方のないような有様になるとは、全く驚いたことだ。

若いときから村次は、剣術、槍術はいうに及ばず、柔術も拳法も学んでいた。

「いや、失礼しましたな、船長さん」と、村次は丁寧に一礼した。赤ん坊が乳房に吸いつくような格好で、顔を畳につけてうなっている異人の面子《めんつ》がまるつぶれなのを思うと、恥入る気持ちだった。そうだ、ほんとうにすまなかったと思うが、しかし、やむをえなかった。あんたが、許せる範囲を越えて横暴なことをするからだ。たとい南蛮人だとしてもな。あんたが気狂いのように叫ぶものだから、私の母はびっくりするし、家の中が一度に騒々しくなり、召使いも慌てふためいている。私の家内は障子を一枚新しくしなければならんと言っている。私は、あんたのような、あからさまな無礼がまかり通るのを許すわけにはいかなかった。また私の家の中で、私の言うことをきかぬ者をそのままにすることもできなかった。すべて、あんたのためだ。それにあんた方南蛮人は、それほど面子にこだわらないそうだから、たいして苦にすることでもなかったろう。「風呂、とてもよい」

村次は、男たちを手伝って、まだ目の回っているブラックソーンをかつぎ、庭に出ると、村次の自慢の渡り廊下を通って風呂場へ運んだ。その後ろに女たちが従った。

今度のことは、村次の人生で最も大きな経験の一つになるものだ。彼は、やがて、この話を信じようとしない男たちの前で、酒をくみ交わしながら、繰り返し、繰り返し語ることになるだろう。あるいは、年寄りや漁師や村の衆や子供たちにも話して聞かせることになるだろうが、だれも、最初は信じまい。しかし聞いた者たちは、やがて、自分の子供たちにこの話を語り継いでいくことだろうから、網元の村次の名前は永遠に網代の村の中に生き続けることだろう。これもひとえに、村次が太閤の死んだ翌年に村長になるという幸運に恵まれたからで、そのおかげで、東の海を渡ってきた見知らぬ異人の首領を預かることになったのだ。

第2章

「伊豆の領主柏木矢部様は、おまえがだれであるか、どこから、どのようにしてここまで来たのか、またどのような海賊行為を働いてきたかと、尋ねておられる」と、セバスティオ神父が言った。

「何度も言ったように、おれたちは海賊ではない」よく晴れた、暖かい朝であった。村の広場にしつらえられた一段と高い席の前に、ブラックソーンはひざまずかされていた。昨日、したたか殴られたのでまだ頭が痛む。冷静に振舞うこと、そして頭を働かせることだと、自分に言い聞かせた。みんなの生命がかかっている裁きの場なのだ。そしておまえがスポークスマンだ。そのつもりでしっかりやれ。あのイエズス会士は敵だが、ほかに通訳はいないし、彼が何を言い出すのか、自分にはわからない。わかっているのは、あの男は決しておれたちの助けになるようなことは言わないということだけだ……。

「頭を働かせるんだ、坊主」聞こえてくるのは、アルバン・カラドックの声だ。「いいか、嵐がひどくなり、海が荒れ狂っているときほど、おまえが特に頭を働かせるときだ。それがおまえを生かし、そして船を救う道だ……もしおまえが水先案内人ならな。頭を働かせること、そしてどんなにつらかろうと、毎日が勉強だ……」

今日はかなりの勉強をさせられるなと、ブラックソーンは覚悟を決めた。それにしても、どうして、アルバンの声があんなにはっきり聞こえるのだろう。

「はじめにダイミョウに言ってくれ。おまえの国とおれたちとは戦をしている、つまり敵同士だとな。イギリスとオランダは、スペインとポルトガルを相手に戦っていると」

「再び警告するが、短く答えること。そして事実を曲げないことです。オランダとか、ホランドとかジーランドとか、たとい、いかさまのオランダの反乱者どもがなんと呼ぼうとも、あの土地はスペイン帝国の、小さな、手におえぬ州の一つだ。おまえは、法の認める国王に反逆する州の反徒のリーダーだ」

「イギリスは戦っていて、オランダは分……」ブラックソーンは言いかけたが、宣教師はすでに聞いておらず、通訳に入っていた。

壇の上のダイミョウは、背は低いが、がっしりして、威厳があった。くつろいで座っているようだが、両脚は体の下に組んでいる。四人の側近が両わきに控えているが、その一人は彼の甥であり、家臣である柏木近江であった。彼らはそろって絹の着物を重ねて着ており、その上にゆったりとしたスカートのようなものをはき、糊で肩を大きく張らせた上着を着ていた。そして彼らの務めである刀を差していた。

村次は広場の土の上に、じかに座っていた。村人でこの場にいるのは彼だけで、あとの見物人は大名と一緒に来た五〇人ほどの侍だった。侍たちは規律正しく、静かに、並んで座っていた。船の乗組員たちはばらばらに、ブラックソーンの後ろに、同じような姿勢で座り、そのまわりを番兵が囲んでいた。乗組員たちと一緒に船団長も連れてこさせられたが、彼はひどく苦しそうだった。地面に横になることを許されたものの、半ば昏睡状態だった。大名の前に並んだとき、ブラックソーンはみんなと一緒に頭を下げたのだが、下げ方が十分でなかったらしく、侍が来て彼らのひざをひっぱたき、頭を押し下げて、百姓がするように地面に頭をすりつけさせた。彼は抵抗を試み、そういう礼は自分らの習慣にはないうえに、自分は指導者であり、自分の国の使者である以上、それらしく処遇すべきだと宣教師に向かって大声で怒鳴った。だが、槍の柄がおどすように彼の目の前に突き出された。突然の攻撃に乗組員たちはいきりたった。しかし、彼はみんなを制止し、ひざまずくように怒鳴った。幸いに、みんなは彼に従ってくれた。大名が何か宣教師に言うと、宣教師は、真実を手短に答えるようにという警告であると通訳した。ブラックソーンは椅子を要求したが、宣教師は日本人は椅子を使わないし、日本には椅子はないと答えた。

ブラックソーンは、宣教師が大名と話している間に、この暗礁から逃れる手がかりはないものかと、それればかり考えていた。大名は傲慢で、残酷な人相をしていると彼は思った。あいつはいやなやつだ。あの宣教師の日本語はたどたどしい。みたか。いらいらしているぞ。大名には通じない。別の言葉でわからせろと言っているらしい。しかし、どうしてあのイエズス会士はオレンジ色の服を着ているんだ。大名はカトリック信者か。みろ、イエズス会士はへどもどして、汗びっしょりだ。あの大名はカトリックではないらしいぞ。間違えるな。うん、たぶん彼はカトリックではないようだ。どっちにしてもあいつの慈悲は期待できまい。ではどうやってあのばかを利用するか。どうしたら大名と直接話ができるか。あの宣教師をどう利用するか。彼の信用を失わせる方法はないか。罠《わな》はないか。さあ、考えるのだ。おまえはイエズス会のやつらのことは十分知っているはずだ……。

「急いで質問に答えろと、殿様は言っておられる」

「わかった、もっともだ。すまない。おれはジョン・ブラックソーン、イギリス人で、オランダ船団の水先案内人だ。母港はアムステルダムだ」

「船団、なんの船団です。嘘です。船団などいません。なぜオランダの船にイギリス人の水先案内人がいるのです」

「そのうちわかる。おれの言ったことをまず訳せ」

「なぜ、あなたはオランダの私掠船の水先案内人なのです。早く」

ブラックソーンは、賭けをする決心をした。突然、彼は声を荒らだて、穏やかな朝の空気をつんざくように叫んだ。「どうした、おれの言ったことを通訳しろ、スペイン野郎。早くしろ」

宣教師は真っ赤になった。「私はポルトガル人だと、前にも言ったはずだ。問いに答えなさい」

「おれはそのダイミョウと話しているんだ、おまえが相手じゃない。おれの言ったことを通訳するんだ。このろくでなし」ブラックソーンは宣教師の顔がさらに赤くなるのを見て、あの大名がそれに気がつかないはずはないと思った。用心しろと自分を戒めた。度がすぎると、この黄色のばかどもは、鮫の群れよりも早くおまえを八つ裂きにするからな。「早くダイミョウに言え」そう言うとブラックソーンは、壇に向かって、ことさら丁寧に頭を下げたが、いよいよ引き返すことができないぞと思うと、冷や汗が流れるのを感じた。

セバスティオ神父は、たとい海賊に侮辱的な言葉でののしられようと、大名の前で自分の信用を落とすような策にはめられようと、自分では動じないだけの修養ができているはずだと思っていたのだが、生まれて初めて動揺し、自分の負けだと思った。

隣の郡にある彼の伝道所に、村次の使いが船のことを知らせてきたとき、彼はその意味を測りかねた。オランダかイギリスの船が来たとはありえないことだ。太平洋には、あの大悪の海賊ドレイク以外には異教徒の船が入ったことはないし、まして、アジアにはまだ一度も来ていない。航路は秘密で、しかも防備されている。彼はすぐに外出の支度をすると、伝書鳩の至急便を大阪の上司にあてて飛ばした。先ず上司に相談したかったのだ。自分でも承知のとおり、彼はまだ若く、経験も乏しいうえに、日本に来てわずか二年、まだ叙品されてもいなかった。そしてこのような緊急事態を一人で処理する力はなかった。彼は、知らせが間違いであることを望み、祈りながら網代へと急いだ。しかし、船はやはりオランダ船で、水先案内はイギリス人であった。そして彼が忌み嫌う悪魔の異教徒、ルーテル、カルヴィン、ヘンリー八世と、そのろくでなしの娘エリザベスの一味が彼の前に現れ、彼を威嚇した。そして、いまもなお彼の判断を狂わせている。

「宣教師、海賊の言うことを通訳しなさい」と言う大名の声が聞こえた。

おお、聖母マリア、我を助けたまえ。大名の前で強くあるように助けたまえ、そして話す力を与えたまえ、そして彼をカトリックに改宗させるため、お力をお貸しください。

セバスティオ神父は気を取り直し、前より自信をもって話しはじめた。

ブラックソーンは耳を傾け、わかる言葉を聞き分けようとした。神父は「イギリス」と「ブラックソーン」という言葉を使い、港に錨を下ろして停泊している船を指差した。

「どうやってここへ来ました」と、セバスティオ神父が聞いた。

「マゼラン海峡経由だ。あそこを出てから一三六日かかった。ダイミョウに言え……」

「嘘です。マゼラン海峡は秘密です。アフリカとインドを通ってきましたね。結局は真実を言わされるのですよ。ここには拷問があります」

「海峡は秘密だった。だが、あるポルトガル人が航海日誌を売ってくれた。おまえの国のやつが、わずかなユダの金でおまえたちを売ったのだ。ばかどもめ。いまやイギリスの戦艦、そしてオランダの戦艦は残らず太平洋に出る航路を知っている。二〇隻のイギリス巡洋戦艦と、砲六〇門を備えた戦艦の艦隊が、いまマニラを攻撃中だ。おまえの帝国はもうおしまいだ」

「嘘をつくな」

もちろん、マニラに行ってみる以外に嘘を確かめる方法がないことを、ブラックソーンは百も承知である。「その艦隊はおまえたちの海域を走りまくり、植民地を壊滅させるだろう。別のオランダの艦隊が、今週にもここに来ることになっている。スペイン領ポルトガルの豚は豚小屋にもどる。そしてイエズス会の親玉はペニスを尻の穴にしまって退散だ」言い終わると、彼は向きを変え、大名に丁寧にお辞儀をした。

「神は、あなたの汚い口を罰されるだろう」

「あの者は、なんと言っておるのだ」大名はいらだって嚙みつくように言った。

宣教師は、前よりも早く強い口調で答えている。「マゼラン」と「マニラ」と言ったが、大名にも、その側近たちにも、はっきり理解できない様子だった。

矢部はこの裁きにうんざりしてきた。港に目を向け、近江の密使を受けて以来ずっと心にかかっている問題の船に目をやった。そして、もしかしたら、あれは天からの授かりものではないかと考えるのだった。「近江、積み荷はまだ調べてなかったか」彼は到着するや、ほこりだらけで疲れているにもかかわらず、真っ先に、そう尋ねたのだった。

「まだにございます。殿御自身が御到着になるまで、船は封印しておくのがいちばんと考えましたので。しかし、船倉は積み荷でいっぱいでございました。その処置でよろしゅうございましたでしょうか。これが全部の鍵でございます。手前が押収しておきました」

「よろしい」矢部は、虎長の治める都、江戸から早打ちで、ひそかに、危険を冒してやってきた。そして至急にもどることが必要だった。悪路と雪解けの増水した川を、馬と駕籠《かご》を乗り継いで、ほとんど二日を要した。「すぐに船を見たい」

「異人を御覧になりませぬか」近江は笑いながら言った。「とてもこの世のものとは思えませぬ。ほとんどが、まるでシャム猫のような青い目に、金色の髪をしております。それよりも、まずいちばんの事件は、彼らが海賊であることにございます……」

近江は矢部に、宣教師のこと、宣教師とこの海賊船とのかかわり、海賊の話したこと、そしていままでの事件のすべてを告げた。それを聞くと矢部はますます興奮した。矢部はすぐにも船に行き、封印を解きたいとはやる気持ちを押さえ、まず風呂に入り、衣服を着替えると、異人たちを連れてくるように命令したのだった。

「これ、宣教師」矢部の声は鋭かった。宣教師の下手な日本語がわからなくて腹が立っていた。

「なぜ、あの者はおまえのことを怒っておるのだ」

「あれは悪者、海賊。悪魔を拝む」

矢部は彼のそばにいる近江のほうへ身を乗り出した。「この者の言うことがおまえにはわかるか。あの者は嘘を言っておるのか。どうじゃ」

「手前にもわかりませぬ。南蛮人が何を実際に信じておりますのか、だれにもわかりませぬ。

おそらく宣教師は、海賊が悪魔を崇拝しているると考えているのでございましょう。もちろん、ばかげたことでございます」

矢部は宣教師のほうに向き直ったが、嫌悪するような目つきだった。彼は、今日にもこの宣教師をはりつけにして、自分の領地からキリスト教を永久に抹殺してやりたい気持ちだった。だが、それはできなかった。彼ら大名たちは、自分の領内の全権をもっていたとはいえ、太閤の遺言によってできた大老会議の支配下にあった。また、太閤の存命中に出た布告も、いまだに合法的な力をもっていた。その何年も前に出た布告の一つに、ポルトガルの南蛮人たちの取扱いについて示したものがあり、それによると、彼らはすべて保護を受けるものであり、彼らの宗教は容認され、宣教師も存在を認められ、布教活動を許されることになっていた。「これ、宣教師、そのほかに海賊はなんと言っておるのだ。あれはおまえになんと言った。早く申せ！そのほう、舌でもなくしたか」

「海賊は悪いこと、言いました、悪い、もっと海賊、戦の船乗りでくる……たくさん」

「どういう意味だ、戦の船乗りとは」

「ごめんなさい、殿様。わかりません」

「戦の船乗りでは、わからん」

「おお、海賊が言います。船の戦はマニラにいます。フィリピンの」

「近江、おまえにはわかったたか」

「わかりませぬ。あまりにも下手で、何が何やら……しかし、この者は、もっと別の海賊船が、日本の東にいるとでも申しておりますのでしょうか」

「宣教師、それらの海賊船が日本の沖にいるというのか。東か、そうなのか」

「はい、殿様。でも、それ、嘘と思います。マニラにいると言います」

「わからんな。マニラとはどこだ」

「東。何日も旅する」

「もし海賊船が来てくれるなら、喜んで迎えてやろう。マニラがどこであろうともな」

「すみません。わかりません」

「かまわぬ」我慢もそこまでだった。矢部の腹は、この異人たちを殺すことに決まっており、待ち遠しいほどだった。この異人たちが、太閤の政令に指定されている〝ポルトガルの南蛮人〟に該当しないことは明らかだった。いずれにしろ、こいつらは海賊なのだ。思い出しただけでも、彼は南蛮人が嫌いだった。彼らの悪臭、不潔さ、肉を食べるいやらしい習慣、ばかな宗教、横柄さ、それに不愉快な作法。そして何より、ほかの大名たちも同じ意見だが、やつらにこの神国の弱みを握られているのが癪《しゃく》の種だった。中国と日本は何世紀にもわたって争っていた。そのため、中国は日本に交易を許さなかった。中国の絹布は、長い間、法の網をくぐったほんのわずかな密輸品が入ってくるだけで、日本では非常に高価だった。そして、いまから六〇年ほど前に南蛮人が到着した。北京の中国皇帝は、彼らに中国南部のマカオを永久的な拠点として与え、絹と銀を取引きすることに同意した。日本には銀が豊富にあった。間もなく、交易は盛んになり、間に立ったポルトガル人は金をもうけ、ポルトガルの宣教師たち――そのほとんどはイエズス会士――は、この交易に欠かせぬ存在となった。中国語と日本語を話すのを覚えたのは宣教師ばかりだったので、交渉や通訳は彼らの仕事になった。交易が盛んになると、宣教師はますます必要になる。そしていまや年間の取引き高は非常に多額にのぼり、すべての侍の生活に影響をもっていた。というわけで、宣教師たちの存在は容認されなければならず、彼らの布教活動も認められたのだった。そうしなければ、南蛮人は日本を去り、交易の道は閉ざされてしまったであろう。

最近までに、相当な数の重要なキリスト教信者の大名が誕生しており、何十万という改宗者がいて、そのほとんどが九州に住んでいた。

そのとおりだ。我々は宣教師とポルトガル人は容認しなければならぬが、今度の南蛮人は例外だと、矢部は思った。この信じられないような金髪に、青い目をした蛮人どもは別だ。そう思うとぞくぞくしてくる。いまこそ、異人たちを拷問にかけたら、どのようにして死んでいくか見たいものだという彼の好奇心は、少なくとも満足させられるのだ。こいつらは一一人だ。とすれば、一一通りの実験を試みてやれる。他人の苦痛を見るとなぜ楽しいのか、彼は考えてみたこともなかった。わかっているのは、それが楽しいということだけで、そのために、それは機会あるごとに求め、楽しむものだった。

矢部は告げた。「このポルトガル船ではないところの異人船と海賊どもは、積み荷とともに没収とする。海賊どもはただちに……」と突然、海賊の首領が宣教師に飛びかかり、彼のベルトから木の十字架をむしり取り、へし折って地面にたたきつけ、何か大声で怒鳴りつけたのには、矢部は開いた口がふさがらなかった。番卒が刀を振りかざして飛び出すと、海賊はすぐにひざまずき、大名に向かって深く頭を下げた。

「待て、そやつを斬るな」

矢部は驚いた。彼の前で、そのような不作法な行動を働く無礼な人間は見たこともなかった。

「この蛮人どもは、見当もつかぬ」

「はっ」と、近江は答えたが、彼の頭は、このような行動が何を意味するのかという疑問の念で、いっぱいだった。

宣教師はひざをついたまま、砕けた十字架をじっと見ている。やがて、震える手で、汚された木片を拾いはじめた。何か海賊に言ったが、その声は低く、むしろおとなしかった。彼は目を閉じ、指を組んで、ゆっくりくちびるを動かした。海賊の首領は薄いブルーの目をまばたきもせず、じっとその口元を見つめていた。

矢部が言った。「近江、まず船に行って、それから始めるとしよう」自分で決め込んだ快楽への期待で、声は弾んでいる。「あの列の端にいる赤毛から始めるとしよう。あの小男からだ」

近江は身を寄せて、興奮した声を抑えるように言った。「恐れながら申し上げます。このようなことが起きたのは初めてのことでございます。ポルトガルの蛮人が来て以来初めてのことでございます。十字架はあの者たちの神聖な象徴ではございませぬか。あの者たちは常に宣教師を敬っているではありませぬか。人前で宣教師にひざまずくではありませぬか。宣教師は絶対の支配力をもっているのではありませぬか」

「何を言いたいのだ」

「手前どもはみなポルトガル人を嫌っております。日本人の切支丹《きりしたん》は別ですが。となると、この異人どもは殺さずに生かしておいたほうが、役に立つかと思われます」

「なんの役に立つ」

「あの者たちは例外だからにございます。あの者たちはキリスト教に反対する者。賢い者ならば、あの者たちの憎しみや不信心を利用して、我々の役に立つ道を考えるかと存じます。いうまでもなく、あの者たちは殿のものでございますが」

そのとおりだ。だから、あいつらを拷問にかけてやりたいのだ。しかし、拷問のほうはいつでも楽しめる。近江の言うことをきこう。なかなか考えのある男だ。だがこの男を信じてもよいのか。こんなことを言うのには、裏に別の下心があるのではないか。よく考えろ。

「伊川持久は切支丹にございます」と、甥が言ったが、その名は、彼の憎んでいる敵の名であり、石堂の親戚の一人で、石堂と同盟していて、矢部の領地の西の隣接領にいた。「このうす汚い宣教師は伊川領におります。となると、おそらく、この異人どもは伊川の領内の秘密を探り出してくれるかもしれません。もしかすれば石堂の秘密も。あるいは虎長公の秘密さえも」と、近江はそっと付け加えた。

矢部は、近江の顔の下に隠されているものを読み取ろうとした。それから船に目をやった。それが天からの授かりものであることを、もはや疑う気はなかった。そうにちがいない。だが、これは贈りものなのか、それとも災害の種なのか。

彼は、自分の楽しみは、自分の一族の安全のために譲ることにした。「おぬしの言うとおりだ。まず、この海賊どもを飼い慣らすことだ。作法を教えてやれ。特にあの者にな」

「イエス様もおしまいだ」と、ヴィンクはつぶやいた。

「お祈りを言うんだよ」と、ヴァン・ネックが言った。

「いま、やったさ」

「もう一回やれよ。天にましますわが主よ、ブランデーを一杯、恵みたまえ」

彼らは、漁師たちが魚の干物を貯蔵するのに使っている深い穴倉の一つに押し込められていた。侍が、彼らを広場から連れてきて、はしごを下ろし、この地下に閉じ込めたというわけである。穴倉の中は横四メートル、縦四メートル、高さ三メートルほどで、壁も床も土だった。天井は土に板を張ってあり、出入り用に上げぶたが一つ作りつけてあった。

「おれの足に乗るな、この野郎」

「なにを、くそったれ」ピーターゾーンは陽気に言い返した。「おい、ヴィンク、もうちっとどけろ、この歯抜けじじい。おめえがいちばん場所をとってんだぞ。ああ、冷てえビールがやりてえ、やい、どけ」

「だめだ、ピーターゾーン。おれたちゃ、生娘のけつの穴より狭いとこにいるんだ」

「船団長のせいだよ。あいつが一人で場所をとってやがる。押しのけろ。たたき起こせ」と、マエツッカーが言った。

「おお、どうした。ほっておいてくれ。何があった。病気だから横にならせてくれ。ここはどこだ」

「そっとしておけ、やつは病気だ。さあ立て、マエツッカー。この野郎」ヴィンクは怒って、マエツッカーを引き起こし、壁に押しつけた。そこは全員が横になったり、ゆっくりくつろいで座るのには、狭すぎた。船団長のパウルス・スピルベルゲンは、いちばん空気の入り込む上げぶたの下に、丸めたコートを枕にして横になっていた。ブラックソーンは片すみに寄り掛かって、上げぶたを見上げていた。乗組員たちは彼に触れないように、できるだけ距離をおくようにしていた。長い間の経験から、彼が外見静かにしているときには、その内側は、いまにも爆発しそうであることを知っていたからだ。

マエツッカーは癇癪を起こし、拳固《げんこ》でヴィンクのまたぐらに一発入れた。「ほっとけ、さもないと、てめえなんか殺してやるぞ」

ヴィンクは、すぐに相手に飛びかかったが、ブラックソーンは二人の頭をつかむと、壁に激しくたたきつけた。

「みんな、静かにするんだ」と、彼は押し殺したように言った。みなは言われたとおりにした。「交代で、見張りをする。一組は眠る。一組は座る。一組は立つ。スピルベルゲンはよくなるまで寝かしておく。あっちのすみを便所にする」彼は一同を三分した。そうすると、少しはましになった。

一両日中にここから脱出しなければ体が弱ってしまうと、ブラックソーンは思った。食事と水を差し入れるために、はしごが下ろされるときだ。今晩か明日の晩のうちにやらなければ。なぜここに入れられたか。やつはわかってくれるだろうか。おれたちは手出しをしなかった。おれたちはあのダイミョウの役に立つ。やつはわかってくれるだろうか。おれたちのほんとうの敵はあの宣教師だと知らせるには、あれしか方法がなかった。わかってくれるだろうか。だが、あの宣教師にはわかった。

「神はおまえの罰当たりな行為をお許しになるかもしれんが、私は許さない」と、セバスティオ神父は落ち着いて言ったものだ。「おまえとおまえの悪魔の滅びる日まで、私の心は安まらない」

汗がほほを伝って、あごに流れた。彼は無意識にそれをぬぐうと、穴倉の音に耳を集中した。船で寝ているときも、見張り役を離れているときも、順風に送られているときも、そうやって、危険が迫る前にいち早く察知するのだった。

必ずここを脱出して船に乗るんだ。フェリシティはどうしているだろう。子供たちも。ええと、チューダーは七歳になったはずだ。リズベス……アムステルダムを出て一年と一ヵ月六日。加えるに、三七日間が準備期間とチャタムからアムステルダムへの日程だ。そしてあの子は、チャタム出航の一一日前に生まれたからその日数を加える。これがあの子の正確な年齢になるわけだ――もし順調に育っていれば。みんな元気でいてくれよ。フェリシティは料理をしたり、子守りをしたり、掃除をしたり、おしゃべりをしていることだろう。子供たちは母親に負けないくらい丈夫で強い子に育ってくれ。また家にもどって、海岸や森や林の中、イギリスらしい美しい自然の中を、家族と一緒に歩けたらどんなに楽しいことだろう。

長いこと彼は、自分の家族たちを、芝居の登場人物のように考えることを自分に訓練してきた。そのつもりで彼らを愛し、彼らのために泣くのだ。それでなければ、遠く離れている苦痛に耐えることはできなかったろう。一一年間の結婚生活を通して、家にいた日数は数えるほどしかなかった。ほんとうにわずかな日数だったと、彼は思う。「女にとっては、つらい生活だよ、フェリシティ」と、言ったことがあった。すると彼女は、「どんな生活でも、女にとってはつらいものよ」と、答えたものだ。あのころ、彼女は一七歳で、背が高く、長い髪をなびかせて、いい体を……。

気になる音がした。

男たちは座ったり、寄り掛かったり、眠ろうとしている。仲のよいヴィンクとピーターゾーンは低い声で話していた。ヴァン・ネックは、そのほかの連中と同じように空間を見つめている。スピルベルゲンはうとうとしている。それを見ていると、人間とは、他人が思っているより強いものだと、ブラックソーンは思った。

頭上で足音がすると、みんなは突然、静まり返った。足音が止まった。かすれた声がかすかに、耳慣れぬ言葉をしゃべっている。ブラックソーンはその侍の声に聞き覚えがあるような気がした——近江か、そうだ。しかし、断言はできなかった。間もなく話し声はやみ、足音が遠くなっていった。

「食事を持ってきたのかな、水先案内」と、ソンクが聞いた。

「そうだろう」

「飲みてえ。冷たいビールだ」と、ピーターゾーンが言った。

「うるせえな」と、ヴィンクが言った。「おめえのいうこと聞いてると、汗がでてくらあ」

ブラックソーンも、汗がしみたシャツが気になっていた。そして悪臭が。なんということだ。おれが風呂に入りたいと思うようになったとは。そしてあのときのことを思い出して、思わず、にやりとした。

あの夜、村次や男たちにかつがれて、彼は暖かな部屋に運び込まれ、石の台の上に寝かされた。足の感覚がまだもどらず、ゆっくりとしか動けなかった。三人の女が老婆の指図で彼の着ているものを脱がしはじめたので、彼はやめさせようとしたが、そのたびに、一人の男が彼の急所を押さえるので、抵抗ができなくなる。わめいたり、ののしったりしても、作業は続けられ、とうとう素っ裸にされてしまった。女の目の前で裸でいるということが、それほど恥ずかしいわけではなかったが、服を脱ぐところを見られたことはなかったし、また見せない習慣であった。他人に服を脱がされるのはいやだった。まして、こんな未開の原住民の前ではなおさらのことだった。それなのに、まるで赤ん坊のように人前で裸にされ、女たちがしゃべったり笑い合ったりしながら、香りのするお湯で、あお向けに寝た彼の体を、赤ん坊を洗うように洗うのはやりきれなかった。そうされるうちに、彼のものは勃起しはじめ、押さえようとすればするほど事態は悪くなった（彼は少なくともそう思ったが、女たちはそうは思わなかった）。彼らは目を丸くし、それにつれて、彼の顔は赤くなった。神様、たった一つのお願いです。どうか赤面させないでくださいと、祈ってみたが、そのせいか大きさがさらに増し、それを見た老婆は感嘆して手をたたき、何かしゃべった。するとみんながうなずき、彼女が恐ろしいというふうに頭を振って何か言うと、前にもまして、みんなはうなずきあった。

　村次が、ひどくかしこまったように言った。「船長さん、母が、ありがとう。いままででいちばん、幸せ、死ねる」そして、彼がお辞儀をすると、ほかの者たちもいっせいに頭を下げた。ところが、ブラックソーンは、自分のものの滑稽《こっけい》な様子に、思わず笑い出してしまった。すると、彼らはびっくりしたようだが、すぐに、一緒になって笑い出した。笑ったためにそれが萎《な》えると、老婆はがっかりし、口に出してそう言うので、彼はまた大笑いし、みんなも吹き出した。

それから彼らは、ブラックソーンを大きくて深い水槽の熱い湯の中に、そっと横たえたが、彼は間もなく我慢できなくなった。すると、あえいでいる彼を風呂から出して、元の台の上に寝かせてくれた。女が体をふくと、盲目の老人が入ってきた。ブラックソーンは、それまでマッサージなるものを知らなかった。最初は、指でまさぐられるのに抵抗を感じたが、やがてその魔力のとりこになった。老人の指が、凝っている箇所や、体の中にひそんでいるツボに触れると、彼は、まるで猫のようにのどでも鳴らしたい気分になるのだった。

それからまた布団に運ばれたが、妙にぐったりとして、半ば夢を見ているような心持ちだった。部屋には女がいた。彼女は我慢がよかった。ひと眠りして元気を回復した彼は、彼女を、時間をかけて、大事に扱った。

女の名前は聞かなかった。朝になると、村次が緊張したような、思案にくれたような顔をして入ってくると、彼を起こした。女は出ていった。

ブラックソーンはため息をついた。人生とはすばらしいものだと思った。

穴倉の中ではスピルベルゲンが、またぶつぶつ言いはじめ、マエッツカーは恐怖にさいなまれ、頭を抱えてうなっている。クロークも、もう参りそうになっていた。ヤン・ローパーが言った。「何をニヤニヤしてるんだ、水先案内さん」

「くそくらえ」

「考えてみると、水先案内さん」と、ヴァン・ネックが言った。彼らは胸の中のつかえを、またぞろ明るみに出してくるつもりだ。「あの黄色野郎どもの前で、宣教師に飛びかかったのは、まずかったかもしれねえな」

みんなも気を遣いながら、おずおずと賛意を表した。

「もし、あんなことをしなければ、こんな汚ねえところに、入れられなくてすんだかもな」

ヴァン・ネックは、ブラックソーンに近寄ってこない。「大名野郎の前では、頭を地面にくっつけてりゃ、いいんだ。やつらを見ろ、羊みたいにおとなしくやってるぜ」

彼は返事を待っているようだが、ブラックソーンは何も答えず、上げぶたを見上げていた。まるで何も聞こえなかったかのようだ。みんなは、かえってバツが悪くなった。

パウルス・スピルベルゲンは、ようやくのことで上半身を起こした。「なんの話だ、バッカス」

ヴァン・ネックは彼のそばに寄り、宣教師のこと、十字架のことなど、今日の事件のあらましと、ここに入れられた理由を説明した。その目には、いままでにない敵意があった。

「そうか、それは危ないことをしたな。水先案内人」と、スピルベルゲンは言った。

「大変な間違いだ……水をくれないか。イエズス会に仇《かたき》をとられるぞ」

「あいつの首を、へし折ってやりゃよかった、水先案内さん。それでもイエズス会に仇をとられるのは同じだがな」と、ヤン・ローパーが言った。「あいつらもシラミみたいな連中だけど、こちとらだって、神様の罰が当たって臭い穴倉住まいよ」

「そんなばかな、ローパー」と、スピルベルゲンが言った。「我々がここにいる理由は……」

「神様の罰さ。サンタ・マグデラナの教会を全部焼いちまえばよかったんだ、たった二つじゃだめだ。そうだ。ちぇっ」

スピルベルゲンが、弱々しくハエを追い払った。「あのときは、スペイン軍が再編成されて、こちらの一五倍の人数になった。水をくれないか。我々はその前に町を占領し、略奪を働き、あいつらの鼻を地面にすりつけてやった。あれ以上とどまっていたら、こちらが殺されていただろう。水をくれないか。殺されたよ、きっと。もし退却しな……」

「おまえが神様の代わりをやったってかまわねえけど、おれたちゃ、神様を見捨てたのよ」

「おれたちは、神のためにここに来たのかもしれないな」と、ヴァン・ネックはなだめるように言った。ローパーは、夢中になるとわけのわからないところがあるが、人がよく、利口な商人で、彼の同僚の息子だった。「つまり、ここの原住民にカトリックの過ちを教えてやれるかもしれないし、正しい信仰に改宗させられるかもしれないじゃないか」

「まさにそのとおりだ」と、スピルベルゲンが言った。本人はまだ弱っている気だが、元気が出てきたようだ。「バッカスと相談すればよかったのだ、水先案内。とにかく彼は貿易長だからな、未開人を手なずけるのはお手のものだ。水をくれというのに」

「水は一滴もないよ、パウルス」そう言うと、ヴァン・ネックはますますゆううつになった。

「食料も水もくれない。小便壺もないんだ」

「なら、頼め。水もだ。私はのどが渇いた、水を頼め。おまえだ」

「おれ？」ヴィンクが聞き返した。

「そうだ、おまえだ」

ヴィンクはブラックソーンを見たが、彼は知らん顔で上げぶたを見つめているだけだ。仕方なく、ヴィンクは入口の下に立って怒鳴った。「おい、上にいるやつら、水をくれ。食料と水をよこせ」

返事はなかった。また怒鳴った。応答なし。ほかの者も次々に怒鳴りはじめた。怒鳴らないのはブラックソーンだけだった。狭いところに閉じ込められた不満が一気に爆発し、それが声となって、彼らは群狼のようにほえたてた。

上げぶたが開いた。近江が彼らを見下ろした。そばに、村次と宣教師がいる。

「水だ。食い物だ。ここから出せ」彼らは、また叫んだ。

近江が村次に身振りをすると、村次はうなずいて去った。間もなく、村次は漁師と一緒に樽《たる》を運んでもどってきた。そして、中に入っていた魚の臓物の混じった海水を囚人たちの頭の上に落とした。

穴倉の中の男たちは散らばって逃げようとしたが、だれも逃げられなかった。スピルベルゲンはおぼれそうになって息が詰まった。何人かの男が滑って倒れ、踏んづけられた。ブラックソーンは、片すみをじっと動かなかった。そして、憎悪の目で近江を見上げていた。

近江が話し出した。みんなおとなしく静かになった。咳払いと、スピルベルゲンの嘔吐《おうと》の音しか聞こえない。近江の話が終わると、宣教師がおずおずと、ふたのところへ来た。

「これは柏木近江様の命令です。礼儀正しい人間の行動をすること。これ以上騒がないこと。もし騒いだら今度は五樽分を穴倉に流し入れる。また騒いだら一〇樽、次は二〇樽だ。食料と水を一日に二回与える。行儀よくなったら、人間の世界にもどしてやる。矢部様はお慈悲をもって、みんなが忠誠を尽くすならば、ということで、命をお助けくださった。一つだけ条件がある。おまえたちのうち一人は死ななければならない。今日の日暮れだ。だれか一人を選び出すこと。ただし、おまえはだめだ」と、彼はブラックソーンを指差した。「おまえを、選ぶことはならない」言い終わると、固くなっていた宣教師は、ほっと息を入れ、侍に会釈して後ろに下がった。

近江は穴の中を見下ろした。ブラックソーンと目が合うと、彼は憎しみを覚えた。あの男の根性をたたき直すのは骨が折れるなと、思った。よかろう。時間は十分にある。

上げぶたが音を立てて閉まった。

第3章

矢部は熱い風呂につかりながら、これまでの人生で経験したことのないような満足感と自信とを味わっていた。船の財宝が明らかにされてみると、それは夢ではないかと思うような戦力を彼にもたらすものであることがわかったのだ。

「明日、全部陸揚げするのだ」と、彼は言いつけた。「鉄砲を木箱に梱包し、網や袋をかぶせて、わからぬようにしておけ」

鉄砲が五〇〇丁……考えただけで、躍り上がるようなものだ。それに火薬と弾丸の量は、虎長が関八州に蓄えているものよりはるかに多い。大砲が二〇門に五〇〇〇発の砲丸と大量の火薬。木箱のそばには火箭《かせん》。すべては西欧の一流品であった。「村次、人夫を用意せい。五十嵐、これらの兵器は、大砲も含めてすべて三島のわしの館に運びたい。ひそかにだ。いいな、すべて、そのほうにまかす」

「かしこまりました」彼らは船の主船倉にいて、驚きにぽかんとしたように、矢部を見ていた。家老の五十嵐は背が高く、身のしなやかそうな男で、隻眼《せきがん》だ。それに御蔵番の月元、村次の監視のもとに荷を開けた一〇人の汗にまみれた村人たち、そして警固の四人の侍などがいた。しょせんこの者どもには、私の喜びもわからなければ、秘密にする理由もわかるまい。よかろう。

矢部には、長年、ひそかに考えていた戦闘理論があった。そしてついに、自分がそれを展開し、実行できるようになったかと思うと、うれしくてたまらない。選ばれた侍からなる五〇〇人の鉄砲隊が、従来どおりの武器を持つ一万二〇〇〇人の侍たちを先導し、これを特別の訓練をした二〇門の大砲隊が援護する。新しい時代の新しい兵法。これからの戦いは鉄砲がものをいう時代だ。

それを着想するたびに、いったい武士道はどうなるのかと、彼は祖先の霊にいつも問いかけられる。

武士道がどうかしましたかと、彼はそのたびに答えることにしている。

この答えに、返事のあったためしはなかった。

彼は自分の夢が実現し、まさか五〇〇丁の鉄砲が手に入るようになると思ったこともなかった。だがいま、彼はそれを無償で手に入れ、その使い道は彼だけが知っているのである。しかし、どちらのためにこれを使うか。虎長側か、石堂側か、あるいは日和見《ひよりみ》を決め込むか。いずれにしろ、最後に勝つもののために使わねばならぬ。

「五十嵐、輸送は夜にせい。くれぐれも悟られぬようにな」

「かしこまりました」

「このことは極秘である。村次、秘密をもらせば、この村を滅ぼす。よいな」

「何ももらしはいたしませぬ、殿様。この村は大丈夫でございます。ただし、輸送中や、ほかの村についてはお引き受けいたしかねます。間者《かんじゃ》がおれば別でございますが、村の者はしゃべりませせぬ」

次に、矢部は金庫室へ行った。そこで見たものは海賊たちの略奪の成果だと、彼は推測した。金や銀の皿、食器、燭台、装飾品、額に入れた宗教画などだった。ふたつきの木箱には、金糸や色とりどりの宝石で縫い取りされた女性の衣類が入っていた。

「金と銀は溶かして鋳塊にして、お蔵に納めることにいたします」と、月元が言った。彼は四〇過ぎで、物知りで頭の利く男だが、侍ではなかった。元は僧兵であったが、太閤がおのれの絶対的権力に逆らう反抗的な仏教徒の寺や、宗派を追放する方針をたてたときに、彼の寺も根絶されてしまったのである。彼はわいろを使って死を免れると行商人となり、やがて細々ながら米商人となった。一〇年前に矢部の用度係となったが、いまではなくてはならない人物である。「衣類につきましては、金糸と宝石が高価なものと思われますので、殿のお許しがありますれば、ほかの没収品とともに荷造りいたしまして、長崎に送りたいと存じます。異人どもは、これらのがらくたを高く買うものと存じます」

「よしよし。ほかの蔵にある荷物はどうする」

「ほかの荷はみんな厚手の布が入っておりますが、日本人にはなんの役にも立たず、値打ちもないものばかりです。しかしこちらは、きっと殿のお気に召すかと思われます」と言って、月元は金庫を開けた。

その金庫には二万枚の銀貨が入っていた。いずれもスペインのダブロン貨幣で、最高の品質のものだった。


矢部は思い出すと風呂の中でも興奮してくる。手ぬぐいで顔と首の汗をふき、湯の中に身を沈めた。もし三日前に、易者が今日のことを予言したとしても、おまえは、とんでもない嘘をついたと言って怒り、そいつの舌を抜いていただろうと思う。

三日前、彼は江戸にいた。近江の使者が夕暮れに着いた。船は至急に取り調べなければならないことは明らかであったが、虎長は、石堂との最終的な対決をするために大坂に行って留守だった。そしてその留守の間、矢部をはじめ虎長に友好的な近隣の大名たちは、虎長の帰るまで待つようにと、江戸に招かれていたのだ。彼をはじめとする比較的虎長と縁の薄い大名とその家族たちは、単に虎長の身の安全のために招待に加えられたのであって、口には出さないが、会議の開かれている難攻不落の砦《とりで》である敵の大坂城から、虎長が無事に帰ってくるための人質であることが、矢部にはわかっていた。虎長は五大老の筆頭であったが、太閤は死の床で、現在七歳になる息子の弥右衛門が未成年の間、国を統治するようにと五人の大老を任命したのだった。五人のなかでほんとうに実力があるのは、虎長と石堂だけだった。

矢部は網代に行き、そこに泊まる理由を思い巡らした。危険を伴う行為であった。妻と寵愛している側室を呼んだ。

「甥の近江が、いま密使をよこして、網代の海岸に異人船が着いたと知らせてきてな」

「黒船のひとつでございますか」と、彼の妻は目を輝かせた。黒船は信じられないほどの富を積んでいる巨船で、長崎と、中国本土の南にあるポルトガル領マカオとの間を季節風に乗って、定期的に通う貿易船だった。

「いや、そうではない。しかし、富を積んでいるかもしれぬ。わしは直ちに出発するが、そなたたち二人は、わしは病で床に就いており、面会はできないと申すのだ。五日以内にもどる」

「大変危ないことでございますね」と、彼の妻は警告するように言った。「虎長様は、私どもがここにとどまっているように、きつくお申しつけになりました。虎長様はきっと、石堂様と新しい取引きをなさるでしょうが、あの方は強くて、とても逆らえるお相手ではありませぬ。そのうえ、だれにも、あなたの御不在をかぎつけられないという保証はございませぬ。間者はいたるところにおります。虎長様がおもどりになって、あなたが留守したことが知れましたなら、誤解されますことでしょう。あなたの敵たちはそれをいいことに、あなたを陥れようとするにちがいありませぬ」

「そのとおりでございます」と、側室が口をはさんだ。「恐れながら、奥方様のおっしゃることをお聞きくださいませ。虎長様は、殿様が命に背いて江戸を離れたのは、ただ異人船を見たかったからだと言っても、お信じにはなりますまい。どうぞ、代わりの者をおやりくださいませ」

「だが、これはただの異人船ではない。つまりポルトガルの船ではないのだ、よいな。近江はほかの国から来たものだと言っている。乗っていた男たちは、なにやら違うように聞こえる言葉で、互いに話をしているということだ。そのうえ、青い目と金色の髪をしているとのことだ」

「近江様は気でもおかしくなられたのでは。それともお酒の飲みすぎでしょうか」と、矢部の妻は言った。

「いやいや、近江もそなたも、冗談を言っているような場合ではなかろう」

矢部の妻は小柄でほっそりしており、彼より一〇歳年上だった。彼女は毎年一人ずつ八年間、彼の子供を産んだところで止まったのだが、そのうち五人は男で、三人は武士となり、中国との戦いで勇敢に戦死した。もう一人は出家し、いちばん下の子はいま一九歳だが、矢部はこの息子をばかだと思っていた。

矢部が生涯に恐れた女といえば、妻の百合子だけで、彼女はまた、矢部が評価できる唯一の女であった——死んだ母親を除けば。百合子は柔らかな外見のなかに厳しいものを秘めて、家の中を取り仕切っていた。

「もう一度、恐れいりますが」と、彼女は言った。「近江様は、積み荷の細かいことを申しておられましたか」

「いや。近江はまだ調査してはおらぬ。異例のことなので、直ちに封印をしたと言っておる。甲板には二〇門の大砲を備えているという」

「まあ、それでは直ちに、だれかが参らなくてはなりませんね」

「だから、わし自身で行くと申しておる」

「お考え直しくださいまし。そうそう、水野ではいかがでございましょう。あの男は賢く、頭が働きます。どうか、御自身ではお出かけになりませぬよう」

「水野では心もとない。だいいち、あの男は信用できぬ」

「では、月元をおやりなさいませ。あれなら信頼がおけましょう」

「もし虎長公が、大名たちとその女房どもをここに足どめにされたのでなかったならば、わしはそなたをやりたいところだ。だが、それはあまりにも危険なことだ。とすれば、わしが行かねばならぬ。考える余地はない。百合子、そなたが言うには、わしの金庫は空だそうだが、強欲な金貸しどもはもう貸してはくれないとのことだったな。月元が言うには、これ以上百姓から年貢は取れないとのことだ。ところが、わしは、まだまだもっと、馬、鎧《よろい》、武器、侍が欲しいのだ。あの船がその資金を調達してくれるかもしれぬのだ！」

「虎長様の御命令は、はっきりしております。もしもどられてから、このことを知られましたら……」

「わかっておる。もしもどられたらな。あの方は罠におちたと、わしはいまだに思っている。石堂公は大坂城とその周辺に八万の侍を持っている。虎長公が五、六〇〇名しか連れずに赴いたことなど、狂気の沙汰だ」

「あの方は、わけもなく危険を冒すほど、愚かではありませぬ」と、彼女は自信をもって言った。

「もし、わしが石堂だったなら、そのうえ、自分の手の中に虎長がいたなら、直ちに殺してしまうだろう」

「おおせのとおりです。でも、お世継ぎの母君が、虎長様のおもどりまで江戸に人質としてとどめおかれておられます。石堂様は母君が無事に大坂にもどられるまで、虎長様に手を出すことはありますまい」

「わしなら殺す。綾の方が生きようが死のうがかまわぬ。世継ぎの君のほうは大坂で無事だからな。虎長が死ねば、相続は確実となる。世継ぎの君にとっての障害は虎長だけだ。大老たちを操って、太閤の残した全権を我がものにし、世継ぎの君を殺す機会を握っているのは虎長だけだ」

「恐れながら、でも、石堂様がほかの三人の御大老と組んで虎長様に向かわれたら、虎長様も終わりでございましょう」と、側室が言った。

「そうだ。もし石堂がそうすれば、そうなる。だが、石堂にはそれができまい。虎長にしてもそうだ。太閤は五人の大老をまことにうまく選んでいる。大老たちはお互いにひどく相手をばかにしておる。だから、小さなことでも、同意することなどはありえないのだ」

権力を継承する前、五人の大名たちは、死の床にある太閤と、その息子、その一族に対して、永遠の忠誠を公然と誓わされていた。そして、大老会議を仲よく合意で運営することに同意するという聖なる誓いをたて、また、嗣子《しし》の弥右衛門が一五歳の誕生日を迎えたときに、この国を無傷で彼に返すという誓いをたてたのであった。

「仲よく、合意で運営するなどということはありえぬ以上、実際には、弥右衛門が相続するまで何ごとも起きないということになる」

「でも、いつか、四人の大老が結束して一人の大老に向かうということはないのですか……妬《ねた》んだり、恐れたり、あらぬ望みをもったりして……、その四人が太閤様の御命令を曲げて、戦を起こすとか……」

「そうだ。だが、そういう戦は小さな戦になるだろう。一人のほうは負けるにきまっており、勝った者はその領地を分割して、新しく五人目の大老を決める。そうするとそれがまた遅かれ早かれ四対一に分かれて、また一人が破滅し、領地を失う……。すべては、太閤が計画したことだ。わしが今回いちばん知りたいことは、どちらが一人になるかということだ……石堂か虎長か」

「孤立して一人になるのは虎長様でございましょう」

「なぜ」

「ほかの方々は、虎長様を大変に恐れておられます。虎長様が、たといそうではないとおっしゃっても、実際は、ひそかに将軍の地位をねらっていることを、みんな知っております」

将軍は、日本においては人間が到達しうる最高の位であり、それは天皇家から授かるものである。そして、軍人の最高支配者を意味し、日本にただ一人しか存在しない地位である。

六〇〇年前、天皇家の流れをくむ簑原《みのわら》、藤本、高島のライバル三家が、天皇家の世継ぎをめぐって対立し、分裂して内乱に突入した。六〇年後、簑原が高島と藤本に対して優勢になった。それ以来、簑原家は、しっかりとその地位を守り、将軍として君臨した。そして、将軍職の世襲を布告し、一族の娘の何人かを皇族と結婚させた。天皇と朝廷は石壁の宮殿と庭の中に押し込められ、完全に浮き上がることになった。

やがて簑原将軍が、高島、藤本家に対して力を失うときがきた。再び内乱の時代となり、一〇〇年以上も治まる気配がなく続いた。そして、いまから一二年前に百姓あがりの武将の中村が力を得て、時の天皇後陽成から統治の委任を受けた。しかし彼は百姓の出だったために、いかに望んでも将軍の位を許されることはなかった。彼は、文官の最高位である関白の地位に満足しなければならなかった。

虎長は簑原家の子孫である。矢部は自分の家系をたどっていくと、どうやら高島家とどこかでつながっているらしかった。それは、もし自分が権力者になったときの有力な手がかりになる。

「そのとおり、いうまでもなく虎長は将軍をねらっている。だが、そうはいかぬ。ほかの大老たちがばかにし、また恐れている。大老たちは、太閤の計画したように虎長を中立に追い込むだろう」と言うと、矢部はひざを乗り出して妻の様子をうかがった。「そなたは、虎長が石堂に負けると思うか」

「虎長様は孤立いたしましょう。でも最後は、負けるとは思いませぬ。ですから、虎長様の御命令に背くようなことはなさらぬようお願い申し上げているのでございます。いかに近江様が珍しいものだとおっしゃっても、ただ異国の船を調べるだけのために江戸を離れるようなことをなさいませぬよう。どうぞ月元を網代におやりになってくださいませ」

「仮にだ、船に金や銀の地金が積んであったらどうする。そなたは、月元でもほかの家臣でも、信頼できるというのか」

「いいえ」と、妻は答えた。

そういうわけで、その夜、わずか一五人の供回りを連れて、ひそかに江戸を抜け出した彼だったが、いまは夢見ていた以上の富と力を手にすると同時に、文字どおり、毛色の変わった捕虜を手に入れた。その捕虜のうち、一人は今夜処分することになっていた。寝るときには、遊女と陰間《かげま》の少年を手配させてあった。明日の夜明けに、彼は江戸に向かって出発する。明日の日没には、銃と地金はひそかに運び出されることになる。

鉄砲か……しめたものだ。考えるたびにうれしさが込み上げる。あの銃におれの頭が加われば、石堂だろうと、虎長だろうと、おれの味方をしたほうが勝つのだ。そして負けたやつの代わりに、おれが大老になる。どうだ、最も強力な大老だぞ。どうして将軍になれないことがある。そうだ、いまはすべてが可能なのだ。

心地よいままに、考えが浮かんでくる。

二万枚の銀貨を何に使う。城の天守閣を建て直させる。大砲を引けるような馬も買わねばならん。間者の網も広げよう。伊川持久はどうするか。あの男の賄方《まかないかた》を買収して毒を盛るには一〇〇〇枚で足りるか、多すぎるほどだ。五〇〇枚、いや一〇〇枚だって確かな者に渡すなら十分だ。

午後の日が、小窓を通して石の壁に斜めに差していた。ここは近江の家で、村と港を見下ろせる小高い丘の上に建てられていた。塀に囲まれた庭は手入れが行き届き、静かで、みごとなしつらえであった。

風呂場の戸が開いた。侍に連れられた盲人がお辞儀をした。「柏木近江様に言われて参上いたしました。周防《すおう》と申しまして、近江様出入りの按摩《あんま》にござります」彼は背が高く、鶴のようにやせた老人で、顔にはしわが寄っている。

「そうか」矢部はいつも、自分が盲目になるのではないかという恐怖感をもっていた。よく思い出すのは、朝起きると目が見えなくなっている夢で、日が差しているのがわかっていて、暖かさも感じるのに、何も見えず、叫び声をあげるのは恥とわかっていながら、大声をあげて叫ぶという夢だった。そして目が覚めると、汗をびっしょりかいていた。

だがこの盲目への恐怖感が逆に、盲人にもまれるときの心地よさを増すような気がする。

男の右のこめかみのあたりに傷があり、その下の骨にへこんだところがあった。これは刀傷だと彼は思った。この傷がもとで盲目になったのだろうか、昔は侍だったのだろうか、だれに仕えていたのか、ことによると間者か。

この男がここに入るのを許されるには、警固の侍の厳しい身体検査を受けているはずなので、男が武器を隠し持っているおそれのないことは矢部にはわかっている。彼の自慢の太刀は、手の届くところにある。名人村正の手になる古刀であった。彼がじっと見つめる前で老人は木綿の着物を脱ぐと、手探りもせずひょいと、くぎに掛けた。胸にもいくつかの刀傷があった。清潔な下帯をしていた。ひざまずき、じっと待っている。

矢部は風呂から上がり、台の上に横になった。老人は矢部の体をふき、香りのよい油を手につけると、首のあたりからもみはじめた。

力強い指が、矢部の体の上を動くにつれて、凝っていた筋肉がほぐれた。驚くほど巧みにツボを探り当てる。「うまい。うまいぞ」しばらくあって、矢部がほめた。

「ありがとうございます、矢部様」と、周防は言った。

「近江とは長いのか」

「三年でございます、殿様。老人をいたわっていただきまして……」

「その前は」

「村から村を渡り歩いておりました。ここに三日、あそこに半年と、風まかせの流れ者でございました」周防の声は、その手のように、人を気持ちよくするものがあった。この大名はおれの話を聞きたがっている。質問を待ってお答えするのだ。彼の技術の一つは、相手が、何を、いつ要求するかがわかることだった。ときには耳からそれを知ることもあるが、指で知ることのほうが多い。彼の指には、男や女が内心考えていることがひとりでに伝わってくるのだった。いま彼の指は、この男に用心しろと警告していた。危険で、移り気、年は四〇くらい、乗馬はうまい、刀の使い手でもある……しかし、肝臓が悪い。これでは二年ともつまい。酒と強精薬が命取りになる。「殿様はお年の割にお達者で」

「おまえもな、いくつだ」

老人は笑ったが、手は休めなかった。「私はこの世でいちばんの年寄りでございます。知り合いはだいぶ前に、みんな亡くなりました。八〇は越えておりましょう……よくわかりませんが。虎長様の祖父に当たられる吉井通忠様にお仕えしました。そのころは御一族の領地を全部合わせても、この村一つほどの大きさでございました。あのお方が暗殺されました日には、私は同じ戦のお伴をしておりました」

矢部は努めて体をくつろがせるようにしていたが、頭のほうは集中させて、老人の話を聞いていた。

「いやな日でございました。私がいくつのときだったのでしょう……でもまだ声変わりはしておりませんでした。刺客は小畑広雄でした。有力な味方の侍の子で、話は御存じでございましょうが、この若者がただの一刀のもとに、通忠様の首を斬り落としてしまいました。その刀は村正でございました。それ以来、村正は吉井家にとって不吉なものとなったのでございます」

この男は、わしの刀が村正と知ってこんな話をしているのか。わしが村正を持っていることは多くの人に知られている。いや、それとも、長い人生の一こまを、老人が思い出しているにすぎないのか。「虎長の祖父は、どんな男であった」と、ことさら興味なさそうに聞いて、周防の反応を試してみた。

「背が高うございました。私が知っておりますころは、殿様より背が高く、もっとやせておられました。亡くなられましたとき、二五歳でございました」周防の声がうるんだ。「さようでございます。あの方は一二歳で戦にお出になり、一五歳のときにはお父上を合戦で亡くされました。そのとき、通忠様には男のお子様がおありでした。それがお亡くなりになるとは……。小畑広雄は家臣であると同時に通忠様の御友人で、当時一七歳でございました。ところが、だれかがこの若者に、通忠様が彼の父親を殺すと告げ口をしたらしく、もちろんみんな嘘でございますが、通忠様にとっては取り返しのつかぬことになりました。小畑は死体の前にひざまずいて三たび拝んだあと、このようなことをしたのは、父を敬う気持ちからで、通忠様と、その一族の名誉を傷つけたことについては、切腹してお詫びをすると申し出ました。そして切腹を許されました。彼は通忠様の首を自らの手で洗い清め、壇の上に置きました。それから儀式にのっとって、男らしく腹を切って死にました。家中の一人が介添えを務め、一刀で首を落としました。そのあと、小畑の父親が来て、息子の首と村正の刀を持ち帰りました。その後、お家の御運は傾き、通忠様のただ一人の御子息様は、人質としてどこかに連れ去られ、一族は苦しい時代を迎えることになりました。それが……」

「おまえは嘘を言っておるな、老人。おまえがそこにいたはずがない」矢部は振り返って老人を見た。老人は縮み上がった。「その刀は折れ、小畑の死後、溶かしてしまったはずだぞ」

「いいえ、殿様。それは噂でございます。私は父親が首と刀を取りに参りましたのを見ております。あのような名刀を溶かしてしまうような、罰当たりなことをいたす者がございましょうか。父親が持ち帰りましたのでございます」

「父親はその刀をどうした」

「その後のことはだれも存じません。ある者は、父親が海に捨てたと申します。つまり、父親も通忠様を弟のようにかわいがっておったからでございます。また、ある者は、父親がそれを埋め、通忠様の孫の吉井虎長様に使われる日を待っていると申します」

「おまえは、どうしたと思うか」

「海に捨てたと思います」

「捨てたのを見たのか」

「見ておりません」

矢部は再び腹這いになり、指は再びもみはじめた。刀が折れなかったことを、ほかにも知っている者がいると思うと、ぞっとした。周防を殺すか。なぜ。盲目の男に刀が識別できるわけはない。どの村正も似たような刀身をしているし、柄《つか》と鞘《さや》は長年の間に何回も変わっている。自分の刀が人手から人手に渡ったその刀であり、虎長の力が増大するにつれて、いよいよ秘密になっていったものであると、だれが知ろう。なぜ周防を殺す。彼が生きているおかげで興味が増えたではないか。楽しみが増えた。生かしておけ。いつだって殺せる……この刀で。そう思うと安心して、またゆったりとした気分になった。近いうちにおれは強大になるだろう。そして虎長の前でこの村正を腰に差して見せてやろう。きっといつか、虎長にこの刀の話を聞かせてやる日をこさせてみせる。

「それからどうした」老人の声を聞いていると、気持ちがよかった。

「つらいときがやってまいりました。あの年は大飢饉《だいききん》でございましたし、主君が亡くなって私は浪人の身になりました。次の年もほんとうに苦しい年でございました。あちこちで雇われて合戦に出ました。そして給金の代わりに食わせてもらいました。そのうち、九州に食糧がたくさんあるときいて、西へ向かいました。その冬、私はある寺で番人として雇ってもらうことになりました。半年ほどそこで、寺やその田んぼを強盗から守る仕事をいたしました。その寺は大坂の近くにあり、そのころ、強盗の数は沼の蚊よりもたくさんおりました。ある日、私たちは待ち伏せされ、私は死にかけて置き去りにされました。幸い、坊さんに見つかり、傷の手当てをしてもらいました。しかしそれきり、目は見えるようにはなりませんでした」

周防の指は、だんだん深くもんでくる。「坊さんたちは、私を盲人の寺に入れ、按摩を教えてくれましたが、おかげで、目の代わりにものが見えるようになりました。いまでは、私の指は、目よりも多くのものを見せてくれるようになりました。私が最後にこの目で見ましたものは、強盗が大きな口を開け、汚い歯をむき出し、光る刀を振り下ろす姿でした。斬られたあと、花の香りがいたしました。私は香りの色を見たことがございます。それはずっと昔、まだ異人たちがこの国へやってくるずっと前……五、六〇年も前でしょうか。私は香りの色を見ました。涅槃《ねはん》を見たこともございます。そしてほんのつかの間、仏のお顔も見えました。そのようなうれしいめにあえるのなら、盲人になったってかまうことはございませんです」

返事はなかった。返事のないことは周防にはわかっていた。矢部は、彼が思ったとおり眠ってしまった。私の話はお気に召しましたか、殿様。いま申しましたのは、一事を除いてはすべて真実でございますよ。その寺は大坂の近くではなく、この藩の西の国境《くにざかい》を越えたところにあって、坊さんの名前は須雲といい、あなたの敵の伊川持久の伯父ですがな。

おまえの首など簡単に折ってやれるのだ。そうなれば近江様も喜ぶ、村人たちも万歳だろう。そしてほんの少し、世話になった方への恩返しができる。いつやる。いまか、あとか。

スピルベルゲンは緊張した顔で、麦わらの束を持っていた。「だれか、先に引きたいものは」だれも答えなかった。ブラックソーンは元のままのすみに寄り掛かって、居眠りをしているように見えた。そろそろ日没が近い。

「だれかが先に引かなければならん」と、スピルベルゲンはいらだった。「早くしろ、時間がないぞ」

食事と一樽の水が与えられ、別に、便所用の桶も与えられた。だが、臓物のにおいを洗い流したり、体を洗うほどの水はくれなかった。そしてハエがやってきた。空気は悪臭を放ち、地面はぬるぬるだ。男たちはほとんど上半身裸で、暑さに汗を流していた。そして、恐怖の汗も。スピルベルゲンは男たちの顔を見回し、ブラックソーンの顔にもどった。「なぜだ、なぜおまえは除外されたのだ。なぜだ」

目を開けた。その目つきは冷淡だった。「何度聞くんだ。おれは知らない」

「そりゃおかしい。不公平だ」

ブラックソーンは無視して、考えにふけった。ここから脱出する方法があるはずだ。船に行き着く方法があるはずだ。やつらは、最後にはおれたちをみんな殺す気なんだ。それにちがいない。しかし、時間がない。やつらはおれを除外した。おれには何か別のいやらしい計画を用意してるんだ。

上げぶたが閉まったあと、みんながブラックソーンの顔を見つめ、「どうしたらいいんだ」と、だれかが聞いた。

「わからん」と、彼は答えた。

「なぜ、おまえがのけられたんだ」

「わからん」

「神様、お助けを」だれかが、泣き声を出した。

「このくそをかたづけろ」と、彼は命令した。「そっちのすみに寄せるんだ」

「モップもないし……」

「手を使え」

男たちは言われたとおり、やり出した。ブラックソーンも手伝い、船団長もできるだけのことはした。「もう大丈夫だ」

「どう……どうやって、選ぶのだ」と、スピルベルゲンが言った。

「選ばない。戦うんだ」

「武器があるのか」

「連れてゆかれる羊みたいに、おとなしく死ぬ気か。おい！」

「ばかなことをいうな。しかし、やつらは私を望んではいない。私を選んではいけない」

「なぜだ」と、ヴィンクが聞いた。

「私は船団長だからだ」

「恐れながら」と、ヴィンクは皮肉に言った。「あんたが志願なさっちゃいかがですか。あんたが犠牲になるのがよろしいようで」

「そりゃ、名案だ」と、ピーターゾーンが言った。「おれは二番目でいいよ」

だれも気持ちは一つ、自分以外ならだれでもよかった。

スピルベルゲンはわめきたて、命令を下したが、冷酷な視線に見つめられると、怒鳴るのをやめ、うつ向いてぬるぬるの地面を見下ろした。「いや。その……だれかに志願させるのはよくない。では……我々で……くじを引こう。麦わらだ、短いのが一本ある。あとは運まかせだ。水先案内人、おまえがわらを持ってくれ」

「いやだ。おれは関係しない。おれは戦うんだ」

「そんなことをすれば、みんな殺される。侍が言っているのを聞いただろう。我々の命は助かったんだ。一人ですんだんだ」スピルベルゲンが顔の汗をぬぐうと、ハエの群が飛び上がり、また顔に舞い下りた。「水をくれ。みんなが殺されるより、一人だけ死んだほうがましなんだ」

ヴァン・ネックは、ひさごで樽の水をくんでスピルベルゲンに渡した。「おれたちは一〇人だ。おまえも入れてだ。パウルス」と、彼は言った。「率はいいぜ」

「そうだ。おまえが入らなきゃな」そう言って、ヴィンクはブラックソーンを見た。「やつらの刀と戦う気か」

「おまえが、もし当たったら、おとなしく拷問にかかる気か」

「わからない」

「くじを引こう、神様に決めてもらおう」ヴァン・ネックが言った。

「神様も気の毒に」と、ブラックソーンは言った。「そんなばかなことの責任をとらされて」

「じゃあ、どうやって選ぶ」と、だれかが怒鳴った。

「選ばないのさ」

「パウルスの言ったようにしよう。彼は船団長なんだ」とヴァン・ネックが言った。「わらを引くぞ。多数決がいちばんいい。票決をとろう。みんな賛成か」

ヴィンクを除いて、みんなが賛成した。「おれは水先案内人に賛成だ。このへなちょこの、ぺんぺん草なんぞ引けるか」

結局、ヴィンクも説得された。カルヴィン派の信者のヤン・ローパーがお祈りを唱えた。スピルベルゲンが同じ長さのわらを一〇本つくった。そしてそのうちの一本を半分に折った。ヴァン・ネック、ピーターゾーン、ソンク、マエツッカー、ギンセル、ヤン・ローパー、サラモン、マクシミリアン・クローク、そしてヴィンク。

船団長がもう一度言った。「だれが最初に引く」

「どうやって決める。つまりだれに当たったかって。短いわらを引いた者が行くのか、短いってどうしてわかるんだ」マエツッカーの声は恐怖でひきつっている。

「わからない、よくわからないんだ。はっきり教えてくれ」ボーイのクロークが言った。

「見りゃわかる」と、ヤン・ローパーが言った。「神の御名《みな》のもとに行うことを誓うんだ。いいか、神の御名のもとに行うんだ。ほかの人の犠牲になるのも、神の御名のもとだ。そうすれば心配はない。清められた神の小羊は、真っすぐに天国に行かれる」

　みんな同意した。

「じゃ、やれよ、ヴィンク。ローパーの言ったようにな」

「わかった」ヴィンクのくちびるはからからだった。「もし……もし、私だったら……みんなの言うとおりにすることを神に誓います。もし、私が短いわらに当たりましたら、神の御名のもとに……」

　全員がそれにならった。マエッツッカーは恐怖のあまり、へなへなと汚泥の上にくずれ折れそうなので、尻をたたかねばならなかった。

　ソンクが最初に引いた。次はピーターゾーンだった。それからヤン・ローパー、そのあとにサラモン、そしてクロークだった。スピルベルゲンは、自分では引かないで、最後の麦わらを自分のものにするということでみんなの同意を得ていた。しかし、残りが少なくなってくると、生きた心地がしなくなってきた。

　ギンセルは無事だった。四本が残った。

　マエッツッカーは声を出して泣いていたが、突然、ヴィンクを押しのけて引き、当たらなかったのを見て、信じられないようだった。

スピルベルゲンの握りしめた手がわなわなと震え出し、クロークが彼の腕をつかんで押さえ込んだ。くそがもれて、気がつかぬうちにズボンを伝わって落ちた。

「どれを引くか」ヴァン・ネックは必死だった。ああ、神様どうぞお助けを。近眼の目がかすんで麦わらがほとんど見えなかった。見えさえすればどっちを引くかの手がかりになるかもしれない。どれにする。

彼が麦わらを引くと、判決を見ようと、目を近づけた。長かった。

ヴィンクは、最後の二本から引いた自分の指を見守った。麦わらは地面に落ちたが、それが短いものであるのが、だれの目にもわかった。スピルベルゲンは握った拳《こぶし》をなかなか開けなかったが、残った一本は長かった。それを見届けるとスピルベルゲンは失神した。

みんながヴィンクを見つめた。ヴィンクも力なくみんなを見たが、だれも目に入らなかった。半ばあきらめ、半ば笑みを浮かべながら、無意識にハエを手で追っていた。そのうち、ばたりと倒れた。みんなは彼のために場所をあけ、まるで彼が疫病やみであるかのように遠巻きにして見守った。

ブラックソーンが、スピルベルゲンの落としたくその上にひざをついて、のぞき込んだ。

「死んでるのか」ヴァン・ネックが聞きとれないような声で聞いた。

ヴィンクがけたたましく笑い出した。みんなぎょっとしたが、突然、またぴたりとやめてしまった。

「おれだ。死ぬのはおれだ。おれは死人なんだ」

「恐ろしくない。おまえは神に清められたのだ。おまえは神の御手《みて》の中にいる」と、ヤン・ローパーが言った。その声に確信があった。

「そうだ」ヴァン・ネックが言った。「恐ろしくはないぞ」

「いまだからおまえら、簡単に言うんだ、そうだろう」ヴィンクは、みんなを見回した。すると、だれも顔を合わせていられる者はなかった。ただ、ブラックソーンだけが目をそらさなかった。

「水をくれないか、ヴィンク」と、ブラックソーンが静かに言った。「樽のところへ行って、水をくんでくれ、さあ」

ヴィンクは彼を見つめた。「ああ、情けねえ。水先案内人よ、おれはどうしたらいいんだ」

「まず、パウルスの始末から手伝ってくれ、ヴィンク。おれの言うとおりにしてくれよ。こいつは大丈夫なのか、見てくれ」

ヴィンクはブラックソーンの冷静さに助けられて、危機を越えた。スピルベルゲンの脈は弱かった。ヴィンクは彼の心臓の音を聞き、まぶたをひっくり返して、しばらく見守った。「わからない、水先案内人。なんたって、おれの頭はおかしくなってるからな。心臓は大丈夫だと思う。瀉血《しやけつ》したほうがいい……しかし……道具がない……おれ……おれの頭はだめだ……」彼は疲れ果てたように言葉を切り、壁にもたれ掛かった。その体が、がたがたと震えはじめた。

上げぶたが開いた。

近江の姿が空を背景に浮き出していた。夕日が、彼の着物を血のように染めていた。

第4章

ヴィンクは足を動かそうとしたが動かなかった。彼はこれまでの人生に何回も死に直面してきたが、こんなに意気地なくなったのは初めてのことだった。一本の麦わらが運命を決めた。なぜおれなんだ。彼の脳は悲痛な声でそう叫んでいる。おれはほかのやつより悪人ではない。どちらかといえば、並以上の善人だ。天の神様、なぜ私なのですか。

はしごが下りてきた。近江が、だれか一人急いで上がってこいと、手で合図している。「イソゲ」と言った。

ヴァン・ネックとヤン・ローパーは、目を閉じ、声を出さずに祈っていた。ピーターゾーンは見ていることができなかった。ブラックソーンは、近江と側近たちをじっと見上げていた。

「イソゲ」近江が、また怒鳴った。

もう一度、ヴィンクは立ち上がろうとした。「手伝ってくれ、だれか、立たせてくれ」

いちばん近くにいたピーターゾーンがかがみこむと、ヴィンクのわきの下に手を入れて立たせた。すると、ブラックソーンが、はしごの下に、汚泥を踏んでしっかと立った。

「ホットケ」と、彼は船で覚えた言葉を使って怒鳴った。声はたちまち上に届いた。刀に掛けた近江の手に力が入った。そして、つかつかとはしごに近寄った。するとブラックソーンは、近江が足を掛けられないように、はしごをひねった。

「ホットケ」再び、彼は怒鳴った。

近江は、足を掛けるのをやめた。

「何をする」スピルベルゲンは、あっけにとられている。みんなもそうだ。

「手を出すなと言ったのだ。おれの乗組員たちは、戦わないで死ぬ者など、だれもいない」

「でも……でも、みんな同意した」

「おれはしなかったんだ」

「おまえ、気が狂ったか」

「いいんだよ、水先案内人。おれ……おれたちは同意したんだからな、それでいいんだ。神様の御意思だ。おれは行く……それが……」ヴィンクは小声で言った。彼は壁を手探りしながら、はしごの下へ向かったが、そこにはブラックソーンが近江の顔を見上げながら、敢然と立ちふさがっていた。

「戦わずに行くな。たといだれでも」

「はしごから手を放せ、水先案内人。どけと命令しているのだ」スピルベルゲンは、できるだけ上げぶたの下から離れたすみに身をひそめて、震えながら、か細い声で言った。「水先案内人よ」

ブラックソーンは耳をかさなかった。「用意はいいか」

近江は一歩退いて、部下に何か大声で命令した。直ちに、一人が刀を抜いてはしごを降りはじめ、そのあとから二人の侍が続いてきた。ブラックソーンは、先頭の侍の刀の一撃をかわすと、素手でつかみかかり、首を絞めあげた。

「手伝え。こら、命がかかってるんだぞ」

ブラックソーンは絞めている手を交代してもらうと、二人目の侍が下へ向けて刀を突き出したのをねらって、はしごから引きずり下ろし、壁に押しつけた。ヴィンクは体がほぐれて、猛烈な勢いで、刀を振り下ろそうとする侍にぶつかっていった。おかげで、ブラックソーンは手首を斬り落とされずにすんだ。ヴィンクはさらに、片手で侍の腕をつかみ、空いているほうの拳骨《げんこつ》で、侍のまたぐらに一発くらわした。侍はうなり声をあげ、のけぞった。ヴィンクはさらに、はしごを上り、つめで第三の侍の両目をひっかいて刀を奪おうとした。あとの二人の侍は、狭い場所の中でブラックソーンに動きを封じられていたが、一人のけった足がヴィンクの顔に当たり、よろめいた。はしごの上の侍がブラックソーンに斬りつけたが、斬り損なった。それを見て、乗組員全員がいっせいにはしごに殺到した。

クロークは拳骨で、侍の足の甲を殴った。自分の手の骨が折れるかと思った。侍は刀を取られないように穴の外へ投げ出すと、汚泥の上に落ちてきた。ヴィンクとピーターゾーンがその上に乗った。ほかの男たちがいっせいに飛びかかった。と、侍はたけり狂って抵抗した。ブラックソーンは追いつめられた侍の短刀を取り上げると、はしごを上りはじめた。クローク、ヤン・ローパー、サラモンがあとに続いた。二人の侍はすでに退却し、上げぶたの口で、殺気だって、刀を構えて待ち構えている。ブラックソーンは、短刀ではあの刀に対して役に立たないことはわかっていた。しかし、彼は向かっていった。ほかの連中も続いた。頭をわずかに地上に出したとたん、刀が振り下ろされてきたが、危うくかわした。しかし、姿の見えない侍に頭をしたたかけとばされ、彼はまた地下に降りざるをえなかった。

彼は向きを変えると、もみあっている男たちを避けて、飛び降りた。悪臭の汚物の上で、侍をねじ伏せようとする戦いが続いている。ヴィンクが侍の首の後ろをけると、侍はぐったりとなった。続いてヴィンクが、拳《こぶし》を固めて続けざまに殴りつけるのを、ブラックソーンが引き離した。

「殺すんじゃない。人質として使える」と、怒鳴ると、はしごをつかみ、穴倉の中に引き落とそうとした。だがはしごは長すぎた。上では近江の配下の別の侍が、上げぶたの入口で冷然と構えている。

「おい水先案内人、やめてくれ、頼む」と、スピルベルゲンがあえぐように言った。「おれたちみんなが殺される……おまえのおかげで、おれたちまで殺される。おい、やつを止めろ。だれか、止めてくれ」

近江がまた何か大声で命令を下した。すると、はしごの上にがんばっているブラックソーンを、だれかが怪力で突き飛ばした。

「気をつけろ」と、彼は怒鳴った。

短刀を手にして、下帯姿の裸の侍が三人、穴倉の中に身をひるがえしてきた。まず二人が危険も顧みず、ブラックソーンに体当たりをくれ、床に押し倒して猛烈に絞めあげた。

ブラックソーンは二人の力強い男の下敷きになり、短刀を使うこともできず、戦意の衰えていくのを感じた。村次のように、素手で戦う技術が欲しかった。どうせ、長くはもつまいと思ったが、最後の抵抗を試み、片方の腕を自由にした。すると、岩のような拳骨が彼の頭で音を立て、続いてもう一発見舞われると、紫色の痣《あざ》ができたが、それでも彼は抵抗をやめなかった。

ヴィンクは、降ってきた三人目の侍に飛びかかった。マエツッカーが、短刀で腕を斬られて悲鳴をあげた。ヴァン・ネックも、見当で殴りかかったが、ピーターゾーンが「やめろ、おれを殴るな。殴るんならあいつらを殴れ」と、言った。しかし、商人のヴァン・ネックは恐怖のあまり、ピーターゾーンの声も聞こえないらしかった。

ブラックソーンが、のしかかっている侍の、のどのあたりに手を掛けた。汗と汚泥で手が滑る。彼は狂った雄牛のように、渾身の力をこめて二人を振りほどき、立ち上がろうとした。そのとき、最後の一発をくらって気を失った。勢いにのった三人の侍は短刀を振り回し、指導者を失った乗組員たちは三本の短刀を避けて退却せざるをえなかった。いまや穴倉は侍の振り回す短刀の弧が支配した。しかし彼らは、殺したり、傷つけたりするつもりはなく、荒い息を吐きながら、手出しのできない男たちを壁際に追いやり、気を失ってはしごの下に倒れているブラックソーンと、侍の一人とを隔離しようというのがねらいだった。

近江が傲慢に構えてはしごを降りてくると、いちばん前にいた異人の腕をいきなりつかんだ。それはピーターゾーンだった。近江はピーターゾーンをはしごのほうへ引っ張っていった。

ピーターゾーンは悲鳴をあげ、近江の手から逃れようともがいたが、一本の短刀が彼の手首を斬り、また別の一振りが腕を斬った。そして、悲鳴をあげる水夫は無残にもはしごに押しつけられた。

「神様、助けてくれ。当たったのはおれじゃない、おれじゃない、違う……」はしごの横木に両足を乗せたピーターゾーンは、短刀に追いたてられて、上がっていった。そして、「助けてくれー、頼む！」と、叫んだ声を最後に、空に向かって姿を消した。

近江は急ぐ様子もなく、そのあとから上っていった。

侍が一人、上に上がった。そしてまた一人。三人目がブラックソーンの使った短刀を拾い上げた。男はうつ伏せに倒れて気を失っている同僚の体をまたぎ、軽蔑したように背を向けて、はしごを上っていった。

はしごが上に引き上げられた。上げぶたが閉まり、外の空気も、空の色も、日の光も消えた。閂《かんぬき》の閉まる音がして、あとには暗闇が残り、その中は、あえぐ胸、早鐘のような鼓動、流れる汗、そして悪臭だけとなった。ハエがもどってきた。

しばらくの間、だれも動かなかった。ヤン・ローパーはほほを少し斬られ、マエッツカーは出血がひどかった。ほかの男たちも、ほとんどがショックで参っていた。サラモン一人が元気で、手探りでブラックソーンを探り当て、気を失っている侍からその体を引き離した。そして、大声で何か言うと水を指差した。クロークはひさごで水をくみ、サラモンを手伝って、気を失っているブラックソーンを壁に寄り掛からせた。二人は一緒に、ブラックソーンの顔についたくそをとってやった。

「あいつらが、この人の上に落ちてきたとき、首か肩の骨が折れる音がしたよ」と、少年はまだ息を弾ませながら言った。「まるで、死んでるみたいだ。かわいそうに」

ソンクも、とにかく立ち上がり、二人のところへ来た。そして、ブラックソーンの顔を、そっと左右に動かし、肩に触ってみた。「大丈夫そうだ。息を吹き返したら聞いてみよう」

「ああ、どうしよう」ヴィンクがしゃくり上げた。「かわいそうなピーターゾーン……おれがいけないんだ……おれがいけないんだ……」

「おまえは行くつもりでいたのに、水先案内人が止めたんだ。おまえは約束どおり、行くつもりだった。りっぱなもんだった」ソンクはそう言って、ヴィンクの肩を揺すったが、彼は泣き続けた。「いいな、おれが見ていた、ヴィンク」そう言って彼は、ハエを手で追っているスピルベルゲンを振り返った。「そうだったな」

「そうだ。ヴィンクは行くつもりだった。もう泣くな。みんな水先案内人が悪いんだ。水をくれないか」

ヤン・ローパーはひさごで水をくんで飲み、ほほの切り傷をなでた。「ヴィンクが行きゃよかったんだ。やつは神の小羊よ。そう決まったんだ。やつの魂は罰が当たる。ああ、神様、どうぞお恵みを。やつは地獄におちて、永遠の劫火《ごうか》に焼かれるんだ」

「水をくれったら」と、船団長が泣き声を出した。

ヴァン・ネックはヤン・ローパーからひさごを取り上げて、スピルベルゲンに渡した。「ヴィンクのせいじゃない」と、ヴァン・ネックも疲れたような声で言った。「やつは腰が抜けて、立てなかったんだ。覚えてるだろう、だれか立たせてくれと頼んでいたじゃないか。おれだって恐ろしくて動けなかった。おれは行かなくてもよかったのに」

「ヴィンクが悪いのではない」と、スピルベルゲンが言った。「悪いのはあいつだ」みんながいっせいに、ブラックソーンのほうを見た。「あいつは頭がおかしい」

「イギリス人はみんな頭がおかしい」と、ソンクが言った。「正気のやつに会ったことがあるかい。やつらは一皮むけば狂人で、海賊だ」

「やつらは、みんなそうさ」と、ギンセルも言った。

「いや、みんながそうじゃない」ヴァン・ネックは言った。「うちの水先案内人は、自分が正しいと思ったことをやっただけだ。やつはおれたちを守ってくれたのさ。そして、二万キロの海をここまで運んでくれた」

「おれたちを守っただと、笑わせるな。出発したとき、おれたちは五〇〇人で五隻の船だった。いまじゃ、おれたちは九人だ」

「船団が割れたのは、やつのせいじゃない。嵐に遭ったのもやつのせいじゃない」

「やつがいなけりゃ、新世界にいられたんだ。やつが日本に着けるといって、来てみりゃ、このざまだ」

「おれたちは日本に来ることに賛成したんだ。全員、賛成だった」ヴァン・ネックは、うんざりしたように言った。「決をとったじゃないか」

「そうだ。だが、おれたちはやつに説き伏せられたんだ」

「見ろ」ギンセルの指差すほうを見ると、侍がうなりながら、体を起こそうとしていた。ソンクは素早く走り寄って、拳であごに一発くらわせた。侍はまた気を失った。

「ちくしょうめ。しかし、やつらはなんだって、こいつを置いてったんだ。連れていくのは簡単なのに。おれたちは手出しできなかったんだからな」

「死んだと思ったんじゃないのか」

「どうかな、見てたはずだけど。ああ、ちくしょうめ、冷てえビールをやりてえ」と、ソンクが言った。

「これ以上殴るのはよせ、ソンク。殺すなよ。人質だ」クロークがそう言って、ヴィンクを見ると、彼は壁に寄り掛かって座り、自己嫌悪に泣いていた。「神様、どうぞ全員の命をお助けください。やつらはピーターゾーンをどうするのでしょうか。我々はどうなるのでしょうか」

「水先案内人のせいだ」ヤン・ローパーが言った。「みんなあいつだ」

ヴァン・ネックは同情の目でブラックソーンを見ていた。「いまさら言ってどうなる、そうだろう。だれが悪いとか、よいとか」

マエツッカーは足がふらついている。腕の出血はまだ続いていた。「やられたんだ、だれか、助けてくれ」

サラモンはシャツで包帯をつくり、傷をふさいだ。マエツッカーの腕の傷は深かったが、幸いに血管は切れていなかった。だが、ハエが群がってきはじめた。

「この、うるせえハエども。いまいましい水先案内人の野郎め」と、マエツッカーが言った。

「みんなが決めたことなのに、やつはヴィンクを助けようとした。ピーターゾーンの恨みがあいつにとりつくぞ。おれたちはひでえめにあうし……」

「うるせえ。やつが言ったのは、乗組員はだれも……」

頭上で足音がした。上げぶたが開けられた。村人たちが、魚の臓物の混じった海水を、樽から穴倉の中に流し込んだ。全部開け終わったとき、床には一五センチもの水がたまっていた。


月が中天にかかるころ、叫び声が聞こえはじめた。

矢部は、近江の内庭に座っていた。黙然と動かない。彼は月に照らされた木をながめていた。枝は明るい空に張り出し、花の群れはほとんど白色に近く見える。花びらがひらひらと舞って落ちた。

風に散る花の命のめでたけれ

また一ひら、花びらが舞った。そしてそよ風にまた一つ。木はやっと人の背の高さで、地面に根を下ろしたような苔むした二つの岩の間にあり、その三者はみごとに配置されていた。

矢部は気持ちを集中して、木と、夜と、空を賞で、風の優しい肌ざわりを感じ、海の甘い香りをかぎ、歌をひねっていたが、耳には苦悶の声が届いていた。彼は背中に疲れを覚えていたが、意志の力で、岩のように座っていた。それを意識すると、ある種の説明できない快感に襲われるのだが、それが今夜はいままでになく強く、激しかった。

「近江、御主人様はいつまで御滞在なのですか」近江の母が、おびえたように声をひそめて聞いた。

「わかりませぬ」

「あの叫び声はたまりませぬ。いつ終わるのです」

「わかりませぬ、母上……」と、近江は答えた。

二人はこの家で二番目によい部屋の屛風《びょうぶ》の陰に座っていた。最上の部屋は母の部屋だが、それは矢部に提供してあった。そして二部屋とも、近江の苦心の作である庭に面していた。障子越しに、二人のほうから矢部の姿が見える。その顔に木の影が落ち、月の光は刀の柄《つか》に輝いていた。彼は黒っぽい着物の上に、黒い羽織を着ていた。

「あの声を聞いては眠れませんよ。いつになったら終わるのかねえ」母は震えていた。

「御辛抱ください、母上」と、近江は小さな声で言った。「間もなく収まります。明日、殿様は江戸に帰られます。しばらくの御辛抱です」だが、この拷問は夜明けまで続くことが、近江にはわかっていた。初めからそういう計画であった。

彼は自分も精神を集中させたかった。自分の主君は、叫び声を聞きながら黙想にふけっている。それにならおうと試みてみる。だが、新たに聞こえた悲鳴で我に返り、自分にはできないことを悟った。できない。自分は彼のような抑えもきかなければ、その力もない。

力だろうか。彼は自問した。

矢部の顔がはっきり見える。そして、その妙な表情の意味を読もうとした。くちびるはゆるんで、わずかにゆがみ、その端からよだれが垂れている。目を細めて、時折、花びらの散るのを追っている。その様子は、まるで絶頂に達したあと、あるいは達しているときのそれのように見えた。自分のものにも触れずに、そんなことができるのだろうか。

近江がこの伯父と接触をもったのは初めてのことだった。彼は一族のなかでも末端のほうであったし、彼の所領の網代やその周辺の地域は、貧しく、たいした土地ではなかったからだ。

近江は三人兄弟のいちばん末であった。矢部の父水野には六人の兄弟があり、矢部が長男で柏木一族の筆頭だった。近江の父は次男だった。近江は二一歳、幼い息子が一人いた。

「あれはどこへ行ったのです」母は、近江の妻の不在が不満であった。「肩でももんでくれればいいのに」

「あれの父親のところへ見舞いに参りまして……御存じと思いましたが、重病で……母上、私がもみましょう」

「いいえ、召使いを呼んでください。あれはほんとうに気が利かないねえ。もう二、三日は待てたでしょうに。私はおまえに会いに、はるばる江戸から来ました。半月ものきつい旅でしたよ。それをなんですか。私が来てまだ七日にしかならないのに、もうお出かけですよ。ほんとに役立たずだねえ。あれとの婚姻を決めたのは、おまえの父上の大変な間違いでした。二度と帰ってくるなと言ってやりなさい。あんな役立たずは離縁してしまいなさい。肩さえちゃんともめない女なんですからね。おまえがしっかりしないからいけないのです。まあ、恐ろしい叫び声だこと。なぜやめさせないのです」

「間もなく、やみますので」

「あれを、よく叱ってやるんですよ」

「はい」近江は、妻のことを考えると胸が高鳴る思いがする。彼女は実に美しく、優しく、頭がよく、声がきれいで、唄わせればどんな遊女もかなわなかった。

「緑、すぐに行ってきなさい」と、彼は内緒で言った。

「父の病はそれほどではありませんし、せっかくお母様がいらっしゃるのですから……」と、彼女は答えた。「もし殿様がお見えになるのなら、お迎えの仕度もしなければ。そのほうが大事ですわ。あなたのお仕事にとって、いちばん大事なときですわ。もし殿様のお気に召せば、きっと、もっとよい御領地と替えてくださるかもしれないし、あなたは、そうなってもいい方ですもの。もし留守に何かあれば、私はどうなるのでしょう。初めての御出世の機会ですし、失敗はできません。矢部様は必ずお見えになるでしょう。そうなれば、お願いです。ここにいて、いろいろしなければ……」

「それはそうだが……すぐに出かけたらどうだ。二日だけあちらにいて、急いでもどってきてくれ」

彼女は懇願したが、彼は聞き入れず、出発させられた。彼としては矢部が到着し、滞在する間、彼女を網代から遠ざけておきたかったのだ。矢部が断りなく彼女に手を出すからというわけではない。それは考えられないことだった。なぜなら、もしそんなことが起こったら、近江には名誉にかけて矢部を斬る権利と、斬らねばならぬ義務とがあったから。それとは別に、江戸で二人が結婚した直後に、矢部が彼女をしげしげと見つめる姿に、近江は気づいたことがあった。もしそうなら、矢部の滞在中、何かごたごたのもとにならぬように、彼女を遠ざけておくのが得策だった。自分の忠誠心、先見の明、識見、といったものを矢部に売り込むのは、この機会を逃してはならない。そしていまのところ、すべては予想以上にうまくいっていた。船は、乗組員を別として宝の山だった。万事、完璧の進行ぶりだった。

「御先祖様に、あなたのことをお願いしておきました」と、出かける前に、神棚の下で緑が言った。「お寺様にも代参をやりました。周防《すおう》には、くれぐれも落度のないようにと言っておきました。それから菊さんにお使いを出しました。ああ、やっぱり私がいなければ、だめかもしれませんね……」

彼は笑顔をつくって妻を送り出したが、彼女の化粧した顔の上には涙が伝わっていた。彼女がいないのは寂しいが、いてくれなくてよかったと思う。この叫び声には、彼女はとても耐えられなかったにちがいない。

彼の母は、風が運んでくる声の恐ろしさにすくんでいたが、肩が凝るので体を少し動かした。今夜は特に、節々が痛んだ。海の風が気になる。でも江戸にいるよりはよかった。江戸はじめじめして、やたらに蚊が多かった。

彼女には、庭にいる矢部の姿はぼんやりした輪郭としか見えなかった。彼女は矢部が嫌いで、心の中では死ねばよいと思っていた。矢部が死ねば、彼女の夫の水野が伊豆の大名になり、一族の筆頭になれる。そうなってほしい……、その暁には、一族の兄弟、その妻たち、その子供たち、すべては私の言いなりになる。矢部が死んでしまえば、夫は、近江を一族筆頭の相続人にすることができる。

首が痛い。もぞもぞと、体を動かした。

「菊さんを呼びましょう」と、近江が言った。遊女の彼女は、隣の部屋で、少年と一緒にずっと矢部を待っている。「あの人の按摩《あんま》は、なかなかのものです」

「大丈夫、少し疲れただけですよ。ああ、そうだった。あの人にもんでもらいましょう」

近江は隣の部屋に入った。すでに床の用意がしてある。菊は頭を下げ、笑顔をつくると、御母堂様のためにつたない腕が役に立ちますならうれしゅうございますと、小さな声で言った。彼女の顔色はいつもより青ざめてみえ、近江は、あの叫び声が彼女に与えている苦痛のほどを知った。少年も恐ろしさを顔に出すまいとしていた。

叫び声が聞こえはじめたとき、近江は彼女を引き止めるのにひどく苦労した。「近江様、もう耐えられませせぬ。恐ろしいことでございます。お許しください。どうぞ、帰らせてくださいませ。手で耳をふさいでいても、あの声は聞こえてまいります。ああ、かわいそうに……あんまりです……」

「菊、頼む、こらえてくれ。あれは矢部様の御命令なのだ。わしには口出しできぬ。もうすぐ終わる」

「もう我慢ができませぬ、近江様。私にはもうこれ以上……」

相手がだれであろうと、女、または雇い主が承諾しなければ、金を積んでも女が買えないのは、犯すべからざるこの道の掟だった。菊は伊豆でいちばん名の売れた一流の遊女だった。もちろん、江戸や大坂や京都の二流の遊女にも比べることはできないと、近江は思うのだが、この土地ではいちばんであり、それなりに気位も高かった。雇い主である行子に、近江はいつもの五倍の金を払うことにはしたものの、菊はいつ逃げ出してしまうかわからなかった。

近江は、母親の肩をもむ菊のしなやかな指を見ていた。彼女は美人で、小柄で、肌は抜けるように白い餅肌だった。いつもなら、それのほうも感じる女だが、こんな悲鳴を聞きながら、そんな行為をしてもおもしろいだろうかと、近江は自問した。彼女をながめるのは楽しい。自分の知っている彼女の体と、肌の温かさとは……

突然、叫び声がとだえた。

近江は半ば口を開け、耳を傾け、わずかな音も聞きもらすまいとした。菊の指の動きが止まったが、母も文句を言わずに、じっと耳をすましている。彼は障子の間から矢部を見た。しかし、矢部は依然として彫刻のように動かない。

「近江」しばらくして、矢部が呼んだ。

近江は立ち上がり、磨かれた縁側に出ると、手をついた。「お呼びでございますか」

「どうしたのか、見てくるのだ」

近江は頭を下げ、庭を抜けて丘を下り、村から海岸に通じる、きれいな砂利道を歩いていった。はるか下のほう、波止場の近くでたいている火と、そのまわりの男たちの姿が見えた。海に面した広場には、例の穴倉の上げぶたを警固する四人の侍の姿が見えた。

村に向かって下りていくと、異人船が無事に錨を下ろしているのが見え、船の甲板と、そばにいる小舟に灯がともっていた。村人たちは、男も女も、そして子供たちまで総出で、荷下ろしの最中だった。暗い海に、漁船がまるでホタルのように、行ったり来たりしていた。品物や木箱が海岸にきちんと積まれている。大砲は七門がすでに陸揚げされ、新しく一門が、小舟からロープで海岸へ下ろされるところだった。

風は冷たくなかったが、近江はなぜか、身震いをした。村人たちは、いつもなら楽しそうに唄をうたいながら力を合わせるのだが、今夜の村は異常に静かだった。もちろん、村ぢゅうはまだ起きていて、病人にいたるまで狩り出されて働いていた。人々は忙《せわ》しげに行き交い、頭を下げ、また走る。しかし静かだ。犬さえひっそりしている。

こんなことは初めてだと思った。無意識に刀を握る手に力が入った。まるでこの村が、鎮守の神に見放されたかと思うほどの不気味さだ。

近江が庭の木戸を開けるのを見たのか、村次が海岸から迎えにやってきた。村次は頭を下げ、「これは近江様、船の荷揚げは明日の昼には終わります」と、言った。

「異人は死んだか」

「わかりません。すぐに見てまいります」

「わしも行こう」

村次は半歩下がって、ついてきた。なぜかしら近江は、連れのできたことがうれしかった。

「昼までにはと、言ったな」近江は黙っているのがいやで、聞いてみた。

「はい。万事順調でございます」

「擬装のほうはどうした」

村次は、網小屋のそばで、目の粗いむしろのようなものを編んでいる女や子供の群れを指差した。周防もそこにいた。

「大砲は台から外して、くるんでしまいます。一台を運ぶのに、少なくとも一〇人の人手がかかります。五十嵐様が、隣村へ人夫を探しにいかれました」

「うむ」

「しかし、秘密がもれなければよいがと、心配でございます」

「五十嵐殿が、よく言い聞かせるであろう」

「近江様、こちらは村ぢゅうの米俵という米俵、紐という紐、網という網を全部はたきました」

「それで」

「いえ、それで、明日からどうやって魚を獲ったり、畠の収穫をしまったりしたらよいものかと」

「おまえたちで考えろ」近江の声が険しくなった。「今度の年貢は、再度五割増しとする。矢部様が、今宵そのように仰せられた」

「今年のはおろか、来年の分まで、もうお納めしてございますが」

「名誉なことではないか、村次。魚を獲り畠を耕し、収穫を得て年貢を払う。名誉であろう」

「はい、近江様」村次は逆らわなかった。

「村人を手なずけられぬようでは、村長は務まらぬぞ」

「はい、近江様」

「今朝ほど、愚かで、礼儀を知らぬ村人がいたな。あの手合いはほかにもいるのか」

「一人もおりません」

「ならば、よいが、礼儀作法を知らぬ者は許すわけにはいかぬ。あの者の家族には、米一石《こく》に相当する罰金を払わせる。魚でも、米でも、雑穀でも、なんでもよいから、三ヵ月以内に納めるよう、申し伝えろ」

「はい、近江様」

村次も侍の近江も、その額は、この家族にとって不可能なものであることを知っていた。漁船が一隻と五反ばかりのわずかな田、それが玉蔵の三人の兄弟——いまは二人になったが——と、その妻たち、それに四人の息子と三人の娘、そして玉蔵の後家と三人の子供を養う全部だった。

「礼儀作法を忘れて、我が神国はどうなる」と、近江が聞いた。「目上の者に対してはもちろん、目下の者に対しても同じだ」

「はい、近江様」

しかし、その一石をどうやってひねり出すのだと村次は考える。もし、家族が払えない場合には、村が払ってやらなければならないだろう。それに、明日からの米俵、麻紐、漁網をどうやって調達しよう。一部はよその村を回って援助してもらおう。借金をせねばなるまい。隣の村長は私に義理があるからな。玉蔵のいちばん上の娘は六歳になるがかわいい子だ。六歳といえば、娘を売るには、ちょうどいい年ごろではないか。伊豆いちばんの人買いは、私の伯母の又従姉妹《またいとこ》じゃなかったか。ひどい強欲ばばあだが。村次はこれから先の恐ろしい取引きのいろいろを考えると、ため息が出た。心配するな。たぶん、あの子は二石ぐらいにはなるだろう。その値打ちは十分あるはずだ。

「玉蔵の非礼につきましては、私からもお詫び申し上げます」

「あの男のやったことだ。おまえが詫びることはない」

そうはいっても、今回の件は村次の責任であり、もう一度玉蔵の二の舞を出してはならないことは、お互いにわかっていた。

二人は波止場の角を曲がって立ち止まった。近江はちょっと考えてから、村次に、行くように合図した。彼は頭を下げて、去っていった。

「男は死んだか、月元」

「いや、また気を失っただけのこと」

近江は、大きな鉄の釜のところに近寄った。これは冬期に、遠海でときどき獲れる鯨《くじら》の脂肪を溶かしたり、魚の脂抜きをするのに使うものだった。

異人は、湯気の立つ湯の中に肩まで沈んでいた。顔は紫色で、くちびるはめくれ上がって白い歯がむき出していた。

昨日の夕方、近江は、ふんぞりかえって指揮をしている月元を見ていたものだ。異人はまるで鶏のように、手足をひとまとめに縛られて、冷たい水の中に漬けられた。それは、矢部が最初に処刑したいと言っていた例の赤毛の小柄な異人で、わめいたり、笑ったり、泣いたりしっぱなしであった。そこにいたキリスト教の宣教師が、その異人の嫌いなカトリックのお祈りを唱えてやった。

そして、火がたかれはじめた。矢部は海岸には現れなかったが、その命令は実に細かく出され、また忠実に実行された。異人はわめき、怒号しはじめた。そのうちに、釜の縁に向かって自分の頭をぶつけるようになったので、取り押さえた。そのあと、祈ったり、泣いたり、気を失ったり、正気にもどったり、恐ろしさに絶叫したりしているうちに、ほんとうの苦痛が始まった。近江は、異人の顔を見ないようにして、ハエを殺すんだと自分に言い聞かせた。しかし、とてもそうは思えそうになかったので、できるだけ早く、そこから離れることにした。彼は、自分には拷問はできないということがわかった。人間に対してなすべきことではなかった。初めての経験だが、真実を知ることができてよかったと思った。拷問はするほうも、されるほうも、人間の尊厳を失っている。死から尊厳を奪ったら、いったいどこに人生の終着の地があるのだと、彼はそのとき自問した。

月元は、煮魚ができたかどうか試してみるような手つきで、異人の半分煮えた足をそっと、棒で突っついた。「またすぐ気がつく。並はずれて長持ちするやつだ。我々と同じにできているとは思われんな。おもしろいやつだ」と、月元は言った。

「ばかな」近江は月元を憎む気になった。

月元は一瞬、身構えたが、すぐにいんぎんな態度にもどった。

「いや、これは失礼しました、近江殿」と頭を下げた。「他意ないことです」

「無論のことだ。殿様は、おまえがよくやったといって喜んでおられる。火をたきすぎず、足りなすぎず、ほどよく保つのは難しいからな」

「かたじけのうござる」

「初めてではあるまい」

「いや、初めて。しかし殿様には、ことのほか目をかけていただいておりますので、お気に入るようにやってみたまでのこと」

「殿様は、あとどのくらいあの男がもつか、お知りになりたいとのことだ」

「夜明けまでと思います。うまくやれば」

近江は釜の様子を調べた。それから砂浜を広場に向かって歩き出した。侍たちがいっせいに立ち上がり、お辞儀をした。

「ただいまのところ、中は静かでございます」と、侍の一人が上げぶたを指し、笑いながら言った。「初めは話し声がしておりました。怒っているような様子でした。それからだれかが殴ったようで、二人、いやもっと多いかもしれませぬが、殴られたのが子供のように泣きじゃくっておりました。しかし、もうだいぶ前から静かになっております」

近江は聞き耳を立てた。水のはねる音と、かすかな声とが聞こえた。時々、うめき声がする。

「増次郎はどうした」と、近江が聞いた。彼の命令で穴倉の下に残してきた侍のことだ。

「わかりませぬ。全く声がしません。たぶん、死んだのでは」

なんと役立たずの男だ。武器も持たない半病人同様の男たちに負けるとは。ばかめ、死んだほうがましだ。「夜が明けても、水も食物もやるな。正午には少し連れ出す。そのとき、あの首領を連れてこい。あいつだけだ」

「かしこまりました。近江様」

近江は火のところへもどって、異人が目を開けるのを待った。それから自宅の庭にもどって、月元の言ったことを報告した。拷問の悲鳴が、また風に乗って聞こえてきた。

「異人の目をよく読んだか」

「はい。殿様」

近江は、矢部の一〇歩後ろに座っていた。矢部は相変わらず動かなかった。月の光が逆光になり、矢部の姿は黒い影となり、そこに刀の柄《つか》が男根のように突き出ている。

「何を……何を読んだか」

「狂気を。狂気そのものでございました。あのような目を初めて見ました。計り知れぬほどの恐怖の姿を見ました」

花びらが三枚、静かに落ちた。

「歌を詠め。あの男の歌をな」

近江は頭をしぼって考えた。そして、我ながら下手くそだとは思ったが、詠んでみた。

そのまなこ地獄の淵をさ迷いて
　責苦のほどを語るなりけり

悲鳴が風で送られてきたが前より弱っている。遠くで聞くと、なお残酷に感じられた。

しばらくして、矢部が詠んだ。

氷りたるものの深きに届きなば

また声もなく一つとならん

近江は夜の美しさの中で、その意味について考え込んだ。

第5章

夜明け前に悲鳴はやんだ。

近江の母も、矢部も、ようやく眠りについた。

夜明けだというのに、村人は相変わらず働いている。あと大砲四門、火薬五〇樽、砲弾一〇〇〇発の陸揚げが残っている。

菊は布団に顔を埋め、障子に映る影を見つめていた。疲れているのに、かえって寝つかれない。彼女の横に寝ている大名の低い静かな寝息に、隣の部屋から聞こえてくる老女のいびきが交じる。別の布団に寝ている少年は、光をよけるような格好で片手を顔に当てたまま、死んだように寝入っている。

矢部がぴくりと体を動かしたので、菊は息を止め、様子をうかがった。だが、目を覚ます様子がなかったので、ほっとした。眠っていてくれれば、気づかれずにここを抜け出すことができる。菊はじっと時間のくるのを待ちながら、何か楽しいことを考えようとした。

「いいかい、忘れるんじゃないよ」最初のお師匠さんから言い聞かされたものだ。「だれでもいやなことは、くよくよ思い出すものさ。でも、いやなことばかり考えていると、ますます不幸せになるばかりだよ。そりゃ、いつも楽しいことだけ考えるってのは難しいよ。でも修行ひとつで、できるようになるものさ。そうなれば、おまえさん、この世界も結構楽しいし、名も上がるよ」

教えを思い出しながら、菊は、間もなく入る風呂の心地よさを思い浮かべることにした。そこで昨夜をすっかり洗い流したあとは、周防《すおう》のあんまにかかろう。彼女は思い巡らす。仲間の遊女たちと遊ぶこと。置屋の母さんのこと。おしゃべりも楽しいわ。今晩着ることになっている新しいきれいな着物、黄色と緑の花模様の金地の着物だ。それに合わせたかんざし。湯上がりには髪を結ってもらおう。昨夜の花代で、置屋の母さんにいくらかの借金を返すことができる。お百姓をしている父さんにも、いくらか仕送りしよう。それでも、少しは手元に残るだろう。恋しい人にも会えるかもしれない。二人で夜を過ごせたら、なんていいことなんだろう。生きていることは楽しいことなんだわ……。

確かにそのとおりだったが、昨夜のあの悲鳴が耳について離れない。忘れようとしても無理だった。一緒に泊まった仲間の遊女たちも同じようにいやな思いをしたにちがいない。母さんもお気の毒に。でもいいわ。明日になれば、網代を発って、三島の置屋へ帰れるんだもの。

緑様から声がかからなければ、こんなところまで来なくてすんだのに。

冗談はおよしなさい、菊。そんなにいやじゃないんでしょ。殿様のお役に立つのは名誉なことだもの。私のおかげで、母さんの鼻も高くなったじゃないの。みんな一度は通る道よ。

菊は思わず、思い出し笑いをした。昨夜のことを歌にしてくれる人がいたら、三島の花街中に有名になるだろう。異人の悲鳴の聞こえるなかを、汗をしたたらせながらじっと座っていた殿様のこと。寝所であの方のなさったこと。みんな知りたがるにちがいない。どうして男の子が一緒にいたのか。夜の営みはどうだったのか。菊は矢部の殿様と何をし、何を話したのか。殿様の例のものはみすぼらしいか、それともりっぱか。交わりは一度か二度か。それともなかったか。

聞きたいことは山ほどあるにちがいない。だが、この世界ではだれ一人こうしたことをあからさまに聞く者はいないし、答える者もいない。賢いことだと菊は思う。郭《くるわ》の厳しい掟は、秘密を守ることである。客がどんな振舞いをし、いくら払ったのかといったことは、決して外にもらさない。そこに信用が生まれる。だが、仕切るものといえば紙の障子や襖だけの狭い家の中で、男と女が裸になるとすれば、すべては筒抜け、寝所の秘密はまたたく間に伝わり、はやり歌にされてしまう。そして、その歌たるや、およそ真実を伝えるものではなく、おもしろおかしく誇張されている。それが世の殿方のすること、でも、遊女の口からそれが語られることはない。遊女に許されることといえば、恥ずかしそうに眉をひそめ、身をすくめる。そっと髪をなでつける。何気なく、着物の裾を直す。それだけだ。そのうえにちょっと気の利いたことを言えれば、遊女としては申し分がない。

悲鳴がやんだとき、矢部は月明かりのなかにじっと座っていた。いつまでもそうしているかのようだったが、やがて立ち上がった。菊は急いで奥の寝室にもどった。絹の着物が、夜の海のように揺れた。少年はまだおびえているようだったが、努めて顔には出さぬようにし、悲鳴におびえて泣いた涙の跡をぬぐった。彼女も努めて平静を装い、少年を安心させるようにほほ笑みかけた。

間もなく矢部が姿を現した。全身にびっしょり汗をかき、表情は固く、目を半ば閉じていた。菊は手を貸して刀を外し、濡れた着物と下帯を脱がせた。体をふき、新しい着物を着せ、絹の帯を締めさせた。それから、かしこまってあいさつをしかけると、矢部は、彼女のくちびるにそっと指を当てて倒した。

矢部は窓のほうへ行くと、青白く光る月を見上げていた。月の光はその足元にかすかに揺れていた。彼女は無言だったが、恐ろしくはなかった。なんで恐ろしいことがあろう。一人の男と一人の女、それも、さまざまに男を楽しませることを教えられた女だ。といっても、苦痛を与えたり、受けたりすることに慣らされているわけではない。その種の官能用には、別の種類の遊女がいる。体のあちこちに、嚙んだような痣《あざ》が残る。その痛みはまた喜びの交換でもある。だが、常軌を逸するようなことは、一流の花街の遊女にはできない。菊ぐらいになればそれなりの名誉があり、おろそかにはされず、相応の扱いを受けるものだが、男をおとなしく手なずけるのも遊女の腕のみせどころだ。男はときにより獣になることがあり、そんなときは恐ろしい。部屋の中では遊女は一人きりだし、抵抗する権利はない。

菊は髪をきれいに結っていたが、わずかな後れ毛が耳にそっとかかっているのが、清純なムードのなかに一筋の色気を醸しだしている。赤と黒の市松の着物には緑の縫い取りがしてあって、菊の色白の肌に映えている。ほっそりした腰を締めているのは玉虫の帯だ。磯に打ち寄せる波の音、庭を渡るかすかな風の音が聞こえてくる。

しばらくすると、矢部は向き直り、彼女を見、少年のほうを見た。

少年は一五歳で、土地の漁師の子に生まれ、近所の寺に弟子入りしたが、住職は絵の道でも知られた人だった。この少年も、稚児《ちご》趣味の大人たちの相手を務めては、お金をもらっていた。

矢部が合図をした。少年は先ほどの恐怖も静まっており、教えられたとおりの上品な作法で、着物の帯をほどいた。下帯はつけておらず、女物の腰巻を巻いていた。体の曲線は滑らかで、ほとんど体毛は生えていなかった。

悲鳴の消えた部屋は、しーんと静まり返っていた。二人は矢部の選択を待ち受けた。矢部は二人の間に立ったまま、顔を巡らせて一人ずつ見た。

それから彼は、女に合図した。菊はしとやかに帯留めの結び目をほどき、帯をそっと解いた。三枚重ねの打ち合わせがはらりと開いて、腰巻がのぞき、脚の線があらわになった。矢部が床に就き、二人は指図どおり彼をはさんで横になった。彼は二人の手を取って胸に乗せ、同じように握りしめた。すぐに燃えてきた。自分のわき腹につめを立てろと合図した。表情は別人のようになり、しだいに、速く、速くと、せきたてているうちに、苦痛のあまり、すさまじい叫び声を発した。しばらくは、目を閉じたままあえぎながら横になっていた。やがて、うつ伏せになったと思う間に、もう眠ってしまった。

静かになったなかで、二人は呼吸を整え、驚きの気持ちを抑えた。それは、あっという間の出来事だった。少年は目を丸くしていた。

「気に入らなかったのかな。あんなに早く終わってしまって」と少年は菊の耳元で言った。

「お望みどおりにしましたよ」

「殿様は確かに、いくところまでいっておられましたね。あの声で、天井が落ちてくるのではないかと思いました」

彼女は、ほほ笑んだ。「そうね」

「よかった。初めは恐ろしかったんです。気に入ってもらえてよかった」

二人は一緒に、矢部の体を静かにふいて、布団を掛けた。少年はけだるそうに横になり、片ひじをついてあくびを噛み殺した。

「あなたも寝たらどう」と、彼女は言った。

少年は着物の前を合わせると、菊の反対側へ這っていった。彼女は矢部のそばに座り、右手で彼の腕をさすってやった。

「男と女が、一緒に相手をするなんて初めてです」少年は低い声で言った。

「あたしもよ」

少年はまじめな顔をした。「女の人の相手を務めたこともないんです。その……女の人と一緒に寝たことがないんです」

「あたしが欲しいの」彼女は優しく聞いた。「もう少し待てば、殿様は目を覚まさなくなるわ」

少年は考えていたが、「ええ、お願いします」と答えた。

事がすむと彼が言った。「なんだか妙なものなんですね」

彼女は心の中で、にこりとした。「あなた、どっちのほうがいいの」

抱き合って寝ながら、彼はしばらく考えていた。「こっちのほうが疲れますね」

彼女は笑いを見せまいとして、少年の肩に顔を埋めた。「あなた、すてきよ」彼女はささやいた。「疲れたでしょう。ひと眠りなさいよ」

優しくなでているうちに、少年は眠ってしまった。菊は別の布団に移った。

そこは冷たかったが、矢部の布団にもぐりこむのも気がひけた。きっと、目を覚ますだろう。

そのうち、自分の布団も温まってきた。

障子に映る影がはっきりしてきた。男って赤子のようだわと、彼女は思った。ばかな見栄を張ること。ほんの一時のこのために、あんな苦しみをして。欲情なんて、はかないものなのに。

少年が眠ったまま、ぴくっと、動いた。なぜ、この子の相手などしてあげたの。この子を喜ばすためよ――この子のためで、私のためではないわ。でも、私も楽しかったし、時間もつぶせたし、この子の欲しがっていた満足もあげることができた。どうして眠らないの。そのうち、そのうち眠るわと、菊は自分に言った。

ころあいを見計らって、菊は布団のぬくもりから抜け出した。夜着の前がはだけて、肌に冷気がしみた。急いで着物を着け、帯を締めた。素早く細い手で髪をなでつけ、化粧を直し、音を立てないようにそっと部屋を出た。

縁の外にいた見張りの侍が頭を下げたので、菊も会釈を返した。外はもう朝日が昇っている。下女が待っていた。

庭を通り、村へ続く道に出た。それを行けば広場を通り、いま滞在している茶屋に着く。あとから下女がついてきた。

「早いな、菊さん」たまたま屋敷の縁に腰を下ろしてお茶を飲んでいた村次が、菊を見かけて声をかけた。お茶を入れていた母親も同じように声をかけた。

「よいお天気ですね、村次様。みな様お元気そうで何よりです」菊は答えた。

「ほんとにね」村次の母親は目が悪いので、透かすように彼女を見た。「気味の悪い夜だったこと。お茶を一服いかがです。まあ顔色がよくないわ」

「ありがとうございます。でも、すぐに帰らねばなりませんので。また改めまして」

「そうですか、菊さん。じゃ、そのうちまた寄ってくださいよ」

菊は、二人の探るような視線にも素知らぬ顔で、にっこりとあいさつをした。それからわざと、腰が痛そうなふりをしてみせた。これでこの二人は、今日一日退屈しないことだろう。噂はたちまち村ちゅうに広まるだろう。そう思うと、顔をしかめてお辞儀をしながら、楽しくなってくる。菊は痛みをこらえ、平静を装っているかのように歩き出した。着物の裾がひるがえり、日差しが気持ちよかった。

「まあ、かわいそうだねえ、あんなにきれいなのに。気の毒に」村次の母は、心から同情するように、ため息をついた。

「何がかわいそうなんですか、母様」村次の妻が縁側に出てきて、口をはさんだ。

「あの娘の痛そうなこと、見てごらん。あんなにけなげに我慢して、かわいそうに。まだ一七なのに、こんなめにあわされて」

「一八だよ」と、村次が言った。

「なんですか、おかみさん」下女の一人が出てきて、好奇心をむきだしにした。

老女はまわりを見回して、みんなが耳をそばだてているのを確かめると、声をひそめるようなふりをして、その実、大きな声で話しだした。

「聞くところによるとね、あの娘は——そう言ってもう一つ声をおとした——あと三ヵ月ぐらいはね……使いものにならないらしいよ」

「まあひどい、お気の毒な菊さん。でもどうなさったの」

「あの殿様は、歯で嚙むそうじゃ。確かなところから聞いた話」

「まあ」

「まあ」

「でも、殿様はなんで男の子も一緒に呼ぶのかしら、おかみさん。きっと殿様は……」

「もういい。あっちへお行き。さっさと仕事におもどり。おまえたちには関係のないことだよ。さあお行き、おまえたちの出る幕じゃない。村次と私だけで話したいことがあるんだから」

彼女は下女を縁側から追い払い、ついでに村次の妻まで追い払ってしまうと、満足気にお茶をすすった。

村次が言った。「歯ですと」

「歯ですよ。噂では、殿様は子供のころ、龍におどかされたとかで、悲鳴を聞くとあのものが立つそうだよ」母は、一息に言った。「男の子を侍《はべ》らせるのも、自分が小さいころ石のようになったのを思い出すためということだが、実際は、一緒に寝て気をやるためであろう。そうでもしないと、なんにでも噛みつくそうだ。気の毒にのう」

村次はため息をついた。立って草履《ぞうり》をつっかけ、門のわきの厠《かわや》へ入り、桶をめがけて小便を出した。すると、思わずおならが出た。ほんとうのところ、昨夜はどうだったのかと思うと、彼は興味をそそられた。菊のやつは何を痛がっていたのだ。やはり殿様が歯で噛んだのか。変わった男もあるものだ。

彼は下帯にしみをつくらぬよう、さおを振り振り厠を出ると、そのことを考えながら、広場のほうに歩いていった。ああ、菊のような女と一晩寝てみたいものだ。男ならだれでもそう思うだろう。殿様は、いくら払うのだろう……。殿様が払う金は、我らが払う金も同じというわけだがな。二〇かな。置屋の女主人は普通の一〇倍の代金をせびってせしめたということだ。ぶるる、一晩で五〇もかせいだな。お菊のどこにその値打ちがあるのかな。噂では、まだ一八なのに、年増の女のように床持ちがいいということだ。いやあ、いいんだろうな。おれなら……おれなら初めはどうする……

上の空で、ものをいつしまったのかもしらず、足は広場を通り、墓地に続く、踏みならされた小道を登っていった。

火葬のための薪が積み上げられていた。村を代表して五人の男が来ていた。

しばらくして近江がやってきた。月元と四人の身辺警固の侍を連れている。彼は一人で進み出ると、積み上げた薪の上に経帷子《きようかたびら》に包んで横たえられた死体に、威儀を正して頭を下げた。それにならって一同も頭を下げ、仲間の犠牲になって死んだ異人の冥福を祈った。

近江の合図で、月元が前に進み出て薪に火をつけた。最後に、もう一度頭を下げた。そして火が燃え上がるのを見届けると、一同はその場をあとにした。

ブラックソーンは樽に残っている水をすくい、慎重に、茶碗半分だけ量って、ソンクに渡した。ソンクは震える手で茶碗を持ちながら、ゆっくりと、少しずつ飲もうと思った。だが、自制がきかず、生ぬるい水を一気に飲み干してしまい、その水が、乾ききったのどを通過したころになって、後悔した。順番を待っている仲間の上をまたぎ、手探りで壁際の自分の場所にもどると横になった。床には汚物が山をなし、悪臭がたちこめ、ハエがたかっている。上げぶたのすきまを通して、かすかな日差しが見えるだけだ。

次はヴィンクの番だ。茶碗を受け取ると、樽のそばに座り込み、じっと茶碗を見つめている。その向かいにスピルベルゲンの顔がある。「ありがてえ」と、彼は小さな声でつぶやくように言った。

「早くしろ」と、ヤン・ローパーが言った。顔の傷はすでに化膿《かのう》している。彼の番は最後で、もうすぐなのだが、のどが焼けるようだった。「早くしろよ、ヴィンク、頼むぜ」

「悪かった。さあ、おめえにやるよ」と、言って、ヴィンクは茶碗を渡した。顔にハエがたかっているのに、払おうともしない。

「ばか、飲めよ、夕方までもう飲めねえんだぞ。さあ飲め」ヤン・ローパーは彼の手に茶碗を押しもどした。ヴィンクは、ローパーの顔を見ないようにして水を飲み、よろめきながら自分の場所にもどった。

ヤン・ローパーが、ブラックソーンから水の入った茶碗を受け取った。目をつぶり、無言の感謝をささげた。立ち番だったため、脚がずきずきする。茶碗の水は二口もなかった。

全員が飲み終わると、ブラックソーンは自分用に水をくんで、もったいなさそうにちびちびと飲んだ。口の中はからからに乾ききり、ほこりでざらついている。ハエがつきまとい、体中が汗とほこりでべたべただ。胸も背中も痣《あざ》だらけである。

この穴倉に取り残されている侍のほうを見た。侍はソンクとクロークの間で、できるだけ場所をとらないように小さくなり、壁に吸いついたように何時間もじっと動かなかった。うつろなまなざしで虚空を見つめている。下帯一つの裸の体は痣だらけで、首の回りにひどいみみずばれができている。

ブラックソーンが意識を取りもどしたとき、あたりは真っ暗だった。穴の中にはうめき声が響き渡り、それを聞いたとき、自分は死んで地獄の奈落の底にいるのかと思った。何か、ねばねばと肌にまといつく、くそのようなものの中にどこまでも沈んでいくような気がして、思わず叫び声をあげた。息苦しくなり、狂ったようにわめき続けた。無限に時間がたったと思われるころ、声が聞こえてきた。「大丈夫だよ、まだ死んじゃいねえ、大丈夫だ。しっかりしろ。ここは地獄じゃねえ。似たようなものかもしれねえけどな」

意識がはっきりしてくると、ピーターゾーンのことや、海水の入った樽のことを聞かされた。

「ああ、なんとか出られねえかなあ」と、だれかが泣き声で言った。

「やつらは、ピーターゾーンに何をしてやがるんだ。あの悲鳴には、もう我慢ができねえぜ」

「いっそのこと、死なしてやってくれりゃいいのに」

「悲鳴をやめさせろ。悲鳴をどうにかしてくれ」

地下の穴に閉じ込められたうえに、ピーターゾーンの悲鳴を聞かされたときは、各自のエゴはむきだしになった。だれもが、自分の正体と顔を突き合わさないわけにはいかなかった。そして、おのおのが見たものは、とうてい好きになれないような、ぶざまな自分だった。

暗いだけに、よけい悪いと、ブラックソーンは思った。穴の中は朝のこない夜なのだ。

夜明けのかすかな明かりが差し込むころ、悲鳴がやんだ。薄明のなかに、置き去りの侍の姿が見えてきた。

「こいつをどうする」ヴァン・ネックが聞いた。

「わからん。やつも、我々と同じように参っているようだ」ブラックソーンの心臓はまだどきどきしていた。

「変な気を起こさなきゃいいが」

「ああ、早くここを出してくれよ」クロークの声はしだいに大きくなっていった。「おおーい」

横にいるヴァン・ネックが彼の体をさすって神経をなだめた。「大丈夫だよ、坊や。神様がちゃんと御覧になってらあ」

「この腕をみてくれ」と、マエツッカーが言った。傷はもう膿んでいる。

ブラックソーンは、よろよろと立ち上がった。「こんなところに閉じ込められていたら、二、三日でみんな気が狂っちまうぞ」彼は、だれにともなく言った。

「水もほとんど残ってねえし」ヴァン・ネックが言った。

「割当てを決めるぞ。いま、少し飲む……昼にまた少し配給だ。うまくいけば三回分あるかもしれないぞ。ちくしょう、うるさいハエだ」そう言って、ブラックソーンは茶碗を見つけると、みんなに割り当て分を飲ませたあと、自分の分をちびりちびりと、長持ちさせながら飲んだ。

「やつはどうする……あの日本人は」スピルベルゲンが言った。この船団長は、ほかの者より楽に夜を過ごしていた。泥を両耳に詰めて、悲鳴が聞こえないようにしていたし、水の入った樽にへばりついていて、こっそり、渇きをいやしていた。「やつをどうする」

「やつにも、水をやったらどうだ」ヴァン・ネックが言った。

「とんでもない」ソンクが言った。「やることはない」

多数決の結果、やらないことになった。

「おれは反対だ」と、ブラックソーンが言った。

「おまえは、おれたちの言うことには、いちいち反対するんだな」ヤン・ローパーが言った。

「やつは敵だぞ。異教徒の悪魔で、おまえだって、もうすこしで殺されるところだったじゃねえか」

「おれは、おまえにも殺されそうになった覚えがあるよ。何度もな。サンタ・マグデラーナでも、もし、おまえの銃が火を吹きゃ、おれの首は吹っ飛んでた」

「おまえをねらったんじゃねえ。あの罰当たりどもをねらったんだ」

「あいつらは武器も持たない坊主たちだったし、慌てて撃つときでもなかった」

「おまえをねらったんじゃねえよ」

「おれは、おまえに殺されそうになった。おまえはばかでがんこで、頭へくると何をするかわからない」

「ひでえことを言うな。いいか、おまえは王様でもなけりゃ、ここは船の上でもねえんだぞ。おれたちが……」

「おれの言うとおりにするんだ」

ヤン・ローパーは加勢を求めるように牢内を見回したが、味方はいなかった。「勝手にしやがれ」彼は、ふてくされて言った。

「そうするとも」

侍も同じようにのどがからからだったが、差し出された茶碗には、首を横に振った。ブラックソーンは一瞬ためらったが、思いきって、茶碗を侍の脹《は》れ上がったくちびるに持っていった。が、この男は茶碗を手でたたき落とし、鋭い口調で何か言った。ブラックソーンは、この男が殴りかかるのかと思って身構えたが、それ以上は何もしてこなかった。男はそれっきり動かず、あらぬほうを見つめていた。

「こいつは頭がおかしい。こいつの仲間はみんな狂ってる」スピルベルゲンが言った。

「おれたちの水が減らなきゃ結構だ」ヤン・ローパーが言った。「勝手にくたばりゃいいのさ」

「名前はなんというのだ。な、ま、え」ブラックソーンが聞いた。しかし、手を替え、品を替えて聞いてみても、侍は口をきく様子がなかった。結局、ほうっておくことになった。が、男たちは、サソリかなんかを見張るように、この侍から目を離さなかった。侍は見向きもしない。ブラックソーンは、この男は何か覚悟を決めてるなと思ったが、それがなんであるかは見当がつかなかった。

何を考えているのか。ブラックソーンは自問した。なぜ水を拒んだのか。なぜ彼はここに残されたのか。単なる近江の手違いか。そうではあるまい。計画的にか。そうでもなさそうだ。ここから抜け出すのに、彼を利用できるか。だめだろう。やつらが我々を出してくれないかぎり、何をたくらんでも、うまくいくまい。だが、もし出してくれたとしても、その先はどうなる。ピーターゾーンはどんなめにあったのか。

日中の熱気で、ハエがさらに集まってきた。

ああ、横になりたい。風呂に入りたい。いまなら引っ張っていかれてもいい。風呂に入るのがあんなにいいことだったとは思いもよらなかった。あの目の見えない老人の鋼のような指で、一時間でも二時間でももんでもらえたら。

なんたる浪費だ。船団を組んで、乗組員を集めて、つらい思いをしてこのざまだ。辛うじて、まだ何人かは生き残っているが。

「水先案内」ヴァン・ネックが彼を揺すった。「あんた、居眠りしてたんだろう。やつが、さっきからあんたにお辞儀をしてるよ」侍は正座して、彼の前で頭を下げていた。

ブラックソーンは目をこすり、やっとの思いで、会釈を返した。

侍は、着物を裂いてつくった紐を自分の首に巻きつけた。そして正座したまま、一方の端をブラックソーンに、もう一方をソンクに渡すと一礼し、それを強く引っ張るよう身振りをした。

「おれたちに、絞め殺すなと言ってやがるのかな」ソンクが言った。

「その反対だ。こいつは、我々に絞め殺してくれといっているんだ」ブラックソーンは紐を投げ捨て、首を振った。言葉が通じない者に、自殺をすること、無防備の者を殺すことは、自分たちの教えに反することだと、どうやって伝えたらいいのだろうか。

侍は再び懇願したが、ブラックソーンは、また首を横に振った。侍はぎょろりとあたりを見回し、突然、立ち上がると、便器の桶に顔を突っ込んで窒息死しようとした。ヤン・ローパーとソンクがすぐに飛びかかり、男を引っ張り出した。

「ほうっておけ」ブラックソーンが命じると、二人は手を放した。彼は桶を指して言った。

「サムライ、やりたいのならやれよ」

侍は吐きそうだったが、ブラックソーンの言っていることはわかった。汚い桶を見つめているうちに自分にはとてもできそうにないと思えてきた。打ちひしがれて、侍は壁際の自分の場所にもどった。

「やれやれ」だれかがつぶやいた。

ブラックソーンは、樽から茶碗に半分水をくむと、踏んばって立ち上がり、その日本人に近づき、茶碗を差し出した。侍は顔をそむけた。

「いつまでがんばれるかな」ブラックソーンが言った。

「死ぬまでさ」ヤン・ローパーが言った。「やつらは獣だ。人間じゃない」

「いったい、いつまでここに閉じ込めておく気だ」ギンセルが言った。

「やつらの勝手だ」

「なんでも、やつらの言うとおりやるんだよ」ヴァン・ネックが言った。「生きてこの地獄のほら穴を出たいならな。そうだろう、水先案内」

「そうだ」ブラックソーンは太陽光線の影を測りながら言った。「ちょうど昼だ、立番の交代する時間だ」

スピルベルゲン、マエツッカー、ソンクの三人はぶうぶう言いだしたが、彼は怒鳴りつけて、三人を立ち上がらせた。場所替えが終わると横になった。地面は汚く、前よりハエが増えていたが、長々と体を伸ばせるのが何よりもありがたかった。

ピーターゾーンはどんなめにあったのだろうかと、考えているうちに、疲れが出て、眠くなってきた。神よ、我らをここからお救いください。私は怖いのです。

上で足音がした。上げぶたが開いた。侍と一緒に神父の顔が見えた。

「水先案内人、上がってきなさい。一人で上がってくるのです」と、神父が言った。

第6章

穴の中の目は、いっせいにブラックソーンのほうを見た。

「おれをどうする気だ」

「私は知らない。ともかく、すぐ上がってきなさい」

ブラックソーンは、抵抗してもむだだとは思ったが、ここはがんばれるかぎり、がんばらねばならなかった。

「ピーターゾーンはどうなったのだ」

神父は答えた。ブラックソーンは、ポルトガル語がわからない仲間に通訳してやった。

しーんと、静まり返ったなかで、ヴァン・ネックが小さな声で言った。「かわいそうなことをした」

「お気の毒です。しかし、私にはどうすることもできなかった」

神父は顔を曇らせた。「熱湯の中へほうりこまれたときは、もう人の顔がわからなかったでしょう。正気ではなかった。私はあの男のために最後のお祈りをしてやりました。父と子と聖霊の御名において。アーメン」そう言うと、神父は穴の上で十字をきった。「おまえたちが異教を捨て、神の教えに従うよう願っている。さあ、上がってきなさい」

「おれたちを置いてかないで、水先案内。頼むよ」とクローク少年が言った。

ヴィンクが、よろめきながらはしごに取りつくと、上りはじめた。「おれを連れていけ。あいつの代わりにおれだ」だが、はしごに足をかけたまま立ち往生した。長い槍がぴたりと胸元に突きつけられたからだ。ヴィンクは槍の柄《え》をつかもうとしたが、侍のほうも先刻承知だ。一瞬、ヴィンクが飛び降りなかったら串刺しになるところだった。

槍先は、今度はブラックソーンに向き、上がってくるようにといっている。有無をいわさぬやり方だ。が、ブラックソーンは動こうとしなかった。もう一人の侍が、先が鉤形《かぎがた》になった長い棒で、ブラックソーンを引っ掛けて、引っ張り上げようとした。

穴の中では、だれ一人ブラックソーンを助ける者はいない。だが、中にいる侍が鉤をしっかりと握り、上を見上げて鋭い口調で何か言った。すると、上の男たちがたじろいだ。侍はブラックソーンを振り返ると、しゃべりかけた。

「なんて言っているんだ」ブラックソーンは神父に聞いた。

神父は答えた。「日本の諺《ことわざ》だ。〝運命はすべてきまっている。生きていることなど一瞬の夢だ〟と、言ったのです」

ブラックソーンは特にうなずいてみせると、はしごのほうへ行き、振り返らずに上っていった。外へ出ると、真昼の太陽が痛いほどにまぶしい。ひざの力が抜けて思わず砂の上に倒れ込んだ。

近江がいる。少し離れて神父と村次が四人の侍と並んでいる。遠くで見物していた漁師たち

は、こそこそと立ち去った。

「おお神よ、私に力をお与えください」ブラックソーンは祈った。「立ち上がって、元気なところを見せねばなりません。やつらに一目おかせるには、それしかありません。恐れを見せるわけにはまいりません。どうぞ力をお与えください」

彼は歯を食いしばり、よろめきながらも、足を踏ん張って立ち上がった。「いったい、おれたちをどうするつもりだ。このちんぴら野郎」近江に向かってそう言うと、神父を振り返った。「やつに伝えろ。おれは本国ではダイミョウだぞ。それなのに、この扱いはなんだ。おれたちはあいつと争うつもりはない。早く仲間を穴から出せ。さもないと、ためにならないぜ。いいか、おれはダイミョウだとあいつらに言え。おれはミックルヘヴンのウィリアム・ミックルヘヴン卿の世継ぎだ。くたばれ、この野郎」

前夜はセバスティオ神父にとっても恐ろしいものだった。しかし、目が冴えたままでいると、神の存在が感じられてきて、かつてない心の安らぎを得た。そしていま、自分は異教徒と戦う神の僕《しもべ》であり、異教徒や海賊の悪の手から守られていることがよくわかる。昨夜は今日の準備だったのだ。あれが運命の別れ道だった。神に従い、この悪党たちと戦わねばならない。

「やつに伝えろ」

神父は日本語で言った。「この海賊は、自分は、本国では、大名と、言って、おります」近江は何やら神父に言った。「近江様はこう言われた。おまえが本国で王であろうと、一向にかまわない。ここでの領主は矢部様だ。おまえらが生きるも死ぬも、矢部様のお心しだいだ」

「何をぬかす。くそったれめと、言ってやれ」

「あの方を侮辱するのはやめなさい」

近江がまた何か言った。

「近江様はこう言っておられる。おまえを風呂に入れてやる。食べ物も飲み物も与えてやる。おとなしくしていれば、穴にもどすことはない」

「仲間はどうなるんだ」

神父は近江に尋ねてから、答えた。

「彼らはまだ出せない」

「じゃ、こう言え。おれは知らん、とな」そう言うと、ブラックソーンはずかずかと、はしごのほうへ歩き出した。二人の侍がそれをさえぎり、もみあいになった。

近江が神父たちに何か言った。すると侍が手を放した。

「殿様はこう言っておられる。もしおまえがおとなしくしないなら、仲間をもう一人引っ張り出す。薪も水も、まだたっぷりある」

ブラックソーンは考えた。いまここでおとなしく引き下がったら、やつらはつけあがって、これから先も、この手でおれに言うことをきかせるだろう。だが、それがどうしたというのだ。いまだっておれの運命はやつらの掌中にあるのだし、結局は、やつらの言いなりにならねばならないのだ。

「やつは、おれにどうしろというのだ」

「近江様は、服従しろと言っておられる。言われたとおりにしなさい。命令とあれば、くそでも食べることです」

「やつに言え。そのつらに、小便をひっかけてやる、とな」

「注意しておくが、言われたとおり……」

「おれが言ったとおり伝えろ、いいな」

「よろしい……。だが、私の忠告も忘れないように」

近江は神父の通訳を聞いて、刀の柄《つか》に手をかけ、ぎゅっと握りしめた。家来たちもブラックソーンをにらみつけ、不穏な動きを始めた。

近江が何か命令を下した。

すると、二人の侍が穴に降りていき、まだ少年のクロークを連れ出すと、大きな釜のほうへ引っ張っていって、縛り上げた。薪と水が運び込まれた。真っ青になった少年を釜へ投げ込むと、薪に火をつけた。

クロークは口をぱくぱくさせたが、声が出なかった。この野蛮人どもは人の命なんかなんとも思っていないな。くそくらえ。いずれ明日は、こっちもああなる運命だと、ブラックソーンは思った。

煙が砂浜にたなびいた。カモメが釣り船のまわりを飛び交いながら鳴いている。薪が一本、崩れ落ちた。侍が足でそれを火の中へもどした。

「近江様は、おまえがおとなしくするか、お尋ねになっておられる」

「やめてくれ、神父」ブラックソーンが言った。「やめるように、頼んでくれ」

「わかったよ」

「どんな命令でも従いますか」

「できるかぎり、そうする」

近江が何か言った。セバスティオ神父が聞き返し、近江がうなずいた。

「近江様に、おまえからじかに返事を申し上げるのだ。承知したことを日本語ではハイという。すべての命令に従うか」

「できるかぎりは、ハイ」

水が熱くなってきたらしく、聞くにたえない苦悶の声が少年の口からもれはじめた。釜の下に積み上げた薪から炎が燃え上がり、釜をなめる。薪がつぎ足された。

「地面に横になれとの仰せだ。すぐにやれ」

ブラックソーンは言われたとおりにした。

「近江様の言われるには、おまえは蛮人で、ものがわかっていないから、殺しはしない。だが、礼儀を教えてやるとのことだ。いいな」

「わかったよ」

「じかにお返事申し上げろ」

少年がうめく。その声はえんえんと続いていたが、ついに気を失ってとぎれた。侍の一人が、湯の中から頭を引っ張り上げた。

ブラックソーンは顔を上げて、近江を見た。そして自分に言い聞かせた。我慢しろ。あの子の命は、おれの出方にかかっている。いや乗組員たちすべての命がおれしだいなのだ。やつが約束を守るという保証はどこにもないけれど。

「わかったか」

「ハイ」

近江は着物の裾をたくし上げ、下帯をまさぐってペニスを出した。こいつはおれの顔に小便をひっかける気だなと思った。が、違っていた。近江は彼の背中に小便をかけた。「ちくしょうめ」ブラックソーンは心の中でののしった。「おぼえていろ。いつか、どこかで、必ずこの仕返しはしてやるぞ」

「近江様が申しておられる。かりそめにも、人に小便をかけてやるなどということを口にするのは、礼儀を知らぬ振舞いだ。愚かもはなはだしい」

ブラックソーンは無言のまま、近江をにらみつけていた。

「わかるか」近江が言った。

「わかったかと、聞いておられる」

「ハイ」

「起きろ」

「立てと、申されたのだ」

ブラックソーンは起き上がったが、頭がズキズキと痛む。だが、目だけは近江から離さなかった。近江も、じっと見返している。

「村次と一緒に行け。命令には従え」

ブラックソーンは、返事をしなかった。

「わかったのか」

「ハイ」

ブラックソーンは近江までの距離を目測した。手を出せば、近江の首や顔に届きそうな気がした。体力さえ十分だったらやつに飛びかかり、両目をくりぬいてやるところだ。

「あの子をどうするんだ」彼は聞いた。

近江は釜のほうを見た。水はまだそれほど熱くないらしく、少年は気を失ったものの、生命に別状はなかった。「あの者を出してやれ。必要があれば、医者を呼んでやれ」

ブラックソーンは駆け寄り、少年の胸に耳を押し当てた。

近江は神父に指図した。「その首領に言いなさい。あの若者は、今日のところは穴から出しておく。二名ともにおとなしくしておれば、明日、さらに蛮人の仲間の一人を出してやるかもしれない。あるいは、二名以上出してやるかもしれない。すべては、両人の振舞いしだいだ。だが、おまえが……」と、言いかけて、彼はブラックソーンをじろっと見た。「責任を取れ。少しでも命令に背けば、あとはわかっているだろうな……」

神父の通訳を聞き終わった異人は、「ハイ」と、返事をした。その目からは、先ほどまでの怒りは消えていた。だが、憎しみはそのまま残っているようだ。「ばかなやつだ。なんと不用意に心の中をのぞかせることよ」と、近江は心の中で思った。

「神父、あの者の名はなんという。もう一度ゆっくり言ってみなさい」

神父は何度も繰り返してブラックソーンと言ってみたが、近江にはさっぱりわからなかった。

「そのほうには言えるか」近江は、侍の一人に尋ねた。

「言えませせぬ」

「神父、あの男に伝えるのだ。あの男の名をこれより安針《あんじん》と呼ぶ。あの男は水先案内人だそうだから、そう呼ぶことにする。本名のほうは何度聞かされても、覚えられぬ」そして近江は、去りぎわに、付け加えた。

「あの男をそう呼ぶとしても、侮辱するつもりのものでないことを、よく言い聞かせておくのだ」

一同が頭を下げた。彼は丁寧に会釈を返して、立ち去った。広場をあとにし、だれの目も届かないところまでくると、近江は破顔一笑した。これほど早くあの異人の頭《かしら》を手なずけることができるとは、我ながら賢いと思った。

それにしてもあの異人たちの、なんと変わっていることよ。あの安針が早く言葉を話せるようになればいい。そうすれば、切支丹《きりしたん》の異人どもを征する手立てが知れようというものだ。

「なぜ、その者の顔に小便をかけなかったのか」矢部が聞いた。

「初めは、そのように思いました。しかし、あの安針という男は、まだ野放しの獣も同然、何をいたすかわかりませぬ。顔にかけることは、彼らにとりましても、はなはだしい侮辱でございましょうから、あまりにひどく侮辱いたしたのでは、あの男、我を忘れて何を仕出かすやらと案じまして、背中にかけるだけにいたしました」

二人は、近江の屋敷の広間の縁近くに相対していた。近江の母が二人にお茶を点《た》てた。彼女は若いときから茶を習い、作法に通じていた。一礼して茶碗を矢部の前に差し出した。矢部は礼を返し、その茶碗を近江のほうに回した。もちろん、近江は深々と頭を下げて辞退の意を表す。矢部は茶碗を手に取り、味わい深げに口をつけた。

「そのほうには感服いたしした。近江、そのほう、明察はなかなかのものだ。今度の件に関する運び方もみごとであった」

「お言葉、恐れ入ります。まだまだ、至らぬものでございます」

「どこで、そのような異人の操縦術を覚えたのだ」

「一四歳のとき、一年ほど、慈露という雲水に教えを受けたことがございます。この男はかつて伴天連《ばてれん》の司祭の見習いをしたことがありまして、幸い、途中で、自分の愚かな過ちを悟って仏門に帰依しましたが、この僧から聞いたことで、一つ忘れられぬことがございます。それは……切支丹の教えは弱い。なんとなれば、切支丹の神イエスは、すべての者が互いに愛せよと教えるからだというのです。家門の名誉や忠義などは少しも教えず、愛や命の尊さばかり説くとのことです。〝汝《なんじ》殺すなかれ〟とか、ほかにも、愚かしいことばかり教えます。このたびの蛮人たちも切支丹だと申しております。神父は違うと言っておりますが、察するに、彼らは宗派が違うので反目し合っているものと思います。仏門においても、いがみ合っている宗派があるのと同じでございます。で、もし連中が、互いに〝愛し〟合っている連中ならば、仲間の命を奪うとおどかすことによって、頭の者を抑えることができると思ったのでございます」そう言いながら近江は、この話題は、あの拷問死に波及しそうで危険だと気がついた。母も、目で近江に警告を送っている。

「もう一服、いかがでございましょう」母が矢部に尋ねた。

「これは、これは」と、矢部が言った。「みごとなお点前《てまえ》……」

「恐れ入ります。ところで近江、あの異人の頭の者はおとなしくしておりますが、いつまでも続くものかどうか、おまえの考えを申し上げては」母はそう言って、話題をそらせた。

近江は、ためらった。「長続きはしますまい。できるだけ早く、あの者にこの国の言葉を覚えさせようと考えております。それは殿にとりましても重要なことではないかと思います。あの男と、仲間どもをすっかりおとなしくさせるには、あと二、三人の仲間を殺さねばならないかもしれませぬ。しかし、言葉を覚えるころには、身の処し方も悟るにちがいありません。あの者どもが言葉を覚え、殿がじかにお話ができるようになれば、あれらの知識を利用することができましょう。神父の申したことが真実であれば、あの者は何万里も航海した水先案内人であり、ただの猿知恵の者とは違いましょう」

「そのほうも同じだな」そう言って、矢部は笑った。「あの獣どもはそのほうにまかせる。近江、そのほうは猿回しだ。よく仕込むがよい」

近江も声を合わせて笑った。「できるかぎり、そのように」

「そのほうの知行を、五〇〇石から三〇〇〇石に加増してやろう。さらに、ほうびとして、わしが江戸にもどりしだい、馬二頭、絹二〇反、鎧一組、太刀二振り、それに新たに武具一〇〇人分を送ってやろう。戦になったら、そのほうは直ちに、旗本としてわしの側近に駆けつけるのだ」矢部はすっかり気が大きくなっていた。近江が好ましく思え、心は安らぎ、爽快であった。

「近江、三島の館の庭にある石を、そのほうに受け取ってもらいたい。今回の出来事、昨夜の思い出、我らの幸運などを記念する意味でな。石は九州から運ばせたもので、わしは〝待機の石〟と名をつけた。太閤秀吉公の攻撃の命に備えて、待機中に見つけたからだ。そう、もう一五年も前のことだ」

「身に余るごほうび……」

「この庭に置き、新しい名前をつけたらどうだ。〝異人の休息の石〟という名はどうだ。昨夜、あの異人が、いつまでも休息を待ち望んでいたのを記念してな」

「伯父上、もし許されますなら、本日の栄誉をのちのちまで家門に伝えるために、〝回運の石〟と名づけたいと思いますが」

「いや、〝異人の願い〟としておけ。そうだ、それがいい。この名はわしとそのほうとの縁を表している。あの者も昨夜は願っていた。わしも願っていた。わしの命は栄え、あの者の命は死んだ」矢部は庭をながめた。「よし、〝異人の願い〟だ。気に入ったぞ。石の片面には珍しいまだらがあるが、それは涙のように見える。赤みがかった肌に走る青い縞は脈に見え、肉を思わせる。肉ははかないものだ……」矢部は、快い感慨にひたっていた。そしてこう言った。

「石を置き、石に命名するのも味なものだな。あの異人は、死ぬまで長い時間がかかったではないか。あの苦しみの代償として、来世は日本人に生まれ変わらせてもらえるかもしれぬ。ありがたいことだ。そうなれば、いつの日か、あの男の子孫がその石を見て、喜ぶときもこよう」

近江は心からの謝意を表し、そのようなほうびを受け取るに値しないと言った。矢部には、このほうびが決して過分なものでないことがわかっていた。もっと与えることもできたが、古くからの教えが脳裏にあった。知行を加増するのはいつでもできるが、減らすことは憎しみを生み、ひいては裏切りのもとになる。

「奥方」矢部は、近江の母に声をかけた。「わしの弟がもっと早く、この秀でた御子息のことを聞かせてくれていたら、近江殿ももっと出世しておったろうに。弟は引っ込み思案で、思慮に欠けますな」

「主人は兄上様に気を遣ってばかりおります。ふつつかな近江が、お目がねにかないましてうれしゅうございます。ただ、務めを果たしたまでのことにございます」

ひづめの音が近づいた。五十嵐だ。この矢部の第一の家臣は、庭を通ってつかつかと歩み寄った。「殿、準備万端整いましてございます。直ちに江戸に御出立を」

「うむ。近江、そのほうは家臣を連れ、輸送に付き添って、五十嵐とともに館まで無事搬入するのを見届けてくれ」

近江の顔が曇った。

「どうした」

「異人をどうしようかと思いまして」

「二、三、見張りを残しておけ。輸送に比べれば、異人のことなど取るに足らぬ。穴にもどして、あとはどうなりと、そのほうの好きなようにしろ。何か役に立つことでも聞き出した折には、連絡をしてくれ」

「はっ、家中の者一〇名ほど残し、村次には特別な指示を与えておくことにいたします。五、六日もすれば、あの者たちもおとなしくなることでございましょう。黒船の処分はいかがいたしましょうか」

「泊めておけ。そのほうに預けておく。よいな。月元がポルトガル人に売りつけるよう、長崎の仲買人に手紙を出した。いずれポルトガル人が引き取りにくるだろう」

それを聞くと、近江はためらいがちに言った。「あの船は手放さぬほうが得策かと存じます。日本人の水夫を異人どもにつけて、あの船を操れるようにさせたらいかがでしょうか」

「異人の船がなんの役に立つ」矢部はにやりとした。「このわしに、卑しい商人になれとでも申すのか」

「さようなつもりは毛頭ございませぬが、ただ、月元様なら、あのような船を使いこなせるのではないかと思いまして」

「あのような商い船が、なんの役に立つ」

「神父は軍船だと申しております。戦でも始まれば、軍船は……」

「我らの戦は陸の上だ。海上は卑しい高利貸や海賊の仲間の商人たちか、漁師たちのものだ」

矢部は立ち上がると、門に向かって歩きはじめた。門前では家臣の一人が馬の手綱を持って控えている。

ふと、立ち止まると、矢部はじっと海の一点を見つめた。そのひざから思わず力が抜けていくようだった。

近江も矢部の視線を追った。

一隻の船が岬を回ってくる。おびただしい櫂《かい》をつけた大きな船だった。それは風や潮の流れに左右されずに動く。日本の沿岸用の船のなかではこれが最も速い。その舳先《へさき》には、虎長の紋章をつけた旗印がはためいていた。

第7章

戸田広松が、ひとり踏み板を渡って波打ち際に降り立った。戸田は、相模《さがみ》、上野《こうずけ》を領有し、虎長の最も信頼を得ている武将であり、御意見番であると同時に、虎長の軍勢の総大将であった。六尺豊かな大男で、あごが張って雄牛のような風貌をしている。六七歳の今日まで、その体力が自慢の種だった。絹の茶の無地の陣羽織に、五つの虎長の紋、竹菱が小さく染め抜いてある。腰には小刀一本を差し、大刀は左手に携えている。いつでも素早く鞘《さや》を払い、一刀のもとに敵を斬り捨て、主君を守ることができるからだ。一五歳のときから彼の身についた習慣である。

太閤でさえ、容易に彼のこの習慣を変えることはできなかった。

一年前、太閤が死んで、戸田は虎長の配下に入った。虎長は自分の支配する八国のうち、相模と上野五〇万石を彼に与えたが、彼もまた、戸田広松のこの習慣を変えさせようとはしなかった。戸田は文字どおり、剣の達人だったのである。

海岸には村人たちが、老若男女勢ぞろいしてひざまずき、頭を下げている。侍たちは村人の前に整然と並び、矢部は近習を伴って彼らの先頭にいた。

もし矢部が女であったら、身をよじり、髪をかきむしって泣きわめいたであろう。偶然というには、お膳立てができすぎている。あの武勇の聞こえ高い戸田広松が、それも今日、ここに現れるとは。密告した者がいるのだ……江戸の家臣のなかか、この網代の近江か、または近江の家来か、もしかしたら村人のなかか。命令に背いて、江戸を離れたところを押さえられ、船に触手を動かしたばかりに、罠にはまったのだ。

彼がひざまずき、頭を垂れると、侍たちもそれにならったが、矢部は心中、到着した船も乗員も憎くてたまらなかった。

「おお、矢部殿」広松はそう言って、しつらえてあった床几《しょうぎ》に腰を下ろし、会釈を返した。が、その頭の下げ方は少なく、矢部が再び頭を下げようとしても、待っていてくれなかった。矢部は、言われなくても、自分が重大な危機にさらされていることを知った。広松は悠然と座っていた。〝鉄拳の戸田〟と陰で呼ばれている。虎長の旗を掲げることは、虎長自身のほかには、三人の重臣のなかでも彼一人にしか許されていないということだ。私を捕らえるのに、なぜこのような重臣をわざわざ江戸から派遣したのであろう。

「このような辺鄙《へんぴ》な村に、はるばるお越しいただき、光栄に存じます」

「殿の御命令だ」広松はぶっきらぼうなことで有名だった。彼は邪心も奸心《かんしん》もない、ただ忠義一途の武士だった。

「恐縮に存じます」と、矢部が言った。「それがし、異人船漂着の知らせに、急いで江戸から、駆けつけたものにございます」

「虎長公には、心の通った大名の方々を江戸に呼び寄せ、御自身が大坂からもどるまで、滞在するように仰せられたはず」

「殿の御無事を、案じております」

「一刻も早く虎長公が、無事、江戸城にもどられればいいが。石堂との戦が始まれば、直ちに我が軍は兵を進め、大坂城に進入し、瓦礫《がれき》の山を築くつもりだ」虎長の身を案じる老人のほほに赤みがさした。彼は虎長を一人にしておくのが心配でならなかった。太閤の築いた大坂城は難攻不落である。日本最大のこの城は、複雑に張り巡らした城壁や堀、小天守、櫓《やぐら》、橋に守られ、城内には八万の兵を収容できる。そして、城壁の外、大坂の市中やその周辺には、太閤の嗣子の弥右衛門に忠誠を誓う、よく訓練され装備の整った軍勢がいる。「石堂の手勢のなかに身をおくのは狂気の沙汰だと、殿に御注意申し上げたのは一度や二度ではなかった。だが、お聞き入れがなかった」

「虎長公は、行かざるをえなかったのではありませぬか。考える余地はなかったのでは」太閤は大老会議を設置し、弥右衛門を補佐して政務を行わせるようにしたが、会議は少なくとも年二回、一〇日間にわたって、大坂城内で開かれることになっており、城内には、大老に従う家臣が多いときにはそれぞれ五〇〇名にものぼる。ほかの大名たちもすべて年二回、家族を伴って大坂城を訪れ、弥右衛門に敬意を表するよう義務づけられていた。こうして、すべての大名の居城は、毎年、数ヵ月は無防備の状態になるようになっていた。

「石堂のねらいは、殿を孤立させることだ。いま虎長公は石堂の手勢の中にある。もし、わしが石堂を手中に入れていたら、何があろうと、一刻の猶予も与えぬ。とっくの昔に、石堂の首は飛んで、魂は宙をさまよっているころだ」そう言うと、思わず力が入り、左手に持った使い慣れた刀の鞘を握りしめた。節くれだった右手はひざの上にあり、いつでも抜く用意ができていた。

彼はエラスムス号を改めた。「大砲はどこだ」

「安全を計り、陸に揚げてござる。虎長公は、もう一度、石堂と取引きなさるおつもりでござるか」

「わしが大坂を発つ前は、何ごともなかった。大老会議を三日後に控えておられたが」

「物別れとなりましょうな」

「そのほうがいいと、わしは思う。だが、殿はおそらく、妥協されるであろうな」そう言って広松は、矢部を振り返った。「殿は、同盟を結んだ大名すべてに、江戸で殿の御帰還を待つよう命令された。だが、ここは江戸ではないが」

「しかしながら、この船のことは何より重大で、直ちに調べる必要があると考えました」

「その必要はなかったな、矢部殿。もっと殿を信じられることだ。殿のお耳に入らぬことは何もない。調べるのなら、殿がだれかを遣わされたであろう。現にこうしてわしを遣わされた。おぬしは、いつからここにおられる？」

「昨日到着いたしてござる」

「というと、江戸から二日で」

「さようでござる」

「お早いことだ。結構なことだ」

矢部は時間をかせごうと、ここへ来るときの強行軍の様子を、広松に語りはじめた。が、頭の中は、もっと重大なことでいっぱいだった。密告したのはだれだ。虎長は、どうやって自分と変わらぬ早さで船の情報をつかんだのだ。自分が江戸を離れたことを虎長に教えたのはだれだ。この危地をどう切り抜けて、広松と手を握ったらいいのか。

広松は彼の話を聞き終わると、ずばりと切り込んできた。「虎長公は船と積み荷の一切を没収なさる」

一瞬、浜辺は水を打ったように静まり返った。ここは伊豆だ。矢部の領地であり、虎長にはなんの権限もない。広松にもなんら命令を下す権利はない。思わず、刀にかけた矢部の手に力が入った。

広松は場数を踏んだ落ち着きで、じっと待っている。虎長から命ぜられたとおり実行したまでだ。賽《さい》は投げられた。斬るか、斬られるか。

矢部もまた、賽はすでに投げられたのを知っていた。待つことは許されない。もし船を手放すことを拒むとすれば、まずこの鉄拳の戸田を斬らねばなるまい。広松は、船を持たずには帰らないであろう。港に停泊している戸田の船に乗っている武士は二〇〇名は下らぬであろう。それも殺さねばならぬ。彼らを陸に言葉巧みに呼び込んで、その間に、彼らの数を超えるだけの侍を網代に集めることはできる。謀殺は矢部の得意であった。だが、そうなれば、虎長は兵を伊豆に送るにきまっている。石堂の助けを借りなければ、矢部はひとたまりもないだろう。しかし、石堂の縁者にあたる伊川持久が自分と敵対して、伊豆を手に入れようとねらっているときに、どうして石堂が助けにきてくれるだろうか。広松を斬れば、戦いの火ぶたは切られる。虎長は面目上、自分を討つために立ち上がるにちがいない。そうすれば、石堂も立ち上がらざるをえない。そこで伊豆は、最初の戦場となるだろう。

だがしかし、わしの大砲はどうなる。あのみごとな大砲とみごとな計画はどこかへいってしまう。あれを虎長に差し出してしまえば、こんな絶好の機会は永遠に巡ってはこないだろう。

村正の一刀に掛けた手の血が騒ぎ、心はやたけにはやった。小銃のほうも、隠しおおせる可能性はとっくになくなっていた。船のことが密告されたのなら、当然、積み荷のことも知られてしまっているにちがいない。それにしても、虎長はどうやってこんなに早く情報を手に入れたのだ。伝書鳩だ。それしかない。江戸から放ったのか、それともここからか。ここへ伝書鳩を携えているのはだれだ。わしも鳩を飼っておけばよかった。月元の責任だ――そんなことを思いつかなかったとは。

決断しろ。戦うのか、戦わないのか。

矢部はあらゆる仏罰、神罰が、密告したやつのみならず、その親から末代の子孫に至るまで当たることを祈った。

そうして、あきらめた。

「虎長公には船を没収することはできませぬ。それはすでに、それがしが殿に献上したものだからにござる。その旨を書いた文も用意してござる。そうだな、月元」

「はっ」

「虎長公が没収したとお考えくださってもかまいませぬ。もともと、それがしより献上いたすつもりでござったゆえ」矢部は自分の話が真実らしく聞こえるので内心満足した。「殿もお喜びくださると存ずる」

「殿になり代わり、お礼を申し上げる」と、言いながら、広松は改めて、虎長の眼力に感嘆した。虎長は、こういう結果になること、そして、戦いにはならぬことを見抜いていたのである。

「信じられませぬ」と、広松は答えたものだった。「それほどまで、自分の権限を犯されて、黙っている大名はおらぬと存じます。矢部は無論のこと、手前がその立場なら黙っていませぬ。たとい相手が、殿でありましょうと」

「だが、そのほうだったら、最初から命令に従うし、船のこともわしに報告したにちがいない。

矢部という男はうまく扱わねばならぬ。あいつの兵力と悪知恵、どちらもわしには必要だ。伊川持久の当面の敵として、わしの一翼を担うのだ」

さて、真っ昼間の海岸で、広松は恭しく頭を下げ、「おお、それは虎長公も、お手前のお心の広さに、さぞお喜びになることだろう」と、言ったものの、自分のいいかげんな言葉には愛想が尽きた。

矢部はそういう戸田をじっと見た。「あれはポルトガル船ではありませぬ」

「ポルトガル船と聞いたが」

「海賊船でござる」

広松は、いぶかしげに目を細めた。

「ほう？」

矢部は、神父に聞いたことを話して聞かせた。しかし、もし、広松にとっていまの話が初耳だったとしたら、虎長の情報源がこのおれの情報源と同じだという証明にならないだろうか。そして、もし、戸田が船の積み荷の中身を知っているとしたら、密告者は近江、彼の家来、あるいは村人のなかにいることになる。

「おびただしい布が積んであった。なにがしかの財宝、銃、火薬、それに弾丸」

広松はためらいがちに聞いた。「布とは中国の絹か」

「いや、珍しい厚い布で、我々には役に立ちませぬ。値打ちのあるものは、すべて陸に揚げてござる」

「よし。それらを全部、わしの船に積んでもらいたい」

「なんと言われる」矢部は驚いた。

「一つ残らず、直ちにだ」

「いますぐにでござるか？」

「さよう。御苦労かけるが、なるべく早く大坂にもどりたいわしの気持ち、察してくだされい」

「うむ。しかし、全部はあの船には積みきれませぬぞ」

「大砲は異人の船にもどして封印すればよい。三日以内にひき船がきて、江戸へあの船ごと回送する。小銃、火薬、弾丸は……」と、言いかけて、突然、自分が罠にはまりかけていることに気がついた。

「和船には、ちょうど五〇〇丁の鉄砲を積むことができる」と、虎長は言っていた。「あとは火薬全部と、二万ダブロンの銀貨を和船に積むがよい。大砲は異人船の甲板に、布は船倉に残しておけ。矢部にしゃべらせてから、命令を下すのがよい。考える時間を与えぬことだ。だが、あの男を怒らせてはまずい。矢部は必要だ。わしは銃や船も欲しい。矢部は、そのほうを罠にかけて、積み荷の内容を知っているかどうか、言わせようとするだろうが、当方が知っていると悟られてはまずい。こちらの間者が見つかってしまうだろうからな」

広松は、そんな大事な芝居をうまくやれない自分を腹立たしく思った。「どのくらい広さがあればいいのか」と、彼は簡潔に言い直した。「教えてほしい。それに、積み荷の正確な中身も。銃が何丁、弾丸が何発というふうに。お宝は金か銀か、貨幣か延べ棒かも頼む」

「月元」

「はい」

「積み荷の目録を、ここへ」

月元は急いで立ち去った。

「お疲れが出たのではございませぬか、広松殿。お茶など進ぜましょう。このような折には、風呂などいかがかと思うが、お召しになれば疲れもとれましょう」

「お心遣い、ありがたい。茶も風呂も結構だが、あとにしよう。それより、船が着いてからの出来事を聞かせてもらえぬだろうか」

矢部は、遊女と少年の件を除いて、ありのままを話した。矢部の命令で、近江も、矢部との約束以外はみんな話した。続いて、村次もすべてを語ったが、安針の勃起の件は言わなかった。話としてはおもしろいが、広松はもはや年のせいで勃起するのも稀であろうから、それを聞いて、逆に気分を悪くするといけないと思ったのだ。

広松は、まだ火葬場から立ち上っている煙を見た。「海賊はあと何人いる」

「首領を含めて、一〇名でございます」近江が答えた。

「首領は、いまどこにおる」

「村次の家でございます」

「やつは穴倉から出されて、最初に何をした」

「すぐ、湯殿へ行きました」村次は間をおかずに答えた。「いまは、死んだように眠っております」

「今度は、引っ張っていかなくてもよかったのか」

「さようでございます」

「その男は、ものわかりが早いようだな」広松は近江を振り返った。「その連中に、行儀を仕込むことができると思うか」

「いいえ。無理のようでございます」

「敵に小便をかけられた背中は、洗えば元どおりになるか」

「なりませぬ」

「わしもそう思う。絶対に流しおおせるものではない。異人というのは不思議なものだ」

広松は話を船にもどした。「船積みの監督はどなたがなさる」

「手前の甥の近江にござる」

「なるほど、では近江殿、わしは日が暮れぬうちに出立したい。わしの船の船頭に手伝わせて、急がせよう。三刻《とき》以内に終えてもらえぬか」

「承知つかまつりました」

「矢部殿は、わしと一緒に大坂へお越しくださるか」広松は、突然思いついたかのように言った。「お手前の手から献上の品を、じきじき受け取られるほうがお喜びかと思われるのでな。いかがであろう、お手前を乗せる席はあるが」矢部が辞退しようとして、あれこれ言い訳を言いはじめると、広松は虎長に言われたとおり、しばらくは矢部に勝手に言わせておいた。そして、最後はこれまた虎長に言われたとおり、「たっての願いだ。虎長公になりかわり、お願いする。お手前のお志に報わねばならぬ」と言った。

おれの首と領地がかかってきたか。矢部は苦々しい思いで自問自答した。もちろん、申し出をありがたく受けるしかないことはわかっていた。「かたじけのうござる。名誉に存ずる」

「これで万事、かたづいたな」鉄拳の戸田も、さすがにほっとしたようだった。「それでは、お茶と風呂をちょうだいいたすとするか」

矢部は先導して、丘の上の近江の屋敷に案内した。老人は体をきれいに洗い流してもらうと、心地よさそうに湯気の中に横たわり、手足を伸ばした。そのあと、周防《すおう》に按摩《あんま》をしてもらい、生き返ったようになった。飯、刺し身、漬け物で、軽く食事をすませたあと、みごとな磁器の茶碗で茶をすすった。それから少しの間、ぐっすりと昼寝をした。

三刻もたったと思われるころ、障子が音もなく開いた。広松は素早く目を覚まし、刀の鯉口を切って身構えた。

「殿、矢部様が外でお待ちでございます。船積みは終わったとのことでございます」

「結構」

広松は縁側へ出て、桶に向かって放尿した。「矢部殿は、働き者の御家来をおもちですな」

「いえ、御家中の方のお力添えのおかげでございました。まことにみごとなお働きで」

もちろん、おれの家来のほうが優秀だと、広松は思った。そしてにこやかに、こう言った。

「思い切り力を入れて小便をすることほど気持ちのいいものはありませんな。若返った気分になる。あんたも年をとると、若返った気分になることが必要ですぞ」彼は、心地よさそうに下帯をゆるめ、矢部が何か賛同の意を表して、お世辞の一つも言うかと思ったが、何も言わない。生意気なやつだと思えてくるが、そこはこらえて、「海賊の首領を、わしの船に連れてきたかな」と、聞いた。

「なんとおっしゃられました？」

「いや、船と積み荷を快く献上していただいたのだが、乗組員も積み荷の一部である以上、その首領を大坂へ連れていかねばならぬ。虎長公がお会いになられる。ほかの者は、お手前の勝手で結構でござるが、お手前のお留守の間、御家来衆に、異人たちが虎長公の財産であり、殿が御所望の折にはいつでも差し出せるよう、九人とも元気に生かしておくよう、くれぐれも注意しておいてくだされい」

矢部は近江のいる船着き場に向かって急いだ。先ほど広松が入浴している間に、彼は曲がりくねった山道を登って、火葬場の横を通った。薪の山に軽く一礼すると、そのまま歩き続け、麦や果物の段々畑の間を登って、村を見下ろす小高い丘に出た。小さな社《やしろ》がこの静かな場所を守っている。一本の老木が日陰をつくり、静寂の趣を添えている。矢部はその木の下で怒りを静め、考えをまとめようとした。船にも、近江や家来たちにも、近づきたくなかった。いまだれかに近づけば、相手かまわずに切腹を申しつけてしまいかねなかった。あるいは、村人たちを虐殺しかねなかった。

腰を下ろし、一人で腹を立て、精神を集中して考え込んだりしている間に、日が傾いて海のもやが消えた。はるか西の山脈をおおっていた雲が一瞬切れて、そびえ立つ、雪をかぶった美しい山の頂きが姿を現した。それをながめていると心が落ち着き、くつろいであれこれ考えを巡らすことができるようになった。

敵の間者を探り出すため、間者を放つことだ。広松の話からでは、敵の通報者がここにいるのか、江戸にいるのかは探り出せなかった。大坂には強力な味方がいる。石堂公もその一人だ。そのなかのだれかが通報者の正体を知っているかもしれない。だが、通報者が江戸にいる場合を考え、すぐ、妻に密書を送るとしよう。近江はどうなんだ。ここで密告者を彼に探らせるか。彼自身が密告者ではないだろうな。違うようだが、ありえないとはいえない。どうも、江戸から通報した可能性が強い。時間的に考えてみろ。異人船が到来してすぐに、大坂にいた虎長がその情報を受け取ったとしたら、おまえより広松のほうが早くここに来たはずだ。密告者は江戸にいるのだ。よし、みておれ。

異人たちはどうする。船から手に入れたものといえばやつらだけだ。あんなもの役に立つのか。待てよ、近江が言っていたではないか、やつらの海や船に関する知識と引き換えに、虎長から鉄砲をせしめることができるかもしれないぞ。

もう一つの道がある。虎長の家臣になりきってしまうことだ。おまえの考えを彼に打ち明け、鉄砲隊の隊長にしてもらい、彼の勝利のために働くのだ。だが、ひとたび家臣となれば、主君からの見返りを期待せず、ただ一筋に主人に仕えなければならない。仕えるのは義務であり、義務すなわち侍なのだ。そのゆえに侍は不滅である。やはりそうするのが最上の策かもしれぬ。だが、このおれは、ほんとうに虎長に忠誠を誓えるのか。あるいは石堂に。

だめだ、そんなことは考えられぬ。友好を結ぶのならともかく、家臣にはなれぬ。

よし、そうなれば、異人たちは財産だ。近江の言うとおりだ。

そう思うと少し落ち着くことができた。時間になり、使いの者が船積みの終えたことを伝えにきた。そして矢部が広松を迎えにいくと、なんと異人たちまで取り上げられてしまったことを思い知らされたのだ。

船着き場に着いた矢部は、怒りに腹が煮えくり返る思いだった。

「近江」

「なんでございましょう」

「異人の首領をここに連れてきてくれ。あいつを大坂へ連れていく。ほかの異人たちは、わしがいない間、しっかりと世話をして、ついでに行儀も仕込んでくれ。そのために必要なら穴倉を使ってもよい」

広松の船がやってきてからというもの、近江の頭は忙しく回転し続けていたが、考えるのは矢部の身の上のことばかりだった。「私もお供をさせてください。何かのお役に立てると思います」

「ならぬ。そのほうには、異人どもの世話をしてもらいたい」

「お願いでございます。いくらかでも、殿に報いることができるかもしれませぬ」

「その必要はない」と、矢部は自分でも思いもかけず、優しく言った。金銀の延べ棒や、鉄砲を得たため、近江の禄高を三〇〇〇石に加増し、領地を広げてやったことを思い出した。いまは延べ棒も鉄砲も消えうせてしまった。だが、この若者が自分を心配してくれるのを知って、わずかに心が和んだのだった。このような家臣とともに、おれは偉大な国を築き上げるぞと、矢部は心の中で誓った。おれが鉄砲を取りもどしたら、一隊を近江の指揮下におこう。「戦になったら……そのときは、そのほうには大いに働いてもらおうと思うているぞ、近江。さあ、異人を連れてきてくれ」

近江は四人の侍と、村次を通事として連れて出かけた。

ブラックソーンは寝ているところをたたき起こされ、頭がはっきりするまで手間どった。寝ぼけまなこの霧が晴れてくると、近江がいて、自分を見下ろしていた。

侍の一人が布団を引っぱがし、もう一人が彼を揺り起こしたのだ。ほかの二人は細くしなやかな青竹の棒を持っている。村次は縄の束を手に持っていた。

村次が正座してお辞儀をした。ブラックソーンも裸のまま正座して、同じように礼儀正しいお辞儀をした。

ただの礼儀さと、ブラックソーンは自分に言い聞かせる。これはやつらの習慣で、頭を下げるのが正しい礼儀らしいから、こっちも頭を下げたって何も恥じることはない。裸でいるのはここじゃ気にしないし、裸はやつらの習慣だから、おれが裸でいたって恥ずかしいことじゃない。

「安針、服を着てください」村次が言った。

安針……ああ、そうか、思い出した。神父が言っていた。やつらはおれの名前が発音できないため、安針――つまり、水先案内――という名をつけたんだった。

近江を見るな。彼は自分に警告した。いま見てはならん。村の広場、近江、クローク、ピーターゾーンなどのことは決して思い出すな。一度に一つだ。神様にそう言って誓ったじゃないか。一度に一つだ。だが、神かけて必ず復讐してやるぞ。

ブラックソーンは、服が再びきれいに洗ってあるのを見て、洗ってくれた人に感謝した。風呂場で服から這い出したときは、まるで疫病やみの服だった。その服で、三度も背中をごしごしこすった。それからへちまと軽石で洗い流した。それでもまだ、小便がこびりついているような気がした。

村次から目をそらして近江を見た。自分の敵が生きて近くにいるのを見ると、自虐的な喜びを感じた。

ブラックソーンが頭を下げると、近江も頭を下げた。

ブラックソーンは、彼の頭の下げ方が自分ほどでないことに気づいたが、いまのところは我慢するより手はない。

「安針」と、近江が言った。

言い方は丁寧だったが、十分ではない。

「安針さんと言え」ブラックソーンはそう言って、近江の目を見た。

二人の心が、ぶつかり合った。近江は、コールをかけられた勝負師のように緊張した。おまえは礼儀を知っているのかと、この異人になじられたのだ。

「安針さん」近江はしばらくして、かすかに笑みを浮かべて言った。

ブラックソーンは急いで服を着た。

ぶかぶかのズボンに前袋、靴下、シャツ、そして上着。長い髪はきれいに束ねて後ろに垂らし、床屋から借りたはさみで、あごひげも手入れしてある。

「なに、近江さん」ブラックソーンは服を着ると、さっきよりも気分よく、だが警戒はくずさずに尋ねた。もっと言葉を話せたらよいのだが。

「どうぞ、手」と、村次が言った。

ブラックソーンは意味がわからず、身振り手振りで、わからないと言った。村次は自分の手を差し出し、それを縛るまねをしてみせた。

「手、どうぞ」

ブラックソーンは首を振り、「いやだ」と、近江に直接言った。「その必要はない」と、英語で言った。「必要ないぞ。おれは約束をしたんだからな」こう穏やかに整然と言うと、そのあと、近江のまねをして、「ワカリマスカ」と、付け足した。

近江は笑った。「安針さん。ワカリマスよ」そう言うと、背中を向けて歩き去った。

村次もほかの侍たちも、あっけにとられてその後ろ姿を見送った。ブラックソーンもあとを追って、表を見やった。ブーツは磨いてあった。履こうとすると、召使いの〝オンナ〟が、ひざまずいて手を貸してくれた。

「ありがとう、ハナさん」と、彼は彼女の名を思い出して言った。「ありがとう」は日本語でなんと言うのだろう。

近江のあとについて門を出た。

勝手に先を歩け、このくそったれ野郎め――いや待て。誓いを忘れたのか。なんでやつをののしる。やつはおまえをののしったことはない。そういうことは、弱い人間か愚か者のすることだ。

一度に一つ。いまはやつのあとでも我慢しろ。おまえにも、やつにも、はっきりわかっていることだ。間違えるな、やつにもはっきりわかっているのだ。

ブラックソーンは、四人の侍に囲まれながら丘を下りていった。港はまだ見えてこない。村次は慎重に、一〇歩ほどあとからついてくる。近江は依然として先を歩いていく。

またおれを地下に押し込めるつもりか。なぜおれの手を縛ろうとした。近江は昨日――ああ、まだ昨日のことなのか――言ったじゃないか。「行儀よくすれば、穴倉から出してやる。おまえがおとなしくしていれば、明日、もう一人出してやるかもしれない。あるいはもっと出してやることもある」おれの行儀はどうだった。クロークはどうしている。やつらが釜から出して、やつの泊まっていた家に運んでいくときには、ちゃんと生きていたんだが。

ブラックソーンは昨日より元気になっていた。風呂に入り、睡眠をとり、新鮮な食べ物を食べたおかげで、回復しつつあった。この調子で体を休め、寝て、食べていられれば、一ヵ月もたたないうちに、一マイル走ることも、泳ぐことも、船団を指揮して地球を一周することだってできるようになるだろう。

まだそんなことは考えるな。今日は、今日の体力を守ることだけを考えるのだ。一ヵ月先なんて考えるのはよせ。

丘を下り、村を通って歩くうちに、早くも疲れてきた。思ったよりもおれは衰弱してるぞ……いや、思ったより体力があると思え。彼は自分で自分にそう命令した。

瓦屋根の間から、エラスムス号のマストが見えてくると、ブラックソーンの胸は高鳴った。道はこの先で、丘陵に沿うようにして曲がり、広場まで下って、そこで終わる。簾《すだれ》を下ろした駕籠《かご》が一台、日差しに照らされていた。その傍らで、褌一つの男が四人腰を下ろし、なんとなく楊子《ようじ》で歯をつついていたが、近江の姿を見たとたん、ひざまずいてへいつくばった。

近江はちょっとうなずいただけで、男たちの前を通り過ぎた。が、駕籠に乗ろうとして、若い女が門から出てきたのを見て立ち止まった。

ブラックソーンも思わず息をのんで、立ち止まった。

若い女中があとから走り寄り、緑色の日傘を女に差しかけた。近江がお辞儀をすると、女もお辞儀を返し、二人は楽しそうに話しはじめた。その近江からは、尊大な面影は跡形もなく消えていた。

若い女は、桃色の着物に幅の広い金色の帯を締め、金の鼻緒の草履を履いている。ブラックソーンは、彼女がこっちを見るのに気がついた。彼女と近江は、明らかに自分のことを話しているのだ。だからといって、どうすればいいのかもわからないから、ただじっと待っているより仕方がなかった。だが、女の清潔な、温かな雰囲気を楽しみながら見ていられるのはうれしかった。彼女と近江は恋人同士なのか、それとも夫婦なのだろうか。彼女は白昼夢ではなかろうか。

近江が何かを尋ね、彼女がそれに答え、緑色の扇子をあおぐと、扇子は太陽の光を反射して踊った。彼女の笑い声は音楽のようであり、体はいまにも壊れそうなほど繊細だった。近江もにこやかに笑っていたが、やがて向き直ると、再び武士の姿にかえって歩きはじめた。

ブラックソーンもあとを追った。彼が通り過ぎるのを彼女はじっと見ていた。彼が思わず声をかけると、「今日は、安針さん」と彼女が返事をしてくれたので、彼はうれしかった。彼女は五フィートそこそこの背丈だが、申し分なく美しい。お辞儀をしたとき、かすかな風に着物の裾が揺れて、紅色の下着がちらりとのぞき、えもいわれずなまめかしかった。

角を曲がっても、彼女のびんつけ油のにおいがたちこめていた。穴倉の上げぶたと、エラスムス号とが見えてきた。別の和船も泊まっている。それを見たとたんに、女のことは頭から吹き飛んでしまった。

なんで砲座が空になっているのだ。我々の大砲をどこへやった。あの奴隷船まがいの船はここで何をしている。穴倉はどうなった。

一度に一つのことだ。

よし、それじゃエラスムス号だ。嵐でもぎとられた前檣《フォアマスト》の残骸が無残な姿をさらしている。

だが、それはたいしたことではないと、彼は思う。船を海に出すのは簡単だ。繋留をほどけば、夜風と潮の流れが、音もなく船を運んでくれる。そして明日には、どこか離れ小島の物陰で船を横にして修理できる。半日あれば予備のマストがつけられる。それから、いっぱいに帆を張って外洋へ出る。どこにも寄港せず、安全な海域まで逃げるのが名案というものだ。だが、仲間はどうした。おまえ一人では船を動かせないぞ。

あの奴隷船まがいの船はどこからきた。どうしてここに泊まっている。

船着き場には、船から下りた侍と水夫たちの一団がいる。船は両側に三〇丁ずつ、計六〇丁の櫂《かい》をつけており、形はすっきりしている。櫂はつけられたままで、すぐにも出発できる態勢にある。見ているうちに、彼は思わず身震いをした。

最後に奴隷船を見たのは、二年前アフリカの黄金海岸沖だった。五隻で船団を組み、ブラックソーンたちは外洋に向かっていた。その奴隷船はポルトガル国籍の沿岸航海用の豪華な商船で、風上に向かって逃げ去った。エラスムス号は、沈めることはおろか、追いつくことも捕らえることもできなかった。

ブラックソーンは、北アフリカ海岸に詳しい。バーバリー貿易ロンドン商会で一〇年間、水先案内人と、船長とを務めたことがある。それは、スペインの封鎖を突破してバーバリー海岸と取引きしようという戦闘的な商売人たちが集まってつくった会社だった。彼は西アフリカや北アフリカへの水先案内を担当し、南は遠くラゴスまで、北はスペイン船が巡視していて危険なジブラルタル海峡を通り、東のナポリ王国のサレルノまで行った。地中海はイギリスやオランダの船が航行するには危険だ。敵のスペインやポルトガル艦隊が勢力をふるっているし、さらに悪いことには、異教徒トルコ帝国の奴隷船や軍艦がうようよしているからだ。

しかし、そうした航海は金になった。やがてブラックソーンは自分で一五〇トンの二檣帆《ブリッグ》船を買い、自分で貿易を始めた。だが、その船をすべての積み荷とともに、自らの手で沈める羽目になったのだった。風のない日中、サルディニア沖を航行中、突然、風下側にトルコの奴隷船が姿を現した。戦いは激烈だった。日が沈むころ、敵は船尾にぴったり船体をつけると、あっという間に、乗り込んできた。海賊たちが船べりを乗り越えながら「アラー」と、叫んだ声がいまでも耳に残っている。彼らは剣や銃を持っていた。彼は乗組員と力を合わせ、第一波の攻撃は追い返したが、第二波には参った。火薬庫に火をつけさせた。船は炎に包まれたが、捕まってオール漕ぎの奴隷にさせられるより、死んだほうがましだと思った。彼は昔から、生きたまま奴隷船に捕まって奴隷にされることを、ひどく恐怖していた。捕虜の船乗りがそういう運命になるのは、珍しいことではなかったから。

火薬庫が爆発して、彼の船はこなごなに吹き飛び、相手の奴隷船の一部も壊れた。そのどさくさにまぎれて、彼は救命ボートまで泳ぎ、四人の乗組員とともに逃げ出そうとした。ボートにたどりつけなかった仲間はやむなく見捨てた。彼らが神の助けを求めて叫んだ声は、いつまでも忘れられない。だが、その日、神は彼らを見放し、彼らのある者は命を失い、ある者はオール漕ぎにさせられた。そして神は、ブラックソーンと四人の乗組員に救いの手を伸べ、彼らはサルディニアのカリヤーリに逃げ着くことができた。そして一文なしとなって故国にもどった。

それが八年前のことで、その年は、ペストが再びロンドンに蔓延《まんえん》した。ペスト、飢饉、失業者による暴動。ブラックソーンの弟とその家族も全滅した。彼の長男も死んだ。だが、冬になるとペストも収まり、彼はすんなり新しい船を手に入れ、再び、ひと山当てようと海に出た。初めはバーバリー貿易ロンドン商会のための航海だった。次は、スペイン人を捕まえに西インド諸島へ。そのあたりで小金ができた。そのあと、オランダ人のケース・ヴェールマンのために航海した。ロシアの北の氷海《アイスシーズ》を行けば、中国や香料《モルッカ》諸島に通じる北回りの航路が見つかるという古くからの言い伝えがあり、ヴェールマンは、その航路を探すために二度目の船を出させたのだった。二年間、探し続け、やがて北極圏でヴェールマンが死んだ。そのときには乗組員の八割もすでに死んでおり、ブラックソーンは、生き残った乗組員を連れて国に引き返した。

その後、いまから三年前、新設のオランダ東インド会社から話があり、新世界へ初の探険に向かう船の水先案内人を頼まれた。彼らはすでに莫大な金を払って、マゼラン海峡の細部を記した航海日誌をポルトガルの密売人から買い上げてあるという噂だった。あとはそれの実証あるのみだ。もちろんオランダ商人たちは、自国の水先案内人を雇うほうがよかったであろう。しかし、唯一の養成機関ともいうべき英国水先案内人組合《トリニティ・ハウス》で訓練されたイギリス人に匹敵する者は、オランダにはいなかったから、航海日誌に払った恐ろしいほどの金を考えれば、ブラックソーンに賭けることになったのだ。そして、彼らの目に間違いはなかった。彼は現存する最も熟練したプロテスタントの水先案内人だったうえに、母がオランダ人だったので、完璧なオランダ語を話すことができた。ブラックソーンは喜んでその話にとびつき、報酬は全利益の一五パーセントという条件を受け入れた。慣習に従って、神の前で厳粛に会社への忠誠を誓い、船団を引き連れて航海し、全員無事に連れもどすことを約束した。

必ずエラスムスを故国へ連れもどしてみせると、ブラックソーンは思った。できるかぎり多くの乗組員を生きて連れ帰るのだ。

広場を横切りながら、彼の目は奴隷船から、上げぶたを警固している三人の侍に移った。「オミサン」彼は身振りで、上げぶたのほうへ行かしてくれと頼んだ。ほんのちょっとだが、声をかけさせてくれ……しかし、近江は首を横に振り、何か日本語で言うと、そのまま歩き続け、広場を横切り、波打ち際へ下り、大きな釜の横を通って桟橋に上がった。ブラックソーンは、おとなしくついていった。一度に一つだぞ。辛抱しろ。

船着き場に上がった近江は、振り返ると、上げぶた警固番に何か言いつけた。ブラックソーンが見ていると、三人は上げぶたを開け、下をのぞきこんだ。一人が指図すると、村人たちがはしごを持ってきて中に下ろし、水桶を持って下に降りた。間もなく、空の桶を持って上がってきた。便器代わりの桶も一緒に持っている。

そうだ。おまえが我慢して、あいつらの言うとおりにすれば、仲間を助けることができるのだ。彼はそう考えて満足した。

和船のそばに侍の一団がいた。背の高い男が一人、離れて立っている。大名の矢部もこの男に対しては、へりくだっているが、ほかの者たちは、その男が一言いうと飛び上がる。その様子を見ていると、男の身分が高そうだということがわかる。ひょっとしたら、こいつが王様かもしれない。

近江は恭しくひざまずいた。年寄りの男は会釈を返すと、近江を見すえた。

ブラックソーンは、できるかぎり丁寧に振舞おうと腹を決めると、近江のようにひざまずき、両手を桟橋について、近江と同じくらい平たくなるほど頭を下げた。

すると老人は、また軽く会釈を返した。

矢部、その老人、近江の三人の間で何か相談が始まったが、間もなく、矢部が村次に何か言った。すると、村次が奴隷船を指差した。

「安針さん、あれへ、どうぞ」

「なぜ」

「行くんだ。すぐ、行くんだ」

ブラックソーンは、また向かっ腹が立ってきた。

「なぜだ」

「急げ」近江が手振りよろしく、奴隷船へ乗れと命令した。

「いやだ。おれは行かない……」

近江の命令一下、四人の侍がブラックソーンに駆け寄って、両腕を取り押さえ、村次が縄を出して、彼を後ろ手に縛り上げた。

「このくそったれ」ブラックソーンはわめいた。「あんな奴隷船なんぞに、だれが乗るものか」

「ばか野郎ども、そいつを放してやれ。おい、そこの小便たれ。そのガキを放してやれ。そいつは水先案内人だろ、安針だろ」

ブラックソーンは自分の耳が信じられなかった。汚いポルトガル語で、奴隷船の上からののしったやつがいる。一人の男が降りてくるのが見えた。背丈も年格好も自分と同じくらいだ。黒い髪に黒い目、無造作に船員の服を着て、腰には剣を下げ、ベルトに短銃をはさんでいる。首には宝石入りの十字架を下げている。よれよれの帽子をかぶり、にやっと笑った。

「おまえがオランダの水先案内か」

「そうだ」ブラックソーンは、つられるように答えた。

「よーし、おれはヴァスコ・ロドリゲス、この船の水先案内だ」

彼は老人のほうを向いて、日本語とポルトガル語をちゃんぽんに使いだした。老人のことを、彼はポルトガル語で〝猿〟と呼んだりするかと思うと、戸田様と呼ぶ。しかし、彼が言うと、トダだかトーディだかわからない。話しながら二度ほど短銃を抜き、大げさにブラックソーンにねらいをつけては、またベルトにもどした。船乗りにだけ通じる卑俗な汚いポルトガル語と日本語とが全くちゃんぽんになっている。

広松が手短に何か言った。すると侍がブラックソーンを放し、村次が縄をほどいてくれた。

「それでよし。さて、水先案内。この男は王様のようなものだ。やつに、おめえのことはおれが責任をもつと言ってやった。一緒にいっぱいやったら、そのあと、おめえの首を吹き飛ばすとな」ロドリゲスは広松にお辞儀をしてからブラックソーンにウインクした。「おまえも、このばか様にお辞儀しろ」

夢を見ているような気持ちで、ブラックソーンは言われたとおりにお辞儀した。

「おめえ、ジャッポみたいにお辞儀できるじゃねえか」ロドリゲスはにやりとして言った。

「おめえ、ほんとうに水先案内か」

「ああ」

「リザード岬の緯度は」

「北緯四九度五六分……南南西の暗礁に注意」

「なるほど、水先案内だ」ロドリゲスはブラックソーンの手をとると、心のこもった握手をした。「船に来い。食い物、ブランデー、ワイン、水割りもある。水先案内人同士はみんな仲よくしなくちゃいけねえ。アーメン。そうだろう」

「そうだ」ブラックソーンは押されっぱなしだ。

「水先案内を連れて帰ると聞いたときにゃ、うれしかったぜ。本物の水先案内には、もう何年も会ったことがねえ。さあ乗れ。どうやって、マラッカ海峡をくぐりやがったんだ。どうやって、インド洋艦隊の目を逃れやがった。え、だれの航海日誌を盗んだんだ」

「おれをどこに連れていく」

「大坂だ。人殺しの偉い大名が、おめえに会いてえとさ」

ブラックソーンは慌てた。「だれだ、そいつは」

「虎長。どこだか知らねえが、八ヵ国を治める領主だ。日本の大大名だ……大名というのは王様や封建領主のようなものの、マシなやつだ。みんな専制君主だ」

「そいつが、なんでおれに」

「知らんが、そう言われてここに来たのよ。虎長が会いてえと言えば、必ず会わされる羽目になる。なにしろ、やつに喜んでもらえるなら、やつのけつをなめる名誉のために、何でもするっていう頭のおかしい侍を一〇〇万人も飼っているってことだぜ。やつの通訳に言われちまった。『虎長様は、あなたが水先案内人を連れてくるようにと言っておられる。ヴァスコ』だとさ。『水先案内人と積み荷を持ってこい。戸田広松を連れていき、船を調べ……』そうだ、話によると、おまえらは全部没収されちまったのさ。この船も、積み荷も何もかもだ」

「没収」

「噂だけかな。日本人は時々、片手で没収し、片手で返してくれることもある。没収の命令なんかしなかったという顔をすることもある。あの猿野郎どものやることはわからねえ」

ブラックソーンは日本人たちの冷たい視線が、自分に突き刺さるのを感じたが、恐怖の色を顔に出さぬようにした。ロドリゲスは彼の視線のほうを見て言った。「そうだ。そろそろやつらがいらいらするころだ。話はこのへんでいいだろう。さあ、乗れ」と、歩き出そうとするのを、ブラックソーンが呼び止めた。

「おれの仲間の乗組員はどうなる」

「なんだって」

ブラックソーンは手短に穴倉のことを話した。するとロドリゲスが片言の日本語で近江に尋ねた。「やつらは大丈夫だろうと言っている。いいか、いまはおめえもおれもなんにもできねえんだ。我慢するよりしようがねえ。ジャッポのやることはわからねえ。やつらには、顔が六つ、心臓が三つついているからな」ロドリゲスは広松に向かってヨーロッパの宮殿流のお辞儀をした。「おれたちは、日本じゃこうやってあいさつするんだ。フェリペ二世の助平野郎の宮廷にいるようなもんだ。あのスペイン野郎め、早くくたばりやがれ」

彼は先に立って、甲板を歩いていった。驚いたことに、鎖もなければ、奴隷もいない。

「どうした。気分でも悪いか」ロドリゲスが聞いた。

「いや。おれは、この船は奴隷船かと思っていたが」

「日本には奴隷はいねえ。鉱山に行ったっていねえよ。気が狂っちまうよ、ほんとに。おれも世界を三周したけれど、こんな狂った国は初めてさ。この船を、侍が自分で漕ぐんだぜ。侍ってのはあのおいぼれの私兵のことだがね、やつらはどんな奴隷よりもよく漕ぐし、よく戦う」

そう言うと、ロドリゲスは声をあげて笑った。「やつらは、けつがすりむけても漕ぐからな。おれがせきたててやると、あのじじいが心配そうな顔をするんで楽しみだ。だが、やつらは決してやめない。おれたちは大坂から、三〇〇海里余りを四〇時間で来たんだぞ。下へ来い、間もなく出航だ。ところで、おめえ、ほんとうに顔色が悪いぞ」

「いや、大丈夫だ」ブラックソーンの目はエラスムス号に奪われていた。一〇〇メートルほど先に停泊している。「おい、なんとかして、あの船に行かせてくれないか。やつらはおれを船に乗せてくれないから、着替えもない。着いたとたんに船を封印されちまってね。頼むよ」

ロドリゲスは、じろじろと船の様子を調べた。

「いつ前檣《フォアマスト》をなくした」

「ここに着く直前だ」

「予備のマストは積んであるのか」

「ああ」

「母港はどこだ」

「ロッテルダムだ」

「そこで造ったのか」

「ああ」

「おれも行ったことがある。浅瀬が多いが、いい港だ。おめえの船はいい格好をしてるな。新しいな……このクラスの船を見るのは初めてだ。すげえ船だ。さぞ、スピードが出るだろうな。扱いが難しいぜ」ロドリゲスは彼のほうを見た。「品物はすぐ持ち出せるのか」彼は一時間用の砂時計のわきにある三〇分用の砂時計をひっくり返した。両方とも羅針儀に結んである。

「ああ」ブラックソーンはうれしさを顔に出さないようにした。

「条件がある。袖だろうがどこだろうが、武器を隠し持っていないことだ。水先案内人の名にかけて誓ってくれ。おまえのことはおれが責任をもつと、あの猿に言った手前があるからな」

「わかった」ブラックソーンは、砂時計のくびれから砂が音もなく落ちていくのをながめていた。

「ちょっとでもごまかしてみろ、水先案内であろうがなかろうが、おまえの頭をぶち抜くか、それともその首をかき切ってやる。おれがその気になったらな」

「約束する。水先案内と水先案内の、仲間の約束だ。それにスペイン嫌い同士のな」

ロドリゲスはにこりとすると、彼の背中を力強くたたいた。「気に入ったよ。イギリス野郎め」

「どうして、イギリス人だとわかった」ブラックソーンは、自分のポルトガル語は完璧なものだと思っていたし、自分がオランダ人でないことをほのめかすようなことは、何もしゃべっていなかった。

「おれは占い師さ。水先案内なんて商売はみんなそうじゃないのか」と、言ってロドリゲスは笑った。

「神父に聞いたのか。セバスティオ神父が教えたのか」

「神父なんぞとは、できるだけ口をきかねえようにしてる。週に一度でも多すぎるくらいだ」

ロドリゲスが、小さな排水口に向かって唾を吐くと、うまく命中した。それから船着き場を見下ろす昇降口のところへ行った。「トーディサマ、イキマショーカ」

「行きましょう。ロドリゲスさん。いますぐに」

「イマですね」ロドリゲスは残念そうに、ブラックソーンを見た。「いますぐだと言ってるよ。すぐに出航しなきゃな」

砂時計のガラスの底には、小さな砂の山ができていた。

「やつに聞いてくれないか、お願いだ。おれがあの船に行っていいかどうか」

「だめだ。そんなこと聞いてもむだだ」

ブラックソーンは、なんか体の空気が抜けて、老け込んだような気がした。ロドリゲスは後甲板へ行くと、船尾の少し高くなったデッキに立っている小柄な、一人だけ服装の違う水夫に向かって、どら声を張りあげた。「おーい、船長サン。イキマショー。侍を乗せろ、イマ、イマ、ワカリマスカ」
「はい、安針さん」

直ちに、ロドリゲスは、ドラを六回打ち鳴らした。船長は下船している水夫や侍に、船にもどるよう大声で怒鳴りはじめた。水夫たちは急いで甲板に上がってきて、出港の準備にとりかかった。整然と統制はとれていても、人々の動きは慌ただしい。それを見て、ロドリゲスは黙ってブラックソーンの腕を取り、岸とは反対側の、右舷の昇降口に引っ張っていった。

「下にボートがある。ゆっくり行け。きょろきょろするな。おれ以外のことに気を散らすな。おれがもどってこいと言ったら、すぐにもどってこい」

ブラックソーンは甲板から下へ降りて、小さな和船へ近づいた。背後で怒った声が聞こえる。振り返ると、舷側にずらりと侍が並んでいて、弓矢を持ったり、銃を構えたりしているのには、思わず、ぞっとした。

「心配ないよ、船長。おれが責任をもつ。このロドリゲス、マリア様にかけてイチバン、安針サン。ワカリマスカ」という声が、ほかの声の上から聞こえてくる。だが、怒声のほうはしだいに激しくなるばかりだった。

ブラックソーンは和船に乗ろうとして、その小舟に櫂受けがついていないのに気づいた。

「これでは漕げない。このボートを使えない。泳ぐには遠すぎる。いや、泳げるかな」

彼は距離を目測しながらためらった。体力が十分だったら、ためらうことはないのだが。

背後で階段を降りてくる足音がし、後ろを振り返りたいという衝動を必死にこらえた。

「船尾に座れ」ロドリゲスのせきたてる声がした。「急げ」

言われたとおりにすると、ロドリゲスが素早く乗り込んできて、櫂をつかむと、立ったまま巧みに漕ぎだした。

階段の上にいた侍は狼狽した。その横にいる二人の侍は弓を持ち出した。船長の侍は何か大声で叫んでいるが、もどってこいと言っているのに間違いない。

船から二、三メートル離れてから、ロドリゲスは後ろを振り返った。「アソコへ、イクダケダ」彼はエラスムス号を指差しながら船長に怒鳴った。「侍を乗船させておけよ」そう言うと、くるりと背を向けて、立ったまま、日本式の櫓を操って船を漕いだ。「やつらが弓に矢をつがえたら教えろ。よく見張ってろ。いま何をしている」

「船長はすごく怒っている。あんなに怒らして大丈夫か」

「おれたちが大坂へもどらなきゃ、戸田のじじいが文句を言われるからな。弓を持った侍たちは何をしている」

「べつに何もしていない。船長の話を聞いているところだ。やつは決心がつかないようだ。いや、侍の一人がいま、矢を抜いた」

ロドリゲスは漕ぐ手をゆるめた。「ちくしょう、やつらの腕はおそろしく正確だからな。まだねらってるか」

「ああ……いや、ちょっと待て、船長が……だれかやつのところに来た。水夫らしい。あの船のことで何か尋ねているようだ。船長はこっちを見ている。弓を持った男に何か言った。男が弓を下ろした。水夫が甲板上の何かを指している」

ロドリゲスは確かめるように、ちらりと後ろを振り返り、ほっとしたようだ。「乗組員の一人だ。漕ぎ手を全部配置につかせるのに、半時間はかかるだろう」

ブラックソーンはじっとしていた。距離が遠くなってきた。「船長がまだこっちを見ている。いや助かった。やつはいなくなった。だが、侍の一人がこっちを見張っている」

「ほっておけ」ロドリゲスは緊張を解いたが、漕ぐ手はペースをゆるめず、後ろを見張るのもやめなかった。「侍に背を向けるのはいやなもんだ。特に相手が武器を持っているときにはな。といっても、あのばかども、手ぶらでいるときはないし。ちくしょうどもめ」

「なぜだ」

「やつらは殺人狂よ。だから寝るときも刀を抱いて寝る。この国はなかなか結構なんだが、侍は毒蛇みたいに危なくてしようがねえ。蛇ほど格好よかねえが」

「なぜだ」

「さあ、知らねえな。でも、やつらはそうなのさ」ロドリゲスには、自分の同族と話をするうれしさがあった。「もちろん、日本人は全部、おれたちとは出来が違う……やつらはおれたちのようには、痛えだの寒いだの言わねえ。だが、侍ときたらもっとひでえ。やつらは何も怖がらねえ。とにかく、死ぬなんて恐ろしくねえんだからな。なぜかって、知らねえよ。だが、嘘じゃねえさ。上の者が『殺せ』と言えば、殺すし、『死ね』と言われれば、剣の上に倒れこむか、腹をかき切る。殺したり死んだりするのは、おれたちが小便でもするように、簡単なことだ。いいか、女も侍なんだ。主人を――ここじゃ夫のことをそう呼ぶんだ――守るためには人殺しをするし、死ねと言われれば自殺だってする。のどをかき切るんだ。ここじゃ、侍は妻に自殺するよう命令できるし、妻はその命令に従わなければならない。それがこの国の法律さ。しかし女はまた別ものだぜ。ここの男とは違う人種だ。この世にこんな人種はいない。しかし、男ときたら……侍は腹黒いぞ。毒蛇だと思って接するのがいちばん安全だ。どうだ、おめえ、ほんとに大丈夫か」

「ありがとう。ちょっと弱っているが、大丈夫だ」

「航海はどうだった」

「ひどかった。ところで、どうやったら侍になれるんだ。剣を二本差して、ああいうふうに髪を結えばいいのか」

「侍に生まれなきゃだめだ。もちろん、上は大名から下は足軽という兵卒まで、身分の差がある。おれたちと同じように、ほとんどは世襲だ。話によれば、昔はこの国もいまのヨーロッパみたいだったそうだぜ……世襲の騎士や貴族や王様がいたにしても、百姓が武士になったり、武士が百姓になったりしたらしい。百姓から武士になって最高の地位に上がった者もいた。太闇もその一人だ」

「だれだ、そいつは」

「偉大な専制君主、日本の支配者、古今の人殺しだ……そのうち教えてやるが、やつは一年前に死んだ。いまごろは地獄で焼かれてらあ」ロドリゲスは、海中に唾を吐いた。「いまじゃ、侍に生まれなきゃどうにもならねえ。すべて世襲になっちまった。やつらが世襲によってどれだけの財産を引き継ぐか、おめえには想像もつかねえだろうよ。家柄、身分とかいうやつよ……近江が、あの矢部のくそ野郎にぺこぺこするのを見たろう。その矢部も戸田の前では、這いつくばってらあ。侍というのは、〝そばにつかえる〟という意味の日本語からできた言葉なんだ。しかし、やつが、たとい上の位の者に這いつくばったとしても、侍に変わりはねえし、侍の特権てのは、すげえものだ。船の様子はどうだ」

「船長がこっちを指しながら、別の侍に何かしゃべっている。侍の特権とはなんだ」

「ここでは、侍がなんでも支配し、なんでも所有してるんだ。やつらには、やつらだけの法典と規則とがある。なに、やつらが尊大だって。くそ、おめえはわかってねえな。いちばん下級の侍でも、侍以外の者ならだれを斬ってもかまわねえんだぜ。男、女、子供、どんな理由でもいいし、理由なんかなくったっていいんだ。やつらは、刀の試し斬りのために人を斬っても法的に許されてるんだ。おれも試し斬りを見たことがある……やつらの刀の斬れること、世界一だ。ダマスカスの鉄よりすごい。射手は何してる」

「黙ってこっちを見ている。弓は背中にもどした」ブラックソーンは身震いした。「あいつらは、スペイン野郎より気にくわない」

ロドリゲスは漕ぎながらまた笑った。「こんなことが知れたら、こちとらもいちころだ。おめえも早く金持ちになりたかったら、やつらと組まなきゃだめだ。なにしろ、やつらがすべてを所有しているんだからな。ほんとうにおめえ、大丈夫か」

「ああ、ありがとう。ほんとうなのか、侍がすべてを所有しているとは」

「そうさ。ここはインドみたいに階級が分かれている。いちばん上は侍で、次が百姓だ」ロドリゲスは海中に唾を吐いた。「百姓の持っているのは土地だけだ。わかるか。だが、収穫はすべて侍のものだ。やつらは、唯一の大事な食糧である米を、すべて自分たちのものとして握っていて、ほんの一部を百姓にもどしてやる。武器を持つのを許されているのは侍だけだ。侍以外の者が侍を襲ったら、反逆の罪ですぐに死罪だ。そういう場面を目撃しながら役人に知らせなかった者は同罪とみなされる。しかも、妻子もろともだ。つまり、知らせないと家族全体が死罪ということだ。全く、侍ときたら、悪魔の申し子だ。おれは子供が侍の手にかかって、こま切れにされるのを見たことがあるぜ」ロドリゲスは、咳払いをして唾を吐いた。

「だが、それはそれとしても、二、三のことを覚えれば、ここは地上の楽園さ」彼は、安全を確かめるように母船をちらりと振り返ったが、やがてにやりと笑った。「港でボートを乗り回すのも、いい気分なものだ」

ブラックソーンも笑った。こうして、波に打たれ、潮の香をかぎ、頭上に舞う海鳥の声を聞いていると、長い航海のあとのような解放感がわいてきて、歳月の経過など忘れてしまいそうだ。「あんたがエラスムス号へ行くのを手伝ってくれようとは思わなかったな」

「だから、イギリス人はいやだ。気が短い。いいか、ここじゃ日本人には何も頼むなよ……侍であろうとだれであろうと、みんな同じだ。おめえが頼めば、相手はとまどって、上の者に相談するだけだ。ここじゃ、なんでも自分でやることだ。もちろん……」と、言いかけて、彼は大声で笑い出した。「そうとも、まかり間違えば、殺されちまうけどな」

「漕ぐのがうまいな。おれはさっき、どうやってこういうオールを使うのか、わからなくって困ったよ」

「おれが、おめえを一人で行かせるとでも思っていたのか。え、なんとかさん。名前はなんだ」

「ブラックソーン、ジョン・ブラックソーンだ」

「北へ行ったことがあるか、イギリスさん。北極のほうへ」

「ケース・ヴェールマンと一緒にリフレ号に乗った。八年前だ。彼にとっては、北回りの東洋航路を発見しようという二度目の航海だった。なぜ聞く」

「聞きたいからよ……おめえが航海した先の話を全部。で、その航路は見つかると思うか。東洋へ通じる北回り航路。東でも西でもいいが」

「ああ。ポルトガルとスペインが、南回りの航路を東も西も封鎖している以上、見つけないわけにはいかないだろう。きっと、イギリスが見つける。でなきゃ、オランダがな。なぜ聞く」

「おめえは、バーバリー海岸へ航海したことがあるだろう」

「ああ。なぜ知っている」

「トリポリも知ってるな」

「水先案内人ならだれでも行ったことがあるだろう。なぜだ」

「どこかでおめえに会ったような気がしてきた。そうだ、トリポリでだ。おれはおめえに紹介してもらった。有名なイギリス人の水先案内で、オランダの探険家ケース・ヴェールマンと一緒に氷海へ航海した野郎だとね……かつては、ドレイクの下で船長をしたこともある。そうだろう、アルマダの戦いだったかな。あれはいくつのときだ」

「二四だ。あんたはトリポリで何をしてたんだ」

「イギリスの私掠船の水先案内さ。おれの船は西インド諸島で、海賊のモロー……ヘンリー・モローに捕まったんだ。やつはおれの船を略奪し、焼き払いやがった代わりに、おれを水先案内人にしてくれた——彼の水先案内は使いものにならんということだった——。で、なんの水先案内をするのかは、おめえのほうがよく知っているだろう。やつはそこから——捕まったのは、ヒスパニオラ島沖だったが——本土に沿って南へ進み、反転して大西洋を横断し、カナリア諸島の近くで毎年定期的に金を運んでいるスペイン船を待ち伏せしようというつもりだ。その船を見逃した場合には、ほかの獲物を求めて、ジブラルタル海峡を通ってトリポリに行き、それから北上してイギリスにもどるというわけだ。もしおれが、やつの水先案内になれば、捕まったおれの仲間は食物とボートをもらって、釈放してもらえるというおきまりの取引きさ。おれは言った。『結構だ。ただし、この船はポルトガル船を襲わないこと。リスボンの近くでおれを下ろしてくれること。おれの航海日誌を盗まないこと』という条件でな。ま、しばらくは押し問答さ。わかるだろう。それからやっと、おれは十字架のもとに誓いをたてたというわけだ。航海はうまくいって、たんまり積み込んだスペインの商船をせしめたさ。リスボンを出航するとき、やつはおれに船に残れと言って、例のベス女王さんのメッセージというやつをくれたよ。それによるとな、女王さんに加担して、国立訓練所《トリニティー・ハウス》で技術指導に当たってくれるポルトガルの水先案内にはどっさり金をくれるし、マゼラン海峡、あるいは喜望峰の航海日誌を売ってくれるなら五〇〇〇ギニーを払うと書いてあったさ」ロドリゲスのほほがゆるみ、丈夫そうな白い歯が見えた。黒いひげはよく手入れしてある。「そんなものは持っていねえよ。少なくとも、おれはそう返事した。モローは海賊らしく、約束を守ってくれた。おれは航海日誌を持って上陸することができた。もちろん、やつは航海日誌を写しとっただろうが、やつには読んだってわかるまいよ。やつはそのうえ、賞金の分け前までくれた。やつの船に乗ったことはないのか」

「ない。女王様は二、三年前、彼をナイトにした。おれは彼の船で働いたことはないが、彼がフェアな態度をとってくれてよかった」

二人はエラスムス号のすぐそばまで来ていた。侍たちがいぶかしげに彼らを見下ろしている。

「おれが異教徒の船の水先案内を務めたのは、それが二度目だがな、最初のときはひどかったぜ」

「そうか」

ロドリゲスがオールを収めると、ボートはすべるように船腹に横づけになり、彼は縄ばしごに飛び移った。「一緒に来い。ただし、話はおれにまかせろ」

ロドリゲスがボートをつないでいる間に、ブラックソーンも上りはじめた。デッキにはロドリゲスが先に立った。彼はヨーロッパの廷臣のようにお辞儀をして言った。「コンニチハ、くそったれサマ」

甲板には四人の侍がいた。そのなかの一人は、上げぶたの見張りだったと、ブラックソーンは思い出した。彼らはロドリゲスのはでなジェスチュアに面食らって、ぎこちなく頭を下げた。ブラックソーンもためらいながら、ロドリゲスにならったが、内心では、ちゃんと日本式にお辞儀をしたほうがいいと思っていた。

ロドリゲスはそのまま船室への降り口へ向かった。そこにはぴったり封印がしてある。侍の一人が彼をさえぎった。

「禁止です。ごめんください」

「禁止だと」ポルトガル人は、少しも気にかける様子がない。「おれはロドリゲス様。戸田広松様の安針だぞ」と言いながら、何か妙なものが書いてある赤い印を指して、「この封印は、戸田広松様のか」

「いいえ」侍は首を振った。「柏木矢部様のです」

「柏木矢部様……おれは戸田広松様の使いだ。戸田様はおまえたちの虫けら野郎より偉い殿様だし、この世界でいちばん偉い虎長様の部下だ」彼は、片手を短銃に掛けながら、封印を引きはがした。侍たちは刀の鯉口を切った。彼はブラックソーンに小声で、「船から飛び出すつもりでいろ」と、言うと、左手でかなたの船のマストの先にはためく旗を指しながら、侍たちに向かって、「虎長サマ。ワカリマスカ」と、言った。

侍たちは刀に手を掛けたまま、ためらっている。ブラックソーンは、いつでも海に飛び込むつもりだ。

「虎長サマダ」ロドリゲスは思いっ切り、ドアをけった。ガチャッとノブの音がして、ドアは大きく開いた。「ワカリマスカ」

「わかりました。安針さん」侍たちは素早く刀を鞘に納め、頭を下げて何やら言い訳を言うと、また頭を下げた。ロドリゲスはしわがれ声で、「ヨロシイ」と、言うと、下に降りていった。

「驚いたな、ロドリゲス」下の甲板に降り立つと、ブラックソーンが口をきった。「いつも、こんな調子でうまくやってるのか」

「めったにないことさ」ポルトガル人は、額の汗をぬぐった。「いつも、やらなきゃよかったと思ってるぜ」

ブラックソーンは壁に背をもたれた。「もうだめかと思ったよ」

「ほかに、手がないからな。殿様風を吹かすのよ。そうやったとしても、侍のすることはわからねえぜ。やつらの危ねえことときたら、ろうそくを尻に立てて、火薬樽に座ってるばか神父みてえなものだ」

「やつらに、なんて言ったんだ」

「戸田広松は虎長の第一の相談役で、ここの大名よりも偉いのさ。だからやつらは引っ込んだというわけだ」

「虎長とはどんなやつだ」

「話せば長くなる」ロドリゲスは階段に腰を下ろし、ブーツを脱いで、くるぶしをさすった。

「おお、痛え。あのぼろドアのおかげで、足を折るところだったよ」

「鍵は掛けてなかったから、手でも開いたのに」

「わかっているよ。でもあそこはああやらなきゃ、さまにならねえじゃねえか。全く、おめえは何もわかってねえな」

「ま、いろいろ教えてくれ」

ロドリゲスはブーツを履き直した。「おめえの態度しだいだ」

「どういうことだ」

「まずは互いにわかりあわねえとな。ここまではおれが身の上話をした。フェアにな。だが、おめえはまだだ。もうすぐおめえの番だ。ところでおめえの部屋はどこだ」

ブラックソーンは彼の意図を探った。下の甲板から、むっとするにおいが上がってくる。

「ありがとう。おかげでこの船に乗れたよ」

そう言って船尾に案内した。彼の部屋は鍵が掛かっていなかったが、荒らされており、取り外せるものはすべて持ち去られていた。書物も衣類も、器具やペンの類まで、すべてなくなっている。彼の衣裳箱も鍵が開いて、空になっていた。

怒りに青ざめながら、大船室に入った。その後ろ姿をロドリゲスがじっと見つめている。秘密の部屋も見つけられて、荒らされていた。

「全部持っていかれた。くそったれどもめ」

「何か欲しいものでもあったのか」

「さあ。ただ……封印してあったのに」ブラックソーンは金庫室へ行った。そこも空だった。火薬庫も同様だ。船倉には辛うじてウールの布の荷だけが残っていた。「日本人め、みてろよ」

自分の部屋にもどり、衣裳箱のふたを、バタンと閉めた。

「どこにある」ロドリゲスが聞いた。

「何が」

「航海日誌だ。おめえの航海日誌はどこにある」

ブラックソーンは鋭く見返した。

「服のことを心配するような水先案内人はいない。航海日誌を取りにきたんだろう」

「うむ」

「何を驚いている。なぜおれがついてきた、おめえのぼろ運びを手伝うためか。あんなぼろきれはやめとけ。欲しけりゃおれのをわけてやる。航海日誌はどこだ」

「なくなっている。衣裳箱に入れといたんだ」

「おれによこせというわけじゃない。ただ読みたいだけだ。必要なら、写す。自分の日誌と同じようにかわいがるから、外にもれる心配はないぜ」声がきつくなった。「さあ出してくれ、イギリスさんよ。そう時間がない」

「ないものは出せない。その箱に入れといたんだ」

「そんなところに置いておくはずがない……外国の港に入ろうってときに、おめえが水先案内人の第一の心得を忘れるわけがなかろう。そういうものは、用心深く隠して、代わりに偽物を出しておくということをな。さ、早くしろ」

「盗まれたよ」

「嘘をつくな。だが、おめえがうまく隠したことは認めるぜ。このおれが二時間も捜して、見当さえつかなかったんだからな」

「なんだと」

「そんなに驚くことはあるめえ、イギリスさん。頭はちゃんとけつの上に乗ってるか。もちろん、おれはおまえの航海日誌を見てえばかりに、わざわざ大坂から来たんだ」

「もうこの船を調べたのか」

「ちぇ、この野郎」ロドリゲスは腹立たしげに言った。「あたりめえじゃねえか。二、三時間前に、広松が見て回りたいというから一緒に来たよ。そのとき封印をはがしたんだが、ここの地元の大名がまた封印しやがったんだ。早くしろ、砂時計の砂がきれるぞ」

「盗まれたよ」

ブラックソーンは、自分たちがここに着いたときのこと、気がついたら浜に打ち上げられていたこと、などを話した。そして怒りをこめて、衣裳箱を部屋のすみへけとばした。船を荒らしたやつが憎かった。

「盗まれたよ、海図も、航海日誌も。イギリスで写しとっておいたのもあるが、今度の航海の日誌がなくなってしまったし、それと……」と、言って、言葉を切った。

「ポルトガルの航海日誌だろ、イギリスさん。違うか。ポルトガルのを持ってたろう」

「そうさ。だが、そのポルトガルのもなくなってしまった」しっかりしろと、彼は自分に言い聞かせた。あれがなくなったらおしまいだ。だれが持っている、日本人か、それとも、やつらはあの神父に渡したのだろうか。航海日誌も海図もなければ、国に帰ることはできないぞ。一生、国に帰れない……まさか。気をつければ国に帰れる。もし、とんでもなく運がよければなんだぞ。神よ、私に力をお与えください。地球の裏側の敵国に捕まっているのに、航海日誌も海図もない……冗談言ってる場合じゃない。

ロドリゲスは、じっと彼を見つめている。やっと口を開いた。「気の毒だな。おまえの気持ちはわかるぜ……おれも一度、同じめにあったことがあるからな。盗んだやつはイギリス人だった。くそ、やつの船が沈んで、地獄で焼かれろ。さあ、もどるぜ」

近江と家臣たちは、和船が岬を回って姿を消すまで、船着き場で見送っていた。西のほうは夕焼けが空を赤く染めていたが、東に向かってしだいに暗くなり、空と海が闇に溶けて水平線もわからない。

「村次、大砲を船にもどすのにどれくらいかかる」

「これから夜通し働くといたしますれば、明日の昼までにはできましょう。夜明けから取りかかりますれば、日暮れには、かたづきましょう。働くには日中のほうが安全でございますが」

「直ちにかかれ。神父をすぐ穴倉に連れてくるように」

近江はちらっと、五十嵐に目をやった。矢部の重臣である彼は、まだ岬のほうをながめているが、その顔はひきつれて、へこんだ片目の上にはどす黒い傷あとが気味悪く残っている。

「五十嵐殿には、どうぞ拙宅にお泊まりくださいませ。むさくるしいところではございますが、気兼ねなく、おくつろぎいただけるかと」

「かたじけない」と言って、年配のほうの武士がこちらに向き直った。「しかし、殿のお言いつけに従い、我々はこれからすぐ江戸にもどるといたします」と言ったが、顔には心配の色が表れていた。「あの船に一緒に乗っていきたかった」

「なるほど」

「殿が、たった二人の供だけで乗船されたとは気に入らん。実に気に入らん」

「なるほど」

彼はエラスムス号を指差した。「いまいましい船だ。宝物の山だったのが、いまでは空っぽだ」

「全部持っていったとは確かですか。それでは虎長公も、矢部様の贈り物をたいそうお喜びになることでしょうな」

「あの金に目がくらんだ領地泥棒は財産があり余っていて、殿から巻き上げた金銀の高など、眼中にあるまい。そんなこともわからんのか」

「殿の身に迫る危険を心配のあまり、そのようなお言葉をはかれたものと思うが」

「そのとおりだ、近江殿。侮辱するつもりはなかった。近江殿は殿のため知恵を働かせ、尽力してくだされた。虎長公も、あなたの言われるとおり、喜んでおられるかもしれぬ」と、五十嵐は口では言ったが、腹では別のことを考えていた。おまえの見つけた富をせいぜいうれしがれ、ばか者め。殿のことは、おまえよりもわしのほうがよく知っている。おまえの俸禄は増えても、ろくなことにはなるまい。船、財宝、武器に対する相応のほうびとして、おまえは出世させてもらった。だが、あの財産は失われてしまった。おまえのせいで殿は危地にすら陥った。おまえは、「まず異人たちに会うように」という伝言をよこして、殿を誘い出した。おれたちは昨日ここを発つべきだった。そうすれば、殿もいまごろは、金と武器を持って無事に遠ざかることができたのだ。おまえは裏切り者か。だれのために動いている。おのれのため、愚かな父親のため、それとも敵のためか。虎長のためだろう。そんなことはどうだっていい。いいか近江、このくそったれの青二才め、おまえの柏木一族はそう長いこと生かしてはおかないぞ。いつか、面と向かって言ってやろう。そのときは、おまえを斬るときだ。そして、殿の信用を取りもどす。それがいつであるかを決めるのは殿であって、このおれじゃない。

「お心遣いかたじけない、近江殿。またお目にかかるのを楽しみにして、そろそろ出立することにいたそう」

「手前の父によろしくお伝えくださると、ありがたいのですが」

「喜んで。お父上はよい方だ。そうだ、お手前が加増されたのに、お祝いを言うのを忘れていた」

「恐縮です」

「では、いろいろかたじけのうござった」五十嵐は気さくに手を挙げてあいさつすると、家来たちに合図をし、騎馬の一隊を率いて村を出ていった。

近江は穴倉へ行った。神父がいた。近江は、この男が怒っているのがわかった。人々の目の前で何か怒っている素振りでもみせればいいのに。そうすればこの男をたたきのめしてやれる。

「神父、異人どもを、一人ずつ上がってこさせなさい。殿が、人間世界にもどしてやるとのことだ」近江はわざと、素っ気なく言った。「だが、ちょっとでも規則を破ったら、二人を地下牢にもどす。おとなしく命令に従うのだ。わかったな」

「はい」

近江は例によって復誦させた。神父が間違いなく理解したのがわかると、穴倉に伝えさせた。

異人たちが一人ずつ上がってきた。みなおびえている。人の手を借りなければならない者もいた。一人の男は苦しがっており、腕に触られるたびに悲鳴をあげた。

「九人いるはずだ」

「一人は死んだ。死体は穴倉の中です」神父が答えた。

近江は、ちょっと考えてから言った。「村次、死体を焼いて、灰は、もう一人のと一緒にしておけ。この男たちを前の家に入れろ。野菜と魚をたっぷり与える。それに粥《かゆ》と果物だ。風呂に入れてやれ、変なにおいがする。神父、おとなしく命令どおりにすれば、ずっと食事を与えてやると伝えてくれ」

近江は、じっと様子を見守った。そして、異人たちが感謝するのを見ると、軽蔑を感じた。なんてばかなやつらだ。たった二日食わせなかっただけで、わずかなものをもらえば、喜んでくそでも食いそうな勢いではないか。「村次、ちゃんとお辞儀をさせてから、連れていけ」

それから神父のほうに向き直った。「どうする」

「私はいきます。国へ帰る。網代を離れる」

「そうだ。おまえのような宣教師たちはもうもどってこないほうがいい。今度、おまえたちが一人でも私の領地へ入ってくるとしたら、切支丹《きりしたん》の百姓か家臣が反逆を企てたときだ」彼は、おどしを含ませてそう言った。切支丹に反対する侍たちは、自分の領地に異国の教えがむやみに広まるのを抑えてきた。つまり、異国の神父たちは保護されても、日本人の改宗者はそうではないのだと。

「キリスト教徒はいい日本人。いつもね。ほんとにいい家来。悪いこと考えない」

「そうだといいな。私の領地は東西南北に二〇里ずつ広がったことを忘れるな。わかったね」

「わかりました。はい、よくわかりました」

近江は、神父がぎこちなく頭を下げて立ち去るのを見届けた。異人の神父であろうとも、礼儀作法は守らせなければならないのだ。

「近江様ですか」侍の一人が声をかけてきた。若くて美男だ。

「そうだが」

「失礼します。お忘れではないと思いますが、増次郎がまだ地下牢に入っています」近江は上げぶたに近寄り、下をのぞきこんだ。侍はすぐに正座して、恭しく頭を下げた。

この二日間に、すっかり老け込んでいた。近江は、この男のいままでの勤めぶりと、今後の利用価値を秤《はかり》にかけてみた。そして、若い侍の帯から短刀を抜き取ると、地下牢に投げ下ろした。

穴の底で増次郎は、信じられぬ面持ちで短刀を見つめている。両ほほに涙が伝わった。「近江様、私は、このような名誉を受けるものではありません」おどおどと、そう言った。

「あるとも」

「ありがとうございます」

「せめて、浜に出して切腹させてやってはもらえないでしょうか」と、若い侍が言った。

「あの男はあそこで過ちを犯した。あそこにいればよい。村の者に穴を埋めさせるのだ。跡を残さぬようにしろ。異人が汚してしまったからな」

菊は笑いながら首を振った。「だめですよ、近江様。これ以上飲んだら倒れてしまいます。そうしたら、どうします」

「わしもおまえと一緒に倒れるさ。二人で枕を並べ、あとは極楽往生だ」近江は楽しそうに言った。酒で目が回る。

「まあ、でも、私はすぐにいびきをかきますわ。酔っていびきをかく女と寝てもおもしろくないでしょ。ほんとうにだめよ、ごめんなさい。あら、だめ。大名に出世された近江様。でもあなたはもっと出世していいわ」彼女は人肌の酒をもう一杯、杯《さかずき》についだ。「さあどうぞ、すばらしいお方」

彼は杯を受け取ると、温かく、柔らかい舌ざわりを味わいながら飲んだ。「おまえがもう一日出発を延ばしてくれてよかった。菊、おまえはなんてきれいなんだ」

「あなたも、男前で、私こそうれしいわ」行燈《あんどん》の灯がその目に揺れている。

菊が食事をすすめると、近江は首を振った。「いや、いや、もうたくさんだ」

「あなたのようにお強い方は、もっと召し上がらなくては」

「もう一杯だけだぞ、ほんとうに」

彼女が静かに手をたたくと、すぐに障子が開いて、菊の下女が姿を見せた。

「お仙、そろそろ休むことにします。ちゃんと用意を整えておくれ」

お仙は隣の部屋に行って、布団がきちんとなっているかどうか、愛の器具や、りんの玉は枕元にそろっているか、花もきれいに活けてあるかどうかを確かめた。しわのない掛け布団を、さらに目に見えないしわまで伸ばすかのようになでつけた。それがうまくいくと、ほっと、安堵のため息をついて座った。そして、薄紫の扇子を取り出すと、顔のほてりを静めるかのように静かに風を入れながら、主人たちを待った。

隣の部屋は、この茶屋の中でもただ一つ、専用の庭のついたりっぱな部屋である。菊は三味線を手に取って、最初の音をつまびくと、静かに唄いはじめた。初めは静かに、やがて高く、そしてまた低く、切なくため息を交える。彼女は、愛を、別れを、喜びを、悲しみを、唄い継いでいった。

「お菊様」

起きている者にも聞き取れないような、小さな声だったが、お仙には、菊が夜半の嵐のあとでは決して眠らないことがわかっていた。菊は、うとうとしながら横になっているのが好きだった。

「なあに」菊が、小声で返事をした。

「近江様の奥方様がおもどりです。あの方の駕籠が坂を登ってお屋敷のほうへ入りました」

菊は近江へ目をやった。彼は心地よさそうに、腕を組んで眠っている。その体はたくましく、傷あと一つなく、肌は小麦色に張っていてつやつやしていた。彼女は、そっとその体を愛撫した。触れたことが夢うつつにわかるが、目を覚まさないほどに。それから、布団をすべり出ると、着物の前を合わせた。

化粧を直すのに時間はかからなかった。お仙が髪に櫛を入れ、島田を整えた。間もなく、二人は足音を忍ばせ、廊下を通って縁側へ出ると、庭を抜け、広場へ出た。異人の船から桟橋に向かう小舟の灯が、螢《ほたる》のように動いている。桟橋には、まだ七門の大砲が積み残されている。あたりは暗く、夜明けにはほど遠い。

二人は、家の軒にはさまれた細い通りを抜けると、坂道を登っていった。

丘の上の近江の家の前に駕籠が止まっていて、疲れて汗だくの駕籠かきが休んでいた。門を通ると、菊は黙って庭木戸を開けて入っていった。家の中には明かりがともり、召使いたちが慌ただしく行き交っている様子だ。菊がお仙に合図すると、彼女は縁側へ行き、そっと雨戸をたたいて待ち受けた。戸が開いて、顔を出した女中がうなずくと、中に消えた。間もなく引き返してきて、菊を招き入れ、何か蹴るかのように深く頭を下げた。もう一人の召使いが小走りに、先に立って、奥の部屋の障子を開けた。

近江の母の布団には、寝た様子がなく、彼女は床の間の前に、きちんと正座していた。その横の障子窓は庭に面している。近江の妻の緑は、彼女と向かい合っていた。

菊も正座した。ここで悲鳴を聞きながら夜を過ごしたのは、ほんとうに昨日のことだろうか。彼女はまず近江の母、それから緑に向かってあいさつをした。二人の間の緊張した空気が感じられる。どうして姑と嫁はこうして仲が悪いものなのだろう。嫁もやがては姑になるのに。なぜ姑は嫁をいびり、みじめな思いをさせるのだろう。いびられた嫁は自分が姑になると、なぜ同じ仕打ちを繰り返すのだろう。いつまでたっても同じだ。

「奥様、夜分にお騒がせして申し訳ありません」

「どういたしまして、菊さん」老女が答えた。「何かありましたか」

「いいえ。ただ、近江様を起こしたものかどうか、わかりませんでしたので」と言いながら、菊には答えがわかっていた。「お伺いしたほうがいいと思いました。その……緑様がおもどり……」と言って、緑のほうにほほ笑んでみせ、「おもどりになられたものですから」と言った。

菊は緑が好きだった。

老女が言った。「それは御親切に、菊さん。でも、どうぞそのままにしておいてください」

「わかりました。お邪魔してはと思いましたが、お訪ねするのがいちばんだと思ったものですから。緑様、旅はいかがでしたか」

「ひどいめにあいました」緑は答えた。「帰って、ほっとしたところ、旅はもうこりごり。主人は元気ですか」

「ええ、もちろん。今晩はよくお笑いになって、楽しそうでした。お酒も食事もほどほどにして、ぐっすりお寝《やす》みになっています」

「お母様から、私の留守中に起こった恐ろしい出来事を聞かせていただい……」

「出かけたのが間違いね。あなたの手が要るときなのに」老女の声にはとげがあった。「いいえ、あなたはもう帰ってこないほうがよかったのよ。あなたは寝間着と一緒に、この家に疫病神を持ち込んだのだからね」

「そんなことはありませぬ、お母様」緑は我慢しながら言った。「この家の名を汚すくらいなら、私は死んだほうがましです。留守をしたのは私の手落ちでした。申し訳ありません。お許しくださいまし」

「あの異人船がここに来てからというものは、ごたごたばかりですよ。あれはひどい疫病神です。大事なときに、どこに行っていたの。三島で飲んだり食ったりして浮かれていたのですか」

「父が亡くなりました。お母様。一日違いで間に合いませんでした」

「おや、親の死に目にも会えないとは、冷たいというか、考えなしというか。あなたがこの家をさっさと出ていくのが、この家のためにもなるんだけどねえ。私はお茶が欲しいよ。さっきから見てれば、あなたはお客様がいらしても、お茶の一つも出そうとしないのね」

「すぐに申しつけたのですが」

「まだ出てませんよ」

障子が開いた。女中が恐る恐る茶と菓子を運んできた。緑はまず姑に茶を差し出した。姑は女中を口汚く叱りつけると、歯のない口で、もぐもぐと菓子を食べ、音を立てて茶をすすった。

「家の者がいたらず、申し訳ありませんね、菊さん」と、老女が言った。「こんなに薄いお茶を出して。薄いうえに、舌がやけどでもしそうですよ。ま、この家じゃ、いつもこんなものなんですけどね」

「どうぞ、こちらをお飲みください」緑は、そっと息を吹きかけて茶を冷ましながら差し出した。

老女はぶつぶつ言いながら、それを受け取った。「なんで、最初からちゃんとしないのかねえ」そう言うと、あとは押し黙っている。

「今度のこと、どう思われます」緑が菊に尋ねた。「船、矢部様、そして広松様とか」

「どうと言われても、わかりませんわ。異人のことなど、だれも知らないことですけど、ほんとうに変わった人間たちですね。それに、がんこ親父とかいう大名が、矢部様とほとんど同時に現れたなんて妙ですね。そうそう、私、もうそろそろ、おいとましなくては」

「まあ、お菊さん、遠慮は要りませんよ」

「それ、ごらんなさい、緑さん」老女はいらいらしながら、口をはさんだ。「ここの家は居心地は悪いし、お茶はまずいし、お客様も長居できないよ」

「いいえ、結構なお茶でございました、奥様。大変失礼ですが、私、少々疲れているものですから。たぶん、明日出立の前に、またお伺いできると存じます。お目にかかれてうれしゅうございました」

老女はその嘘を黙って聞いていた。菊は緑について縁側から庭へ出た。

「菊さん、あなたはほんとうに気のつくお方」と、緑は彼女に寄り添いながら言った。そういう緑は美しくみえた。「ほんとに、私、助かったわ」

菊はちょっと家を振り返ると、身震いした。「お姑様は、いつもあんなですか」

「今日はいつもよりましだったわ。主人や息子がいなかったら、とっくにこの家を出て、頭を剃り、尼になっていたわ。でも、近江と息子がいるから我慢していられるのね。神様に感謝しています。幸い、お母様は江戸が好きで、そうそう江戸を離れてはいられないのね」緑は、寂しそうにほほ笑んだ。「あなたは仕事柄、耳に栓をすることは上手でしょう」彼女はため息をもらした。その姿は月明かりに映えて美しく見えた。「でも、そんなことつまらないわね。私の留守の間に何があったの」

そのために、菊はこんなに急いで駆けつけたのだった。近江の母や妻が、近江を起こさずにおけというのはわかりきっていた。愛らしい緑にすべてを打ち明け、自分が柏木近江を守ろうとしているように、彼女にも手伝ってもらいたいと思ったのだ。矢部との閨《ねや》のことは別にして、あとはすべてを彼女に話した。耳にした噂、同輩たちに聞いた話、それに自分の創作も加えて。それに近江自身から聞いた話——彼の望み、心配、計画——今夜の寝所のこと以外はみな話した。

「私、心配だわ、菊さん。夫のことが」

「近江様の進言は、もっともなことばかりでした、奥さま。あの方のなすったことも正しいことでした。矢部様は軽々しく人にほうびを与える方ではございませんし、三〇〇〇石といえば大変な御加増でございます」

「でも、いまは、船もお金もすべて虎長公のものになってしまった」

「それはそうですが、矢部様は船を贈り物として献上するとは、ひらめいたことでした。矢部様にそのお知恵を授けたのは近江様です……これだけでもほうびを受け取る資格がありますわ。近江様は有能な家来ということになるにちがいありません」菊は、事実を少しばかり歪曲して言った。近江も、その一族も、いま重大な危機にさらされているのを彼女は知っていた。起こることはやがて起こるとしても、人のいい若妻の心配を軽くしてやったところで、なんの罪もないだろう。

「そうかもしれないわ」と、緑は言った。そうなりますようにと、彼女は心の中で祈った。どうかそうなりますように。彼女は目に涙を浮かべながら、菊を抱きしめた。「ありがとう、菊さん。いろいろ御親切に」

彼女は一七歳だった。

第8章

「何を考えてる、イギリス野郎」

「嵐がやってきそうだ」

「いつ」

「日没前だ」

すでに昼が近い。空は灰色の雲におおわれている。二人は後甲板に立っていた。出港してから二日目になる。

「おめえが船長ならどうする」

「上陸地点まで、どれくらいある」ブラックソーンが聞いた。

「着いても日没後よ」

「いちばん近い港はどのくらいだ」

「四、五時間かな。だが、そんなことしてりゃ半日は遅れる。できねえ相談だよ。どうする？」

ブラックソーンは考え込んだ。一日目の夜は、メイン・マストに帆を張ったおかげで、伊豆半島の東沖をスピードをあげて南下できた。最南端の石廊崎にきたとき、ロドリゲスは針路を西南西に変え、安全航域から外洋に出て、三五〇キロ先の潮岬の上陸地点を目指した。

ロドリゲスは言った。「普通なら、このての船は海岸沿いに行くところだ……安全にな。だが、それじゃ時間がかかりすぎる。問題は時間だ。虎長はおれに、戸田を網代に連れていって、大至急もどってこいと言った。早く着けばほうびが出る。こんな短い航海なら、日本人の水先案内でもかまわねえんだが、あの野郎どもは、戸田のような大名を乗せて陸の見えねえところを行くとなったら、すっかりおじ気づきやがった。日本人なんてのは、海の男とはいえねえよ。やつらだって、海賊と戦と沿岸航海ぐらいはできるが、深いところへ出ると、おじ気づきやがる。太閤おやじが、日本にある数のしれた外洋船には、ポルトガル人の水先案内を乗せることという規則をつくった。いまも、その規則は生きてるんだ」

「なぜ、そんなことをした」

ロドリゲスは肩をすくめた。「だれかの入れ知恵だろう」

「だれだ」

「おめえの盗まれた航海日誌はポルトガルのやつだったが、元の持ち主はだれだ」

「知らない。名前は書いてなかったし、サインもなかった」

「どこで手に入れた」

ブラックソーンは肩をすくめた。

ロドリゲスは声を立てて笑ったが、おかしくて笑った様子ではなかった。「いいさ、おまえが教えるはずもなかろう。だがな、そいつを盗んで、おまえらに売ったやつは地獄に突き落としてやる」

「ロドリゲス、おまえはその虎長に雇われてるのか」

「いいや、おれはただ船長と一緒に大坂に泊まっているだけだ。虎長はそれを利用した。船長のやつがおれを貸した。おれは水先案内人として……」ロドリゲスは口をつぐんだ。「おめえが敵だってことを忘れてたよ、イギリス野郎」

「ポルトガルとイギリスは、何世紀にもわたって同盟を結んでいたじゃないか」

「だが、おれとおめえは違う。下へ行け、イギリス野郎。おめえは疲れてるし、おれもだ。人間疲れていると間違いを犯しやすいものだ。疲れがとれたら甲板に出てこい」

そこでブラックソーンは、ロドリゲスの部屋へ降りて寝台に横になった。ロドリゲスの航海日誌は机に出しっぱなしになっていた。机は、甲板の水先案内人の椅子と同じように隔壁に固定してあった。日誌は皮表紙で、使い古されていた。ブラックソーンは、しかし、それを開けて読むことはしなかった。「なぜ、出しっぱなしにしてる」彼は最初に気がついたときに聞いてみた。

「しまっておけば、おめえが捜し出すだろう。だが、そこに出しておけば、おめえは手を触れねえし、見ようともしねえさ……おめえは水先案内人だ……腹黒い泥棒商人や兵隊とはわけが違う」

「読むさ。おめえだって読むだろう」

「読まねえな、許可がねえかぎり。水先案内人はそんなことはしねえもんだ。このおれだって、読むもんか」

ブラックソーンは、じっとその本を見つめていたが、やがて目を閉じた。ぐっすりと眠りに落ち、その日が過ぎ、目が覚めたのは、いつもの習慣で夜明け前だった。身を起こして、船の揺れと、櫂《かい》を漕ぐリズムをとる太鼓の響きに慣れるには、時間がかかる。暗闇の中、心地よく手枕をしてあおむけになっていると、自分の船のことが思い出された。この船が大坂の浜に着いたら、どうなるのかと案ずるのはやめにした。一度に一つ。フェリシティやチューダーや家のことを考えるか。いや、いまはやめておけ。しかし考えてみろ、もし、ほかのポルトガル人たちもあのロドリゲスのようだったら、チャンスはあるぞ。船をもらって国へ帰るのだ。水先案内人同士は敵ではない。あとのやつらはくそくらえ。いや、口を慎め、小僧、いいな。やつらからみればおまえはイギリス人、嫌われ者の異教徒、キリストへの反逆者なんだぞ。この世はカトリックのものだ。いや、やつらのものだったが、いまはイギリス人とオランダ人がやつらをたたきのめそうとしているのだ。

何もかもナンセンスじゃないか。カトリック、プロテスタント、カルヴィン派、ルター派、くそったれ派。おまえだってカトリックに生まれるところだった。ただほんの運命の巡り合わせで、親父がオランダへ行き一人の女に会った。アネーケ・ヴァン・ドロステだ。それと結婚して、そこで初めて、カトリックのスペイン人や司祭、宗教裁判を見た。親父のやつの目を開いてくれてよかった。ついでに、おれの目も開いてくれてよかった。

それから甲板に出た。ロドリゲスは寝不足で目を真っ赤にして、椅子に座っていた。前日と同じように、二人の日本人が舵を取っている。

「代わりに見張ろうか」

「気分はどうだ、イギリス野郎」

「寝たよ。代わって見張ろうか」ロドリゲスがこちらの顔色をうかがっているのがわかった。

「風向きが変わったら起こしてやるよ……何があっても起こしてやる」

「ありがとう。そうだな、少し眠るとするか。この針路を保って、一時間したら西に四度、さらに一時間たったら六度西へ針路を変えるんだ。操舵手には、新しい針路を羅針儀を使って教えてやれ。ワカリマスカ」

「ハイ」ブラックソーンは笑った。「四度西だな。さあ、下へ行け。おまえの寝床は寝心地がいいいな」

だが、ヴァスコ・ロドリゲスは下へは行かなかった。航海用のコートを引っかぶると、椅子に身を沈めた。ちょうど一時間になるころ、ちょっと目を覚ますと、体を動かさずに、針路が変わったことだけを確かめて、またそのまま寝入ってしまった。一度、風向きが変わったときも、すぐに目を覚ますと、危険がないのを確かめて、また眠った。

朝のうちに、広松と矢部が甲板に上がってきた。二人はロドリゲスが眠り、代ってブラックソーンが舵の指揮をとっているのを見て、驚いた様子だった。だが、彼には話しかけようとせず、二人で何か話していたが、そのうちにまた下に降りていってしまった。

昼近く、ロドリゲスは椅子から身を起こし、北東の方角をじっと見つめ、全神経を集中して風のにおいをかいだ。ブラックソーンも加わって、海と空を調べ、羽を広げてくる雲の様子を観察した。

「これがおめえの船なら、どうする」ロドリゲスは聞いた。

「海岸に逃げ込む、もし、いちばん近いところがどこだかわかっていればな。この船は水をかぶると危険だ。嵐まではまだ大丈夫だ。あと四時間ぐらいある」

「タイフーンじゃないだろう」ロドリゲスがつぶやいた。

「なんだって」

「タイフーン。ものすごい風だ。おめえなどは見たこともないような嵐さ。だが、いまはタイフーンの時期じゃねえ」

「時期はいつだ」

「いまじゃねえったら、この仇野郎」ロドリゲスは笑った。「今度のは違う。だが、相当ひどく荒れそうだから、おめえのしみったれた御意見に従ってやろう。北西へ舵を取れ」

ブラックソーンが新しい針路を指差すと、舵番の男が素早く船の向きを変えた。ロドリゲスは舷側の手すりにもたれて、船長に大声で怒鳴った。「イソギデス。センチョウサン。ワカリマスカ」

「イソギ。ハイ」

「なんて言ったんだ。急げってことか」ブラックソーンが聞くと、ロドリゲスは、おもしろそうに目尻にしわを寄せた。「おめえも、ちっとは日本語がわかってもいいかもしれねえな。そうだ。〝イソギ〟というのは急げっていうことだ。ここじゃ、一〇語ぐらいわかれば用は足りる。ばかどもは言うことをきく。もちろん、相手がその気になっているときに正しく言わなきゃだめだ。おれは下へ行って、何か食ってくる」

「料理もできるのか」

「日本じゃ、我々文明人は自分で料理をするか、さもなきゃ、あの猿のなかのだれか一人に料理を仕込むのさ。それがいやなら飢え死にだ。やつらが食うものといったら、生の魚に、酢漬けの生の野菜だけだ。といっても、ここの暮らしも慣れればおつなものだ」

「そりゃ、どういう意味だ」

「結構だということよ。時々、ひでえめにあうこともある。万事はおめえの感じ方ひとつだ。それにしてもおめえは質問が多すぎるぞ」

ロドリゲスは下へ降りた。自分の船室のドアに閂《かんぬき》を掛けると、衣裳箱の錠前を注意深く調べた。気づかれぬように置いてあった髪の毛は、そのままになっていた。同じように、他人の目には見えないようにして、航海日誌の表紙の上にも髪の毛を置いておいたが、それも無事だった。

この世の中、用心しすぎるってことはないと、ロドリゲスは思った。おれが、今年マカオからやってきた巨大な黒船ナオ・デル・トラート号の水先案内であることを、やつに知られたらまずいだろうか。たぶん、まずい。そうなると、その船が世界でいちばん大きくて、豪華な一六〇〇トンを越す巨船であることをやつにしゃべらされる。あげくには、積み荷のこと、貿易のこと、マカオのこと、そのほかごく内密にしておかなければならない大事なことまで、やつに話す羽目にさせられるだろう。ところがおれたちは、イギリスとオランダを相手に戦争の最中なんだ。

彼は、十分に油のくれてある錠前を外すと、航海日誌を取り出し、いちばん近い避難所について調べようとした。そのとき、網代を発つ直前にセバスティオ神父から渡された、封印のしてある小包が目に入った。

あのイギリス人の航海日誌が入っているのだろうか。彼は再び自問した。

包みの重さを調べ、イエズス会の封印を見ていると、封を破って中身を見たい誘惑にかられる。ブラックソーンのオランダの艦隊は、マゼラン海峡を通ってきたということ以外はほとんど教えてくれない。あのイギリス人はいろいろこちらに質問はするが、自分は何も教えようとしない。ずる賢くて、危険なやつだ。

包みの中身はやつの航海日誌なのか、どうなんだ。もしこれがそうなら、あの神父どもはとんでもないもうけものをしたものだ。

イエズス会、フランシスコ会、ドミニコ教団、修道士に坊主、そして宗教裁判。考えると、思わず身震いが出る。なかにはいい神父もいるが、ほとんどは悪いやつばかりだ。それでも神父は神父だ。教会には神父がつきもので、こいつらがいなくては、我々は悪魔の里の迷える子羊というわけだ。おお、マリア様、私たちを悪魔と神父の手からお守りください。

網代の港で、ロドリゲスがブラックソーンと一緒に船室にいたとき、ドアが開いてセバスティオ神父が断りもなしに入ってきたことがあった。二人はちょうど食事をしていたところで、食べ残しがまだ木の椀《わん》にあった。

「おまえは異教徒と食事をしているのか」神父は問いただした。「彼らと食事をするのは危険だ。彼らは菌をまき散らす。この男は、自分が海賊であることを打ち明けたか」

「自分の敵を愛するのがキリスト教徒じゃありませんか、神父。私がやつらに捕まっていたとき、やつらは親切だった。私はそのお礼がしたいだけですよ」彼はひざまずき、神父の十字架に接吻《せっぷん》した。それから立ち上がり、ワインをすすめながら言った。「何か私に御用ですか」

「大坂に行きたい。この船で」

「すぐに頼んでみましょう」彼が船長にその話をすると、その件は、順番に上の者に伝えられて、最後に戸田広松のところまで届いた。だが彼は、網代から異人の神父を連れてくるという話は虎長から聞かされていないから、残念ながら連れていくことはできない、という返事だった。

セバスティオ神父が、ロドリゲスと二人だけで話をしたいというので、イギリス人を甲板に追い出し、部屋に二人きりになると、神父は封印した小包を取り出した。

「これを、巡察使卿に届けてもらいたい」

「巡察使卿は、私が着くまで大坂におられるかどうか」ロドリゲスは、イエズス会の密使の役目をしたくなかった。「私は長崎にもどることになると思います。艦長がそういう命令を残しているでしょう」

「じゃあ、アルヴィト神父に渡してくれ。必ず、あなたの手から直接渡すように」

「わかりました」

「最後に懺悔《ざんげ》したのは、いつですか」

「日曜です」

「いま、懺悔を聴いてあげましょうか」

「お願いします」彼は神父がそう申し出てくれたのがうれしかった。海に出て、生死を海に託したことのある人間でないとわからないが、懺悔をしてしまうと、彼はいつも気分がすっきりした。
さて、ロドリゲスは強い誘惑に逆らって、包みを元の場所にもどした。なぜ、アルヴィト神父に。マルティン・アルヴィト神父は首席貿易交渉人で、長年、太閤の個人的な通訳を務めたため、大勢の有力な大名と親しい間柄にある。彼は長崎と大坂の間を行き来しており、かつては、いつでも太閤と面会できる数少ない一人――ただ一人のヨーロッパ人――であった。大変、頭のいい男で、みごとな日本語を操り、日本人や、日本人の生活についてはどのアジア人より精通していた。現在は、大老会議とポルトガルをとりもつ重要な仲介者であり、とりわけ、石堂や虎長との連絡は彼の大事な仕事だった。

イエズス会を信用して、そんな重要な役割をさせているのかと思うと、ロドリゲスは空恐ろしくなる。だがもし、この世にイエズス会がなかったとしたら、異教が広まり、ポルトガルもスペインもプロテスタントになり、自分たちの魂も永遠にさまようことになってただろう。くそ。

「なぜおめえは、いつも、神父のことばかり気にしているのだ」ロドリゲスは声に出して自問した。「いらいらするだけだぞ」そうなんだ。そうだとわかっていても気になる、なぜアルヴィト神父に。包みの中身が航海日誌だとしたら、だれに渡すつもりか。どこかの切支丹《きりしたん》大名にか、それとも石堂か、虎長か、あるいは巡察使卿にか。あるいはうちの艦長にか、それとも、ローマに送って、スペイン人の手に渡すつもりか。なぜ、アルヴィト神父なんだ。セバスティオ神父にとって、ほかにイエズス会士はいくらでもいるのに。

それにまた虎長は、どうしてあのイギリス人に会いたがるのだ。

頭の中では、おれはブラックソーンを殺すべきだとわかっている。やつは敵だ。異教徒だ。だが、それだけじゃない。このイギリス人は特に、おれたちにとって危険だという感じがする。なぜだろう。やつは水先案内人だ。それも一流だ。強くて、頭もいい。人間もいいやつだ。心配することは何もない。なのにおれはなぜ恐れる。やつは悪人か。おれはやつが好きだ。だが、やつを殺さねばならない。それも早ければ早いほどいいという気がする。憎いからじゃない。ただ自分たちを守るためだ。だが、なぜ。

やつが恐ろしいのだ。

どうすればいい。神の手におまかせするか。嵐が近づいているぞ。

「ちくしょう、どうしてこう知恵が浮かばねえんだ。ちっとも腹が決まりゃしねえ」

嵐は日没前にやってきて、まだ沖にいる彼らを襲った。陸までは一五キロもある。彼らが逃げ込もうとしている湾は安全な場所ではあるが、波にもまれはじめたときは、まだ遠かった。途中に浅瀬や暗礁はなく、危険はないが、一五キロであることには変わりはない。みるみるうちに波は高まり、雨を伴った激しい風が吹きつけてきた。

強い風が右舷斜め後方の北東から吹きつける。風向きは東寄りになったり、北寄りになったりして、不規則に激しく変化した。海は荒れた。船は北西に針路をとっているため、波を横腹に受けて、頂上から谷間へと左右に激しく揺さぶられた。この船は喫水が浅く、静かな海を速く走るように造られているため、熟練した漕ぎ手が必死になっても、こんな状態では櫂を海に入れてうまく水をつかむのは難しかった。

「オールを固定し、風に帆を張って走るんだ」ブラックソーンが叫んだ。

「そうかもしれんが、まだだ。おめえのきんたまはどこについてる」

「どこにつけときゃいいんだ、どこにぶら下げりゃいいんだ」

二人とも、針路を風上に変えれば嵐に逆らって進むこともできず、風に吹かれてますます避難所から遠ざかり、外海に流されるだけなのはわかっていた。風下に向いたとしても、潮の流れと風に乗ってますます避難所から遠くなり、外海に運ばれてしまうことに変わりはない。ただ、スピードが速くなるだけだ。南方には海が広く広がっている。陸まで行くのに、二〇〇〇キロはある。下手をすると四〇〇〇キロあるかもしれない。

二人は命綱で体を縛り、その端を羅針箱に結んでいた。甲板が上下、左右に揺れるたびに、綱のありがたさがわかった。そして二人は手すりにまたがり、それにしがみついていることにした。

いまのところ、まだ浸水はない。だが、積み荷が重く、喫水が深くなっていくのがおもしろくないところだ。ロドリゲスは嵐が近づくまでの数時間のうちに、万端の準備を整えていた。

あらゆるものに当て木をし、乗組員に警告を発してあった。広松と矢部は、しばらく下にいると言っていたが、やがて甲板に上がってくるという。ロドリゲスは肩をすくめ、危険だからやめろと、二人に申し渡した。彼には、彼らが状況を理解しているとはとても思えなかった。

「やつらは、どうするつもりだ」ブラックソーンが聞いた。

「わかるものか。だが、間違っても、めそめそしたりしねえことだけは確かだよ」

主甲板では、漕ぎ手たちが必死になって漕いでいる。普通は一つの櫂に二人だが、いまは力を増し、速力をあげ、安全をはかるため、ロドリゲスの命令で三人になっていた。下の甲板で交替を待っていた連中にこの命令が伝えられた。前甲板では熟練した漕ぎ手の頭《かしら》が、波に合わせて、ゆっくりしたリズムを指示している。船はまだ前進していたが、ますます横揺れの傾斜がひどくなり、回復に時間がかかるようになってきた。そして風はますます気まぐれになり、漕ぎ手の頭が吹き飛ばされた。

「前方、注意」ブラックソーンとロドリゲスは、ほとんど同時に叫んだ。船は激しく傾き、二〇本の櫂は海中に入らず、空をかき、船の上は大混乱になった。大きな波が押し寄せ、右舷は波に洗われた。漕ぎ手たちは水の中でもがいていた。

「船首へ行け」ロドリゲスが命令した。「両側とも櫂を半分固定しろ。さあ早く、さっさとしろ」

ブラックソーンは、命綱なしでは簡単に波にさらわれることを承知していた。だが、櫂を固定しなければ、流失してしまうことになる。

命綱の結び目をほどくと、傾いた滑りやすい甲板をやっとのことで進み、主甲板に出る短い階段を降りた。突然、船の向きが変わり、彼は低くなった側へ転がった。そこへ、これまた命綱なしで櫂と格闘していた漕ぎ手の一人が転がってきて、そいつに脚をさらわれた。船べりは水中に沈み、一人が海にさらわれた。ブラックソーンは自分も落ちたと思った。片手で船べりをしっかりつかんだ。手はちぎれんばかりだったが、辛うじて放さなかった。そうこうするうち、もう一方の手が手すりに届いた。渾身の力をこめて体を引きもどした。足が甲板に届いた。体をぶるっとふるい、神に感謝した。これで七つ目の命をなくしたことになる。アルバン・カラドックは、いつも言っていたものだ。優秀な水先案内人は猫のようでなくてはならないが、違うところは、猫は九つの命で満足しているのに、水先案内は、少なくとも一〇〇の命を持っていなければならないことだ、と。

男が足元に転がっている。彼はそいつが海にのみこまれようとするのを引っ張り上げ、安全になるまでじっとつかんでいた。それから男を所定の位置にもどした。彼は、ロドリゲスが舵を放したのを非難しようと思って、後甲板を振り仰いだ。すると、ロドリゲスは手を振って、何かを指して叫んでいるが、その声は風雨にかき消されて聞こえない。ブラックソーンは船の向きが変わっているのに気がついた。いまはほとんど風上に向かっている。計画的に向きを変えたのだ。賢明だと思った。これで一息ついて、冷静さを取りもどせる。それにしてもあいつ、前もって、向きを変えると注意してくれてもよさそうなものだ。むだに命を失いたくはないからな。

彼は手を振って答えると、漕ぎ手の再編にとりかかった。いちばん前の二人は、風に向かって懸命に漕ぎ続けていたが、その他の者はすべて手を休めていた。身振りと怒号を混じえながら、ブラックソーンは櫂を固定させ、稼動している櫂の漕ぎ手を倍に増やした。そして上にもどった。漕ぎ手たちは必死に耐えており、ひどい船酔いの者もいたが、みなじっと席を離れず、次の命令に備えていた。

入江は近づいてきたものの、まだ一〇〇キロも先にあるように見えた。北東の空は暗かった。激しく雨が打ち、風は強まった。ブラックソーンはこれがエラスムス号なら心配することはなかった。容易に避難港に着くことができたろうし、あるいは元の針路にもどって、本来の目的地を目指すこともできただろう。エラスムス号はどんな天候にも耐えうるように造られ、艤装《ぎそう》されている。だが、この船はそうではない。

「何を考えている、イギリス野郎」

「おれのことなんかかまうな、思うとおり勝手にやれ」彼は風上に向かって怒鳴り返した。

「だが、この船は水をかぶったら、ひとたまりもなく沈んでしまうぞ。今度おれが前に行くときは、コースを風上に変えるつもりだと前もって教えてくれ。おれが命綱をつけているときに向きを変えてくれると助かるが、そうでないと、二人そろって港には着けないぜ」

「万事は神様のおぼしめししだいさ。波のせいで船のけつが回っちまっただけよ」

「もう少しで、海に落ちるところだった」

「見てたよ」

ブラックソーンは船の動きを計った。「この針路じゃ入江には着けない。岬から一マイル以上離れたところまで流されるぞ」

「このまま風上に向かう。時がきたら、海岸へ突っ込む。おまえは泳げるか」

「ああ」

「いいな。おれは習ったことがない。危ないかぎりだ。しかし、泳いだあげくに死ぬより、いっぺんにおだぶつのほうがいいだろう、え」ロドリゲスは無意識に肩をすくめた。「聖なるマリア様、海の墓場から我を守りたまえ。このくそったれ船は今晩港に着く。着かないと困る。おれの勘では、いま向きを変えて進むと転覆する気がする。積み荷が重すぎるからな」

「軽くしろ。積み荷を海に捨てろ」

「戸田が承知しない。彼は積み荷を持って到着しないかぎり、到着する意味がないのさ」

「聞いてみろ」

「くそ、おまえは耳が聞こえないのか。やつは承知しないにきまってる」ロドリゲスは舵取りのそばにいくと、間違いなく風上に向かって走り続けることを彼らが承知していることを確かめた。

「やつらを見てやれ。おまえが操舵指揮だ」彼は命綱をほどき、しっかりした足取りで階段を降りていった。漕ぎ手たちの注視するなかを、彼は船首楼の甲板にいる船長のところへ行き、身ぶりを交じえながら、自分の考えを説明した。広松と矢部も甲板に出てきた。船長はいま聞いた話を二人に説明した。二人とも青い顔をしていたが、落ち着いており、どちらも吐くようなことはなかった。雨の中を透かすようにして、海岸のほうをじっと見ていたが、あきらめて、また下へ降りていった。

ブラックソーンは、左舷に見える入江を、じっとにらんでいた。彼には計画の危険さがわかっていた。岬のそばを通り過ぎるまで待たなくてはならない。そのあと、北西に方向転換して、風上へのコースから外れると同時に命がけで漕ぐのだ。帆は役に立たないだろう。頼れるものは腕の力だけだ。入江の南側には岩がそそり立っており、暗礁も多い。タイミングを誤ると、打ち寄せられて座礁することになる。

「おーい、前へ来い」

ロドリゲスが手招きしている。

船首へ行った。

「帆はどうする」ロドリゲスが怒鳴った。

「要らない。かえって邪魔になる」

「じゃ、おまえはここにいてくれ。船長が音頭をとれなくなったり、消えちまうようなことがあったら、おまえが代わりを務めろ。いいな」

「こういう船は初めてだ。オールの漕ぎ方も知らない。しかし、やってみるか」

ロドリゲスは陸のほうを見やった。吹きつける雨の中に岬が見え隠れしている。間もなく、方向転換しなくてはならない。波のうねりは高くふくれあがり、波頭から白い波しぶきが飛び散っている。岬にはさまれた水道は魔の通路だ。何が起きるかわからんと、彼は思った。唾を吐き、心を決めた。

「船尾へ行け、イギリス野郎。舵を取れ。合図したら船を西北西に向けろ。あっちだ。わかったな」

「よし」

「ぐずぐずするなよ。切ったらそのコースを保て。よくおれを見てろ。この合図が取舵いっぱい、これが面舵いっぱい、これが直進だ」

「わかった」

「いいか、おれの命令を待機し、おれの命令どおりにする」

「おれに舵を取ってもらいたいのか、もらいたくないのか」

ロドリゲスは参った。「おめえを信用するぜ。信用したかねえが。船尾に行け」彼は言った。ブラックソーンが、自分の心の中の信頼を見透かしたうえで、立ち去るのがわかった。ロドリゲスはすぐに気分を変えて、彼の後ろから怒鳴った。「おい、威張るな海賊め。くたばれ」

ブラックソーンはうれしそうに振り返った。「お互いにな、スペイン乞食」

「スペイン乞食はくそくらえ。ポルトガル万歳」

「直進、ようそろ」

船は入江に入ったが、ロドリゲスが見えなくなった。甲板が大波をかぶったとき、彼の命綱が切れたのだ。

その前からすでに相当の水をかぶり、日本人の船長も波にさらわれていたが、その大波をくらったときには、まさに沈むかと思った。そしていまや、波に押しもどされて岩の突き出た岸のほうへ近づきつつあった。

ブラックソーンはロドリゲスが波にさらわれるのを目撃したが、そのあと彼があわ立つ海の中であえぎ、もがいているのが見えた。風と潮に流されて、船は入江の南側に吹き寄せられ、座礁は目前だった。だれもが難破したと思った。

ロドリゲスが前から後ろのほうへ流されてきたとき、ブラックソーンは木製の浮輪を彼に投げた。ロドリゲスが浮輪をつかもうともがいているうちに、波にさらわれて、手の届かないところへいってしまった。そこへオールが一本流れてきたのを彼はつかまえた。雨の激しく降りしきる中で、ブラックソーンがロドリゲスを最後に見たのは、折れたオールをつかんだ片手が、波の砕け散る岸辺を目の前にしているところだった。もしブラックソーンが海に飛び込み、彼のところまで泳いでいけば、救うことはできたかもしれない。おそらく間に合っただろう。だが、彼の任務はあくまで船を守ることであった。そして、船は危険にさらされているのだ。で、彼はロドリゲスに背を向けた。

何人かの漕ぎ手が波にさらわれ、代わりの者たちが空いた場所に着こうともがいている。副船長の男が勇敢に命綱を外した。そして前甲板に飛び上がり、体を縛ると、太鼓を打ち鳴らしはじめた。すると、掛け声の音頭も出はじめた。漕ぎ手たちは、混乱状態から立ち直ろうとしかけた。

「イソギー」ブラックソーンは、一つ覚えの日本語を怒鳴った。彼は舵に寄り掛かるように体重をかけ、船首を風上寄りに向けた。それから手すりに身を寄せ、乗組員を励ますべく、「一《ワン》、二《ツウ》、一《ワン》、二《ツウ》」と、大声を出しながら拍子をとった。

「それ、がんばれ、そうれえ！」

船は岩の上に乗っている。少なくとも船尾は引っ掛かっており、そのほか右舷にも、左舷にも岩が迫っている。櫂を水に入れて引いてみても、船は全く進まない。風と潮に負けて明らかに後ろにもっていかれるのがわかる。

「そうれ、みんな漕げえー」ブラックソーンは再び叫び、片手で拍子を打ち続けた。

漕ぎ手たちはその声に励まされた。

彼らは海と格闘し、ついに打ち勝った。

船は岩から離れた。ブラックソーンは風下側の岸へ針路をとった。間もなく、やや静かな入江に入った。強い風はやんでいないが、頭の上を吹き抜けるだけだ。依然として嵐に変わりないが、それは外海のことだ。

「右舷に投錨」

言葉がわかる者はだれもいないが、副船長も水夫たちも、何をするのかわかった。そして直ちに命令を実行した。錨が舷側にしぶきを立てた。それから彼は船を少し流してみて、海底の硬さを調べた。乗組員たちは彼のやり方を理解した。

「左舷に投錨」

船が安全になったとき、ブラックソーンは船尾を振り返った。

雨に煙《けぶ》って、無情な海岸線はほとんど見えない。海を測りながら、可能性を考えた。あるポルトガル人の航海日誌が下にあると、彼は思った。あれがあれば、おれでもこの船を大坂へもっていくことはできる。網代へ連れもどすこともできるかもしれない。だが、彼の命令に背いたのは正しかったといえるか。いやおれは、ロドリゲスの命令に背いたわけではない。おれは後甲板に一人きりだった。

「南に舵を切れ」と、ロドリゲスが叫んだとき、風と潮に押されて船は座礁の寸前だった。

「回せ、風下に向かえ」

「だめだ」と、彼は怒鳴り返した。生き残るためには、港に入るしかない。外海にいては転覆してしまうという確信があった。「このまま、乗り切るんだ」

「ちくしょう、おれたちをみな殺しにする気か」

しかし、こうして、みな助かったではないかと、ブラックソーンは思う。ロドリゲス、おまえにもおれにもわかっていた。もし決断のときがきたら、決断するのはこのおれの責任だとな。おれは正しかった。船は助かった。ほかになんの文句があるか。

彼は手招きをすると、副船長を前甲板から呼んだ。二人の操舵手は手足が抜けるほどに疲れて、ひっくり返っている。漕ぎ手たちも死んだように櫂の上に倒れている。下の連中がふらふらしながらも、手助けに上がってきた。広松と矢部もよろめきながら、手を借りて上がってきたが、ひとたび甲板に出ると、二人の大名はしっかと立った。

「ナンデショウ、安針サン」副船長が聞いた。彼は中年だが、白い丈夫な歯をしており、大きな顔は日に焼けている。そのほほに、揺れて船べりにたたきつけられたときの傷がくっきりと浮かんでいる。

「おまえはよくやった」ブラックソーンは、言葉が通じないのは承知のうえで言った。声の調子と笑顔でわかるはずだ。「ほんとうによくやったぞ。これからはおまえが船長だ。ワカリマスカ、おまえ。おまえが船長」

男は口をぽかんと開けて、彼を見ていたが、やがて驚きと喜びを包み隠すように、頭を下げた。「ワカリマス、安針サン。ハイ。アリガトウゴザイマシタ」

「いいか、船長さん」ブラックソーンは言った。「みんなに食べ物と飲み物をやってくれ。温かい飯だ。今日はここで夜を明かすぞ」ブラックソーンは、手振りで意味を伝えた。

新しい船長は、すぐに後ろを向くと、新たな威厳をもって、何かを叫んだ。すると水夫たちが、それに従って、走った。新船長は誇らしげに後甲板を振り返った。彼はうれしかった。もし、おれが異人の言葉を話せたら、安針さんに船を救ってもらい、領主の広松様の命を救ってもらった礼を言うことができるのに。あんたの魔法で、おれたちも力が出た。あんたの魔法がなかったら、とっくに沈んでいたよ。あんたは海賊かもしれんが、偉大な船乗りだ。あんたが水先案内人であるかぎり、おれは命をかけてあんたの命令に従う。おれは船長という柄ではないが、あんたの信頼にこたえるようにやるつもりだ。

「ツギハ、ナニヲ、シタラヨロシイデショウカ」彼は聞いた。

ブラックソーンは船べりをのぞきこんだ。海底は暗くて見えない。だが、頭を働かせてみて、錨が外れていないこと、海はもう安全であることを確かめると、「ボートを下ろし、漕ぐのがうまいのを呼んでくれ」再び、身振りを交じえてわからせた。

ボートが下ろされ、すぐに漕ぎ手がついた。

ブラックソーンが船べりからはしごを降りようとしたとき、しわがれ声が聞こえた。振り返ると、広松が立っており、その横に矢部がいた。

老人の首や肩は、痣《あざ》だらけになっていたが、腰にはしっかと刀を差していた。矢部の着衣は汚れ、顔には痣ができ、鼻血を出していたが、鼻に紙を詰めて血を止めていた。二人とも、痛みも、風の冷たさも感じないような顔をしていた。

ブラックソーンは、丁寧にお辞儀した。「ハイ、戸田サマ」

再び、老人はしわがれ声で何か言うと、刀でボートを指し、首を横に振った。

「ロドリゲスさん、あそこだ」ブラックソーンはそう言って、答えの代わりに南のほうを指した。「行って、見てくるんだ」

「ナラヌ」広松はまた首を振り、くどくどしゃべったが、要は、危険だから許すわけにはいかないという、明らかな拒絶だった。

「おれはこのぼろ船の安針だ。上陸したいと思ったら上陸するぞ」声の調子だけは大変丁寧だったが、断固としていた。そして、彼の計画もまたはっきりしていた。「あのボートであそこへ行くのは危ないことはわかっている。だからおれは、歩いてあそこに行くつもりだ……あそこを通って。ほら見えるだろう、戸田様。あの小さな岩からだ。あそこで、岬のどこかに出る道を探す。おれはまだ死にたかないし、逃げるところはどこにもない。ロドリゲスを見つけたいだけだ」そう言うと、船べりから片足を踏み出した。戸田広松の刀がぴくっと動いた。体がすくんだ。しかし彼は顔も動かさず、視線もそらさなかった。

広松は迷っていた。この海賊がロドリゲスを見つけたい気持ちは理解できたが、たとい歩いたにしても、あそこに行くのは危険なことだ。虎長公が異人を無事に連れてもどるようにと言われる以上、この男を無事に連れていかねばならない。だが、この男が行くつもりでいることもはっきりしている。

先ほどまで、この男は嵐の中で揺れ動くデッキに龍神のように仁王立ちになっていた。恐れもみせず、嵐をものともせず、誇らしげにさえ見えた。そのとき、広松は苦々しく思った。この男や、その仲間の異人どもは陸においておかねばなるまい。陸でならやつらを扱うことができる。だが海の上では、やつらにはかなわない、と。

海賊がいらいらしはじめたのがわかる。なんて無礼なやつだと、広松は内心でつぶやいた。無礼なやつだとしても、おまえには礼を言わねばならない。船が港に入れたのはおまえ一人のおかげだそうだ。あのロドリグ安針のほうは、度を失い、船を陸から遠ざけようとしたが、おまえが針路を変えなかったということだ。確かに、もし外海に出ておれば、間違いなく船は沈み、わしは殿の命令を果たせないことになったであろう。いやはや、危ないところだった。

体の節々が痛み、痔《じ》がずきずきする。だが人前だ。家来、矢部、乗組員、そしてこの異人の前では我慢をしなければならないが、さすがに疲労の色は濃かった。せめて風呂の中で手足を伸ばし、酒を食らって、一日でも寝ておれば、痛みも忘れるだろう。一日だけでいい。いや、何を女々しいことを考えるのだ。おまえは六〇年も我慢を続けてきたではないか。男にとって我慢とはなんだ、名誉だ。どのくらい我慢できるかで、男の値打ちがわかる。わしも何度となく死に損なったのを、神仏のおかげで命永らえて、いまだに殿に御奉公できるのだからなあ。

しかし、海はいかん。寒さは苦手だし、苦痛はごめんだ。

「そこにおれ。安針どの」彼はそう言うと、わからせるために刀の鞘《さや》を指差した。だが、異人の目の中に青白く燃え上がる怒りの炎には、ぞっとさせるものがあった。男に意思の通じたことを確認すると、広松は副船長のほうを見やった。「ここはどこだ。だれの領地だ」

「わかりませぬ。伊勢の国ではないかと存じますが。近くの村へ、だれか使いにやってはいかがでしょうか」

「おまえは、この船を大坂まで水先案内することができるか」

「海岸に沿って、気をつけながらそろそろと行くのでよろしければ、行けます。しかし、この辺の海には不案内ですので、全く安全というわけにはとてもまいりませぬ。手前をはじめ、この船にはそのようなことを知っている者は一人もおりませぬ。この水先案内人だけです。どうしても手前にやれとおっしゃるなら、陸路を行かれることをおすすめします。馬と駕籠《かご》の御用意をいたしましょう」

広松は腹立たしげに首を振った。陸路とはとんでもない。時間がかかりすぎる——山また山で、道らしい道もない——。しかも、石堂の仲間の敵地を何度も通らなければならない。それだけでも危険なのに、山賊たちが行く手にうろうろしている。それに対処するには、家来全部を引き連れて行かねばならない。だが、山賊ぐらいなら切り抜けることはできるとしても、もし、石堂やその味方の大名がその気になれば、道を開くことはできないだろう。それやこれやで、到着が遅れるだろう。しかし彼の任務は、積み荷と異人と矢部とを迅速に、無事に送り届けることなのだ。

「海岸伝いに行くと、どれくらいかかる」

「わかりませぬが、四、五日か、それ以上でしょうか。自信がございません。なにしろ船長ではございませせぬので」

ということは、この異人の助けが要るということかと、広松は思った。やつを上陸させぬためには、やつを縛り上げるよりほかにあるまい。だが、やつは縛り上げられても、水先案内をするだろうか。

「いつまで、こうしていなければならないのだ」

「水先案内の言うことには、明日の朝までだそうです」

「朝までに嵐はやむのか」

「そのはずですが、なにぶんにも天気のことは……」

広松は、切り立った海岸をじっと調べていたが、やがて、ためらいがちに水先案内と見比べた。

「ひとつ、考えがございますが」矢部が言った。

「遠慮なく申されい」広松はいらいらしていた。

「我々が大坂に着くには、まだこの海賊の手が要るのではないかと存ずる。そうだとすれば、この者に上陸を許してやり、ただし、護衛の者をつけ、暗くなる前に帰らせるようにしてはいかがでござろう。陸路を行くのは、危険が多い。戸田様に万一のことがあっては、取り返しのつかぬことにあいなります。嵐がやみさえすれば、船のほうが安全で速い。さよう、明日の日暮れまでには着くでござろうか」

広松はしぶしぶうなずいた。「わかった」そう言うと、家来の一人を手招きした。「高橋、六人ほど連れて、この水先案内と一緒に行けい。ポルトガル人の死体が見つかったら、運んでくるのだ。だが、この異人に怪我でもさせたら、そのほうたちは、直ちに切腹だ。たとい、眉一本落ちてもだ……」

「かしこまりました」

「それから、二人ほどを近くの村にやって、ここがどこか、だれの領地かを調べるのだ。よいか」

「かしこまりました」

「お差し支えなければ、手前が上陸組の指揮をとりましょう」矢部は言った。「この海賊を連れずに大坂へ着けば、手前としては恥さらし、死んで責任をとるよりほかございませぬ。お願いでござる。この仕事を手前にやらせてくだされい」

広松は、矢部が自らこのような危険を引き受けたのに内心驚いたが、うなずくと、下へ降りていった。

ブラックソーンは、矢部が一緒に上陸するつもりだと知って、胸の高鳴りを感じた。おれはピーターゾーンのことも、乗組員や、あの穴倉のことも忘れてはいないぞ……悲鳴のことも、近江のことも、何もかもだ。命が惜しければ、用心しろよ、この野郎。

第9章

一行は素早く上陸した。ブラックソーンは自分が先に立つつもりでいたが、矢部が前に出て、すたすたと先導しはじめた。その歩調がどこまでもつかは知らないが。あとの六人の侍は、注意深くブラックソーンを見張っている。おれはどこにも逃げやしない。ばかどもめと、侍たちの懸念が見当違いであるとブラックソーンは思った。その間も、彼の目はひとりでに湾内を探っていた。浅瀬や暗礁を求め、方位を測り、重要なことがらを頭の中にメモした。あとで、書き記しておくつもりだ。

道は、最初は砂利の多い渚《なぎさ》伝いだった。そこから波打ち際のすべすべした岩を登ると、小道があり、崖の裾を巡り、南に見える岬まで心細げに続いていた。雨はやんでいたが、風はやんでいない。吹きさらしの岬の先端に近づくにつれて、打ち寄せる波は高くなり、見えない岩にぶつかって空中に砕け散る。おかげで一行は、すぐに、ずぶ濡れになった。

ブラックソーンは寒かったが、矢部も侍も、軽装の着物のすそを無造作に帯のあたりにからげただけなのに、濡れても平気で、寒がっているようにはみえなかった。これがロドリゲスのていたのだ。言っていたことなんだと思うと、空恐ろしい気がしてくる。日本人のやつらはおれたちとは造りが違うらしい。やつらは、おれたちが感じるような寒さや、飢え、窮乏、傷の痛みといったものを感じることはないんだ。やつらは、おれたちよりはむしろ動物に近く、神経は鈍くできているんだ。

頭上には七〇メートルもの崖がそそり立っている。波打ち際は一五メートルの眼下にある。湾一帯は周囲をぐるりと山で囲まれ、家や小屋らしいものは一軒もなかった。しかし、家がないといっても驚くことはない。平らな土地はかけらも見当たらず、波打ち際の砂利からすぐに岩がそそり立ち、花崗岩《かこうがん》の山に続き、木はその頂上に生えているだけだ。

道は、崖の縁に沿って上がり下がりするが、もろくて、ひどく危険だ。ブラックソーンは風に向かって身をかがめるようにして、一歩一歩踏みしめていった。目の前の矢部の脚が、がっしりと筋肉質であるのに気がついた。足を滑らせろ、このちくしょうめ。足を滑らせて、下の岩に落ちてみろ。そうすればおまえも悲鳴をあげるのか。どうすればおまえは悲鳴をあげるのだ。

矢部から目を離せと自分に言い聞かせて、彼は渚の検分にもどった。岩の割れ目や裂け目を一つ一つ見ていった。塩を含んだ風が吹き上げ、目から涙がこぼれてくる。波は寄せては返し、砕け、渦を巻く。ロドリゲスを発見する望みは、ほとんどないことはわかっていた。あまりにも洞穴や目に見えない場所が多すぎて、調べようがなかった。しかし彼は、どうしても捜さなければならなかったのだ。ロドリゲスにはそれだけの借りがある。水先案内たちはだれでもみな、陸《おか》で死にたい、陸に葬られたいと願っている。水ぶくれの死体、半分食われた死体、醜く変形した死体を見すぎているからだ。

一行は、岬の突端を回ったところで止まった。ありがたいことに風下だ。ここから先に行く必要はなくなった。風下でなければ、体はとっくに見えなくなって、海のもくずとなっていただろう。一キロも先に、小さな漁村の家が、白くあわを噛む浜辺に身を寄せ合って見える。

最後にひとわたり見回すと、矢部は顔の雨をぬぐい、ブラックソーンを一べつして、引き返すぞという合図をした。ブラックソーンがうなずくと、一行は出発した。相変わらず矢部が先頭に立ち、ほかの侍たちはブラックソーンを用心深く見張る。彼は再び、なんとばかなやつらだと思った。

そして、半分ほどもどったとき、ロドリゲスが見つかったのだ。

その体は、二つの大きな岩のすきまに引っ掛かっていたが、幸いに、波はあまり届かない。片方の腕はだらりと前方に伸ばしているが、もう一方の腕で、波にゆらゆらと動く櫓の破片をしっかり抱え続けていた。その破片の揺れる姿が、前かがみになって矢部の後ろを歩いていたブラックソーンの目にとまったのだ。

そこへ行くには、小さな崖を下りるしかない。高さはほんの二〇メートルぐらいだろうか、垂直に切り立っており、足場らしいものはほとんどなかった。

潮の具合はどうなんだ。ブラックソーンは自問した。上げ潮だ。引いてはいないが、まごまごしていると、また波にさらわれてしまう。しかし、とても下りられやしない。どうすりゃいいんだ。

彼が崖っ縁に近づくと、間髪を入れず、矢部が彼の道をふさぎ、首を横に振った。ほかの侍たちもそのまわりを取り囲んだ。

「ちょっと調べようってだけだ。逃げるわけじゃないぞ。いったいどこへ逃げられるんだ」

少し後ろに下がって、下を透かして見た。侍たちも彼の視線を追いながら、何ごとか自分たちだけでしゃべっている。いちばんしゃべっているのは矢部だ。

だめだと、彼はあきらめた。あまりにも危険だ。夜明けにロープを持ってもどってこよう。それまであいつの死体がここにあったら、あいつを陸に埋めてやろう。心残りではあったが、引き返そうとしたとき、崖の縁が崩れ、彼の体はずるずると滑りはじめた。その瞬間、矢部と侍たちが彼の体をつかみ、引きもどした。突然、ブラックソーンは、彼らが、彼の身の安全だけを気遣ってくれていたことに気がついた。やつらはおれを守ろうとしていたのか。

だが、なぜおれの身を守ろうとする。あのトラ——あの男はなんといったかな——トラナガか。そいつのためだろう。そうだ。それにあの船には、ほかに水先案内がいないからだ。だからおれに上陸を許して、好きなようにやらせたのか。そうだ、それにちがいない。とすれば、いまやおれはあの船では権力者だ。あの老いぼれ大名や、このばか者よりおれのほうが上だ。

そうなれば、こちらにも考えがあるぞ。

彼は気が楽になり、改めて、助けられた礼を言った。そして下のほうをながめ回した。「おれたちはあいつを連れて帰らなければならん、矢部さん。道はただ一つ、崖を下りるのだ。おれがあいつを引き上げる。このおれ、安針が」彼は再び前に乗り出し、崖を下りるかのように見せた。するとまた、みなで彼を押し止めた。そこで彼はことさら憂わし気に言った。「ロドリグをつかまえなきゃならん。ほら見ろ、時間がないぞ。暗くなってきた」

「ナランゾ、安針……」矢部が言った。

彼は矢部よりはるかに背が高い。「もし、おれが行ってはいけないんなら、おまえの部下を出すか。それとも、あんたが自分で行くか」

風が崖に当たって、ひゅうひゅうと吹き抜けた。矢部は下を見て、崖の高さや、日の落ちかげんを測っている。彼には、矢部がまんまとひっかかったのがわかった。おまえは罠にかかったんだ。ばかめ。おまえの見栄がそうさせた。もしおまえが下りでもしてみろ、必ず怪我をするぞ。だが、どうかすぐには死んではくれるなよ。脚でも折ってくれりゃいいんだ。それから、おぼれて死ね。

侍の一人が下りかけたが、矢部は引き返すように命じた。

「船にもどれ。すぐに綱をとってくるのだ」矢部が言った。侍は走っていった。

矢部は草履を脱ぎ捨てた。そして刀を帯から外し、くるんで下に置いた。「刀を見張れ、その異人もな。そのどちらに何があっても、おまえたちの命はないぞ」

「手前に行かせてください」高橋が言った。「万一、殿に怪我があったり、波にさらわれるようなことがあっては……」

「そのほうにはできるが、わしにはできぬと思っているのか」

「とんでもございませぬ」

「よろしい」

「では、せめて綱が届くまでお待ちください。万一のことがあっては、手前は立つ瀬がございませぬ」高橋は背は低いがっしりした男で、濃いあごひげを生やしていた。

なぜ綱を待たないのかと、矢部は自問した。待つのが道理かもしれない。だが、賢明とはいえない。彼は異人の顔を見上げると、短くうなずいてみせた。自分への挑戦であることを、あの男は知った。あの男はそれを期待し、望んでいた。だから、おれはこの務めを自ら引き受けたのだ。わかるな、安針。彼は内心ほくそ笑みながら、自分に言った。おまえはほんとに単純な男だ。近江の言ったとおりだ。

矢部は濡れた着物を脱ぎ、下帯だけの姿になると、崖の縁まで行った。そして、あたりを木綿の足袋で踏んで調べた。足袋は履いたままのほうがいいだろう。心身は侍として生まれて十分に鍛えてきているから、身を切る寒気もこたえない。しかし、足袋だけは履いていたほうが、まず一時だけでも足が滑るまい。だが、生きて下へ下りるには、あらゆる力と技とが要るだろう。しかし、それまでして下りる価値のあることなのか。

嵐をついて湾を目指していたとき、彼は甲板に出て、ブラックソーンに見つからないようにして櫓を漕いでいた。船底にいて悪臭と船酔いに悩まされるよりは、漕ぎ手たちに伍《ご》して力仕事をしたほうがましだった。下で窒息するよりは外で死ぬほうがいいと、心に決めたのだった。

寒気の中で、ほかの者たちと働きながら、彼はいつか、二人の水先案内人を観察しはじめていた。海上では、船も船上の人間もすべてはこの二人の男の支配下にあることが、はっきり理解できた。自分がやすやすと馬を駆るように、水先案内人はなんの苦もなく揺れる甲板でその本領を発揮していた。日本人乗組員は、だれ一人彼らにはかなわなかった。腕も、勇気も、知識も。そのことに気がつくと、胸の中に雄大な着想が生まれ、しだいにふくらんでいった。侍を満載し、侍が水先案内し、侍が指揮し、侍が航海する新式の異人船。その侍とは自分の部下たちだ。

まず手始めに三隻の異人船を持つ。そうすれば江戸と大坂を結ぶ海路は、やすやすとおれのものになる。伊豆を根城にして、往来のすべての船を抑えたり通したりすることができる。そうなれば米や絹もほとんど思いのままだ。そこでおれが虎長と石堂の仲裁人にならぬ手はない。少なくとも二人の間を天秤《てんびん》にかけるぐらいにはなれるだろう。

これまで、どの大名も海には進出していない。

どの大名も船や水先案内人を持っていない。おれだけだ。

おれは船を持っている――いや、船を持っていた――いまなら船を取りもどせるかもしれない。利口に立ち回れば。そして、水先案内人もいる。ということは、大勢の水先案内人を育成できるということだ。ただし、この男を虎長から引き離し、おれの言うことをきかせることができての話だが。

もしこの男が、進んでおれの家臣になりさえすれば、きっと郎党を訓練し、船を造ってくれるであろう。

しかし、どうやってこいつを心服させるか。あの穴倉でもこいつの気力は衰えなかったというのに。

まず、一人にして、そのまま放置しておくか――近江もそんなことを言っていたではないか。そのあとなら、この水先案内に作法を会得させ、日本語を話せるように教え込むこともできよう。そうだ。近江は利口だ。利口すぎるほどだ。近江のことはあとで考えよう。水先案内のことを考えるのだ。どうしてこの異人――不愉快な切支丹《きりしたん》を飼い慣らしたものか。

近江はなんと言っていた。やつらは命を大事にする。やつらの主なる神耶蘇《やそ》は、互いに愛し合い、生命を大事にしろと教えるそうだ。おれはこいつに命を返すことができるだろうか。そうだ、救ってやるんだ。それがよかろう。だが、どうしてこいつを服従させたものか。

矢部は興奮にかられているうちに、船の揺れや海の荒れも忘れてしまっていた。と、波が滝のように頭の上から降ってきた。水先案内人の一人がのみこまれた。しかし、その男は全く恐れる様子もなかった。矢部は驚いた。つまらぬ部下の命を救うために、敵に小便をかけられても黙っているような人間であるこの男が、その永劫《えいごう》の恥辱も忘れて、当の敵たちの命を救うために、海神の名を唱えつつ後甲板に突っ立って、伝説的な英雄のように海と戦う力をどうして持ちうるのだろうかと。そしてそのあと、大波がポルトガル人を運び去り、船が座礁したときも、驚いたことに安針は死をあざ笑い、漕ぎ手を励まして、岩の間から船を出してしまったのである。

しょせん、やつらのことはわかるまいと、彼は思った。

崖っ縁に立って、矢部は最後にもう一度振り返った。安針よ、おまえのしかけた罠にはまって、おれが死ぬだろうということをおまえは知っているな。おまえが自分で下りていく気がなかったのも、おれは知っている。おれはおまえを近くでじっと見ていたのだ。だが、おれは山育ちだ。しかも、日本では誇りと楽しみのために山に登る。だから、おれは自分のために挑戦するのであって、おまえに乗せられてではない。おれはやってみる。死ねばそれまでだ。だが、もし成功したら、おまえは、男として、おれのほうがおまえより勝っているということを認めることになるぞ。もしあの死体を持ち帰れば、おまえはおれに借りができることになるのだ。

そのとき、おまえはおれの部下となるんだ。

矢部は巧みに崖を下っていった。半ばほどのところで足を滑らせた。左手が崖の突起をしっかりとつかんだ。そのため転落はしないですんだが、生と死を賭けてぶら下がる羽目になった。

握りが外れそうになると、指を深く食い込ませた。そして足は、岩の割れ目をぶらぶらと、足掛かりを求めて動かした。左手が離れたとき、足のつま先がわずかな足場を見つけて引っ掛かった。そのまま夢中で、崖に抱きついたが、安定は悪く、体をへばりつかせながら手掛かりを探した。そうこうするうち、足場が崩れた。彼は必死に手掛かりになるものをつかもうとし、三メートルほどずり落ちたところで、岩の突起を両手でつかまえた。しかし、それも一瞬で、間もなく、この突起も崩れ落ちた。そのまま彼の体は残りの七メートルほどを落下した。

彼は最善を尽くして体勢を整えると、岩の斜面に猫のように足から着地したので、衝撃を避けることができ、体を休ませながら荒い息を吐いた。そして、すりむけた両腕で頭を抱えると、落ちてくるかもしれない岩石の雨に備えた。しかし、何も降ってこなかった。彼は頭をはっきりさせようと、首を振りながら立ち上がった。片方のくるぶしをくじいていた。焼けるような痛みが足を貫き、内臓にまで走った。汗が流れ出した。足のつま先も指も出血していたが、それは当然のことだった。

痛くないぞ、痛みなど感じないぞ。しっかり立て。異人が見ている。

波が滝のように頭から降りかかり、その冷たさに、かえって苦痛が和らいだ。用心しながらそろそろと、藻の生えた岩の上を進み、ゆっくりと岩の割れ目を越えて、死体にたどり着いた。

突然、矢部は、その男がまだ生きていることに気がついた。確認すると、一瞬、考えた。この男は生きているほうがいいのか、死んでいるほうがいいのか、どちらだ。

岩の下から蟹《かに》が一匹走り出し、海に潜った。波が襲ってきた。塩分が傷口を引き裂く。どちらがいいんだ。生きているほうか、死んでいるほうか。

彼はよろめきながら立ち上がると、叫んだ。「高橋、水先案内はまだ生きておる。船に行って、もし医者の心得のある者がいたら連れてこい」

高橋の返事が風に逆らってかすかに聞こえた。「承知いたしました」そう言って彼は駆け出しざま、配下の者たちに声をかけた。「異人をよく見張ってくれ、事故のないように」

矢部は、錨を下ろして静かに停泊している船のほうを見やった。彼が綱をとりにやった別の侍はすでに小舟のそばにいた。その男が小舟に飛び乗り、それが発進するのが見えた。彼は、よしと、うなずいて、上を振り仰いだ。ブラックソーンは崖っ縁にやってきて、彼に向かって、何か差し迫ったように大声でまくしたてていた。

何を言おうとしているのだ。水先案内人は海のほうを指差しているが、それが何を意味するのかわからなかった。海は相変わらず荒れているが、特に、いままでと変わった様子はなかった。

とうとう、彼は理解するのをあきらめて、ロドリゲスのほうにもどった。苦労しながら、その男を波のあたらぬ岩の上に引き上げた。ポルトガル人は息も絶え絶えだったが、心臓は丈夫そうだった。打ち傷があちこちにあった。折れた骨が、左のふくらはぎの皮膚から突き出していた。右肩は外れているようだった。矢部は傷口からの出血を調べたが、どこにもなかった。

もし体内に傷がなければ、おそらく生き返るだろうと思った。

矢部自身も、何度も傷を負ってきたし、しかるべき手当ても受けられぬまま、死にかかっている人間や傷ついた人間を数多く見てきた。しかし、ロドリゲスは、暖をとらせて、酒や、煎薬を与え、ゆっくり風呂に入れてやれば元気になるだろうと判断した。歩けなくなるかもしれないが、命はとりとめるだろう。そうだ、この者は生かしておこう。たとい歩けなくてもかまわない。むしろそのほうがよいかもしれない。控えの水先案内ができるのだ――この男は間違いなく、おれのおかげで命が助かるのだ。あの海賊めがおれのために働かなくても、この男を使うことができる。切支丹になるふりをしたほうがいいだろうか。そのほうが二人とも手なずけやすいかもしれない。

近江ならどうする。

あの男は利口者だ――近江という男は、そうだ、切れすぎるほどだ。近江は何ごとにも頭の回転がよすぎる。もし、あいつが先を読むことができれば、おれの亡きあとは、あいつの父が一門を率いることになると知っているにちがいない。わしの息子は独立するにはあまりに未熟すぎる。そして、あいつの父親のあとは近江自身だ。

近江をどうしたものか。

近江をあの異人にあてがってやろうか。おもちゃ代わりに。

その案はどうだ。

頭上から、気遣わしげな叫びが聞こえた。そして、異人が指差していたわけがやっとのみこめた。上げ潮だ。潮がみるみるうちに押し寄せている。もうすでにこの岩も海水に浸っていた。彼は急いで立ち上がったが、くるぶしの貫くような痛みにたじろいだ。浜伝いの逃げ道は海で閉ざされている。崖にできている潮位のしるしは、この岩から優に人間の身長分を越す高さであることを示している。

彼は小舟のほうに目をやった。それは本船の近くにいた。浜では高橋がまだ懸命に走っていた。彼は綱は間に合わぬなと、自らに言い聞かせた。

彼の目は周囲を細かく調べた。崖を登ることはできない。どの岩も避難場所にはならない。洞穴もない。海のほうには突き出した岩がいくつかあるが、そこに行くことができない。彼は泳ぎはできないし、浮きに使えそうなものは何もなかった。

頭上では、みんなが彼を見守っている。異人が海に突き出した岩を指差して、泳ぐ格好をしてみせた。しかし、彼は頭を振ってみせた。もう一度念を入れて探してみた。が、何もなかった。

逃げ道はないと、観念した。もはや、死を待つだけだ。覚悟をするのだ。

天命だと、つぶやいた。そして、みなに背を向けた形でくつろいで座ると、悟りの境地が開けて、すがすがしくなった。これが最後の日か。海も、日の光も、喜びも、すべてこれでお別れだ。海も、空も、寒さも、塩水も、みななんと美しいのだ。彼は辞世の歌を考えはじめた。

心は幸せを感じていた。この期《ご》に及んで、頭は不思議に冴えている。

ブラックソーンがわめいている。「よく聞け、この大ばかめ。岩棚を探せ。どこかに岩棚があるはずだ」

気でも狂ったのかというような顔で、彼を見守りながら、侍たちがその前に立ちふさがっている。彼らには、もう逃げ場のない矢部はただ静かに死を待っているだけだということが、わかっていた。もし自分たちが矢部であっても、そうするしかないのである。それだけに、この男のたわごとは腹立たしかった。矢部もきっと腹を立てているだろうと、彼らには思えた。

「みんな、下を見ろ。きっとどこかに岩棚があるにちがいない」侍の一人が崖の縁から下をのぞいた。そして、あきらめたように振り返り、同輩に何やら言うと、みんなもそれに同調した。

ブラックソーンが自分で逃げ場を探してやろうと、崖の縁に近寄ると、そのたびに侍たちは彼を押しとどめた。もしそのなかのだれかをひと突きしたら、ひとたまりもなく落ちて死ぬだろう。やってみたい誘惑にかられた。しかし彼には、侍たちの行動も、問題も、理解できた。あのばか者を救う方法を考えろ。おまえたちは彼を救わねばならない。ロドリゲスを救うためにも。

「おい、このくそったれ、とんまで、とんちきの、大ばかの日本人野郎。おい、柏木矢部。おまえのたまはどこへやった。あきらめるなよ。あきらめるのは臆病者だ。おまえは男か、それとも豚か」いかに怒鳴っても、矢部は何も気にしなかった。自分の座っている岩のように動じなかった。

ブラックソーンは石を拾って、矢部めがけて投げつけた。石は、矢部が気づかぬうちに海に落ちたが、侍たちは怒ってブラックソーンにわめいた。何をしようと、彼らがブラックソーンに飛びかかってきて縛り上げたりはしないことは、わかっていた。できやしない。だいいち、縛ろうにもロープがない。

ロープ。そうだ、ロープを手に入れるのだ。何かロープになるものはないか。彼の目は矢部の着物にとまった。彼はそれを裂いて細布にし、丈夫かどうか試してみた。その絹地は非常に強かった。

「さあ、やれ」彼は、侍たちにそう言うと、シャツを脱いだ。「ロープを作るんだ。いいか」侍たちは理解した。すぐさま彼らも帯をほどき、着物を脱いで、彼のまねをした。彼はできた細布の端と端を結び合わせ、帯も同じようにつないだ。

みんなでロープを作り上げると、ブラックソーンは腹違いになり、念のため、二人の侍に足首をしっかりとつかませながら、崖の縁へにじり寄った。彼らの助けを必要としたわけではないが、彼らを安心させるためだ。そうした侍たちの心配をよそに、彼はできるだけ先へ頭を突き出した。そして海のほうを探しはじめた。一区画ずつ、視力の及ぶかぎり、特に、左右に気を配って探した。

しかし、きれいに、何もなかった。

もう一度。

何もない。

もう一度。

おや、あれはなんだ。潮位線の少し上になるかな。崖の割れ目か、それとも影か。

ブラックソーンは体の位置を変えた。矢部が座っている岩も、その岩と崖との間にある岩も、ほとんどが海に没しているのはよくわかっている。今度はよく見えた。彼は指差した。

「あそこだ、あれはなんだ」

侍の一人が四つん這いになって、ブラックソーンの指す指先のほうを目で追っていった。しかし、何も見えなかった。

「あそこだ。あれは岩棚じゃないか」

彼は両手で岩棚の形をつくり、二本の指で人を表し、岩棚の上に人が立っている格好を示した。そして別の指で、人の肩の上に長いロープを垂らしてみせた。わかるか、岩棚に男が立っている――あの岩棚だ――別の指で、男の上にロープを垂らす。「急げ。イソギ。やつにわからせろ……あの、ヤブサン、ワカリマスカ」

その侍は急いで立ち上がり、ほかの者に早口でしゃべった。するとみんなが、下を見下ろした。だれにも岩棚が見えた。みんなは矢部を大声で呼びはじめた。それでも矢部はびくとも動かなかった。まるで石のようだ。彼らは叫び続けている。ブラックソーンも一緒に大声を張り上げてみた。しかし、まるで音を立てていないのも同然だった。

侍の一人がほかの者に、二言三言話しかけた。みんなはうなずき、彼に一礼した。彼も礼を返した。すると突然、「万歳」と、雄叫びをあげながら、崖から身を投げ、落ちていった。矢部は突如、夢から覚めたようにあたりを見回し、急いで立ち上がった。

一人の侍が大声をあげ、岩棚を指差し示しているが、ブラックソーンには何も聞こえず、何も見えなかった。目に入るのは、眼下に横たわり、沖へ流されていく傷だらけの死体だけだ。いったい、こいつらは何者だ。考えると絶望的になる。あれは勇気か、それともただの狂気か。すでに観念して、死を待っている男の注意をひこうという、万に一つのチャンスに賭けて、あいつは進んで自殺した。わけがわからん。やつらのやることはわからん。

矢部が、よろめきながら歩むのが見えた。きっと我が身の安全のために、ロドリゲスを残し、一人で岩棚によじ登ってくるのだろうと、彼は思った。おれならそうする。いや、どうかな、わからん。ところが矢部は、滑ったり、這ったりしながら、意識を失っている男の体を引きずって、波の打ち寄せる浅瀬を渡って崖の下までやってきた。そして岩棚を見つけた。それは、やっと片足ほどの大きさもあるかないかだ。彼は苦労して、その岩棚にロドリゲスの体を押し上げた。そうしているうちに、一度は自分の体も流されそうになったが、なんとか、踏みとどまった。

ロープは七メートルほど足りなかった。侍たちは急いで自分たちの下帯を足した。もし矢部が立ち上がれば、なんとかその端に手が届きそうだった。

みんなで声援を送りながら、待つことになった。

ブラックソーンは憎悪の気持ちを忘れて矢部の勇気を尊敬せざるをえなかった。矢部は幾度か波にのみこまれそうになった。ロドリゲスも二回ほど流されそうになったが、そのたびに矢部が引きもどし、さらおうとする波に抗して、その頭をしっかと抱え込んだ。ブラックソーンは、自分ならとっくの昔にあきらめてしまっただろうにと思った。どこにそんな勇気があるのだ、矢部よ。おまえは悪魔の子か。おまえたちは、みなそうなのか。

最初に崖を下りるのは勇気のいることだ。ブラックソーンは、矢部が虚勢からそうしたのだと思った。しかし彼の見たものは、矢部が自分の技術で崖に挑戦し、もう少しで勝利を収めそうな姿だった。それから彼は軽業師のように、巧みに転落の衝撃を免れた。そして、彼は従《しょう》容《よう》として生をあきらめた。

くそ、おれはあのばか者を尊敬し、憎むぞ。一時間近く、矢部は、海と、疲労した自分の肉体を相手に戦った。やがて、薄暗くなったころ、高橋がロープを持ってもどってきた。彼らは縄ばしごを作ると、ブラックソーンが陸上では見たことのないような巧みさで、崖下へと下りていった。

すぐにロドリゲスの体が上がってきた。ブラックソーンは彼を看護しようとしたが、その前に、髪を短く伸ばしている日本人が、すでに彼のそばにかがみこんでいた。この男は、明らかに医者らしく、脚の骨折を調べた。それから侍の一人がロドリゲスの肩を押さえつけ、医者がその脚にぐっと自分の体重を掛けるようにすると、骨は脚の中に納まった。医者は指で骨を探り、押さえつけながら原形にもどし、添え木をしっかり当てた。そして炎症を起こしている傷口を、毒草のような薬草でくるみはじめた。そうこうするうち、矢部も上がってきた。矢部は助けはいらぬと、手を振って医者をロドリゲスのほうへもどした。そして腰を下ろし、手当ての終わるのを待った。

ブラックソーンは彼を見た。矢部は視線を感じた。二人の男は互いに見つめあった。

「ありがとう」ロドリゲスのほうを指差してブラックソーンが口を切った。「やつの命を助けてくれて、ありがとう、ヤブサン」そう言うと、丁寧に頭を下げた。あんたの勇気のおかげだ。髪の黒い、くそったれのあんたのおかげだ。

矢部も、表面は改まった礼を返したが、心の中ではにっこりしていた。

第10章

その湾を出て、大坂までの航海は何ごとも起こらなかった。ロドリゲスの航海日誌は明快で実に正確にできていた。

ロドリゲスはその晩のうちに意識を回復した。初め、自分は死んだものと思っていたが、痛みが始まるにつれて、生きていることを思い出した。

「やつらがあんたの胸を手当てしてくれたんだ」ブラックソーンが言った。「それから肩も包帯で縛ってある。脱臼しているからな。やつらはおれがやるより、よっぽど出血を少なくやってのけたよ」

「大坂へ着いたら、イエズス会の連中にやってもらおう」ロドリゲスは苦痛をこらえながら、じっと、ブラックソーンを見た。「おれはどうしてここにいる。船から落ちたのは覚えてるが、あとは何もわからない」

ブラックソーンは語って聞かせた。

「それじゃ、おまえが命の恩人か。ちくしょうめ」

「後甲板からだと、湾に入ることができたように見えた。ところが船首からだと、あんたの視角はちょっとずれていたらしいな。あの波がいけなかった」

「そんなことはどうでもいい、おまえは後甲板にいて、舵を握っていた。それは互いにわかってた。ちくしょう、癪《しやく》にさわるのは、おまえがいまや命の恩人だってことよ。痛え、この脚の野郎め」

苦痛のために涙がこぼれている。ブラックソーンは水割りを一杯飲ませ、彼に一晩中付き添っていたが、その間に、嵐はしだいに静まっていった。日本人の医者も何度か来て、ロドリゲスに煎薬を飲ませたり、額に熱い手ぬぐいを載せたり、舷窓を開けていったりした。だが、医者が出ていくたびに、ブラックソーンは舷窓を閉めた。病気というものは空気伝染するのが常識だから、ロドリゲスのような重病人がいる場合、船室を密閉するほうが衛生的なのだ。

だが、その医者は、ブラックソーンを怒鳴りつけ、侍を一人舷窓に見張りに立てたので、とうとう開け放しにされてしまった。

明け方、ブラックソーンは甲板に出た。広松と矢部がいた。ブラックソーンは宮廷風の礼をした。「コンニチハ。オオサカ?」

二人も礼を返した。「大坂。そうだ。安針」広松が言った。

「ハイ、イソギ、広松サン。おーい船長、錨を上げろ」

「はい、安針さん」

ブラックソーンは無意識のうちに矢部に向かってほほ笑んでいた。矢部もほほ笑み返すと、足を引きずって遠ざかりながら考えた。あいつはどうしようもない悪魔で、人殺しだ。だが、そういうおまえも人殺しではないか。うむ、だがおれはあんなふうではない。

ブラックソーンは、簡単に、船を大坂まで導いていった。航海は一昼夜続き、次の朝、日が昇るころ、大坂沖の錨地《びょうち》に近づいた。日本人の水先案内人が乗り込んできて、船を船着き場へ誘導することになった。ブラックソーンは役目を終え、ほっとして、下に降りて寝ることにした。しばらくすると、船長に揺り起こされた。船長は一礼すると、船を桟橋につないだら、すぐに広松と出かけられるようにしてくれと、身振りで伝えた。

「ワカリマスカ、安針さん」

「ハイ」

船長は出ていった。ブラックソーンは、伸びをした。横を見ると、ロドリゲスがこっちを見ている。

「気分はどうだ」

「上等だ。脚が焼けて、頭は破裂しそうだし、小便が出そうだ。それに口の中ときたら豚のくそだめだ」

ブラックソーンは彼にし瓶をあてがい、出したものは舷窓から捨てた。それから、空になった大きなグラスに水割りをついでやった。

「いんちき看護婦め。腹の中は真っ黒だ」

ロドリゲスは笑った。彼に笑いがもどってくれてよかった。彼は机の上に開かれた航海日誌を見、それから衣裳箱へ視線を移した。鍵が開いている。「おまえに鍵を渡したか」

「いや、あんたの体を探させてもらった。正しい航海日誌が必要だった。最初の晩、あんたが起きているときにそう言っておいたろう」

「そいつはりっぱなやりくちだ。言われたことは覚えちゃいねえが、いずれにしろりっぱなやりくちだ。いいか、イギリスさん。ヴァスコ・ロドリゲスは大坂のどこにいるかと、イエズス会のだれかに聞いてみろ。すぐにおまえをおれのところに案内してくれる。会いにこい。来たらおれの航海日誌を写させてやる」

「ありがとう。だが一冊はもう写したよ。できるかぎりな。そして残りも、じっくり読ませてもらった」

「こんちくしょう」ロドリゲスはスペイン語で言った。

「どっちが」

ロドリゲスはポルトガル語にもどった。「スペイン語を使うとむかむかする。嘘をつくのには便利な言葉だがな。おれのその箱の中に包みが入ってる。それを取ってくれ」

「イエズス会の封印のしてあるやつか」

「そうだ」

彼は包みを取って渡した。ロドリゲスは包みを調べ、封蠟《ふうろう》が健在なのを指で触ってみた。それから、気が変わったらしく、自分の寝ている粗い毛布の上に包みを置くと、背をもたれた。

「なあ、イギリスさん。人生とは不思議なものだなあ」

「なんだ、突然」

「おれが生きてるとすりゃ、神様のおかげだが、助けてくれたのは異教徒と日本人ときたものだ。ところで、その草食人種に礼が言いてえから、ここへよこしてくれ」

「いまか」

「あとで」

「わかった」

「おまえがいつか話してくれた、マニラを攻めたとかいう艦隊のことだがな、神父にそう話したろ、あれは真相はどうなんだ」

「うちの戦艦部隊は、アジアにおけるあんたの帝国をたたきつぶすだろうよ」

「ほんとうに艦隊がいるのか」

「もちろん」

「おまえの艦隊は何隻だ」

「五隻。それ以外は、一週間ほど外海に出ている。おれは先発して、日本を調べにきて、嵐に遭った」

「嘘つけ、この野郎。まあ、よかろう。おれも捕まったとき、同じような話をしたもんだ。船も艦隊もいやしねえ」

「いたらどうする」

「見たいもんだ」ロドリゲスはひどく酔ってきた。

ブラックソーンは話を打ち切りたかったので、体を起こすと、舷窓のほうへ行った。浜や町並みが見えた。

「ロンドンが世界でいちばん大きい都市だと思っていたが、大坂に比べるとちっぽけなもんだ」

「この程度の町なら、日本にはまだいくらもある」ロドリゲスは言った。彼もまた、不毛の言葉のやりとりをやめられたことにほっとしていた。「ミヤコ、つまり首都は、ときに京都ともいうがな、日本でいちばん大きな町で、大坂の倍以上もあるそうだ。その次が江戸、虎長の都だ。おれもまだ行ったことがねえが、宣教師はもちろん、ポルトガル人はだれも行ったことがねえ。虎長は、自分の都の門を固く閉ざしている。禁断の町だ。しかも……」ロドリゲスは寝台に横になり、目を閉じた。顔は苦痛にゆがんでいる。「しかも、それがどこでも同じなのだ。長崎と平戸の港以外は、日本中がおれたちを公に閉め出している。もっとも、おれたちの宣教師は、命令など恐れもせず、行きてえところに行くがね。だが、おれたち船乗りや商人は、そんなまねはできねえ。関白摂政か虎長のような大名の特別な鑑札がねえかぎりな。長崎、平戸以外なら、どの大名もおれたちの船を捕らえることができる。虎長がおめえたちの船を捕らえたようにな。それがやつらの法律だ」

「ひと休みしないか」

「いや、話してるほうがいい。話していると痛みを忘れる。ちくしょう、頭が割れそうだ。これじゃ、ものも考えられやしねえ。上陸の時間までしゃべっていってくれ。こっちへ来ておれの顔を見ろ、聞きたいことが山ほどあるのだ。酒をくれ。ありがとう、ありがとうよ」

「どうして、行きたいところへ行ったらいけないんだ」

「なんだって。ああ、日本でのことか。それは太閤のせいだ。あいつが面倒のもとだ。一五四二年に、初めておれたちの仲間がやってきて、神の教えと文明とをもたらしたころは、船乗りも宣教師も自由に歩き回れた。ところが、太閤が権力を握ると、禁令を出しはじめた。すまんがおれの脚を動かしてくれるか。毛布をどけてくれ。足が焼けるようだ……そうだ。ちくしょう、気をつけてやれ。そうだ。すまなかった。それで、どこまで話した。ああそうだ……おれたちはみんな、太閤は悪魔のペニスだったと思ってるよ。一〇年前、彼は、神父だけじゃなく、神の教えを広めようとするものすべてに布教禁止令を出した。そして一〇年か一二年余り前に、商人以外の者を追放した。おれが、このあたりに来るようになる前のことだ……おれはこの七年間、ここを出たり入ったりしている。神父たちに言わせると、あの異教の坊主、つまり仏教徒のせいだ。やつらは嫉妬深くて鼻持ちならねえ偶像崇拝者だが、太閤が改宗しそうになったのをみて、やつらが嘘八百を並べたてて、太閤を引きもどした。そうだ、あの人殺し野郎の魂も、もう少しで救われるところだったんだ。それなのに、自らその救われる機会を捨ててしまった。そうだ。とにかく、彼はすべての宣教師に日本を立ち去るよう命令した……一〇年前のことだそうだよ」

ブラックソーンはうなずいた。こうしてロドリゲスが、思いつくままに話してくれるのがうれしくて、耳を傾けていた。

「太閤は神父たちをみな、長崎に集めて、二度ともどれば死罪だという命令書を持たせてマカオ行きの船に乗せようとした。ところが、突然、やつは気が変わって、神父たちをそのままにして、それ以上何もしようとしなかった。前にも言ったが、日本人というのは全くやることがめちゃくちゃだ。そう、彼らをそのままにしたら、しばらくすると以前と同じようになった。変わったことといえば、ほとんどの神父が九州にとどまったということぐらいだ。九州じゃ我々も歓迎される。日本が三つの大きな島、九州、四国、本州からなっているのを話したかな。あとは小さな島ばかりだ。はるか北のほうに、もうひとつ島がある。北海道というんだが、大陸の一部だという者もいる。日本人はいなくて、毛深い原住民が住んでいるという話だ。日本というのは、めちゃくちゃな国だぞ。アルヴィト神父は、まるで何ごとも起こらなかったかのように、元にもどったと言っていた。太閤は改宗する気はなくなったとしても、以前のように友好的だった。彼はほとんど教会を閉鎖しなかった。切支丹《きりしたん》大名を二、三人追放したぐらいのものだ。それだって、そいつらの領地を取り上げるのが目的だった。追放令はついに実行されなかった。そしたら三年前、やつはまた狂い出して、二六人の神父を殺した。長崎ではりつけにしたんだ。理由はない。狂っちまったんだ。で、二六人を殺したあとは、また収まったんだ。それから間もなく、やつは死んだ。神のお裁きだよ。神の呪いが、あいつとその子孫にふりかかったんだ。それにきまってる」

「日本人の改宗者は多いのか」

しかしロドリゲスは考えに夢中で、聞こえないようだった。

「日本人というのはけだものだ。アルヴィト神父のことは話したかね。神父は通訳をしているので〝ツウジさん〟つまり通訳さんと呼ばれている。太閤の通訳をしていたのだ。いまも政府の公式の通訳で、日本人よりも日本語がうまいし、日本に関する知識で、神父にかなう者はいねえ。神父の話では、ミヤコには一五メートルほどの高さの塚があるそうだ。太閤は、戦で殺した朝鮮人の耳や鼻をそいできて、そこに埋めたので、その高さになった。朝鮮というのは九州の西にあって、大陸の一部だ。嘘ではない。天に誓って、あのような人殺しは二人といない。だが、やつらはどいつも同じ悪人だ」ロドリゲスは目を閉じた。ひたいに赤みがさしている。

「改宗者は多いのか」ブラックソーンは、もう一度聞いた。この国に敵がどのくらいいるのか、どうしても知りたかった。

ロドリゲスは驚くべき答えをした。「一〇万人ほどいる。しかも毎年増えている。太閤が死んでからは、いままでに例のねえくらい増えた。以前は隠れ切支丹だった者も、いまでは堂々と教会に行っている。いまや九州ではほとんどの者がカトリック信徒だ。九州の大名はほとんどが改宗している。長崎はカトリックの町で、イエズス会が領有し、経営し、交易全般を取り仕切っている。大聖堂があり、一〇余りの教会がある。そのほか、何十という教会が九州全土に広がっている。だが、ここ、つまり本州には数えるほどしかねえ。それに……」痛みで、また言葉がとぎれた。しばらくおいて彼は話し続けた。「九州だけで人口は三〇〇万から四〇〇万だろうが、間もなく全部がカトリック信徒になるだろう。その他の島にまだ二千何百万の日本人がいる、それもいずれ……」

「まさか、そんなに」と、言いかけて、ブラックソーンは、話の腰を折るとはばかなことをしたと思った。

「嘘だというのか。一〇年前に人口調査があった。アルヴィト神父の話では、それは太閤の命令だった。だから神父は知っている。神父が嘘をつくか」ロドリゲスの目は熱っぽく、舌はとどまるところを知らないようだった。「ここの人口は、ポルトガル、スペイン、フランス、スペイン領オランダ、それにイギリス全土の人口を足しても、まだ足りねえ。神聖ローマ帝国をまるごとぶちこんで、やっと同じくらいになるんだ」

ああ神よ、イギリス全土でも人口三〇〇万に満たないのだ。しかもそれはウェールズも含んでの数なのにと、ブラックソーンは思った。そんなにたくさんの日本人がいるとすれば、どう対処すればいいのだ。もし人口二〇〇〇万人とすれば、わが帝国の全人口よりももっと人数の多い軍隊を、その気になれば簡単につくれるということだ。しかもそれがみな、おれがこれまでに見たようなどう猛なやつらだとしたら——そうでないといえるか——逆立ちしたって、こいつらに勝てるわけがない。それに、一部の者がすでにカトリックになっており、しかも、イエズス会が強いとすれば、その数はさらに増えるだろうし、改宗者ほど狂信的なものはない。とすれば、我々やオランダが、アジアの各地でやってきたような甘い汁が吸えるだろうか。

まるで見込みはない。

「そんな数に驚くなら」と、ロドリゲスが言った。「今度、中国に行ってみろよ。そこも、黄色人種で、みんな黒目に黒髪だ。おまえの目には新しいことばかりだ。おれは去年、広東まで絹を売りにいった。広東というのは、華南にある城壁に囲まれた町で、我らが神の御名の町マカオの北にあって、〝真珠川〟(珠江)に臨んでいる。その城壁の中だけで、一〇〇万人ものくそったれ異教徒がいる。中国には、世界のほかの国全部を合わせたよりも、多い人口がいる。そのはずだ。それを考えてみろ」痛みの発作がロドリゲスの体を走り、彼は脱臼していないほうの手で、胃のあたりを押さえ込んだ。「おれは、どこか出血していたのかい」

「いや、おれが確かめたが、脚と肩だけで、内臓はやられていなかった。少なくともおれにはそう見えた」

「脚はどうなっていた」

「海水で洗われて、消毒されていたよ。傷口も皮膚もきれいになっていた」

「ブランデーをかけて、焼いてくれたか」

「いや、やつらがやらせてくれなかった。離れてろと言われた。しかし、あの医者はわかっているようだった。あんたの仲間が間もなく来てくれるだろうし」

「そう。船をつなげば、すぐに来るにきまってら」

「結構。ところで中国と広東のことを話してたところだ」

「しゃべりすぎたよ。中国のことは、話せば、きりがない」

ポルトガル人は、脱臼していないほうの手で、封印のついた包みをもてあそんでいた。見ているうちに、ブラックソーンはそれがどういう意味の品物なのか、また知りたくなった。

「脚はおそらく大丈夫だ。一週間もたてばわかるだろう」

「そうだな」

「壊疽《えそ》にはならないだろう。膿《う》んではいない。頭もはっきりしているから、脳味噌もやられてないんだろう。すぐよくなるさ、ロドリゲス」

「やっぱり、おめえは命の恩人だ」ポルトガル人の体を震えが走った。「おぼれながら考えたこととときたら、蟹に目玉を食われちまう心配だけだった。蟹がおれの体の中を動き回るのが感じられるんだ。海に落ちたのはこれで三度目だが、一回ごとにだんだん悪くなる」

「おれは四回も沈められた。そのうち三回はスペイン野郎だ」

船室のドアが開いて、船長が一礼し、上に来るように、ブラックソーンを手招きした。

「ハイ」と、ブラックソーンは立ち上がった。「おれに借りなどないよ、ロドリゲス」彼は心から言った。「絶望のどん底にいたおれを、あんたがよみがえらせ、助けてくれたんだ。感謝してる。これでおあいこだ」

「そうかもしれんが、なあ、イギリスさん、おめえに大切なことを教えて、借りを少し返しておくよ。いいか、日本人どもは六つの顔と三つの心を持っているということを忘れるな。日本ではこんなことが言われている。人は三つの心をもっている。一つは世間一般にみせる偽りの心で、口の中にある。もう一つは胸の中にあり、特別の友か家族のものにみせる。最後の心は本心で、真実の心、秘密の心だが、こいつを知っているのは自分だけだ。あとはだれにもわからねえ。いいか、やつらは考えられんほど不実な、救いのねえ悪の申し子だ」

「虎長はなぜ、おれに会いたい」

「知るかい、そんなこと。知るわけはねえだろう。できることなら、生き延びて、また会いにこいよ」

「うむ。元気でな。スペイン野郎」

「このきんたまめ、達者でやれよ」

ブラックソーンは心からの微笑を送ると、甲板に出た。そして眼前の大坂のものすごさに頭がくらくらした。その広いこと、群がる人の数が多いこと、そして、町にそびえ立つ城の巨大さ。その広大な城のなかでも、空に浮かぶ天守閣が、ひときわ美しい。七、八層もあろうか、各層ごとに曲線の切妻屋根を配し、瓦は金色に輝き、壁は青かった。

あそこに虎長がいるのだなと、思った。そのとたん、体内にぞくっと、いやな予感が走った。

外の見えない駕籠《かご》で、彼は、とある大きな屋敷に運び込まれた。そこでは風呂に入り、食事をした。毎度うんざりする魚の汁、刺し身、煮魚、数切れの漬け物、それに薬湯だ。ただこの家では、麦の粥の代わりに御飯を出してくれた。米はナポリで一度見たことがある。白くて、体にいいというが、味がない。彼の胃袋は、肉とパンに飢えていた。バターを山と塗りたくった、焼きたての、皮のぱりぱりのパン、牛の腰肉、それにパイ、鶏肉、ビールに卵だ。

翌日、一人の召使いがやってきた。ロドリゲスからもらった衣類はきれいに洗濯してあった。着替えをするのを、女は見守っており、新しい足袋《たび》を履く段になると手伝ってくれた。玄関には新しい草履が用意されていた。彼のブーツがない。女は首を振り、草履を指差し、外で待っている駕籠を指差した。一団の侍がそのまわりを取り囲んでいる。その頭らしい男が、駕籠に急いで乗れと合図した。

駕籠はすぐに出発した。のぞき窓はぴったりふさがれていた。いいかげんくたびれたころになって、駕籠は止まった。

「恐れることはないんだ」彼は声を出して言ってみてから、駕籠の外に出た。巨大な石の城門が目の前にあった。その門は厚さが一〇メートルもある壁にあり、その壁には狭間《はざま》や、櫓《やぐら》や、物見がある。巨大な扉は鉄張りで、開いており、鍛鉄《たんてつ》の落とし戸も上がっていた。その向こうに、幅が二〇歩、長さが二〇〇歩ほどの木の橋があって、堀をまたいでいるが、最後のところは大きなはね橋になっていた。そして二つ目の門が、これまた巨大な二つ目の壁に取りつけられていた。

何百人もの侍があらゆる場所を固めている。どの侍も同じように黒ずんだ灰色のそろいの着物を着ており、小さな丸い紋をつけていた。紋は青色で、花か、花の集まりのように見えた。

「安針」

見ると、お仕着せの四人の従者がかついだ駕籠の中に、広松が威儀を正して座っていた。彼の着物は茶色で、ぴんと張っている。帯は黒で、お供の五〇人ほどの侍と同じだ。その侍たちの紋の色は緋色《ひいろ》だった。それと同じ紋が船のマストの先にもはためいていた。虎長の記号だ。この侍たちの先頭には、先端に小旗のついた長い槍を持った侍がいた。

広松の威厳にうたれて、ブラックソーンは思わず頭を下げた。老人のほうも礼儀正しく返礼した。刀はひざの上に置いてある。彼は自分の後ろについてくるよう合図した。

門番が前に進み出た。形どおり、広松が差し出した書状に目を通し、何度も礼をしたり、ブラックソーンのほうをながめたりした。それから橋を渡ることになったが、灰色の侍の一団がブラックソーンの両側を警固した。

深い堀の水面までは一五メートルもあり、左右の広がりは、三〇〇歩もあった。それからまた城壁があり、一行は北へ折れた。こんな城をよじ登って攻めろと言われたらたまらないぞと、ブラックソーンは思った。守る側にしてみれば、外壁の守備隊が全滅し、橋を焼かれても、中はまだ安全だ。おお、あの外側の城壁は一キロ四方ではきかないだろう。それに、見ろ、厚さも一〇メートルはありそうだ。そのうえ、内側の城壁もそれくらいある。しかも、巨大な石を積み重ねて造ってある。その石一つ一つが少なく見積もっても、縦も横も三メートルはある。石はみごとに切ってあり、しっくいを使わず、組積みにしてある。一個の石の重さは優に五〇トンはあるだろう。我々にはとてもできないことだ。攻城砲を持ってきたらどうだ。確かに外壁ぐらいは砲撃することができるだろう。しかし、守備側の砲火だって黙ってはいないからな。それに、大砲をここまで運んでくるのが大変だし、城の中へ弾を撃ち込むことができるような高い丘もない。守る側は外壁をとられても、敵を内壁から銃撃することができるだろう。仮に、ここに攻城砲を据えつけることができて、外の壁を砲撃したとしても、びくともしないだろう。いちばん遠くの門を破ることぐらいはできるかもしれないが、それがいったい、なんの役に立つ。堀はどうして渡る。尋常な方法で渡るには広すぎる。この城は十分な兵力で守られるとき、難攻不落だ。ここにはどれくらいの侍がいる。どのくらいの町人が中に避難することができる。

ここに比べれば、ロンドン塔は豚小屋だ。ハンプトン・コート全体をもってしても、ここの片すみに納まってしまうだろう。

次の門では、再び形どおりの書類改めがあり、道はすぐに左に折れ、広い通りとなり、それに沿って厳重に固められた棟が立ち並び、その後ろに防備十分の大小の城壁が見えた。それから、通りは急に元来た方向に折り返し、石段と道が入り組んだ迷路に続いていった。それからまた門があり、検査があり、落とし戸があり、また広い堀があり、道が折れ曲がって、しまいには、特異な記憶力と方向感覚をもち、鋭い観察眼を誇るブラックソーンでさえも、人工的な迷路の中でわけがわからなくなってしまった。そして城内の砦といわず、櫓といわず、窓といわず、あらゆるところに灰色の着物の侍たちがいて、絶えずどこからか、彼ら一行の様子を見張っている。また、それ以上の数の徒士《かち》の侍が警固したり、行進したり、厩舎《きゅうしゃ》で馬の手入れをしたりしている。至るところに何千もの兵士がいたが、みなそれぞれに相当な武器を携えており、だらしのない服装の者は一人もいなかった。

彼は、ロドリゲスにもう少し突っ込んで話を聞いておけばよかったと、後悔した。太閤と改宗者の話は十分にショックだったが、それ以外は、ロドリゲスは男らしく口を閉ざしていた――おれもやつの質問をかわしていたけれど。

注意を払え。ヒントはないか。この城の特徴はなんだ。ただ大きいというだけではない、どこかが違う。それはなんだ。

灰色の着物の連中は、茶色の連中と敵対関係なのか。わからない。しかし彼らは双方ともひどく真剣だ。

ブラックソーンは、気をつけて彼らを観察し、細部に注意した。左手に、念入りに手入れされた色とりどりの庭園が見えてきた。水が流れ、小さな橋がかかっている。やがて城壁はしだいに両側から幅を狭め、道は細くなってきた。一行は天守閣に近づいていた。町人は一人も見なかったが、たくさんの召使いはいた。そして――そうだ、大砲がない。そこが違っていたのだ。日本に着いてから、これまで大砲を見たことがない。ああ、なんということだ、大砲がないとは……だから攻城砲もないのだ。

もしおれたちに新式の兵器があり、守る側が持っていないとすれば、城壁を吹き飛ばし、扉を破り、城内に砲丸の雨を降らせ、炎上させ、陥落させることができるだろうか。

だが、最初の堀は渡れない。

攻城砲は守る側を苦境に追い込むことはできる。だが彼らは永久に守り切ることができよう――もし守備側が覚悟を決め、十分な兵員、十分な食糧、水、武器弾薬を備えるなら。

堀をどうやって渡る。舟か。それとも囲いをしたいかだか。

あれこれ考えているうちに、駕籠が止まって、広松が下りた。そこは狭い袋小路だ。材木を鉄で補強した巨大な門が、厚さ七メートルほどの城壁に組み込まれており、城壁は櫓につながっている。天守閣とはまだ距離があり、ここからはほとんど見えなかった。ほかの出入口とは違い、ここは茶色の侍たちが警固している。ブラックソーンが城に入ってから見たかぎりでは、初めての場所である。明らかに侍たちは広松の無事を見て喜んだ。

灰色の侍たちは引き返していった。ブラックソーンは、茶色の侍たちが、連中に敵意のこもった視線を浴びせるのを見た。

やはり彼らは敵同士だ。

門が開き、彼は老人に従って、一人で中に入った。ほかの侍たちは外に残った。中はさらに多くの茶色の侍によって固められていた。その先の庭園も同様だった。二人は庭園を横切り、建物の中に入った。広松は草履を脱ぎ、ブラックソーンもそれにならった。

中の廊下はぜいたくな畳が敷き詰められていた。ブラックソーンは、それがすべて縦六尺、横三尺ほどの一定の寸法であることをすでに知っていた。考えてみろ、すべて同じ形、寸法に作ったりしたマットなどみたことがあるか。それに変則な形の部屋も一つもない。すべての部屋は正方形か長方形じゃないか。そうだ。つまりここでは、家とか部屋というものは、畳の数に合わせて作らねばならんということだ。そして畳はすべて規格寸法というわけだ。奇妙な話だ。

彼らは、螺旋《らせん》階段を上り、さらに続きの廊下や階段を通った。相変わらず数多くの警固の侍がいたが、すべて茶色である。壁の銃眼から差し込む陽光が複雑な模様をつくっている。ブラックソーンは、いま自分たちがこの城を取り巻く三重の大城壁よりも高い位置に来たことがわかった。町並みと港が眼下に刺繍《ししゅう》のように見えていた。

廊下は急角度に曲がると、その先は五〇歩ほどで突き当たりになっている。

ブラックソーンは、唾を飲み込んだ。心配するな、覚悟はできているはずだと、自分に言い聞かせた。正念場だ。

大勢の侍と、その前面にいる指揮者らしい若い侍とが、最後の扉を守っていた。おのおの左手に刀を持ち、右手を刀の柄《つか》に掛け、近寄ってくる二人を見ながら、じっと身構えていた。広松は彼らの警固ぶりを見て安心した。彼が自分で、これらの護衛の顔ぶれを選んだのだった。彼はこの城が嫌いで、虎長が自ら敵の手中に身をおいているのがいかに危険かと、再び思わざるをえなかった。彼は、昨日、上陸するとその足で、虎長のもとに駆けつけ、それまでの出来事を報告すると同時に、自分の不在の間に何か思わしくないことが起きたかどうかを調べた。表面は相変わらず平穏であった。だが、味方の間者たちの話では、北方と東方で敵は兵力を増強し、味方の有力者であり、最大の切支丹大名である木山と大野の両大老は、石堂へ寝返ろうとしているという。彼は護衛の態勢を変え、合言葉を変更すると同時に、虎長に対して、もはや滞在は無用と、ここを引き上げることをすすめたのだった。

彼はその若い侍から一〇歩ほど手前で立ち止まった。

第11章

警固の責任者の吉井長門は、一七歳という危険な若さの年齢のうえに、気が短かった。「お早いお着きにございます。御無事でおもどり、喜ばしゅう存じます」

「うむ。虎長公はお待ちだろうな」

「はい」もちろん、広松が呼ばれたのでなくとも、長門は通したであろう。戸田広松は、昼夜にかかわらず、好きなときに、虎長に目通りできる三人のなかの一人であった。

「異人を改めろ」長門が言った。彼は虎長の五番目の息子で、父を崇拝していた。

ブラックソーンは、彼らのしようとすることの意味がわかったので、おとなしくしていた。二人の侍は手慣れていた。何を隠していても見つかってしまいそうに手際がいい。

長門が部下たちに合図して、道をあけさせた。そして、自ら厚い扉を開けた。

広松は広々とした謁見室《えっけんしつ》に入った。敷居をまたいだところでひざまずき、腰の刀を前に置き、両手をついて、深々と頭を下げた。そしてその姿勢のまま、じっと待っている。

長門は監視の目を離さぬようにしながら、ブラックソーンにも、あとに続けという合図をした。

ブラックソーンは中へ入った。部屋は、広さ四〇歩四方、分厚い極上の畳が敷き詰めてあり、一点のしみもなかった。正面の壁には別の出入口が二ヵ所あった。上座《かみざ》の床の間には、瀬戸の壺に桜の花が活けてあり、それが部屋を明るくし、香りを漂わせている。

両の襖には護衛がついている。上座から一〇歩ほど離れて、囲むように、二〇人余りの侍が外側を向いて座っていた。

虎長は上座に座布団を敷いて座っていた。鷹を手にして、その折れた羽の手当てをしていたが、その手つきは象牙細工師のように細心だった。

虎長も、部屋にいるほかの侍たちも、広松に気がついたふうもみせず、またブラックソーンが現れ、広松のそばまで進んでも、別に気にとめるようでもなかった。ブラックソーンはロドリゲスに習ったように一礼し、深呼吸をすると日本ふうに座り、虎長に目を向けた。

視線がいっせいに、ブラックソーンに集まった。

入口では、長門の手が刀に掛かっている。広松も頭を下げたままだが、その手は刀を握りしめている。

ブラックソーンは丸腰で不安だったが、乗りかかった船であり、運命を待つよりほかはなかった。ロドリゲスは言っていた。「日本人の前では王様のように振る舞えよ」だが、これでは王のような振舞いとはいえないし、とてもそんなことはできそうにもない。

虎長がゆっくり視線を上げた。

冷や汗がブラックソーンのほほを伝って落ちた。ロドリゲスが話していた侍というもののすべてが、この一人の男に結晶しているようだった。彼は青い目をしっかり見開き、まばたきひとつせず、平静を装おうとした。

虎長は相変わらず、じっと見つめている。

ブラックソーンは、この男の威圧感をひしひしと身に感じた。彼はゆっくり、六まで数えた。それからわずかに頭を傾けて、もう一度会釈し、静かに小さく笑ってみせた。

虎長はしばらく無表情に彼を見つめただけで、そのまま下を向くと、再び作業に没頭した。部屋の緊張が解けてきた。

手にした鷹は若く働き盛りだ。鷹匠はみるからに武骨な老人で、虎長の前にひざまずき、鷹をまるでガラス細工であるかのようにささげ持っていた。虎長は折れた羽軸を切ると、補強用の小さな竹針に膠《にかわ》をつけて、羽軸の中に差し込んだ。そして、切り落としたほうの羽を少しずつその針にかぶせるように差し込んでいった。彼は角度を調整し、ぴったりのところで絹糸を巻きつけた。鷹の足につけた小さな鈴がちりんちりんと鳴った。すると彼は、鷹のおびえをとるように優しくいたわってやるのだった。

吉井虎長は関八州の領主、吉井一族の長、東軍の総帥、そして五大老の筆頭である。小柄だが、でっぷりと腹の出た、鼻の大きな男だ。眉は濃く黒かったが、口やあごのあたりのひげはまばらなうえに白いものが混じっていた。顔の中で際立っているのは目だった。年は五八になるが、その割には強健だった。着物は、ほかの侍たちと同じ茶色の質素なもので、帯も木綿だった。しかし、二本の刀は世に二つとないりっぱなものだった。

「よし、よし」彼は恋人のような優しさで鷹に声をかけた。「これで、すっかり直ったぞ」そう言って、彼は籠手《こて》をはめた鷹匠の拳《こぶし》の上の鷹の体を愛撫した。鷹はうれしそうにぶるぶるっと身をふるい、身じまいした。「四、五日もすれば、飛べるだろう」

鷹匠は、一礼して退出した。

虎長は、入口にいる二人のほうを向いた。「よう来た、広松。ところでこれが、そのほう、評判の異人か」

「さようにございます」広松は作法どおり、刀を入口に置いたままそばへ寄ろうとしたが、虎長は、かまわぬから刀を持ってこいと言った。

「そのほうが、刀を手にしておらぬと落ち着くまい」

広松はありがたく受けた。それでも五歩ばかり離れて座った。刀を携えた者は、だれも無事に虎長のそばに近づくことはできないことになっている。護衛の侍たちの最前列には、広松のかわいがっている孫娘の婿の宇佐美の姿があった。広松は彼のほうにちょっとうなずいてみせた。若者は深々と頭を下げた。気にかけてもらって、名誉でもありうれしくもあった。広松は、かわいい孫娘と、昨年生まれた初めての曾孫《ひまご》の顔を思い浮かべ、いずれこの男も正式に跡継ぎに迎えねばならないと思うのだった。

「背中はどうだ」虎長が気遣って尋ねた。

「大丈夫にござります。しかし、あの船を下り、上陸できたときには正直言って、ほっといたしました」

「そのほう、暇を慰めてくれる新しいおもちゃができたそうではないか」

広松は大笑いした。「そのような生易しいものではござりませぬ。近来、これほど疲れることはありませぬ」

虎長もつられて笑った。「それでは、その子にほうびをやらねばなるまい。そのほうの健康はわしのためじゃ。わしから祝いの品をとらせよう」

「かたじけのう存じます」と、言うと、広松は急に真顔に返った。「殿、我々一同にもごほうびを賜ることができますれば、ありがたきしだいにござります。つまり、この蜂の巣を一刻も早く立ち去り、江戸の城にもどられることです。あそこなら、家臣がお守りすることができますが、ここでは私どもは裸同然、いつ、石堂が……」

「そうしよう。大老会議が終わりしだい」虎長は後ろを振り返ると、辛抱強くそこに座っていたらしい細面のポルトガル人を招き寄せた。「さて、通訳を頼みたいが」

「かしこまりました」と、その剃髪《ていはつ》の神父は、慣れているらしく、上手に日本式に膝行して、上座に近づいた。彼の体は顔と同じようにやせ、目は黒くうるんでみえた。その体には、静かな集中力が感じられた。足袋《たび》を履き、自分のものらしい着物を着ている。ロザリオと、彫刻つきの十字架が帯に下がっている。彼は広松にも同じようにあいさつしたあと、ブラックソーンに愛想のよい視線を向けた。

「私は、イエズス会のマルティン・アルヴィトと申します。虎長公が、私に通訳をするよう申されております」

「まず、我々が敵同士であるということを彼に断ってください。それから……」

「すべて、時機をみて申しましょう」アルヴィト神父は穏やかにさえぎった。

「お話は、ポルトガル語でも、スペイン語でも、もちろんラテン語でもできます。あなたのお好きな言葉でどうぞ」

ブラックソーンには、神父が陰に座っていたときは見えなかった。虎長やほかの侍たちにさえぎられていたのだ。しかし、ロドリゲスに教えられて、どんな男か見当はついていたが、案の定、ひどくいやな男だ。物腰は柔らかだが、イエズス会の権威と力とをちらつかせている。ロドリゲスの話しぶりや、この男の地位の高さからすると、もっと老人かと思っていたのだが、彼とイエズス会士とはほとんど同じくらいの年齢にみえた。神父のほうが二、三年上かもしれないが。

「ポルトガル語だ」彼は、そのほうが少しは御利益があるかもしれないという挑戦的な気分で、そう言った。「あなたはポルトガル人なのか」

「名誉なことに」

「思っていたよりお若い方です。私のことを過分にほめてくれます。あなたのことも、実にみごとに語ってくれました。あなたの勇敢な行いも」

神父は振り返ると、何ごとか、にこにこと、流暢《りゅうちょう》に虎長に話しかけた。それを見ていると、ブラックソーンは不安をかきたてられた。部屋にいる者のなかで、広松だけが二人を見つめ、その話に耳を傾けている。ほかの者たちは石のように無表情に空を見つめていた。

「さて、始めることにいたしましょう。あなたは途中で口をはさまずに、虎長公のおっしゃることを終わりまで聞いてください」アルヴィト神父が言った。「そのあとで返事をしてください。さて、いまから、あなたのおっしゃることはほとんど同時に通訳しますから、十分注意して答えてください」

「何が言いたいんだ。私はあんたを信用しないが」

アルヴィト神父は、直ちに彼の言葉を虎長に伝えた。虎長の表情が暗くなった。

気をつけろ。おれはまな板の鯉なんだぞ。やつはおれの価値を金貨にすることもできりゃ、銅貨にすることもできるんだ。正確に通訳しようとしまいと、虎長には正しい印象を与えなければならんぞ。おそらく、これがもう二度と巡ってこないチャンスだろうからな。

「あなたのおっしゃるとおりに、私のできるかぎり正確に通訳していますから、信用してくださって大丈夫です」神父はもの柔らかな声で、流暢に話した。

「ここは虎長公の御前です。私は大老会議、及び、虎長、石堂両大老の公式の通訳を務めています。虎長公には長年にわたり、御信任いただいています。公は洞察力にすぐれたお方ですから、安心して正直にお答えになるのがよろしいでしょう。もうひとつお断りしておきたいのは、セバスティオ神父とは違うということです。あの方は、熱くなることがあるし、残念ながら日本語も上手ではありません。日本での経験も足りません。それに、あなたの突然の出現で、彼はかわいそうに、我を忘れて自分の個人的な過去の怒りに押し流されてしまったのです。あの方の親兄弟は、オランダであなたのお国、というより、オラニエ公の軍隊に虐殺されたのです。どうぞ、そのへんの事情をくんでやってください」

彼は優しい笑みを浮かべた。「日本語では敵のことを〝テキ〟と言います。もしよければ、使ってください。私のことを指差しながらそう言えば、虎長公はあなたの言いたいことを、はっきり理解なさるでしょう。ええ、確かに、私はあなたの敵です、ジョン・ブラックソーンさん。全く、そのとおりです。しかし私はあなたを殺そうなどと思っていません。あなたが私を殺すのは御自由ですが」

神父は、自分のいま言ったことを虎長に説明しはじめたが、それを聞いていると、〝テキ〟という言葉が何回も耳に入った。ブラックソーンは、ほんとうにそれが敵を意味するのかと疑った。だが、おそらく嘘ではない。確かに、この男はほかのやつとは違う。

「どうか、しばらく私の存在を忘れてください」アルヴィト神父は言った。「私はあなたのお答えを虎長公にお伝えし、公の御質問をそのままあなたにお伝えする、単なる道具にすぎませんから」アルヴィト神父は姿勢を楽にすると、虎長に向かい、丁寧に一礼した。

虎長は短くぽつぽつと話した。神父はそれからほとんど遅れずに、同時に訳してくれる。虎長の声は、言葉の抑揚や、そのこめられた意味を映し出す不思議な鏡のようだった。

「なぜ、おまえはわしの親しい通訳のツウジさんの敵なのか。彼は敵のない人だが」アルヴィト神父が補足した。「〝ツウジさん〟というのは私の呼び名です。日本人は私の名前を発音できないのです。では、どうぞ質問に答えてください」

「私たちは国同士が戦っているので、敵同士なのです」

「ほう。おまえの国はどこだ」

「イギリスです」

「それはどこにある」

「ポルトガルの北一〇〇〇キロほどにある島国です。ポルトガルはヨーロッパの半島の一部です」

「ポルトガルとの戦は、もうどのくらい続いておる」

「ポルトガルがスペインの属国になって以来です。一五八〇年のことですから、もう二〇年になります。スペインがポルトガルを征服しました。私たちは長いこと、スペインと戦っています。かれこれ三〇年になるでしょう」

虎長は驚いたように、アルヴィト神父にさぐりを入れる視線を送ったが、神父は静かに遠くのほうを見ていた。

「ポルトガルはスペインの一部だと言ったが」

「そうです。属国なのです。スペインがポルトガルを征服し、いまでは王様も同じで、事実上は同一の国なのです。そしてポルトガル人は、世界中の至るところでスペイン人に屈服し、ポルトガルの指導者たちは、スペイン帝国では軽く扱われています」

長い沈黙があった。やがて虎長が、イエズス会士に直接尋ねた。イエズス会士は微笑を浮かべながら、長々と答えていた。

「彼はなんと言ってるんだ」ブラックソーンが問い詰めた。

アルヴィトは取り合わず、先ほどと同様、ほとんど同時に、彼の抑揚までまねながら通訳していった。たいした技術である。

虎長はブラックソーンに向かって答えた。その声は固く冷たかった。

「わしの言ったことは、おまえには関係ない。おまえに知らせることがあれば、こちらから言う」

「失礼しました、虎長公。不作法を働くつもりはありませんでした。申し上げておきたいのですが、私たちは争いを好みません」

「いまは何も話さずともよい。わしが答えを求めるまで口を閉じておけ、よいな」

「わかりました」

一つミスを犯したぞ。気をつけるんだ。ミスをしてはいかんと、彼は自分に言い聞かせた。

「なぜ、おまえたちはスペインやポルトガルと戦っている」

「ひとつにはスペインが世界を制覇しようとしているからです。我々イギリスとオランダとは連合して、征服されることを拒んでいるのです。また、ひとつには宗教の問題もあります」

「ほう宗教戦争か。おまえの宗教は何かな」

「私はキリスト教徒です。我々の教会は……」

「ポルトガル人も、スペイン人も、キリスト教徒だ。おまえは宗教が違うと言った。おまえの宗教はなんだ」

「キリスト教です。手短に説明するのは難しいのですが、両方とも……」

「急ぐ必要はないから、正確に言ってくれ。時間はあるし、わしはなかなか気が長いほうだからな。おまえは教養がある。どうみても百姓ではない。だからおまえが自分でわかるなら、簡単であろうと、込み入った説明であろうとかまわないから、おまえの好きなように言ってみろ。もしおまえがわきみちにそれたら、わしが連れもどしてやろう。さて、何を言いかけていた」

「私の宗教はキリスト教です。キリスト教は大別して二つに分かれています。プロテスタントとカトリックです。そしてイギリス人の大半はプロテスタントです」

「同じ神と、聖母と、御子とを崇拝しているのか」

「いいえ、カトリックのようにはしません」こいつはいったい何を知りたいのだ。ブラックソーンは自問した。やつの聞きたいようなことを答えてやるべきか、それとも真実を答えてやるべきか。やつはカトリックか。それとも彼は反キリスト教なのか。しかし、彼はイエズス会士のことを、親しい友だと言っていたぞ。虎長はカトリックの同調者か。あるいはカトリックに入信しようとしているのか。

「おまえは、イエスは神だと思うか」

「私は神を信じます」彼は用心して言葉を選んだ。

「質問をはぐらかすな。イエスは神だと信じるのか。はっきり言いなさい」

ブラックソーンは、世界のどこのカトリックの宗教裁判所に突き出されても、自分はとっくの昔に、異端のレッテルを貼られるだろうと思わざるをえない。プロテスタントの裁判所でも、大半は同じことになろう。こんな質問に答えるのをためらうようでは、もうそれだけで神に対する疑念をもっていることになる。疑念すなわち異端だ。

「神についての質問に、イエスかノーかで単純に答えることはできません。イエスにも、ノーにも、ニュアンスが要ります。神のことは死ぬまではっきりとはわからないのです。私は、イエスは神であったと信じています。その意味では私の答えはイエスとなります。だが、死ぬまで確かなことはわからないとすれば、私の答えはノーです」

「日本に流れ着いたとき、なぜおまえは、神父の十字架をへし折ったのだ」

ブラックソーンは、そんなことを聞かれるとは予期していなかったので、虚をつかれた。虎長は、おれが日本に着いてからの出来事を逐一知っているのか。「私は、その……あのイエズス会士のセバスティオ神父がただ一人の通訳だったのですが、こいつは私の敵であり、信用するわけにはいかないということを、矢部という大名に示したかったのです。というのは、あいつはアルヴィト神父の通訳とは違い、必ずしも正確に訳そうとはしなかったからです。例えば、あいつは、我々を海賊だと非難しました。我々は海賊ではありません。争いを好みません」

「なるほど、海賊か。海賊のことはまた後で触れよう。ところで、いずれの宗派もキリスト教であって、ともにイエス・キリストをあがめているのだな。キリストの教えの本質は〝互いに愛せよ〟ではなかったか」

「そうです」

「それなのに、どうして敵同士になる」

「あいつらの信仰、つまり、あいつらのキリスト教というのは、聖書の解釈を間違えているからです」

「ふーむ、何やらわかりかけてきたようだ。つまり、おまえたちは、神とは何かというようなことについての意見の食い違いから、戦をしているのか」

「そうです」

「ばかげたことで、戦をするものだ」

「そのとおりです」ブラックソーンはそう言って、神父のほうを見た。「全く、そのとおりだと思います」

「おまえの艦隊は何隻だ」

「五隻です」

「で、おまえが先任の水先案内人か」

「はい」

「ほかの船はどうした」

「海にいます」

虎長は、あらかじめアルヴィト神父から質問の要領を吹き込まれているように思えたので、ブラックソーンは用心して、ここはいつもの嘘をついて切り抜けた。「我々は嵐に遭って、分散してしまいました。ほかの船がどこにいるのか、正確に申し上げられません」

「おまえの船はイギリスのものか」

「いいえ、オランダのものです。オランダから来ました」

「なぜ、イギリス人がオランダ船で働いている」

「べつに変わったことではありません。我々は同盟国です。ポルトガル人がスペインの船や艦隊の水先案内をしていることもあります。日本の法律で、ポルトガル人が外洋船の水先案内をすることもあると聞きましたが」

「オランダ人の水先案内人はいないのか」

「大勢おります。しかし、こういう長い航海になりますと、イギリス人のほうが経験を積んでいます」

「しかし、なぜおまえがオランダの船の水先案内になれたのか」

「おそらく、私の母がオランダ人で、私がオランダ語を流暢に話すこと、水先案内の経験を買われたのでしょう。私にとってもよい機会でした」

「というと」

「こちらの海に遠征する初めての機会だったからです。イギリス船でこれほど遠くまで来ようとしたものはありません。今回は世界一周のよい機会でした」

「おまえ自身は、宗教問題から、艦隊に乗り組んで、敵であるスペインやポルトガルと戦うつもりだったのか」

「何よりもまず、私は水先案内人です。イギリス人やオランダ人でこの海域に達した者がいないのが魅力でした。私たちは基本的には商船団です。もちろん、新世界では敵船を攻撃できるよう許可状を持ってはいます。だが、日本には貿易のために来ました」

「その許可状とは、どんなものだ」

「王家や政府から発行される公の許可のことで、これがあれば、敵を攻撃することができます」

「ほう、その敵は日本にもおるぞ。おまえたちは戦うつもりかな」

「ここに着いたときは、何が起こるのかわかりませんでした。私たちはただ貿易のために来たのです。ここはほとんど未知の国、伝説の国です。この地域のことになると、スペイン人もポルトガル人も口をつぐんでしまいます」

「質問に答えてくれ。おまえの敵が日本にもいる。ここで彼らと戦うつもりか」

「もし、彼らがしかけてくるなら」

虎長は、いらだったように話し方を変えた。「おまえが海の上や、おまえの国で何をしようと、わしは知らない。だが、ここは法は一つしかない。そして、外国人は許可なしにはここに住めないのだ。公に害を及ぼしたり、争いを起こしたりすれば、直ちに死をもって処断される。どうだ、ここの法は明快で守りやすいだろう。わかったか」

「わかりました。私たちは争いを好みません。私たちは貿易が目的で来たのです。貿易の話はできるのですか。私たちは船も修理せねばならないのですが……金は持っています。それにお尋ね……」

「貿易にしろ、ほかのことにしろ、わしが話したくなったときに、わしのほうから尋ねよう。いまは質問に答えるだけにしてくれまいか。で、おまえは、国への義務や忠誠心から航海に加わったのではなく、貿易をして利を得るためなのだな。金のためだな」

「そうです。私たちの風習です。給料をもらい、戦果の分け前にあずかります。貿易のもうけもあれば、敵からの分捕り品もあります」

「つまり、金が目当てか」

「航海のための先任の水先案内人として、金で雇われました。そのとおりです」ブラックソーンは虎長の敵意を感じたが、そう思われる理由はわからなかった。おれは何か間違ったことを言っただろうか。神父のやつ、おれが自殺でもすると、言ったのではないのか。

「私たちの国では、ごくあたりまえのことですが」彼は、繰り返して言った。

虎長は、広松と話を始めた。二人の意見は一致しているようだ。ブラックソーンには、二人が不快な顔をしているように見えた。なぜだ。明らかに〝金〟という言葉に関係があるらしいのだが。どこがいけない。だれだって報酬をもらう。それがいけないというのなら、食べていくためにどうやって金をかせぐ。土地を相続したって、それだけじゃ……。

「おまえは先ほど、平和裡に貿易をするためここに来たと言ったな」虎長が聞いた。「では、なぜ、あれほど大量の大砲や、火薬、小銃や弾丸を積んでいた」

「敵のスペインやポルトガルの火力が強大だからです。私たちは自衛せねばなりません。それに……」

「武器は、ただ防御のためだというのか」

「いいえ、自衛のためだけではなく、敵の攻撃もします。それに、輸出用としてもたくさん生産しています。世界でも最高級の武器です。おそらく、お国にも武器をお売りできるでしょう。また、私たちの運んできたほかの商品も」

「海賊というのはなんだ」

「無法者です。自分の利益のために、略奪し、殺し、盗む連中です」

「金が目当てということでは同じだな。おまえと変わりがないではないか。おまえは海賊、海賊の頭か」

「いえ、私の船は、オランダの国法で認められた許可状を持っています。これがあれば、敵が勢力を張っている海域に乗り込んで戦うことを許されます。また、商品の売り先を開拓することもできます。スペイン人や、ポルトガル人からみれば、私たちは、確かに海賊ですし、異教徒です。しかし、誓って、私たちは海賊ではありません」

アルヴィト神父はひととおり通訳し終わると、虎長に向かって、静かな、しかし確固とした口調で、直接話を始めた。

ちくしょうめ、おれも直接話ができないものかと、ブラックソーンは思った。虎長が広松のほうを見ると、広松はイエズス会の神父に何かを尋ね、神父はそれに長々と返事をした。それから虎長はブラックソーンにもどったが、その声は、一段と厳しいものになっていた。

「ツウジさんが言うには、オランダは、つい二、三年前まではスペイン王の属国だったそうだ。ほんとうか」

「そうです」

「もしそうなら、おまえの同盟国のオランダは、正統の国王に対して謀反をしていることにならないか」

「確かに、スペインと戦ってはいます。しかし……」

「それは謀反ではないのか。どうだ」

「しかし、事態はよくなりつつあります。実際に……」

「君主に対する謀反なのに、事態がよくなるということがあるか」

「つまり、勝つことです」

虎長はまじまじと彼を見た。やがて、ワハハと笑い出した。そして、笑いながら広松に何か言った。広松がうなずいた。

「そうか、名前の難しい南蛮人よ。そうか、勝つことが、よくなることか」そう言って、また笑ったが、その笑いは、それが生まれたときと同様、突然に消えてなくなった。「おまえは勝てるのか」

「ハイ」

虎長がまた何か言ったが、神父はすぐには通訳しなかった。そして奇妙な笑みを浮かべて、ブラックソーンの顔を見つめていた。それからため息とともに言った。「大丈夫ですか」

「それはあの方が聞いているのか、それとも、あんたが聞いているのか」

「虎長公がそうおっしゃったのです。私の……いや、あの方がそうおっしゃったのです」

「勝つとも。私はそう確信していると、伝えてくれ。なぜ確信があるか、説明しようか」

アルヴィト神父は虎長に話しかけたが、こんな簡単な会話を、通訳する以上の時間をかけていた。あんたは見せかけているほどに冷静なのか。ブラックソーンは彼に尋ねてみたかった。あんたに本音を吐かせる手はないのか。どうすればあんたをたたきのめせるのだ。

虎長は返事をすると、袂《たもと》から扇子を取り出した。

アルヴィト神父は、再び通訳を始めたが、ひどく皮肉な、冷たい調子は同じだ。「そうか。水先案内人、では、なぜその戦いに勝てると思うのか、言ってみるがよい」

ブラックソーンは、神父に押されてはなるまいと、自信をもとうと思った。「目下のところ、ヨーロッパの海の大半を私たちは支配しています」彼は自分を励ましながら言った。興奮するな。真実を言え。少しオーバーでもいい。どうせあのイエズス会のやつもやっているんだ。しかし、嘘はつくな。「イギリスは、スペインとポルトガルの二度にわたる侵攻を撃破しました。もう二度と襲ってくることはできないでしょう。小さな島国でもイギリスは要塞のように安全です。私たちの海軍は四海を制し、私たちの船は速く、新式で、武装もすぐれています。宗教裁判と流血の恐怖の五〇年間の終わったあと、スペインはオランダに一度も勝っていない。私たちの同盟国は、いまや安泰で強力だ。いや、それ以上です。スペイン帝国をたたきのめそうとしている。私たちは勝ちます。なぜなら、海を手中に収めているうえに、いたずらに思い上がったスペイン王は異国の民を奴隷にしようとしているからです」

「海を手中に収めている……我が国の海もか、この国の沿海もか」

「いいえ、無論、そうではありません。言いすぎたかもしれませんが、海とはヨーロッパの海のことです。しかし……」

「よい、それでわかった。しかし、なんだ」

「しかし、あらゆる公海で、間もなく私たちは敵を一掃します」ブラックソーンはきっぱり言い切った。

「敵と言ったな、我が国も敵ということになるのだろうな。とすればどうなる、我が国の船を沈めて足元を荒らすつもりか」

「あなた方を敵に回すなど、思ってもいません」

「わしには敵に思えるとしたらどうなる」

「あなた方が私の国を攻めてきたら、私はあなた方を攻撃し、負かしてやります」

「では、もしおまえの国の王が、日本を攻めろと命じたら」

「やめるように進言いたします。なんとしても。女王はお聞き入れくださるでしょう。あの方は……」

「おまえの国は王ではなくて、女王なのか」

「そうです。女王は賢い方で、おそらく……いや、そんなばかげた命令を出すはずはありません」

「だが、もしそうなったら、あるいは、宰相がそう命令したら」

「そのときは、この魂を神にゆだねます。私は死ぬにきまっていますから。いずれにしても」

「そうだ、死ぬだろう。おまえも、おまえの国の軍隊も」虎長は一呼吸おいて、「ここまで来るのに、どのくらいかかった」と聞いた。

「およそ二年です。正確にいえば一年と一一ヵ月と二日です。距離にして、ほぼ四〇〇〇リーグになります」

アルヴィト神父は訳してから、二言、三言、付け加えた。すると、虎長と広松が神父に質問し、神父はうなずき、それに返事をした。虎長は考えながら扇子を動かしていた。

「時間と距離は、この人たちの使う単位に換算して伝えておきました。ブラックソーンさん」

神父が丁寧に言った。

「ありがとう」

虎長が、再びブラックソーンに話しかけた。「どうやってここまで来た。どこを通ってきた」

「マゼラン海峡回りです。私の海図と航海日誌があれば、はっきりお教えできるのですが、あいにく盗まれてしまいました。許可状やその他の書類ごと、船から持ち去られました。もしあなたが……」

虎長が突然、広松に話しかけたので、ブラックソーンは口をつぐんだが、広松の表情も困惑していた。

「おまえの書類がすべて持ち出された……盗まれたというのか」

「そうです」

「もしほんとうなら、けしからん。日本では盗みは許されない。盗めば死刑だ。直ちに調べさせるが、日本人がやったとは思えない。それは日本にも山賊や海賊はいることだが」

「たぶん、置き場所が悪かったのでしょう」ブラックソーンは言った。「どこかにしまい忘れたかもしれません。それにしても、あれは大変貴重なものです。虎長公、航海日誌がなければ、盲人も同然です。私の航路をお聞きになりたいですか」

「うむ。しかし、あとにしよう。それよりまず、どうして遠路はるばるとやってくる気になった」

「私たちは、平和貿易のためにやってきました」ブラックソーンは、我慢して繰り返した。「貿易をして、故国にもどるためです。あなた方も潤い、我々も潤うためです。そして、さらに……」

「私たちも潤い、おまえたちも潤う……そのどちらが大切だ」

「無論、両方が利益をあげねばなりません。商売は公平でなければなりません。私たちは、長続きのする商売がしたいのです。ポルトガルやスペイン人より、よい条件を出しますし、もっとよいサービスをします。私たちの商人は……」

そのとき、部屋の外で大声がしたので、ブラックソーンは話をやめた。広松と護衛の侍たちの半数は、戸口に殺到し、他の半数は、虎長を守るように取り囲んだ。奥の戸の側にいる侍たちも同じように身構えた。

虎長はその場を動かないでいる。彼はアルヴィト神父に話しかけた。

「あなたもこちらに来ませんか、ブラックソーンさん。入口からもっと離れて」と、アルヴィト神父はうながすように言った。「命が大切だったら、急に動いたり口をきいたりしてはいけませんよ」彼は左手のほうの奥の戸口にゆっくり移動し、その横に腰を下ろした。

ブラックソーンは立ち上がり、虎長にぎこちなく一礼した。虎長は黙っていた。彼は神父のほうにゆっくりと歩み寄った。彼の立場からすれば、今日の会見は失敗だった。「いったい、何が起こった」彼は座りながら、つぶやいた。

すると、近くにいた警固の侍たちが険悪な形相で詰め寄った。神父は早口に何か言って侍たちをなだめ、「今度口をきいたら命がありませんよ」と、ブラックソーンに言った。だが内心は、早くそうなれと思っていた。ゆっくりと、彼は袖の中からハンカチを取り出すと、手の平の汗をぬぐった。こうした異端の者との会見でも、平静で穏やかにしておられるのは、訓練と忍耐力のおかげであるが、それにしても今日の相手は、彼や巡察使卿が予期していたよりずっと手ごわかった。

「あなたは同席しなければならないだろうね」昨晩、巡察使卿に聞かれた。

「虎長から特に頼まれました」

「あなたにとっても、私たちみんなにとっても、大変危険なことだと思う。病気を口実にすることもできるがね。もし出ていけば海賊の言うことを通訳せねばなるまい。ところがセバスティオ神父の手紙によると、この男はこの世の悪魔で、ユダヤ人のように性悪らしい」

「私が同席したほうがよろしいかと存じます。少なくとも、ブラックソーンのもっともらしい嘘をあばくことができましょう」

「何をしに彼はここに来た。なぜ、いまごろ。すべてが再びうまくいきかけているときに。ほんとうに太平洋に彼らの仲間の船がいるのだろうか。スペイン領マニラに艦隊を送り込むなんてできるのだろうか。あの不潔な町をはじめ、フィリピンのスペイン領がどうなろうと、一向にかまわないが、敵の艦隊が太平洋にいるとはね。アジアにいる私たちは穏やかにしていられなくなる。そして、もしあの男が虎長や石堂、あるいはほかの有力な大名と通じるようになれば、どうみても、かなり難しいことになるだろうな」

「ブラックソーンは現に存在しています。しかし幸いなことに、彼は、私たちの手中にあるようなものです」

「いや、私は、てっきりあの男を送ってよこしたのは、スペイン人か、あるいは彼らにたぶらかされている連中、例のフランシスコ会やベネディクト会かと思うところだった。私たちを妨害するためにわざとね。しかし事情がわかってみれば、そうではなかったが」

「あるいはそうかもしれません。私たちを破滅させるためなら、あの修道僧どもはなんでもやりかねません。自分たちが失敗した国々で、私たちが成功しているので、嫉妬をしておりますから。必ずや神は、彼らが間違っていることをお教えになるでしょう。そしておそらく、あのイギリス人も、害を及ぼす前に退散することになりましょう。彼の航海日誌が彼の素性を証明しています。彼は海賊であり、しかもその頭です」

「虎長にそれを読んでやりなさい、マルティン。アフリカからチリにかけて、無防備の植民地を荒らしたくだりの記録や、略奪品や、人殺しの一覧表も」

「時機をみてそういたします。航海日誌はいつでも出せますが、その前に、彼が自滅してくれればよいので」

アルヴィト神父は、もう一度両手の汗をぬぐった。彼はブラックソーンの視線を感じていた。あわれなやつだ。おまえが今日虎長に言ったことからすれば、おまえの命など風前のともしびだし、もっと悪いことに、おまえの魂は救いがない。航海日誌という証拠がなくとも、おまえはもうはりつけだ。航海日誌をセバスティオ神父に送り返し、村次に返させたほうがいいだろうか。もし、あの書類が見つからなければ、虎長はどういう態度に出るだろうか。いや、村次には危険すぎる仕事だ。

入口の戸が、音を立てて開いた。

「石堂様がお目にかかりたいと申しておられます」と、長門が告げた。「すでに廊下まで来ておられ、直ちにお目にかかりたいと、申しておられます」

「みなのもの、もどるがよい」虎長が、侍たちに言った。長門は直ちにその言葉に従った。しかし侍たちは入口に向かって座ったまま、刀の鯉口を切っており、その先頭に広松がいた。

「長門、石堂公によくお越しいただいたとお伝えし、中に入っていただくがよい」

背の高い男が、つかつかと入ってきた。一〇人の灰色の着物の侍たちが従っていたが、その連中は入口で止まり、主人の指示に従って座った。

虎長が恭しく頭を下げれば、石堂もまた同じように、礼儀正しいあいさつを返した。

アルヴィト神父はその場に居合わせた幸運に感謝した。二人のライバルの、目前に迫った衝突は、直接、日本の将来に大影響をもつだろうし、ひいては、日本における自分たちの教会の将来をも左右することになるだろう。とすれば、この席でなんらかのヒントなり、情報なりを手に入れることは、今後のイエズス会の方向を判断するのに大いに役立つかもしれないのである。石堂は禅宗の信徒で、熱狂的な反キリスト教主義者だ。一方、虎長も禅宗だが、公然とキリスト教を認容している。しかし、切支丹《きりしたん》大名の大半は石堂を支持している。それは虎長の専横化を抑えるためだというが、アルヴィト神父はただの口実だと思っていた。切支丹大名たちは、もし虎長が大老会議での石堂の力を抹殺してしまえば、すべての権力は虎長の手中に収まることになり、またひとたび権力を握れば、虎長は太閤のキリスト教追放令を復活し、切支丹を踏みにじるようになるにちがいない。だが、虎長さえ消えてくれるなら、現状は維持され、教会の将来は安泰であるというふうに誤信していた。

それでも、いまのところは、切支丹大名がどちらにつくかが決まらないので、国中のほかの大名たちもはっきりせず、二人のライバルの力関係は常に揺れ動いていた。そのため、どちらの側が実際に勝ちそうなのか、確実に言える者は一人もいなかった。この国の情報に最も通じたヨーロッパ人であるアルヴィト神父でさえ、戦が始まったとき、切支丹大名がどちらの側につくのか、あるいはどちらの側が優勢になるのか、確信をもっては言えなかった。

虎長は席を立ち、侍たちの警固の輪を抜けて迎えに出た。

「よくおいでくだされた、石堂殿。どうぞお座りくだされい」虎長は上座の座布団を示した。

「どうか、お楽にしていただきたい」

「それはありがたいが、遠慮いたす」石堂和成は痩身だが、色浅黒く、たくましい男で、虎長より一歳年下だった。二人は古くから敵同士だ。いま大坂城とその周辺では、八〇〇〇人の侍が彼の指揮下にある。というのは、彼が大坂城守備軍の指揮官であり、故太閤のお世継ぎの護衛隊長であり、西軍の総大将であり、朝鮮の討伐者であり、大老会議の一員であり、故太閤の率いた諸軍、つまり、この国のすべての大名たちの軍勢全部の目付役でもあったからだ。「このままで、結構」と、彼は繰り返した。「お手前にお立ちいただいて、手前が、楽をするわけにはまいらぬ。またいつか、そこに座らせていただくとして、今日のところは御遠慮申し上げる」

石堂の言い回しにはかどがあり、茶色の侍たちは気色《けしき》ばんだが、虎長は愛想よく答えた。

「よいところへおいでなされましたな。いま新顔の異人を引見していたところ。ツウジさん、そやつに立つように」

神父は言われたとおりにしたが、部屋を横切ってくる石堂の敵意を感じた。石堂はキリスト教の反対者というだけではなく、日ごろから欧州人を激しく弾劾《だんがい》しており、日本が彼らを完全に閉め出すことを望んでいた。

石堂は嫌悪の念をあからさまにして、ブラックソーンを見た。「醜い男と聞いてはおりましたが、いや、これほどとは……恐れ入った。噂では海賊ということであったが」

「さよう。しかも、稀代《きだい》の嘘つき」

「では、その者をはりつけにする前に、半日ほど私に貸してはくださらぬか。若君にそいつの首のつながっているところをまず御覧に入れるのも、一興かと存じますので」石堂は不作法に笑った。「または、そいつに熊踊りでも教えて、日本国中で見せ物にしてはいかがかな。〝東方渡来の熊男〟といって」

確かにブラックソーンは、いつもと違って、東の海からやってきた異人には違いないが（ポルトガル人はいつも南方から来るので、南蛮人と呼ばれている）、石堂は、関東を支配している虎長のことを、東から来た熊男という言葉で、あからさまにあてこすっているのだった。

しかし、虎長は知らぬふりをして、笑っているだけだった。「おもしろいお方だ。わしもその異人を早く追い払うのにこしたことはないと存じておる。そやつ、多弁で、傲慢で、大声で、変わったやつではあるが、なんの役にも立たぬ。作法も全く知らぬ。長門、そやつを罪人どもの牢に入れさせい。ツウジさん、侍たちのあとについていくよう、そいつに伝えてくれ」

「水先案内さん、その人たちについていきなさい」

「どこへ行くんです」

アルヴィト神父はためらった。彼は自分が勝ったことがうれしかった。だが、彼の敵は勇敢で、まだ救いの余地のある不滅の精神の持ち主だ。「あなたは牢に入れられます」彼が言った。

「どのくらい」

「私にはわかりません。虎長公がお決めになります」

第12章

　虎長は異人が部屋を出ていくのを見送ると、残念ながら、今日のおもしろかった引見のことはしばらくおいて、石堂という差し迫った問題と取り組むことにした。

　虎長は神父を中座させないと決めたのだが、そうなると、石堂が怒るであろうことはわかっていたし、神父に話を聞かれることの危険性もまたわかっていた。異人などに知識は与えないほうがいい。異人ではなくとも、話は知られないほうがいい。ツウジの切支丹《きりしたん》大名への影響力は、虎長を有利に導くのか、それとも不利に導くのか。今日まで虎長は、彼をなんとなく信用してきた。だが、あの異人とのやりとりでは、虎長がまだ見たことのないような瞬間を何度かみせた。それがなんであるかは、虎長にはまだわからなかった。石堂はあえて、通常の儀礼的なやりとりを省いて、単刀直入に本題に入った。「もう一度、お尋ねいたすが、大老会議に対するそこもとの御返事は」

「もう一度申し上げよう。大老会議の筆頭として、何かお答えする必要があるとは思えませせぬな。確かに当方は、二、三のつまらぬ縁組みをした。だがいずれも取るに足らぬこと。御返事の必要はありませぬ」

「御子息の長門殿と正宗公の御息女を縁組みさせ、孫娘のお一人を坐滝公の跡目の御子息に嫁がせ、また別の孫娘は木山公の御子息に嫁がせておられる。これらの婚姻はすべて大名、もしくはその近親がお相手。これらはみな、ささいなことどころか、亡き主君の命に背いた大事といえましょう」

「太閤殿は一年前に逝かれた。残念ながら……そう、太閤殿と手前は義理の兄弟、いまとなっては、その死がつくづく惜しまれる……もっと生きていて、この国を末長く導いてほしかった」そして、機嫌よく言葉を継いで言ったが、それは古傷に触れるものだった。「もし、太閤が生きておられたら、これらの縁組みをお認めになったであろうことは、疑う余地もありませぬ。太閤の御指図は、御自身の家門の安泰を脅かす婚姻にのみあてはまること。手前は、御一門や、お世継ぎである手前の甥の弥右衛門殿を脅かしたりはしておりませぬ。この虎長、関東の領主で満足しておる。これ以上の領地は欲しいとは思いませぬ。近隣とも円満。ただただこのまま、弥右衛門殿に平和が続くことのみを願っている者。この国の平和を乱すことなど思いもよりませぬ」

六〇〇年もの間、国土は絶え間なく内乱の戦火にさらされてきた。三五年前、黒田といううちっぽけな大名が、主として虎長にけしかけられて京都を攻めた。続く二〇年の間に、彼はめざましい勢いで日本の半分を討ち従え、しゃれこうべの山をつくり、独裁者の地位についた。しかし、藤本一門の血をわずかにひいているものの、まだ将軍の称号を帝に願い出るほどの身ではなかった。そして一六年前、黒田は部下の武将の一人に暗殺され、やがてその権力は、黒田の腹心で、最も秀でた武将である、百姓出身の中村の手に落ちた。

わずか四年の間に、中村は虎長、石堂、その他の力を借りて、黒田の一族を抹殺し、日本全土を唯一無二の絶対的な支配のもとにおいた。全国土を一人で征服統一したのは、史上これが初めてのことだった。勝ち誇った彼は、京都に赴き、後陽成帝の前にひざまずいた。だが彼は百姓の生まれであったがため、関白の位を授けられるにとどまった。のちに彼は、息子に関白を譲り、自分は太閤となった。大名はみな彼の前にひざまずいた。虎長すらも。そうして、嘘のように、一二年もの平和が続いた。そして去年、太閤が死んだ。

「手前のほうから先に平和を乱すことなど、思いもよらぬこと……」虎長が繰り返した。

「ならば、戦はなさらぬと」

「賢者は裏切りには備える。どこの国にも悪いやつはおるもの。高位の者のなかにもそれはある。謀反の気持ちは、人の心の中で際限なく広がるものだとは、お互いに知り尽くしたことではござらぬか」そう言うと虎長は、形を改めてこう言った。「太閤殿が天下統一という遺産を残されたのに、いまや、国は我が東派と、お手前の西派とに分かれている。大老会議も分裂し、大名たちもばらばら。このような大老会議では、もはや日本国はもちろん、田舎の果ての部落一つ治めることはでき申さぬ。この際、太閤のお世継ぎが早く成人されるにこしたことはない。

あるいは、新しい関白が生まれれば、それもよいが」

「さもなくば、将軍」石堂は当てこするように言った。

「関白、将軍、太閤、どれでも力は似たようなもの」虎長は言った。「しかし実際のところ、称号にどんな値打ちがありますかな。力だけが問題ではござらぬ。黒田殿は将軍にならなかった。中村殿は関白、あとは太閤で十分満足しておられた。そして、太閤は実際に国を治められた。大切なのは、このこと。中村殿が百姓の出であったとて、それがなんであろう。我が家系のほうが古くとも、それがなんであろう。お手前がもし、卑しい生まれであったとしても、それがなんであろう。お手前はりっぱな武将であり、大名であり、そのうえ、五大老の一人に違いはない」

実際は、そこが問題なのだと、石堂は思った。あんたもわかっているじゃないか。おれにもわかっている。大名ならみなわかっている。太閤御自身にもわかっていたことだ。「弥右衛門様はいま七歳、もう七年もすれば関白になられましょう。それまで……」

「あと八年、石堂殿。一五歳になれば元服し、跡を継がれることになりましょう。そのときまで、我ら五大老が代わって国を治める。それが亡き主君の御遺志でござる」

「そのとおり。太閤殿は加えて、大老同士が互いに人質をとるようなことはしないようにと申された。だが、お世継ぎの母君の落葉の方は、大坂でのお手前の身の安全と引き換えに、江戸城で人質となっておられる。それもまた太閤の御遺志に背くものではござらぬか。虎長殿も、ほかの大老とともに、主君の御遺志を守ることに正式に血書同意なされておる」

虎長はため息をついた。「やれやれ……落葉の方は、たった一人の妹御のお産のお見舞いに江戸を訪ねられた。妹御とはつまり手前の跡取り息子の嫁。息子の住まいは江戸にあり、たまたま手前がここにいるというだけのこと。姉が妹のお産を見舞うというのは、ごくごくあたりまえのこと、いや、むしろほめられるべきことではないのですかな。この虎長にとっても初孫にござる……」

「お世継ぎの母君は国にとっても、まことに大切なお方。その方が敵の居城に……」と言いかけて、石堂は言葉を選び直した。「ただならぬ場所に、滞在すべきではなかろうと存ずる」そして、彼はひと息入れると、きっぱりと告げた。「大老会議としては、お手前が落葉の方に、今日にも、おもどりになるよう、命ぜられることを望むものだ」

虎長はこの罠には乗らなかった。「繰り返すようだが、落葉の方は人質などではない。だいいち、この虎長は、あの方に命令できる身分ではござらぬ」

「ならば、言い方を変えましょう。大老会議としては、落葉の方がすぐに大坂にもどられることを要請いたす」

「だれが」

「まずこの石堂。それに杉山、大野、木山の各公。さらに、我ら四名はみな、落葉の方が大坂におもどりになるまで、この城にいるつもりでござる。これがその連判状」

虎長の顔から血の気が引いた。これまで彼は、大老会議を巧みに操縦してきており、票決は常に二対三に割れてきた。虎長が石堂に四対一で勝つことはできなかったが、石堂が四対一で勝つこともなかった。四対一という結果は孤立と破滅を意味する。大野はなぜ脱落した。木山も。両人とも、異国の宗教に改宗する以前から手ごわい相手だった。この二人を、石堂はどうやって釣ったのか。

石堂は、相手が動揺したのがわかった。もうひと押しで勝利は完全なものになる。そこで、大野と打ち合わせた策を実行に移した。「四大老は協議の結果、主君の権力を簒奪《さんだつ》して、お世継ぎを亡きものにしようとする者たちと手を切るときはきたと考える。反逆者は処刑される。一族もろとも、罪人なみに市中引き回しのうえ処刑いたす。藤本であれ、高島であれ、生まれの貴賤《きせん》を問うものではござらぬ！　たとい簑原《みのわら》であろうとも」

虎長の部下の侍たちは怒りに燃え上がった。皇族の血をひく一族に対して、このような無礼な雑言は考えられないことだ。広松の孫娘の婿である宇佐美は、顔を真っ赤にして立ち上がった。そして、やにわに抜刀するや、石堂に襲いかかった。

石堂は、必殺の一撃のくるのは覚悟の前で、身動きひとつしなかった。これこそ、彼の思う壺であり、たとい自分が死ぬようなことがあっても、決して助けるなと、部下の侍たちに命じてあった。もし、石堂がここで虎長の家臣に殺されるようなことになれば、大坂の軍勢は人質のことを考慮する必要もなく、合法的に虎長を襲って殺すことができよう。そうなれば、落葉の方は虎長の息子たちに報復として殺され、残った三人の大老たちは、吉井一族に対して協同して立ち上がらざるをえなくなる。吉井一族は孤立し、討滅されてしまうであろう。そのように進むことによってのみ、お世継ぎの安泰は保証され、石堂も太閤への忠誠を果たすことができるのだ。

しかし、斬ってはこなかった。最後の一瞬で、宇佐美は自制し、体を震わせながら、刀を鞘に納めた。

「お許しを……。虎長様」彼は、ひざまずきながら言った。「殿にあのような……あのようなことを申すやつには……我慢がなりませんでした。殿……それがしに……なにとぞ……切腹お申しつけを……。これだけの辱めを受け、生きてはおられませぬ……」

宇佐美が立ち上がったとき、虎長はじっとしてはいたが、刀を振り下ろすなら、抑えるつもりでいた。だが、見れば、広松もそのつもりで構えているし、ほかの侍たちも同じだろうから、おそらく石堂も手傷を負うくらいのもので、死ぬことはあるまいと見てとった。また、石堂がなぜそのように無礼を働き、怒りをあおるのかもよくわかっていた。しかし、たっぷり利息をつけてこの借りは返してやるぞ、石堂よ。

虎長はひざまずいている若者に目をやった。「そのほう、いまの石堂殿の言葉がこの虎長を侮辱することだと、どうして思うのだ……石堂殿が無礼など働かれるわけはない。そのほうらに関係ない話を、なぜ立ち聞きいたす！　ならぬ、ならぬ。そのほうに切腹を許すわけにはいかぬ。切腹は名誉だ。そのほうには名誉もなければ、独立もない。たったいま、罪人なみのはりつけにしてやる。貴様の刀は折って、死体と一緒に埋めてやろう。おまえの伜もそうしてやる。おまえの首はさらし台で、みんなのさらしものにし、『この者は誤って侍に生まれた者なり。よって家名は断絶』と、書いてやる」

全身全霊をこめて宇佐美は呼吸を整えていたが、汗がしたたり落ち、恥辱に耐えかねていた。だが彼は、表面は冷静に、その運命を受け入れ、虎長に一礼した。

広松が進み出て、義理の孫の帯から刀をもぎ取った。

「殿」彼は重々しく言った。「この目で処刑を見届けることを……お許しくださいませぬか……」

虎長はうなずいた。

若者は最後の一礼をして、立ち上がろうとした。しかし、広松がその肩をつかんで、床に押し倒した。

「侍は歩く。人間も歩く。しかしそのほう、侍でもなければ人間でもない。人間以下のそのほうは、死に場所まで這ってゆくのだ」

黙って、宇佐美は言われるとおりにした。

その若者がじっと耐える、その自律の心の強さと勇気のほどに、部屋に居合わせた者は、みな一様に胸が熱くなった。彼はきっと、来世も侍に生まれ変わってくるだろうと思った。それが、せめてもの救いだった。

第13章

その夜、虎長は寝つかれなかった。彼にしては珍しいことだった。いままでは、差し迫った問題でも、たいてい翌日まわしにして寝てしまうことができた。次の日、生きてさえいたらいつもの知恵で、万事解決してしまうつもりでいたからだ。安眠こそが、どんな困難な問題にも答えを与えてくれる鍵だということを、長い経験から彼は知っていた。しかし、解けなかったからといって、それがどうした。人生など、しょせんは露のようにはかないものではないか。

だが、今夜は、思案しなければならない難題があまりにも多かった。

石堂をどうするか。

大野は、なぜ敵に寝返った。

大老会議と、どうやって取引きするか。

キリスト教の神父どもが、また口を出しているのか。

今度は、だれがわしの命をねらいにくるか。

矢部とは、いつ取引きすべきか。

例の異人は、どうすればいいか。

あいつの言っていることは、真実だろうか。

この大事な時期に、東の海からあの異人がやってきたのは、なんという偶然だ。何かの前兆か。火薬の樽に火をつけるのが、あいつの前世からの因縁か。

あの安針が、村次のいる村に流れ着いたのも、どういう不思議な縁《えにし》なのだ。神か仏か、それとも前世の縁か。あの村は、伊豆の隠密たちの組織の長である村次が、何年も前に、太閤や、痘瘡《とうそう》病みの矢部の懐にもぐりこみ、住みついたところである。それに、いつもは長崎にいるツウジが、この大坂の地にいて通訳をするというのも奇縁だ。あるいは、キリスト教の神父の長がこの大坂にいることも、ポルトガルの黒船の艦長がいることも、水先案内人のロドリゲスが居合わせて、広松を安針のもとに運んでいき、異人を生きたまま捕まえ、銃砲を押さえたことも、すべてが不思議な偶然のように思える。それに柏木近江だ。あれの父親は、わしが合図をすればすぐにでも矢部の首を打ってくれるはずだ。

人生とは、なんと美しく、悲しいものだろう。そして、なんという束の間の夢だ。そこには過去も未来もない。あるのは、いま。いまの時間の連続だけだ。

虎長はふっと、ため息をもらした。だが、一つだけ確実なことがある。あの異人は決してこの国を去ることはできないだろう。生きていようとも、死のうとも。彼はもう永遠にこの国の一部となるのだ。

虎長の耳に、かすかな足音が近づいてくるのが聞こえた。素早く刀を引き寄せた。毎夜、彼は寝所を変え、見張りを変え、合言葉を取り換え、虎視たんたんとつけねらう刺客たちに備えていた。足音は障子の外で止まった。広松の声が、合言葉の最初の部分を告げるのが聞こえた。

「真実がすでに明らかならば、思念するのはなんのため」

「もし、真実見えざるときは」虎長が受けた。

「否、すでに明らかなり」広松は正確に返した。これらは、古代の高僧、沙羅波からの引用であった。

「入れ」

姿を現したのが、自分の家臣に間違いないことを確認してから、虎長は刀を握る手をゆるめた。「座れ」

「殿がまだお寝みでないと聞きまして、あるいは御用でもおありではないかと……」

「いや、別段用はないが、心遣い、うれしく思う」気がつかなかったが、広松の目の回りが落ちくぼんでいる。

「ほんとうに、御用はございませぬか」

「ない」

「では、退出いたします。お騒がせをいたしました」

「まあ入れ。そのほうがいてくれたほうがいい。ここへ座れ」

老人はかしこまって、入口の近くに座った。「警固の人数を倍にいたしました」

「結構」

しばらく間をおいて、広松が言った。「あのばか者のことでございますが……万事、殿の仰せのとおりにいたしました。万事……」

「すまなかった」

「あれの女房は、手前の孫娘にございますが、殿の御命令のことを聞きますと、自分も自害して、あの世まで夫と子供のあとを追いたいから、許してくれと申しましたが、殿にお伺いするまで待てと申しておきました」広松は、心の中で泣いていた。人生とはむごいものだ。

「それでよかった」

「改めてお願いがございます。なにとぞ、手前にも自害をお許しください。あのばか者は、殿のお命にかかわるようなことをいたしました。やつのことが見抜けなかったのは私の不徳のいたすところ。御期待に背き、申し訳ございませぬ」

「切腹など許さぬ。許すわけにはいかぬ」

「なにとぞ、お許しのほどを。改めてお願いいたします」

「ならぬ。そのほうには、まだ生きていてもらわねばならぬ」

「いたし方ございませぬ。せめて、お詫びの気持ちだけはお聞き届けくださいますよう」

「確かに、聞き届けた」しばらくして、虎長は尋ねた。「あの異人をどうするか」

「いろいろ案はございましょうが、まず第一に、もし今日、異人の謁見などなければ、殿は夜明けとともに鷹狩りにお出かけのはずで、もしそうなら、石堂との腹立たしい会見もなかったかと思われます。しかし、ことがこうなったからには、ただ戦あるのみと存じます。ただし、この城を無事に脱出して、江戸へもどることができての話でございますが」

「第二には」

「矢継ぎ早の御質問で恐れ入ります。手前の考えなどは、殿の足元にも及びませぬが、ただ、南から来た異人どもが、今日まで我々に教えてきたことは、どれもほんとうではなかったということが、この頭にもわかりました」広松はしゃべっているほうがよかった。痛みがうすらぐような気がした。

「もし、キリスト教が二つあって、互いに憎み合っておるとすれば……ポルトガルが大国スペインの一部だとすれば……またもし、あの新顔の異人の国――国の名をなんと呼ぶのか存じませぬが――その国がスペインとポルトガルを相手に戦をして勝つとすれば……あるいはもし、あの異人の国が我々と同じように島国であるとすれば……また、何より当てにはなりませぬが、もし、あの者の言うことがほんとうだとしたら……またもし、あの神父が正しく通訳していたとすれば……と、考えてまいりますと、殿ならば、これらの〝もし〟を全部つなぎあわせて御覧になれば、そこからおのずと答えが出てまいるものと存じます。残念ながら、手前はできませぬ。手前が知っておりますのは、網代や船の上で目撃したことだけでございます。あの安針は、強い意志の持ち主と見受けました。ただ、体は少し弱っております。長い船旅がこたえているものとみえます。ときには、あの男の考えに解せぬこともございます。背中に小便をかけられて、よく黙っていると思いましたが、それでいて、恥をかかせた当の相手の矢部の命を助けたり、あの者自身が敵だというポルトガル人のロドリゲスの命まで助けたのは、いったいどういうわけなのか、わからぬことばかりにござりました。それを考えると、この頭の中は、酒に酔ったときのようにおかしくなるのでございます」広松はひと息ついた。ひどく疲れている。

「とりあえず、あの者とその仲間は、しばらく生かして領内に留め置き、万一、あとに続く者が出てまいりましたときには、直ちにあの者どもを残らず斬ってしまうというのはいかがでございましょうか」

「矢部はどういたす？」

「今夜、切腹仰せつけられては……」

「なぜじゃ」

「あの男は礼儀を心得ておりませぬ。手前が網代に行けば、あの男がどのような態度に出るか、殿はすべてをお見通しでございました。あれは殿の物を横取りするところでした。それに嘘ばかり申します。殿は明日、あれにお会いになるとのことですが、それにはかまわず、ただいますぐ、殿の御命令を伝える役を手前にお申しつけくださいますよう。遅かれ早かれ、殺さねばならぬ相手。とすれば、あれが一人の家来も連れずに身近に来ているいまが好機。ぐずぐずなさらぬほうがよろしかろうかと……」

奥の襖の外に、人の気配がした。「虎様……」

虎長は、この声とこの呼び方を聞くと、いつも笑みが浮かんでくる。

「なんだ、桐さん」

「差し出がましいのですが、お客様にお茶を持ってまいりました。入ってもよろしゅうございますか」

「どうぞ」

二人の男は、礼を返した。桐は襖を閉めると、いそいそと茶を入れた。彼女は五三歳、御老女であり、虎長の事実上の妻であった。桐壺の方とし子は、桐と呼ばれ、虎長に仕える女たちのなかでは最年長であった。髪にはすでに白いものが目立ち、腰も太めだが、その顔にはいつも変わらぬ愛嬌があった。「こんな夜更けまでお目覚めになっておられてはいけませぬ。もうすぐ夜が明けてしまいます。夜明けには、鷹をお供にお出かけ遊ばすおつもりでしょう。お寝みにならなくては」

「わかった」虎長は桐をいつくしむように、その大きな尻を軽くたたいた。

「いつまでも、〝桐さん〟なんてお呼びにならないでくださいませ」桐は笑いながら言った。

「私は年もいっておりますので、もう少し尊敬していただかねば。ほかの女中たちの手前もございます。どうぞ、吉井虎長道忠様、桐壺のとし子とお呼びくださいませ」

「見たか、広松。二〇年一緒にいても、まだこのわしにあれこれ指図したがる」

「お気の毒ですが、三〇年以上になります、虎様」と、自慢そうに言った。「昔のほうが、おとなしかったですね」

虎長は二〇代を、駿河、遠江の領土で、暴君の伊川忠崎のもとに人質として過ごした。忠崎の子が、矢部の敵である現領主伊川持久の父である。虎長の監視の役の侍は、ちょうどそのころ、桐壺を後妻として迎えたところだった。桐は一七歳だった。この侍と妻の桐とは、虎長を丁重に遇し、教育もしてくれた。その後、虎長が忠崎を裏切って、黒田の傘下に入ったとき、二人も手勢を引き連れて虎長に従い、夫は虎長のために戦った。数年後、都の戦の折、桐の夫は討ち死にした。虎長は桐に、自分の側室になってくれるように頼み、桐は喜んで受けた。そのころの彼女はまだ太っていなかったが、その賢さと、虎長を子供扱いにする癖は、いまと同じだった。桐が一九、虎長二四のときのことである。それ以来、桐はいつも虎長の領内のかなめとなってきた。頭の回転が早く、よくできる女だった。おかげで彼には何年もの間、領内でのもめごとがなかった。

これほど万事うまく取り仕切ってくれる女がまたとあろうかと、虎長はいつも思う。「そなたはまた太ったな」と言ったが、太るのが嫌いなわけではなかった。

「まあ、虎長様。戸田様の前で……あいすみませぬ、切腹でもいたしましょうか。それとも、髪をおろして尼にでもなりましょうか。まだまだ若くて、細いつもりでおりましたのに」桐は、おかしそうに笑い出した。

「ほんとうにお尻が大きくなって……でも、どういたしましょう、このように食事がおいしくては……お釈迦様も手を焼く……これは私の前世からの業ですね」桐は茶をすすめた。「では、私は退出いたしますが、佐津子をこちらへよこしましょうか」

「いや、今夜はいい。もう少し話をしたら寝む」

「では、お寝みなさいませ」彼女は、虎長と広松にあいさつをして出ていった。

二人はうまそうに茶をすすった。

「桐とわしの間に、息子ができなかったのが残念だ。一度身ごもったことがあるのだが、ちょうど長久手の戦いのときだった」

「あの折に」

「そうだ」

専制者黒田が殺されたあと、のちの太閤中村は、天下の軍勢をおのれの傘下に統一しようと謀った。だが、その成果は疑問だった。なぜなら、虎長が黒田の嫡子を支援していたからである。

中村軍は長久手村の近くまで来て虎長軍と戦ったが、破られて敗走し、負け戦に終わった。虎長は賢明に兵を引き揚げた。そのあとを、当時は中村についていた広松の率いる別の軍勢が追ってきた。だが、虎長はその挑発を受けず、ひとまず自分の領地へ退却した。彼の軍勢は無傷であり、またいつでも戦える状態にあった。長久手では五万にのぼる兵が死んだが、虎長軍の戦死者はほとんどなかった。未来の太閤は、いずれ勝つ自信はあったが、知恵者らしく、虎長と争うのをやめることにした。長久手の戦いは、太閤の負けた唯一の戦であり、虎長は、彼を破ったただ一人の男となった。

「あのとき、殿と戦わなくて助かりました」と広松は言った。

「そうだな」

「殿がお勝ちになられたでしょう」

「いや、太閤は偉大な武将で、あれ以上に賢い人間はいなかった」

広松はほほ笑んだ。「殿以外には」

「それは違う。それゆえ、わしは太閤の家来になったのだ」

「亡くなられたことが、残念でなりませぬ」

「うむ」

「黒田公もりっぱな方でございました。優れた人物はみな死なれましたな」と、言いながら、広松は無意識に、使い慣れた刀の鞘《さや》をもてあそんでいた。「殿はいずれ石堂と御対決なされねばなりますまい。大名たちは今度こそはっきり、敵味方の選択を迫られるにちがいありませぬ。終われば、我が陣営の勝利となることは確実、そのときこそ、大老会議の必要もなくなり、殿が将軍になられると」

「わしは、そんな名誉は要らぬ」虎長は語気鋭く言った。「何度言えばわかってくれる」

「申し訳ありませぬ。わかっております。しかし日本国にとって、それがいちばん望ましいことのように思えます」

「それは裏切りだ」

「どなたに対して。太閤殿下にですか。太閤殿は亡くなりました。あの方の御遺志、御遺言に対してですか。そんなものはただの紙切れにすぎませぬ。幼い弥右衛門に対してですか。弥右衛門はもとは百姓だった男の息子。その百姓あがりは、ある武将の権力と財産を簒奪し、その跡取りを殺した。我々はもともと黒田と結んでいて、あとから太閤の家臣になったのではありませぬか、しかし、どちらのお方も、もうこの世にはおられませぬが」

「仮に、そのほうが大老の一人だったら、そのような意見を言うだろうか」

「いいえ。しかし手前は幸い、大老ではございませぬ……殿の家来にすぎませぬ。一年前、お身内に加わりましたが、それは手前が、勝手に決意したことでした」

「なぜ、その気になった」虎長は今日まで、そのことを一度も聞いたことがなかった。

「殿を男と見込んでまいりました。殿は簑原《みのわら》一門のお方で道を誤らぬ賢者です。殿が今日、石堂に言われたことは事実です。大老の合議などに支配される筋合いはないのです。我らに必要なのは指導者です。いったい、大老のなかにお仕えしたいようなお方がいますか。大野……確かに利口でりっぱな武将ではありますが、耶蘇《やそ》の信者で、そのうえ足が不自由で、病で腐った体は五〇歩も先からにおってきます。杉山は、最も財力豊かな大名であり、殿と同じくらい古い家柄ではありますが、肝っ玉の小さい内股膏薬《こうやく》であります。それはもう間違いありませぬ。さて、木山は、頭が切れて、勇敢で、りっぱな武将で、古くからの仲間であります。しかし、あれも耶蘇教の信者になってしまいました。思いますに、この神国日本には八百万《やおよろず》の神々がおいでになるのに、それをさしおいて別のたった一人の神を信じるというのは、不届きな話ではございませぬか。最後に、石堂ですが、手前はあの二枚舌の百姓のくずと知り合ってからこのかた、あいつを忌み嫌っております。今日まであいつを生かしておいたのは、あいつが太閤の忠犬だったからにほかなりませぬ」そして、広松のしわだらけの顔がほころんだ。

「というわけで、簔原の吉井の虎長、この方をおいて、私の仕える相手はございませぬ」

「ではもし、そのほうの意見に逆らって、わしが大老会議や石堂を操り、弥右衛門を権力の座に就かせたとしたら、どうする」

「殿のなさることですから、間違いはありますまい。しかしながら、大老は一人残らず殿が死ぬことを願っているのも事実。一刻も早く、兵を出されるよう御進言申し上げます。一、刻、も、早、く。やつらが殿を孤立させせぬうちに。いや、殿を暗殺せぬうちにといったほうが当たっているかもしれませぬ」

虎長は敵のことを思い巡らしてみた。力もあるし、頭数も豊富だ。

東海道を通って江戸へもどるには、二〇日はたっぷりかかるだろう。船を使うより危険だし、時間もかかるだろう。

虎長は、すでに心に決めている案を、もう一度頭の中で改めてみた。手抜かりはないように思えた。

「昨日、ひそかに聞いた話では、石堂の母が名古屋にいる孫を訪ねるらしい」虎長がそう言うと、広松は耳を傾けた。名古屋は東にも西にもついていない。「浄法寺の法主に招かれたという形をとることになっている。花見だ」

「直ちに鳩を放ちましょう」と、広松が言った。浄法寺は三つの点で有名だった。桜並木。強力な僧兵たち。そして虎長に対する公然たる忠誠心。何年か前、虎長が寺社建立の資金を寄進し、その後もずっとその維持に力を尽くしてきていた。「花はもう盛りを過ぎておりましょうが、たぶん、母親は明日には着くでしょう。高齢のことゆえ、そのあと二、三日滞在されるにちがいありません。疲れがとれますから。孫も一緒に行くのでしょうな」

「いや、母御だけだ。そのほうが法主の〝お招き〟らしいではないか。さて、次だ。倅《せがれ》の数忠に密書を送れ。大老会議の終わりしだい、つまり、四日後に大坂を発つとな。早馬でやれ。それから、伝書鳩も念のために飛ばせ」

広松は明らかに不満そうだった。「となれば、一万ほどの軍勢を、大坂に呼び寄せてよろしいでしょうな」

「いや。ここに居るだけで十分じゃ。ぞうさをかけた。そろそろ寝るとするか」

広松は立ち上がり、背筋を伸ばした。部屋を出る前に、「孫の藤子に自害の許しを与えてもよろしゅうございますか」と聞いた。

「ならぬ」

「殿、藤子も武士の娘。母親にとって子供がどれほど大切か、殿もよく御存じと思いますが……今日死んだ子は、最初の子でございました」

「藤子にはまだこれから子供はできる。いくつになる。一八か、それとも一九になったか。夫を探してやろう」

広松は頭を振った。「藤子はお断りいたすと存じます……藤子のことは、手前はわかっております。命を終えたいというのが、あれの心底からの願いで……なにとぞ、お許しを」

「犬死には許さぬ、自害はまかりならぬと、藤子に伝えてくれ」

もはやこれまでと、広松は頭を下げ、退出しようとした。

「牢の中で、異人はどのくらい生きておられる」虎長が聞いた。

広松はもどらずに答えた。「あいつにどれほどの闘志があるか、でございましょうか」

「すまなかった」

虎長は一人になったのを確かめると、静かに声をかけた。「桐」

奥の襖が開いて、桐が姿を現し、手をついた。

「万事よしと、数忠に伝えてくれ。伝書鳩だ。夜明けにまず三羽を同時に放ち、昼にまた三羽だ」

「かしこまりました。上様」桐は出ていった。

こうすれば、一羽は無事に着くだろう。少なくとも、四羽は矢で射ち落とされたり、間者たちに捕まったり、鷹にやられたりするとみなくてはならない。だが、捕まえてみても、石堂に暗号が解読できないかぎり、伝文はなんの意味ももっていない。

暗号はごく内密のもので、四名の者だけが知っていた。長男信雄、跡継ぎである次男数忠、桐、そして虎長自身。伝文を解読するとこうなる。「ほかの伝言はすべて無視せよ。第五計画を行動に移せ」この第五計画とは、かねてしめし合わせたとおり、吉井一族の長たちと、その最も信頼できる子飼いの家臣たちを、直ちに江戸に集合させ、戦時体制を整えるというものだ。戦を表す暗号は〝紅天〟であった。虎長が闇討ちされたり、捕らえられたりすれば、〝紅天〟は避けえないし、戦は始まる。そして、数忠の率いる軍勢があっという間に、強烈な攻撃を京の都にしかけ、名ばかりの天皇と都とを陥れるであろう。それと同時に、全国五〇ヵ所にのぼる拠点でいっせいに反乱が起きるように、もう何年も前から、細心綿密な計画が組まれていた。すべての目標物、道路、町、城、橋などは早くから決まっていた。この策を全うするための十分な武器と兵員とその同意とがそろっていた。

いい計画だと虎長は思う。だが、私が自ら指揮しなければ失敗するだろう。数忠にはできない。それはあの子の経験や、勇気、知力が足りないからではないし、寝返りが出るからでもない。どちらにもついていない大名たちを従わせるだけの知識と経験とがないからだ。それに、大坂城と弥右衛門とが絶対不可侵のものとして立ちふさがっており、その旗印のもとに、この五二年間、私にさんざん痛めつけられた連中の嫉妬と恨みが結集してくるだろうからだ。

虎長の戦の日々は六歳の年から始まった。人質として敵地に送られ、救い出され、またほかの敵に捕まり、人質になり、と、一二の年までそんな生活が続いた。一二歳で、彼は初めておのれの手勢を率いて戦い、初陣を飾った。

たび重なる戦。一度も負けたことはない。だが、無数の敵ができた。それがいま、一つに結集しようとしている。

数忠では勝てない。〝紅天〟を勝利に導けるのは、虎長よ、おまえだけだ。もちろん太閤ならやってのけた。だが、戦の計画などは、決行しないにこしたことはない。

第14章

ブラックソーンにとっては、まさに地獄のような夜明けとなった。囚人の一人と死闘を演じる羽目になったのだ。賞品は一椀の粥。二人とも裸だ。囚人はだれでも、この木造の小屋に入れられるときに着物を脱がされる。着物を着ていると場所を取るし、武器を隠すこともできるからだ。

暗くて息苦しいその部屋は、縦五〇歩、横一〇歩ほどの広さで、汗ばんだ裸の日本人たちがひしめいている。壁や、低い天井は板や材木だが、そこから差し込む光はほとんどない。

ブラックソーンは、立っているのがやっとだ。相手の割れたつめや、壁からはがした材木にやられて、肌は傷だらけだ。最後は相手の顔に頭突きをくらわせ、首をつかんで、頭を梁《はり》にたたきつけると、のびてしまった。男をほうり出すと、汗臭い人込みをかき分けて、すでに自分のものと決めてある部屋のすみの一角にもどり、次の攻撃に備えた。

夜明けの食事の時間のときだった。牢番が、小さな穴から粥と水の椀を配りはじめていた。前日の日暮れにここに入れられてから、初めての食糧と水だ。順番を待つ行列は異様に静かだった。おとなしくしない者は、食い物にありつけないのだ。そのとき、ひげだらけで、汚らしくシラミのたかった猿のような男が、ブラックソーンのわき腹に一撃をくれると、食糧を取り上げた。あとの連中は、どうなるかと様子をながめている。だが、ブラックソーンは航海中に多くの喧嘩沙汰を経験し、不意の一撃をくらうことには慣れていた。やられたようなふりをすると、いきなり、したたかにけとばし、格闘となった。

部屋のすみにもどると、一人の男が粥と水を持ってきてくれた。そんなものはとっくの昔になくなったと思っていたブラックソーンは驚いた。受け取って、男に礼を言った。

部屋のすみは最高の場所だ。材木が一本、土の床に置かれて、部屋を二つに分けている。それぞれの区切りの中では人間が三列に並んでいる。壁や材木にもたれて向かい合っているのが二列、その間にいる連中が一列というわけだ。真ん中にいるのは、弱いやつか病人だ。力の強いやつは外側にいるが、こいつらが足を伸ばすと、真ん中のやつらを踏んづけることになる。

中央の列には、ふくれ上がって蛆《うじ》のわいた死体が二つある。しかし、まわりにいる弱った連中や死にかけた男たちは、気にとめる様子もない。

暗いうえに、熱気が立ち込め、遠くのほうは見えない。木材は太陽に照りつけられて熱くなっている。便壺は別にあるのだが、病人は寝たままもらすので、体も寝ている場所もひどい悪臭を放っている。

時々、牢番が鉄の扉を開けて名前を呼ぶ。呼ばれた者は仲間にあいさつをして去っていくが、すぐに別の者が入ってきて、相変わらず満員だ。囚人たちはみな観念しているらしく、できるだけまわりの者たちと争いを起こさないようにしていた。

壁際の男が吐きはじめた。すぐにその男は中央へ押し出され、ひっくりかえったうえに、足を乗せられて、苦しそうにしている。

ブラックソーンは目を開けてはいられなかった。目をつぶっていれば、恐怖も閉所恐怖症も多少は薄らぐ。虎長の野郎……いつか、おまえもこの中にぶちこんでやるぞ。

牢番の野郎め。昨夜、裸になれと命令されたとき、負けるのはわかっていたがひと暴れをやってのけたのは、ただおめおめとなすがままにされるのはいやだったからだ。とどのつまりは、この中に押し込まれてしまったが。

同じような牢の建物が四つあった。それらは町のはずれにあり、周囲は高い石の壁を巡らしている。石壁の外は川沿いの広場で、地面は踏み固められており、縄囲いがしてある。そこには、はりつけの十字架が五つ立てられている。昨日、裸の男たちに混じって女が一人手足を柱にくくりつけられているところに、侍に連れられたブラックソーンが通りかかった。彼の目の前で、罪人たちの胸に長い槍が左右から刺し通され、見物の群衆は、口々に罪人を罵倒していた。終わると、五本の柱は切り倒され、新しく五本が立てられた。一人の侍は死体に近寄って、大刀を抜き、笑いながら死体を試し斬りにした。

残虐な悪党どもめ。

だれも知らぬ間に、ブラックソーンに殴り倒された男が正気に返った。中央に長くなっているが、その顔の半分は紫色で鼻はひしゃげている。突然、男は立ち上がると、間に人のいることもかまわず、ブラックソーンに飛びかかった。

あわやという一瞬、ブラックソーンは気がついて、とっさに身をかわすと、殴り返した。男は囚人たちの上にひっくりかえり、下敷きにされた囚人たちは怒って、その男をののしった。なかの一人は、ブルドッグのようながんじょうな体格をしていたが、これが、その男の首のあたりを空手のような手つきでしたたか殴りつけた。ぐしゃっという音がして、男の首はだらりと垂れ下がってしまった。

ブルドッグ男は、倒れた男のシラミだらけのちょんまげをつかむと、ちょっと頭を持ち上げてみたが、そのまま手を離した。彼はブラックソーンを見上げて、何かもぐもぐ言うと、歯のない歯茎をむき出して笑ってみせ、肩をすぼめた。

「ありがとう」息を整えながら、ブラックソーンは言った。襲ってきた男が、村次ほどには素手の喧嘩がうまくなくてよかったと思った。そして、「私のナムはアンジンサン」と自分を指して言った。「あんたは」

「アー、ソウデスカ、アンジンサン」ブルドッグ男は自分を指してひと息入れると、こう言った。「サスケ」

「サスケ……」

「ハイ」そう言って、べらべらと日本語でまくしたてた。

ブラックソーンはうんざりして、肩をすぼめた。「ワカリマセン、わからないよ」

「アー、ソーデスカ」ブルドッグ男はまわりの囚人と何か話をした。それから肩をすぼめてみせ、ブラックソーンも肩をすぼめて答えた。そこで、二人して死んだ男を持ち上げ、ほかの死体のところへ運んだ。元のすみに二人がもどるまで、だれも二人の場所を横取りする者はいなかった。

収容者のほとんどは、眠っているか、眠りたいと思っている連中だ。

ブラックソーンは嫌悪の情をもよおすとともに、死の近さを感じた。心配するなと、自分に言い聞かせる。死ぬまでにはまだ間があるぞ……いや、こんな牢の地獄で生きていられるはずがない。人間が多すぎる。ああ神よ、私を外に出してください。なぜ、この部屋はゆらゆら揺れるのだ。あそこを泳いで浮かび上がってくるのはロドリゲスか。息ができない。息ができない。なんとかここから出なけりゃ、どうか、お願いだ、もう新しく薪をくべないでくれ。おい、こんなところで何してるんだクローク坊や、おまえは釈放になったんじゃないのか。とっくに村へもどったと思っていたが、おや、ここは村じゃないか、どうしておれはここへ来た……寒いな、おや、あの女の子だ、かわいいな、防波堤のところにいる。だが、なぜあいつらは女の子を引きずって海辺に行くんだ、裸の侍は近江だ、笑っている。砂の上に点々としている血はなんだ。みんな裸だ、おれも、ばばあも、村のやつらも、子供もみな裸だ。釜がある、みんな釜の中に入れられた。おい、おい、よしてくれ、火をたくな。小便桶の中でおぼれちまう。ああ神様、おれは死にそうだ、死にそうだ、死にそうだ。父と子と聖霊との御名において……あれは終油の秘蹟だ。おまえはカトリック、おれたちはみなカトリック、焼け死ぬか、小便でおぼれ死ぬか、火で焼かれる、火だ、火だ……。

ブラックソーンは悪夢から覚めたが、終油の秘蹟の、安らかにして恐ろしい宣告の言葉が耳の中でがんがん鳴っていた。

しばらくの間、自分が起きているのか、眠っているのかわからなかった。というのは、ラテン語のお祈りがほんとうに聞こえてくるような気がしたからで、見れば、信じ難いことに、やせた白人の老人が一〇歩ほど先で、中央列の連中の上にかがみこんでいる。歯の抜けた老人は、髪もひげも汚れて伸び放題で、つめも割れており、すり切れた汚い上っ張りを着ている。半ば隠れて見えない病人の上に、木の十字架をかざしている。その手は、禿鷹《はげたか》のつめのように骨と皮だ。壁からもれる一条の日の光が、一瞬、それを照らした。老人は死者の目を閉じると、お祈りの文句をつぶやきながら目を上げた。すると、ブラックソーンが、こちらをじっと見ていた。

「なんたること、汝《なんじ》は生身の人間なるや」老人は十字を切りながら、しわがれ声で言った。田舎なまりのスペイン語だ。

「そうだ」ブラックソーンも、スペイン語で答えた。「あんたはだれだ」

老人は何かぶつぶつつぶやきながら、手探りで歩いてきた。囚人たちは踏まれても、またがれても何も言わなかった。近寄ってブラックソーンを見る目はうるんでおり、顔にはイボがある。「おお、なんということ、この男は本物だ。汝はだれだ。私は……私は修道士……ドミンゴ修道士……ドミンゴです……聖フランシスコ修道会の上級聖品……上級……」そう言うと、日本語とラテン語とスペイン語をごちゃ混ぜにしながら、何かしゃべった。老人は頭を振り、あごまで垂れ流しの唾をぬぐった。「なんじは生身なるや」

「そうだ。おれは幽霊じゃない」ブラックソーンは楽な気持ちになった。

司祭はまた祈りをつぶやいたが、そのほほに涙が流れ落ちた。彼は十字架に何度もくちづけをしたが、もし場所があれば、ひざまずきかねない様子だった。ブルドッグ男が、隣を揺り起こした。そして二人で体を縮めて、司祭の座れる場所をつくってくれた。

「聖フランシスコが、私の祈りにこたえられたのだ。汝、汝……私のあの世の幻、つまり、幽霊を見たかと思ったのですぞ。そう、悪霊です。いままでにも随分見た、たくさんにな。ところであんたは、ここに来てからどのくらいになられる。ただでさえ薄暗いのに、私は目がよくないのでな……どのくらいになる」

「昨日からだ。あなたは」

「忘れた。ずっと前だよ、九月だった。主の年の一五九八年だったな」

「今は五月です。一六〇〇年の」

「一六〇〇年だと」

うめき声が修道士の耳に入った。彼は起き上がり、四つん這いで、囚人たちの体の上を渡り歩き、ここの病人を慰め、あそこの男をさすってやるのだった。その日本語は流暢だった。死にかけている人間は見当たらず、最後のお祈りは死人たちの一角に向かってつぶやいた。それからみんなに祝福を与えたが、気にとめる者は一人もいなかった。

「ついてきなさい、息子よ」

そう言うと、修道士はあとも見ずに、人をかき分けながら、暗がりに向かって歩き出した。ブラックソーンはためらった。せっかくの場所をあけたくなかったからだ。しかし、立ち上がってあとを追った。一〇歩ほど行って振り返ってみた。案の定、彼の場所はもうなくなっていた。いまのいままで、自分がそこにいたとは信じられなかった。

そのまま、反対側のすみまで歩いていった。すると、突き当たりには、信じられないほどの広いスペースがあった。小柄な男なら十分横になれるほどである。壺や椀が幾つかあり、古いござも敷いてある。

ドミンゴ神父は人込みをぬっていくと、彼に向かって手招きをした。周囲の日本人は、ブラックソーンを見ながら黙って通した。

「神の小羊たちです。主イエスを信じる私の息子たちです。ここで私は多くの人を改宗させました。これはヨハネ、これはマルコ、それにメトセラ……」神父は息をついた。「とても疲れた……疲れた……私が……やらなければ……ならないのは……」言葉がしだいに消えていき、神父は眠ってしまった。

夕方の食糧の配給は、朝より多かった。ブラックソーンが立ち上がろうとすると、近くの日本人が立たなくていいと合図した。そして、たっぷり入ったお椀を持ってきてくれた。別の男がそっと神父を揺すって起こし、食事を差し出した。

「いいえ」老人は首を横に振り、微笑を浮かべながら、その男の手に椀を押しもどした。

「いけません。ファルダ様」

神父は、説得されるままにほんの少し食べ、立ち上がると、自分の椀を中央の列の男たちの一人に手渡した。その男は神父の手を額に押しいただいた。神父は祝福を与えた。

「白人に会えてうれしいです」神父は、ブラックソーンのそばに腰を下ろしながら言った。田舎者らしいだみ声で、サ行の音がおかしい。部屋の向こう端を、おぼつかない手つきで指しながら「私の小羊の一人が、あなたは〝水先案内人〟、つまり、安針だと聞いたと言っています。あなたは水先案内人ですか」

「そうです」

「仲間の乗組員たちも一緒に入れられていますか」

「いいえ、私一人です。あなたはどうしてここに」

「お一人だとすると……マニラから来たのですな」

「いいえ、アジアは初めてです」ブラックソーンは、用心しながら話した。スペイン語には自信がある。「今度が、水先案内人になってから初めての航海でした。外国行きの。あなたこそどうしてここに」

「イエズス会の連中にほうりこまれたのです、息子よ。イエズス会のあくどい嘘のせいです。外国へ行く途中でしたって……あなたはスペイン人ではないね、違う……ポルトガル人でもない……」修道士が、じっと探るように彼を見つめるので、臭い息がかかってくる。「ポルトガル船ですか。神かけてほんとうのことを言ってください」

「いいえ、神父様、ポルトガル船ではありません。神かけて」

「おお、聖母マリアよ、ありがたいことだ。許してください。私はおびえている……私は年寄りで、ばかで、病人です。汝の船はスペインのどこの港のものだな。私はうれしいが……お生まれはどちらかな。スペイン領フランダースか……そうだ。ブランデンブルク公国でしょう。ゲルマニアの中のスペイン領のどこかかな。おお、祖国の言葉を話せるなんて、なんとうれしいことだ。あなたも難破したのですか。そして、私たちのようにイエズス会の悪魔たちに、無実の罪を着せられて、この牢に入れられたのですか。神よ、彼らを呪いたまえ、彼らの不正の誤りなることを知らしめたまえ」神父の目が燃え上がってきた。

「アジアには一度も来たことがないとか」

「ええ」

「アジアに来たことのない人は、荒野にひとり育った子供のようなものです。そうです、話しておきたいことがたくさんあります。イエズス会の者たちはただの商人なんですよ。鉄砲売りの高利貸しだってことを知っていますか。日本でも中国でも絹の貿易を独占している。毎年の黒船が金貨一〇〇万の価値を生む。連中がローマ法王に圧力をかけ、アジアにおける全権力を、イエズス会とその犬たちであるポルトガル人の仲間に認めさせた。この国では異教は禁止なのは知っていますか。イエズス会の連中は、金で売ったり買ったりしてもうけている。自分たちと異教徒のためにな。だがそれはフェリペ国王やクレメンス法王の直接の命令にも、この地の法にも背いているのですぞ。連中はまた、切支丹《きりしたん》大名のために鉄砲を密輸入して、謀反を扇動している。彼らは政治に干渉し、大名に女を取り持ち、嘘をついてだまし、我々には偽証までしてくれたのですぞ。イエズス会の修道院長がルソン島のスペイン総督に秘密文書を送って、その地をスペイン軍が占領するように頼んだのを知っているかな。つまり、スペイン軍に侵略させれば、それまでのポルトガル人の悪業も影が薄くなるというわけです。我々の災難は、すべてイエズス会のせいなのです、あなた。スペインや、我がフェリペ国王に対して、嘘を流し、裏切りを働き、毒をまき散らしているのはイエズス会なのです。やつらの嘘のおかげで私はここに入れられ、二六人の修道士たちが殉教しました。百姓の出身ということで、私は差別されたのですが、納得できませんな……私は読み書きもできるのに、あなた。読み書きできるのです。こうみえても、私は総督閣下の側近の一人です。やつらは、フランシスコ会は何も知らないと思っているのですが……」そこまでくると神父は、またスペイン語と日本語とラテン語をごちゃ混ぜにしてわめきだした。

元気をとりもどしていたブラックソーンは、神父の言った言葉に著しく興味をそそられた。

鉄砲……金貨……貿易……黒船……一〇〇万……侵略……切支丹大名……

おまえは、この哀れな病人をだましているのではないのか。ブラックソーンは自問した。神父はおまえを敵ではなく、味方だと思っているぞ。

おれは神父に嘘を言わなかったぜ。

だが、味方のような顔をしなかったか。

おれは素直に答えた。

だが、自分からは何も言わなかったではないか。

そうだ。

ずるくないか。

敵の水域で生き延びるための第一原則は、自分からは何も言わないことだ。

修道士の怒りと興奮が加速してきた。周囲の日本人たちは心配そうにしている。なかの一人が立ち上がって、静かに修道士をさすりながら話しかけた。ドミンゴ神父の発作はしだいに収まり、目が澄んできた。神父はブラックソーンを見ると、わかったようだ。介抱してくれた日本人に、神父が何か返事をすると、まわりの連中も落ち着いた。

「すまなかった、あなた」まだ、あえいでいる。「みなは、私があなたに向かって……怒ったと思ったのです。神よ、私の愚かしい怒りを許したまえ。さてと、どこまで……そう、イエズス会が、異教徒どもを連れて地獄からやってきたところでしたな。やつらについて話したいことは、まだたくさんあります」修道士は、あごに垂れた唾をぬぐい、気を静めようとした。胸を手で押さえた。そこが痛むらしい。「あなたは、船が岸に打ち上げられたと言っておられましたな」

「まあ、そのようなものです。航海してきて」ブラックソーンは答えた。まわりに注意しながら、足をくずした。すると、こちらを見ながら耳を傾けていた者たちが、場所を詰めてくれた。そのうちの一人は起き上がって、足を伸ばせと、手まねで言ってくれた。「ありがとう」彼は礼を言った。「そうだ、〝ありがとう〟は、日本語でなんて言ったらいいのですか、神父」

「〝ドウモ〟または、〝アリガトウ〟とも言います。女性はもっと丁寧に言わないといけない。〝アリガトウ、ゴザイマシタ〟とな」

「ありがとう。あの男はなんという名ですか」ブラックソーンは、起き上がってくれた男を指して聞いた。

「ゴンザレスです」

「日本名はなんです」

「彼らに名前はないのです。サムライだけが名前をもっています」

「なんですって」

「サムライだけが名前をもっているのです。名と姓とを。そういう規則なのです、あなた。サムライ以外の人は、自分の身分を名前の代わりにしています。人夫、漁師、料理人、墓掘り、百姓などというように。息子や娘は一般に、長女、次女、長男という意味の言葉で呼ばれます。ときとして、〝一本松の近くに住んでいる漁師〟とか、〝片目の漁師〟という具合に呼ばれることもあります」修道士は肩をすくめ、あくびを噛み殺した。「日本の庶民は姓名を許されていません。売春婦たちは、自分勝手に鯉だとか、月、花、鰻、星などという名をつけています。おかしいでしょう、あなた。でも、それが規則なのです。我々は、そういう人間たちにも、洗礼によって救済をもたらし、神の言葉を聞かせることになれば、洗礼名、つまり真の名をつけてあげるのです……」声がだんだん小さくなったかと思うと、修道士はまた眠ってしまった。

ひと眠りすると、修道士は目を覚まし、短い祈りをすませると、体をかいた。「昨日入ったと言いましたな。あなたは昨日来たばかりですか。いったいどうなさった」

「我々が上陸すると、そこにイエズス会の者がいました。でも、あなたもやつらに告発されたとおっしゃいましたね。あなたはどうなさったのですか。あなたの船は」

「我々の船。船のことをお聞きですか。あなたも我々のようにマニラから来られたのかな。いや、これは失礼、あなたは外国に向かって国を出たところで、アジアには一度も来たことがなかったんでしたな。文明人とこうして母国語で話せるとは、なんとありがたい神のおぼしめしでしょう。そう、もう随分昔のことになる。頭が痛い、痛い、あなた。我々の船でしたな。長い滞在を終えて、国に帰ることになった。マニラから、メキシコはコルテスの地アカプルコへ行き、そこから陸路でベラクルスへ。そして、それからまた別の船に乗って大西洋を渡り、最後にやっと国へ着くというはずだった。私の村はマドリードのそばの山の中で、サンタ・ベロニカという名でな。いつも輝かしい征服軍《コンキスタドーレス》たちと一緒だった。処女マリアよ、彼らを守らせたまえ。を回った。いつも輝かしい征服軍たちと一緒だった。

でしょう。そう、もう随分昔のことになる。頭が痛い、痛い、あなた。我々の船でしたな。長い滞在を終えて、国に帰ることになった。マニラから、メキシコはコルテスの地アカプルコへ行き、そこから陸路でベラクルスへ。そして、それからまた別の船に乗って大西洋を渡り、最後にやっと国へ着くというはずだった。私の村はマドリードのそばの山の中で、サンタ・ベロニカという名でな。四〇年前に私は村を出たきりだ。新世界からメキシコ、そしてフィリピンを回った。いつも輝かしい征服軍《コンキスタドーレス》たちと一緒だった。処女マリアよ、彼らを守らせたまえ。ルソン島では、異教徒の土着の王のルマロンを滅ぼして島を征服した。そして、フィリピンに神の言葉を伝えた。早くもそのとき、多くの日本の改宗者たちが我々とともに戦ってくれたのですぞ。勇敢な戦士たちだった。一五七五年だったな。その地に聖母教会が建ち、それ以来二度と汚ならしいイエズス会やポルトガルの連中の姿は見られなくなった。二年ほど前に私は日本にやってきたが、イエズス会の裏切りで、またマニラへ帰らなければならなくなってしまった」

　修道士は、いつとはなしに話をやめ、目を閉じてしまった。少しして我に返り、また話しはじめたが、老人によくあるように、まるで、居眠りしたことなど知らないかのようだった。

「私の船はサン・フェリペという大きなガリオン帆船でな。香料や金銀を積んでいた。その香料は銀貨にして一五〇万ペソもの値打ちがあった。ところが、ひどい嵐に遭って、四国の海岸に打ち上げられてしまった。船はそれから三日目に、砂浜で竜骨を折ってしまった。だがその前に、積んでいた金銀や荷物はほとんど陸に揚げてあった。ところがそこへ、何もかも没収するという命令だ。太閤自身の命令で没収された。我々は海賊ということになって……」急に、部屋が静かになり、彼は話をやめた。

獄舎の鉄の扉が、バタンと開いた。

番人たちが、リストの名前を読み上げはじめた。さっき、ブラックソーンの味方になったブルドッグも呼ばれた。彼は後ろを振り返りもせずに出ていった。神父を囲む男たちのなかからも一人呼ばれた。人夫だった男だ。彼は修道士の前にひざまずいた。修道士は彼に祝福を与え、彼の上で十字を切ると、素早く終油の秘蹟を与えてやった。男は十字架にくちづけして出ていった。

扉は閉じられた。

「やつらは処刑するつもりなのか」と、ブラックソーンは尋ねた。

「そうです。カルヴェラの丘はこの扉の外です。願わくは聖マリアよ、彼の魂を速やかに招来されて、彼に永遠の安らぎを与えたまえ」

「あの男は、何をしたのだ」

「法を犯した……この国の法をな。日本人は単純だが、ひどく厳しい。刑罰はほんとのところは一つしかない……死だ。はりつけ、縛り首、打ち首、そして放火の罪に対しては火あぶりだ。ほかには刑罰はないようなものだ。ときには、その土地からの追放とか、女の場合には髪を切るというのもあるが、しかし」と、老修道士はため息をついた。「ほとんどは死罪だな」

「牢に入れられるのは違うのか」

修道士は腕のかさぶたを無意識にかいている。「牢は罰のうちに入らない。この国では、牢というのは、罪人の処刑が決まるまで一時的に入れておくところでしかない。罪を犯した者がここに来て、しばらくの間を過ごすわけだ」

「ばかげた話だ。しかし、あなたはどうなんだ。ここに入って、二年近くにもなるんだろう」

「そのうち呼ばれるだろう。ほかの人と同じだ。ここは現世の地獄と、来世の栄光との間にある休息の場所だよ」

「あなたの言うことは信じられない」

「恐れることはない。すべては神の御意思だ。私がここにいるからには、あなたの懺悔《ざんげ》を聞き、罪障消滅の宣告をして差し上げる。それで完全だ。永遠の命は、あの扉からほんの一〇〇歩のところで待っている。どうかな、いま懺悔をなさっては」

「いや、ありがとう。そのうち」ブラックソーンは、鉄の扉のほうを見た。「だれもここから逃げ出そうとした者はいないのか」

「どうしてそんなことができる。逃げるところも、隠れるところもありゃしない。役人はひどく厳しい。逃げた囚人を助けた者はおろか、逃がそうとした者まで……」と、言いながら、なんとなく扉のほうを指差した。「いま出ていったゴンザレスだが、彼は駕籠《かご》かきで、彼が言うことには……」

「駕籠かきって……」

「運搬人夫のことだ。りっぱな駕籠をかつぐこともあれば、棒にハンモックみたいなものをぶら下げて、二人の男がかつぐこともある。彼の相棒がお客から絹の襟巻きを盗った。しかしあの男は、その相棒を役人に密告しなかったという罪で、命を取られてしまった。信じられるかどうか知らないが、逃げようとしたり、だれかが逃げるのを手伝ったりすれば、その者をはじめその家族全部が殺される。全く厳しい」

「それでみんなは、ああやって羊のようにおとなしく出ていくのか」

「それより仕方がない。神の御意思だ」

怒るな、カッとなるなと、ブラックソーンは自分に言い聞かせた。落ち着くんだ。ほかに道はあるだろう。この神父のしゃべったことが、すべて真実とはかぎるまい。こいつは少し頭がおかしくなっているんだ。こんなところに長い間いれば、だれでもそうなるさ。

「こういう牢を造ったのは、新しいことらしい」修道士が言った。「ひとの話では、二、三年前に、太閤が初めてここに造ったのだそうだ。その前にはこんなものはなくて、捕まった男は罪を白状し、そのまま処刑された」

「白状しなかったら」

「人はみな白状する。西洋でも同じだ」

修道士はまた少し眠った。眠りながらあちこちかいたり、寝言を言ったりしていた。目を覚ましたとき、ブラックソーンは聞いた。「教えてください、どうしてイエズス会の連中は神にお仕えする人を、こんな不潔な穴ぐらにほうりこんだのか」

「たいした話はないよ。太閤の手下がやってきて、我々の金銀や積み荷を没収したので、艦長は都へ抗議に行った。没収されるいわれはないのだからな。我々は、世界で最も偉大にして富める国スペインの支配者であるフェリペ陛下の僕《しもべ》ではないか。スペインは世界一強い国ではないか。そして我らは、友好国ではないのか。ポルトガルの独占をやめさせるために、スペイン領マニラと日本の交易を頼んできたのは太閤自身ではないのか。没収とは何かの間違いだ。そのはずだ。

私は日本語が少し話せるので、艦長と一緒に行った……あのころは、いまより下手だったが。サン・フェリペ号が難破し、浅瀬に乗り上げたのは一五九七年の一〇月だった。イエズス会の連中……そのなかにマルティン・アルヴィトという名の神父もいたが、この連中が、間に立ってやると言いおった。それも部の京都で。なんと厚かましいやつらだ。我々フランシスコ修道会の修道院長のブラガンサ師が京都におるのだ。師は大使だ。スペインから太閤のもとに正式に派遣された大使だ。そして、五年間も京都に住んでいる。以前、太閤がマニラのスペイン総督にあてて、日本へフランシスコ派の修道士たちと大使一名を派遣するように、自分で頼んだことがあり、それでブラガンサ師が来たというわけだ。だからサン・フェリペ号の人間には、師がイエズス会の連中とは違って、十分に信用されていることがわかっていた。

何日も待たされたあげくに、やっと太閤と会うことができた。みにくい顔をした小男だった。我々は積み荷の返還と、新しい船を一隻頼んだ。船がないなら、別の船への乗船を取り計らってもらいたいが、いずれにしても費用はたっぷり支払うと約束した。会見はうまくいったと思い、太閤のもとを退出した。そして、京都の修道院で何ヵ月も布教を続けながら、太閤の返事を待っていた。我々の活動は、イエズス会の夜盗のやりくちとは違って、逃げも隠れもしなかった」

そういうドミンゴの声には、侮蔑の響きがあった。「我々は所定の衣服を身に着けている。連中のように、日本の坊主のような扮装をしたりはしない。我々は、迷える者や病をもつ者、貧しい者たちに神の言葉を伝えるのであって、イエズス会のように、大名だけに取り入る連中とは違う。信者は増えた。疫病患者のための病院を建て、教会を建て、小羊たちは満たされた。そして、大名たちを何人も改宗させるところまでいったのだが、裏切られた。

一月のある日、我々フランシスコ派修道会の者は全員そろって奉行の前に引き出され、法に背き、平和を脅かした者として、太閤の名において罪に問われ、はりつけの刑を宣告された。四三名いた。国中の我々の教会はすべて破壊され、フランシスコ派の会衆は離散させられた。イエズス会の信徒は無事で、我々の側だけだ。無実の罪に問われたのだ。イエズス会の者が太閤の耳に毒を注ぎ込み、我々が侵略者で、いまにもこの国を征服しようとしていると、讒言《ざんげん》した。ところが、マニラのスペイン総督に軍隊を送ってくれと頼んだのは、当のイエズス会の連中なのだ。私はこの目でその手紙を見た。連中の修道院長の書いたものだ。彼らは教会やキリストに仕えるふりをした悪魔だ。実際は、彼らは自分たちに仕えているだけだ。彼らの権力欲はすさまじく、そのためにはいかなる犠牲をもいとわない。一見、貧しく敬虔《けいけん》な様子をしている裏で、王者のような生活をし、金を蓄えている。連中は我々の会衆を、教会を、真実さを、生き方を、ねたんでいた。肥前の大名ドン・フランシスコ、日本名は播磨忠雄だが、洗礼を受けてドン・フランシスコとなった。この大名が仲裁に入ってくれた。大名というのは王みたいなもので、彼もその大名の一人でフランシスコ派だったので、仲裁に入ったというわけだが、なんの役にも立たなかった。

結局、二六人が殉教した。スペイン人六人、日本人の改宗者が一七人と、あと三人だった。ブラガンサ師もその一人だった。改宗者のなかには少年が三人もいた。おお、あのころは信者が何万人もいたのだ。五万、いや一〇万もの人々が、長崎での殉教を見守ったということだ。とりわけ寒い二月のある日のことだったが、その年は厳しい年で、地震、台風、洪水、火事などが続発した。神の御手はあの大殺戮者の上に重くのしかかり、大地を震わせて、あいつの城、伏見城まで打ち砕かれた。神の御手が、異教徒や罪人を罰せられるのを見るのは、恐ろしくもまたすばらしいことだ。

そういうわけで、六人の善良なスペイン人は殉教した。我々の教会も信者も荒らされるままになり、病院は閉鎖された」老修道士の顔はうるんでいた。「私も……私も殉教者の一人に入っていた。でも、その名誉から外れてしまった。我々は京都からぞろぞろと歩かされて大坂まで来ると、何人かはこの地の本部に預けられ、残りの者は、片ほうの耳を切り落とされ、市中を罪人なみに引き回された。それから同胞はさらに西へ歩かされ、一ヵ月後に、西崎という長崎の港を見下ろす丘にたどり着いた。私は一緒に行かせてくれと、侍に頼んだのだが、この大坂の本部へもどれと命じられてしまった。理由も何もない。それから何ヵ月かたって、この牢に入れられた。仲間は確か三人いたが、スペイン人は私だけで、二人は日本人の改宗者だった。二、三日後に、二人は番人に名前を呼ばれた。しかし、私の名はいまにいたるまで呼ばれない。これも神の御意思なのだろう。あるいは私を生かしておいて、苦しめようというイエズス会の差し金かもしれない。あいつらは私から殉教の機会まで奪った。じっと、耐えるのは辛いことだ……いかにも辛い……」

老修道士は目を閉じ、祈り、泣いているうちに、眠ってしまった。

ブラックソーンも、眠りたいとは思ったが、夜がきても眠れなかった。体はシラミにくわれてむずがゆく、頭は恐怖でいっぱいだった。

ここを逃げだす方法のないことは、恐ろしいほどはっきりとしていた。絶望感に打ちひしがれ、死の忍び寄るのを感じた。真夜中になって、恐怖に負けたブラックソーンは、生まれて初めて気が弱くなり、泣いた。

「もし、あなた」と、修道士がささやいた。「どうなされた」

「なんでもない、なんでもない」そう答えながら、ブラックソーンの胸は激しく波打っていた。

「お寝みください」

「恐れることはありません。我らはみな、神の御手の中にいるのですから」そう言って、修道士はまた眠りにおちた。

ひどい恐怖はブラックソーンを去った。かわって、我慢できるほどの恐怖感になってくれた。なんとかしてここから出るのだと、自分に言い聞かせ、その嘘を信じようとした。

夜明けに、食い物と水がきた。ブラックソーンはまた元気を取りもどしていた。あんなふうに取り乱すとはばかだと、自分を叱った。ばか、弱虫、危険じゃないか。あんなことは二度とやるな。さもないと、気が狂って死ぬことになるにきまっている。おまえは、あの真ん中の列に入れられて死ぬんだ。用心し、我慢し、身を守ることだ。

「気分はどうかな」

「いいです、ありがとう神父。あなたは」

「元気ですよ、ありがとう」

「日本語では、それ、どう言います」

「ゲンキ、デス」

「ゲンキ、デス。ところで神父、あなたは昨日、ポルトガルの黒船のことを言ってましたが、どんな船です。見たことがありますか」

「見ましたとも、この世でいちばん大きな船で、二〇〇〇トンはあるかと思われるほどだ。その船を航海させるのに、二〇〇人もの手が必要だというから、乗組員やお客を入れたら、まず一〇〇〇人は乗れるということになりますな。こういった武装船は、追い風のときはよく走るが、風が横のときはかなりに揺れるということだが」

「どのくらい、大砲を積んでいます」

「三層の甲板に、ときには二〇門から三〇門も積む」

ドミンゴ神父は喜んで質問に答え、しゃべり、教えてくれた。ブラックソーンもまた喜んで耳を傾けた。修道士の知識は、脈絡はなかったが広範囲に及んでおり、貴重なものであった。

「いいえ、あなた」話題は移っていく。「〝ドウモ〟はありがとうの意味だが、〝ドウゾ〟はお願いする言葉だ。水は〝ミズ〟だ。日本人は礼儀作法をとても大事にするから、気をつけることだ。一度、長崎でこんなことが……ああ、ここにインクとペンと紙があれば……そうそう、この土の上に書くからな、そのほうが覚えやすいだろう」

「ドウモ」と、ブラックソーンは言った。それから、二つ、三つ言葉を覚えたあとで、質問してみた。「ポルトガル人が、ここに来てからどのくらいになります」

「そう、最初にここへ来たのは一五四二年、私が生まれた年ですよ。三人の男たちです。一人は名をダ・モタ、もう一人はペクストといったが、あとの一人は忘れてしまった。三人ともポルトガルの商人だ。シャムの港から、中国のジャンクに乗って、中国の沿岸で交易していた。あなたはシャムへ行ったかな」

「いいえ」

「アジアには見るべきものがたくさんある。この三人は商売の途中、大暴風雨に遭って流され、九州の種子島に漂着した。これが日本の地にヨーロッパ人が足跡を着けた最初だ。すぐに交易が始まった。それから数年後には、イエズス会の創立時のメンバーの一人、フランシスコ・ザビエルが来ている。それが一五四九年だ……日本にとっては悪い年だ。我々の会の者が最初に来ていたら、この国はポルトガル人ではなく、我々があとを引き受けているのに。フランシスコ・ザビエルはそれから三年後に中国で死んだ。ひとり寂しくな……イエズス会が、すでに北京という町にある中国皇帝の宮廷に進出していることは話したかな……そう、あなたはマニラやフィリピンを見といたほうがいい。あの島々に、我々は三つの大聖堂を建てたし、あそこには三〇〇〇人ものスペイン人と六〇〇〇人の日本人の兵士がおり、さらに三〇〇人の聖職者が……」

ブラックソーンの頭は、習ったばかりのいろいろな事実や、日本語の語句でいっぱいになった。彼は、日本の生活、大名、侍、長崎、交易、戦争、平和、イエズス会、フランシスコ派、アジアでのポルトガル人、スペイン領マニラ、そしてマカオから毎年積み荷を満載してくる黒船のことなど、次から次に質問した。三日三晩、ブラックソーンはドミンゴ神父の傍らに座って質問し、傾聴し、記憶し、眠っては悪夢にうなされ、起きては質問を続け、しだいに知識を増やしていった。

四日目に、彼の名前が呼ばれた。

「安針……」

第15章

ブラックソーンは、黙って立ち上がった。

「懺悔《ざんげ》しましょう。さ、早く」

「私は……その必要は……私は……」彼は、うつろな頭で、自分が英語をしゃべっていることに気がついた。そこで、口をつぐみ、歩きだした。ドイツ語かオランダ語をしゃべられたと思った修道僧は、這うようにしてブラックソーンに追いつき、手首をつかんで取りすがった。

「急ぎましょう。私が終油をしてあげます。さ、早く。不滅の魂のために。手短に言ってください。神の御前で、過去と現在の一切を懺悔なさるように……」

二人は鉄の扉に近づいていた。修道僧は驚くほどの力で、ブラックソーンを抱き止めている。

「さあ、言いなさい。聖母マリアが守ってくださいますぞ」

ブラックソーンは腕をふりほどくと、かすれた声で、スペイン語で言った。「神父、あなたに神のお守りのありますように」

彼の後ろで、扉が音を立てて閉まった。

外は信じがたいほどさわやかで、気持ちがよかった。青空に雲が、南東のそよ風にゆっくり漂っていた。

澄んだ、すがすがしい空気を深々と吸い込んだ。血が血管を駆け巡る。生の喜びが押し寄せてきた。

中庭には数人の裸の罪人たちがおり、役人一人と、槍を持った執行吏と、侍の一団がいた。役人は黒っぽい着物の上に糊がきいて両肩の張った服を着け、小さな黒い帽子をかぶっていた。この男は、一番目の罪人の前に立ち、巻き紙を広げて読み上げた。読み終わると、罪人は一人ずつそれぞれの執行吏に伴われて、中庭を出る大きな門に向かって歩きはじめた。ブラックソーンは最後だった。ほかの罪人と違って、彼には下帯と、木綿の着物を着せ、皮の鼻緒の草履を履かせてくれた。そのうえ、侍の護衛がついた。

彼は門を通り過ぎる瞬間をねらって、逃げ出そうと決心していた。だが、門に近づくと、彼のまわりを侍たちがぴったりと取り囲んでしまった。そして一団になって門を通過した。群衆が群がって見物している。みな清潔で、小ぎれいな身なりをして、なかには紅、黄、色とりどりの日傘をさしている女もいた。罪人の一人は、すでにはりつけ台に縛りつけられており、そのはりつけ台が高々と立てられた。どのはりつけ台にも二人の執行吏が控えており、その長い槍の穂先が日を受けてきらきらと光っている。

ブラックソーンの歩みが鈍くなった。侍は寄り添うようにして彼を急がせた。彼はぼんやりした頭で、いますぐこの場で死んだほうがましではないかと思った。そして、手の届くところにありそうな刀をねらってみた。だが、そんな努力をする必要がなくなった。侍が刑場を離れて、町と城に通じる道路のほうに向かって歩きだしたからだ。

ブラックソーンは息を殺して、通過の瞬間を待った。ほんとうなのだろうか。道をあけてお辞儀をしてくれる群衆の間をすり抜けて、道路に出た。もう間違いない。

ブラックソーンは、生まれ変わったような気分になった。

やっと口がきけるようになり、「どこへ行くんだ」と言ってみた。それが英語で、相手には通じないことはわかっていたがかまわない。気分は浮き浮きしていた。足も地に着かない。鼻緒だって気にならない。着物のまとわりつくような感触もまんざらではなかった。実際、なかなか気持ちのよいものだと思った。少々風通しがよいかもしれないが、今日のような晴れた日にはいいものだ。そうだ、後甲板の上で着るのに向いている。

「また英語を話せようとは、思ってもいなかったな」彼は、侍に話しかけた。「もうだめだと思ってたよ。さっきで、おれの八番目の命がなくなったな。わかるかね、あんた。おれの命はあと一つになっちまった。まあ、いいや。水先案内人は、少なくとも一〇は命があるもんだと、アルバン・カラドックがいつも言っていた」侍は、何を言われているのかわからないので、いらいらしはじめたようだ。

控えろと、彼は自分に言い聞かせた。これ以上やると、やつらに火がつくぞ。

彼は、侍が全員灰色の着物なのに気がついた。石堂の部下だ。アルヴィト神父に虎長のライバルはだれかと聞いたとき、神父は確かに、「石堂」と言っていた。立ち上がってここに連れてこられる寸前のことだった。この灰色の服装をしていれば、みんな石堂の部下なのか。茶色の服装の者はみんな虎長の家来であるように。

「どこへ行くんだ。あそこか」彼は町の上にそびえ立っている城を指差した。「あそこ、ハイ……」

「ハイ」指揮をとっている男が、砲弾のような頭でうなずいた。ひげには白いものが混じっている。

石堂は、おれをどうしようというのだ。ブラックソーンは自問した。

指揮をとっている男が角を曲がった。相変わらず、海からは遠くなる方向に歩いている。振り返ると船が見えた。小さなポルトガルの帆船が、青と白の模様の旗を微風になびかせている。主甲板には大砲が、船首と船尾にはそれぞれ二〇ポンド砲が据えてある。エラスムス号なら、この帆船を簡単に拿捕《だほ》できるだろうと思った。仲間の乗組員たちはいまごろどうしているだろう。あの村で何をしているだろう。やつらに会いたい。あの日は、やつらと別れて、春というオンナのいる家に帰ったときは、ほんとうにうれしかったものだ。あの家の主人は……なんという名前だった……そうだ、村次だ。それに、おれの布団に寝たあの少女と、もう一人、あの日、近江と話していた天使のような女はどうしているだろう。夢の中で、あいつも大釜の中に入れられていたっけ。

だが、くだらんことを思い出すやつがあるか。気が弱くなるだけだ。「海に生きる男は、精神が強靭《きょうじん》でなければならない」と、アルバン・カラドックがいつも言っていたではないか。かわいそうなアルバン。

アルバン・カラドックは、体が大きく、神のように見える男だった。すべてを透視し、すべてを知っていると、長年の間、思われていた。しかし、彼の最期は恐ろしかった。スペインの無敵艦隊アルマーダと対戦の七日目のことだった。ブラックソーンは、ドーヴァーの沖にいるドレイク指揮の戦艦に、武器、火薬、砲弾、食糧などをひそかに運ぶために、ポーツマスから一〇〇トンの帆船を出し、指揮をとっていた。ドレイク隊は、ダンケルクに向けて海峡を間切っている敵の艦隊めがけてスピードを上げていた。ダンケルクには、イギリス征服を企てるスペインの軍隊が待機していた。

スペインの大艦隊はすでに暴風雨にやられていたところを、さらにそれより悪く、速くすばしこい船、ドレイクとハワードの造った船に責めさいなまれることになった。

ブラックソーンの船が、ハワード提督の旗艦レナウン号の近くで猛烈な攻撃に巻き込まれているとき、風向きが変わって、暴風はさらにその勢いを増し、ものすごいスコールに見舞われることになった。彼は二者択一を迫られた。風上に間切って進めば、目と鼻の先にいる敵の大型船サンタ・クルス号の砲撃を逃れることはできないだろう。それとも、単身、風下に向かって敵の艦隊の間を突っ切るか。しかしハワードの艦隊の残りの船は、すでに方向を変え、より北に向かって突っ込んでいた。

「風に向かって進路を北にとれ」アルバン・カラドックが叫んだ。彼は副官として乗船していた。ブラックソーンは艦長兼水先案内人で船の責任者であった。そのときが、彼の指揮官としての最初の経験だった。アルバン・カラドックはあくまで戦うことを主張した。彼はイギリス人であるという以外には乗船資格のない男だった。だがこの史上最高の暗黒時代には、イギリス人ならだれでも大手を振って船に乗ることができたのだ。

「やめろ」ブラックソーンはそう言うと、舵輪を回し、南に転回すると、敵艦隊のほうに向かった。もう一つの道を選べば、目の前にのしかかるように迫っているサンタ・クルス号の砲弾に身をさらさねばならないことを知っていたからだ。

それにより、二隻とも南に向いたことになり、追い風に乗って、敵艦の間を進んでいった。おかげで、サンタ・クルス号の舷側に寄り添った彼の船はノミみたいなものだ。両側の船からこのちっぽけな船めがけての砲弾は飛んでこなかった。発砲すれば、互いに味方の船を傷つけるおそれがあるからだ。こうして、敵艦の間を無事くぐりぬけて逃走に移ったところを、マードレ・デ・ディオス号の三層甲板の砲台につかまってしまった。マストは二本とも折れた矢のようになり、乗組員たちはその索具の下敷きになった。右舷の主甲板の半分が吹っ飛び、死者がごろごろしている。打ち砕かれた銃架の前に、アルバン・カラドックがいた。両脚をもぎとられると、人間は信じがたいほど小さく見える。彼は、この海のベテランを担架に乗せたが、その両眼はほとんど飛び出し、恐ろしい叫び声をあげている。「おれは、死にたくない、死にたく、ない、助けてくれ、ちくしょう、なんとか、してくれ。あああ！」ブラックソーンは、アルバン・カラドックのためにしてやれることはたった一つしかないことを知っていた。彼は索止め栓を拾い上げると、それを力いっぱい打ち下ろした。

それから数週間後、彼はフェリシティに彼女の父親の死を告げなければならなかった。彼女には、父親は即死だったとだけ伝えた。彼の両手についた血は、決して洗い流せるものではないということは語らなかった……

ブラックソーンと侍たちは、カーブしている広い通りに出た。店は一軒もなく、家が並んでいるだけだ。どの家も一戸建てで、高い塀を巡らしている。そして家も、塀も、道路まで驚くほど清潔だった。

この清潔さは、ブラックソーンにとっては信じがたいことだ。ロンドンばかりでなく、イギリスの町、いやヨーロッパの都市では、食い物のくずや、くそ・小便は通りにほうり出す。清掃人がかたづけるのはいいほうで、そのうち山のようになって、通行人も、車も、馬も、通れなくなってしまう。そうなって初めて、どこの町でも人々が自分でかたづける。ロンドンの清掃人夫は、夜ごと、巷の主な通りをうろつき回る豚の大群だ。ロンドンの大掃除の立役者は、鼠に野犬、猫、それに火事だ。

だが、大坂はまるで違う。どうしてこうきれいにしているのだ。彼は不思議でならなかった。地面には小便用の穴もあいていないし、馬ふんの山もない。車輪の跡でえぐれてもいなければ、いかなる種類の汚物や廃棄物も見当たらない。木の塀や木の家は美しく磨き込まれて清潔だ。それに、キリスト教国のすべての町を汚している物乞いや体の不自由な者たちの群れは、どこへいったのだ。物陰には、きまってひそんでいる盗賊や無法者の一味はどこにいったのだ。

行き交う人々は礼儀正しくお辞儀をしてくれるうえに、ひざまずく者もいる。駕籠《かご》かきが道を急いでいる。のんびりと侍たちが通る。だが、灰色の者だけで、茶色は見当たらない。

一行が商店の並んだ通りまで来たとき、ブラックソーンの足がいうことをきかなくなった。彼はがっくりと、四つん這いになってしまった。

侍は彼を助け起こしてくれたが、しばらくは、力が抜けたように一歩も歩けなかった。

「ゴメン、ナサイ、ドーゾ、マツ」と、彼は言った。両脚がけいれんを起こしていた。彼はふくらはぎの筋肉のつかれたのをさすりながら、彼に貴重なことをたくさん教えてくれたドミンゴ修道士に感謝した。

指揮の侍は、彼を見下ろしていたが、しばらくして、何か語りかけてきた。

「ゴメン、ナサイ、ニホンゴ、ハナシマセン」と、ブラックソーンは、ゆっくり、はっきりと答えた。

「ドーゾ、マッ」

「アア、ソウデスカ、アンジンサン。ワカリマス」指揮の侍が言った。通じたらしい。彼が一言鋭く命令を下すと、侍の一人が急いで走っていった。しばらくすると、ブラックソーンは立ち上がり、足をひきずりながら歩いてみようとした。すると指揮の侍が、彼に待てという身振りをした。

ほどなく、先ほどの侍が、空駕籠をかついだ四人の半裸の駕籠かきを連れもどってきた。侍はブラックソーンに、駕籠に乗り、背をもたせて、中央の柱からぶら下がっている紐につかまれと、身振りで教えた。

一行は再び歩きはじめた。間もなく、ブラックソーンは元気を回復し、また歩きたくなったが、まだ体が弱っていることを思い出した。しばらく休養をとらねばならないと、ブラックソーンは思った。すっかり体力を使い果たしてしまっている。風呂に入って、食事をとらなくては。食事らしい食事を。

彼らは広い階段を上がって、別の通りに出た。そこはまた屋敷町で、高い木の生い茂った森に囲まれて、その中を小道が何本か通っていた。ブラックソーンは、町並みを出られてひどくうれしかった。よく手入れの行き届いた、足に柔らかい芝草、そして、木立ちを見え隠れしている道。

森の奥深くまで来たとき、行く手の曲がり角から、新たに三〇人ほどの灰色の侍が近づいてきた。彼らは駕籠のわきまで来ると、立ち止まった。指揮の侍同士が、例によって礼儀正しくあいさつを交わすと、一同の目はブラックソーンに集まった。質問と応答が繰り返されてから、彼らは再び集まって立ち去りそうになった。そのとき、指揮の侍が黙って刀を抜くと、ブラックソーンを連れてきた侍の指揮者を斬った。それを合図に、新顔の侍たちはいっせいに、護衛の侍たちに襲いかかった。襲撃はあまりにも素早く行われ、しかも巧みに計画されていたので、一〇人の侍は、あっという間に、殺されてしまった。だれ一人、刀を抜く暇もなかった。

駕籠かきは座り込んで、震えながら地面に頭を押しつけている。ブラックソーンはその横に降り立った。首領の侍は、ほてい腹のでっぷり太った男だったが、彼は道の前後に見張りを走らせた。ほかの者は死体から刀を取り上げた。その間、彼らはブラックソーンには目もくれなかったが、彼があとずさりしはじめると、すかさず、首領の叱声が飛んできた。明らかに、そこを動くなという命令だ。

次の命令で、侍たちはそろいの着物を脱いだ。彼らはその下に、つぎはぎだらけの粗末なものを着ていた。そして、首に巻いていた布で覆面をした。一人の男が灰色の装束をかき集めると、それを持って森の奥へ消えた。

こいつらは盗賊だろうと、ブラックソーンは思った。そうでなかったら覆面などするはずがない。いったい、おれをどうする気だ。

盗賊たちは、死体の着物で刀の血をふきながら、何かひそひそと互いにしゃべっていたが、その間も、監視の目を離さなかった。

「安針カ……ソウカ」覆面からのぞいている首領の目は、丸く、黒く、眼光鋭かった。

「ハイ」ブラックソーンは返事をしたが、思わず、ぞっとした。

男は地面を指差した。ここを動くなと言っているのだ。「ワカルカ」

「ハイ」

彼らはじろじろと彼を見た。そのとき、見張りの男が――これもすでに、灰色の着物を脱ぎ、覆面を着けていた――一〇〇歩ほど離れた茂みから、ちょっとの間、姿を現した。男は合図をすると、再び姿を消した。

直ちに、ブラックソーンを取り囲んでいた男たちは出発の用意をした。盗賊の首領は駕籠かきを見た。すると四人は、狂暴な主人を前にした犬のようにぶるぶる震えながら、ますます頭を地面にすりつけた。

盗賊の首領が何か怒鳴った。四人は信じられないような顔つきでゆっくり頭を上げた。同じ命令がもう一度繰り返されると、彼らはお辞儀をして、這うようにあとずさっていった。それからあとは、我れ先に茂みに駆け込んで、姿を消してしまった。

盗賊は軽蔑したような笑いを浮かべると、ブラックソーンに、もと来た町のほうに向かって歩けという身振りをした。

彼は仕方なく、彼らについていった。逃げるわけにはいかない。

森の外れまで来たとき、彼らの足が止まった。前のほうで物音がして、また別の侍が三〇人ばかり、角を曲がって姿を現した。茶色と灰色の侍たちで、茶色のほうが先に立っている。指揮者は駕籠に乗っており、数頭の馬も後ろについていた。一行はすぐに立ち止まった。向かい合ったグループは互いに敵意を見せながら、前哨戦に備えた。両者の距離は七〇歩ほどであろうか。盗賊の首領はつかつかと、前に進み出ると、怒鳴り立てながらブラックソーンを指差し、あるいは、森の奥の先ほどの襲撃の場所を指差したりしている。そのうちに、刀を抜き放つと、威嚇するかのように、高く振り上げた。そこをどけというつもりであろう。

手下の者たちも、いっせいに、音を立てて刀を抜いた。首領の命令で、盗賊の一人がブラックソーンの後ろに回り、刀を振り上げて構えた。首領はまた敵方に向かってがなりたてた。

しばらく、にらみあいが続いた。すると、駕籠の中から男が降り立ったが、その顔は、ブラックソーンにはすぐわかった。柏木矢部だ。矢部は盗賊の首領に怒鳴り返した。首領は激高して刀を振り回し、そこをどけと命令した。とうとう、問答無用ということになった。そのとき、矢部は短く命令を下すと、自ら気合もろとも、刀を振りかざして突進した。部下たちもこれに続き、灰色の侍たちも遅れじと襲いかかった。

ブラックソーンは、素早く身を伏せた。真っ二つにされてはたまらない。だが、その一撃の機を失したと見るや、盗賊の首領は向きを変えて、茂みの中に逃げ込んだ。部下たちもあとを追った。

立ち上がったブラックソーンを、茶色と灰色の侍たちが素早く取り囲んだ。侍のうち何人かは茂みの中に逃げ込んだ山賊を追い、一部は道を追跡し、残りの侍は散らばって防御の態勢をとった。矢部は茂みの手前で立ち止まると、厳しい調子で命令を叫んだ。それからゆっくりと引き返してきたが、彼の足を引きずる様子が、先ほどより目についた。

「ドウシタ、安針サン」矢部は少し息が切れている。

「ドウシタ……柏木矢部サン」ブラックソーンは矢部と同じ言葉を使って答えた。彼は賊が逃げていったほうを指差した。「ドウモ」彼は対等な態度で、だが丁寧にお辞儀をした。そして再び、ドミンゴ修道士に感謝しながら「ゴメン、ナサイ、ニホンゴ、ハナシマセン」と言った。

「ソウカ」と矢部は言ったが、少なからず驚いたようで、ブラックソーンの理解できない言葉を付け加えた。

「ツヤク、イマスカ」ブラックソーンが聞いた。

「イナイ」

ブラックソーンは少し気が楽になった。直接、話が通じるようになったのだ。語彙《ごい》は乏しかったが、初めてにしては上出来だ。

ちくしょう、通訳はおらんのかと、矢部はしきりに悔しがった。安針よ、私はおまえが虎長公に会ったときのことを知りたいのだ。彼はどんなことを質問し、おまえはなんと答えたのか。おまえが村のこと、鉄砲、積み荷、船、和船、それにロドリグのことなどについて何を話したのかが知りたい。おまえのしゃべったことは何もかも知りたい。どんなふうにしゃべったのだ。どこにいたのだ。そしてどうしてここに来たのだ。そうすれば、虎長の考えていることがわかるだろう。そうなれば、今日、彼に会って話すことも、あらかじめ考えることができる。しかし、いまのままでは、どうしようもない。

我々が到着したとき、虎長はおれには会わずに、なぜ急いでおまえに会ったのだ。今日まで彼からはなんの達しもなかった。儀礼的なあいさつと、「近々お目にかかりたい」の一言だけだった。彼はなぜ今日、おれを呼んだ。なぜ、おれとの会合は二度も延期された。おまえが何かしゃべったからか。あるいは広松か。それとも、虎長に雑用が多いために遅れただけなのか。おお、そうだ、虎長よ、おまえはいまや苦境に立たされている。石堂の勢力は火のように燃え広がっている。大老大野が寝返ったことはもう知っているか。おれが石堂の仲間に加われば、伊川持久の首と領地をおれにくれると、石堂が言ったのを知っているか。

虎長はおれに会うのに、なぜ今日を選んだ。いったい、どんな巡り合わせで、安針の生命を救う羽目になったのだ。彼と話の通じないおれをからかうためか。たとい通訳がいても、虎長の秘密を知るための鍵を見つけることはできそうもないが。おまえはなぜ、彼を死刑囚の牢に入れたのだ。なぜ、石堂は彼を牢から逃れ出した。なぜ、盗賊の一味は身代金目当てに彼を横取りした。だれが身代金を払うのだ。なぜ、安針は生きている。あの盗賊なら、簡単に彼を真っ二つにできたはずだ。

矢部は、ブラックソーンの顔に、初めて会ったときにはなかった深いしわが刻まれているのに気がついた。飢えているなと、思った。まるで野犬のようだ。しかし、こいつは群れのなかの一匹ではない。首領たる犬だ。

そうだとも、水先案内人よ。いまここに信頼できる通訳がいたら、一〇〇〇石を与えてもいいぞ。おまえはおれの家臣になるのだ。おれの船を造り、おれの部下を訓練してくれ。なんとしても虎長を操ってやりたいものだ。が、できなければ仕方がない。今度生まれ変わったときには、もっとうまくやってやる。

「いい犬だ」矢部はブラックソーンに声をかけると微笑してみせた。「おまえに必要なのは、しっかりした手と、何本かの骨と、むちだけだ。これからおまえを虎長公のもとに連れていく。ただし、風呂に入ってからだ。おまえは臭いぞ、水先案内人」

ブラックソーンには言葉はわからなかったが、彼の口調は友好的だったし、顔には微笑が浮かんでいた。ブラックソーンもほほ笑み返した。

「ワカリマセン」

「結構だ」

大名は後ろを振り返り、盗賊の逃げ去ったほうを見やった。そして、両手で口の回りを囲み、何かを叫んだ。間もなく茶色の侍たちがもどってきた。灰色の侍の指揮者は道の真ん中に立っていたが、これも追跡の打ち切りを命じた。盗賊は一人も捕まらなかった。灰色の侍の指揮者は矢部に近づくと、二人の間に議論が始まり、しきりに町と城の方角を指差している。明らかに、意見が食い違っている様子だった。

ついに、矢部は相手を無視し、刀の柄《つか》に手を掛けて、ブラックソーンに駕籠に乗れと合図した。

「いかん」と相手が言った。

二人は互いに身構えた。灰色と茶色の侍たちも色めきたった。

「安針サンデス、シュウジン、トラナガ……」

ブラックソーンはうろ覚えの片言を必死で探した。ワタクシ、ワタシ、シュウジン……そのとき、彼はロドリゲスの言ってくれたことを思い出し、首を横に振ると、語気鋭く言った。

「シュウジン、ナイ、ワタクシハ、安針サン」

二人の男は、彼をじっと見つめた。

ブラックソーンから口をきり、片言の日本語で次のようなことを言った。もちろん、文法はでたらめで、幼児のようなことはわかっていたが、理解してもらいたかった。「ワタクシ、トモダチ。シュウジン、ナイ。ワカテクダサイ。トモダチ。トモダチ、フロ、ハイル。フロ、ワカリマスカ。ツカレマシタ、オナカスキマシタ。フロデス」彼は城の天守閣を指差した。「アソコ、イマ、イキマショウ。トラナガ、イチ。イシドウ、ニ、イキマス。イマ」

彼は最後の「イマ」という言葉を、命令するような調子で言うと、不器用に身をかがめて駕籠に入り、座布団の上に座ったが、両足はにゅっと、駕籠からはみだしたままだ。

　それを見て矢部が笑った。みなもつられて笑い出した。

「アー、ソウデスカ、安針サマ」矢部はからかうように、くそ丁寧なお辞儀をしながら言った。

「イイエ、矢部サマ、安針サンデス」ブラックソーンは、満足そうに矢部の言葉を訂正した。

そうだ、ばか野郎、おれだってわかりかけてきたんだ。だが、おれはおまえのことは決して忘れないぞ。近い将来、おまえを墓にほうりこんで、その上から踏んづけてやるからな。みてろよ、矢部。

第16章

「当方の手元の囚人を連れ出すからには、一言、お断りがあってしかるべきだと存ずるが、石堂殿」虎長が言った。

「あの異人は、並の囚人どもと並の牢獄にいたもの。当然のことながら、お手前にはもはやあの男に関心がないものと推察いたしましてな。さもなくば、あの男を連れ出したりなどはいたさなかった。無論、虎長殿の私事に手を出すといったつもりも毛頭なかった」石堂は、表面は平静に、おとなしく振舞っていたが、腹の中は煮えくり返っていた。軽率な短慮を責められる立場に追い込まれてしまったことが悔しかった。確かに虎長の意向を聞くのがほんとうだし、儀礼的にも当然そうすべきであることはわかっている。だが、もしもいま、あの異人を自分の手中に握っていたなら、こんなことは言わせなかったであろう。また万一、虎長が彼を返せと言ったとしても、適当に返せばいいのだ。だが、彼の部下が異人を途中で奪われ、ぶざまな死に方をしたために、そして大名の矢部と虎長の家来が異人の身柄を引き取っていったために、局面はがらりと変わってしまったのだ。彼の面目は丸つぶれになった。それればかりではない、虎長の公的な生命を葬ろうとする彼の策略が、逆に虎長を有利にする羽目になったとは。「重ねてお詫び申し上げる」

虎長は広松のほうをちらりと見た。石堂の謝罪の言葉は二人の耳をくすぐった。二人とも、石堂が内心血を吐く思いであることはわかっていた。ここは広い謁見の間。前からの取り決めによって、二人の競争相手は、腹心の部下五人だけを警固のために同席させることができるようになっていた。残りの侍は部屋の外に控えている。矢部も外にいた。異人も汚れを落として、きれいになって控えている。

上出来だ、虎長は我ながら満足な気分だ。彼は、ちらと矢部のことを思い出し、やはり今日は、彼に会わぬことにしようと思った。あいつを魚のようにもてあそんでやるのだ。

虎長は広松に、矢部を去らせるように命じた。再び石堂のほうに向き直ると、言った。「お詫びいただいては恐縮いたす。幸い、なんの事故もなくて」

「それでは……異人の仕度ができしだい、若君のもとにお連れしてよろしいか」

「こちらの用がすみしだい、差し回しましょう」

「いつごろになられる……若君は今朝から楽しみにしておられるが」

「その件はそれほど案じることでもあるまい、お互いにな。弥右衛門殿はまだほんの七歳。七歳の子供なら我慢できるはずです。我慢は躾《しつけ》のうち、習ってもらわないと困る。異人の件は間違いであったと、当方から御説明しておく。それに今朝は、手前が水泳の稽古をつけることになっていてな」

「ほほう」

「さよう。石堂殿にもお教えいたしましょうか。水泳はりっぱな訓練になるうえに、実戦の役に立つ。我が家中の者はみな泳ぎができる。この術は、だれもが身につけておくべきことだと考えておる」

「手前は部下に、弓術、剣術、馬術、それに射撃などの稽古をさせてある」

「当方では、そのほか和漢の詩、習字、生け花、茶の湯の作法なども習わせておりましてな。侍は武術に長じるためには、まず平時の技芸にも通じることが大切」

「我が家臣どもはすでに、それらの技芸に熟達しております」とは言ったものの、石堂はその実、自分は書もまずく、習う時間もないことが気になった。「侍は戦うために生まれてきたようなもの。戦のことならよく存じておる。いまはそれで十分。あとは太閤殿下の御遺言に従うことだけ」

「弥右衛門殿の水泳の稽古は、午《うま》の刻（午後一二時ごろ）。一緒に稽古なさられては」

「せっかくだが、この年になりましては」石堂は小さい声で答えた。

「聞くところによれば、お手前は、責任者に切腹を申しつけられたそうじゃが」

「盗賊どもを逃がしては当然のこと。せめて、一人でも捕らえておれば、残りの連中を捕らえる手がかりとなったものを」

「城の間近で、あのような輩が営みをなすとは驚いた」

「いかにも。あの異人めに、人相風体などお尋ねになられては」

「異人に何がわかる」虎長は笑った。「盗賊といえば、あの者たちは浪人者のようだが。浪人者はお手前の御家中にも多数おられましょう。その者どもを問いただせば、何かわかるかもしれませぬ」

「急ぎ取り調べております。八方手を尽くして」石堂は、浪人についての、虎長のそれとない侮蔑の言葉を聞き流した。主人をもたず、社会からはみ出た、その日暮らしの浪人者が、何千人となく、弥右衛門の旗印の下に集まってきていた。それは、弥右衛門とその母君に代わって、石堂が彼らの忠誠を受け入れ、彼らの乱行や過去を水に流し――通常はありえないことだが――やがては故太閤の御遺徳により、彼らの忠誠心に報いがあるかもしれぬと、石堂自身が噂をばらまいたからだ。石堂のこの作戦はみごとに功を奏した。集まった腕の立つ侍の数はたちまちにふくれあがった。彼らはみな石堂へ忠誠を誓った。浪人にとって、こんなチャンスはまたとないからだ。こうして怒れる者の一団ができあがったが、そのなかには、かつて虎長とその同盟者によって滅ぼされ、浪人となることを余儀なくされた恨みをもった者が多い。そして結果的には、石堂のこの行為は国ぢゅうの盗賊人口を減らし、治安をよくした。というのは、不幸にも浪人となった侍たちの身すぎ世すぎの道はといえば、出家するか、盗賊になるくらいしかなかったからである。

「今度の待ち伏せの件では、不審な点が多いのだが」そう言う石堂の声には、逆に敵意がこもっていた。「例えば、盗賊どもはなぜこの異人を身代金目当てに奪ったのか。町には、比較にならぬほど重要な人物がいくらでもいるというのに、なぜあの異人をねらったのか。盗賊は身代金目当てと言っていたらしいが、その身代金はだれが払うのか。あの異人にどのような価値があるか。何もない。あの連中は、異人の行き先をなぜ知っていたのか。手前が、若君のもとにあの男をお連れせよと命じたのは、昨日のことだ。若君を喜ばせようと思ってな。わからぬことばかりだ」

「いかにも」虎長が言った。

「次に、矢部殿が、あなたの部下や当方の警固の者と、その付近に居合わせたというのも、奇妙な偶然」

「いかにも。だが、矢部がそこにいたのは手前が呼びにやったからで、石堂殿の部下が居合わせたのは、お手前の名案のおかげ、この虎長の滞在中は、わしの家臣がどこへ行くにも、お手前の御家来衆が同行することになっておるためだろう。ま、互いに私心のないようにとの配慮からじゃが」

「さらに不思議なのは、最初の一〇人の侍を、刀を抜く暇も与えずに斬り捨てたほど腕の立つ勇敢な盗賊が、我々の家臣に会うと、一戦もせず、まるであの朝鮮人のように遁走《とんそう》したこと。双方とも戦力は五分五分だったはず。なぜ盗賊どもは戦わなかったのか。異人を連れて逃げればよかったはず。もう一つは、そのあと、登城の道に、なぜ、いつまでもぐずぐずしていたのか。なんとも妙なことばかり……」

「いかにも。明日の鷹狩りの護衛は二倍に増やすことにせねばなりませぬぞ。妙なことにならぬように。それにしても、こんな城の近くに盗賊が出没するとは穏やかでない。そうだ、石堂殿は狩りがお好きでしたな。手前の鷹とお手前の鷹を競わせてみませぬか。山の北側で狩りをしておりますから」

「せっかくでござるが、明日は少々忙しい。明後日ではいかがでござる。手前、ただいま二万人の部下をして、大坂周辺の山野をしらみつぶしにさせている最中。一〇日もあれば、二〇里以内に盗賊が一人もいないようにしてごらんにいれる」

虎長は、石堂が盗賊捜しをいいことに、近辺の軍勢の数を増やそうとしているのがわかった。石堂が二万といえば、それは五万ということだ。罠の口が閉じようとしているぞと、虎長は自分に言い聞かせた。なぜそれほど急ぐ。何をまた企んでいる。なぜ石堂は自信満々なのだ。

「よろしい。それでは、石堂殿、明後日にまた。ところで、御家来衆を狩り場から遠ざけてはくださらぬか。狩りの邪魔になるのでな」彼はさりげなく付け加えた。

「承知した。で、あの異人は」

「あの男は、いまも、相変わらず当方の持ち物です。それにあの船も。だが、当方であの男に用がなくなったときには、いつでも差し上げよう。そのあとで、あの男を刑場に送ろうと、何しようとそれは御随意だ」

「御配慮を。そうさせていただく」石堂は扇子《せんす》を閉じ、袖の中にすべりこませた。「あの男のことは、さして重要ではない。本日、参ったのは、もっと大事な理由があって、私の母が浄法寺を訪問中とのこと」

「はて、花見にしては少々時期が遅すぎるようですな。おそらく、花の盛りは過ぎておりましょう」

「そうかもしれませぬ。しかし、母の望みなら致し方ない。年寄りのすることはわからぬもので。人の言うことは聞かず、ものの見方も違う。母は健康がすぐれぬのが心配でござってな、よく気をつけぬと、すぐに風邪をひくたちなので」

「手前の母も同様。御老体の健康には気を配られたがよい」虎長は、浄法寺の僧正に、すぐに手紙を書いて、石堂の母の健康にくれぐれも注意させることを忘れるなと、頭に刻みつけた。もし、あの寺で死なれたら、その反響は一大事だ。彼は国ぢゅうに恥をさらすことになる。権力の座を賭けた勝負に、敵の男の母という無力な老女を人質として利用したものの、十分に面倒をみなかったと、すべての大名に思われてしまう。人質をとるということは、実際、危険な策略だった。

石堂は、敬愛する母が、虎長の勢力下にある名古屋に行ったと知ったとき、激しい怒りに我を忘れたものだった。何人もの侍の首が飛んだ。彼は直ちに、虎長討伐の計画を推し進めた。

そして名古屋を包囲し、逆らうようなら、表向き母の保護の責任者である大名の風巻を殺してしまおう、という重大決心までした。しかし、最後に、仲介者を通して浄法寺の僧正に、一通の親書を届けることにした。それによれば、もしも二四時間以内に母が無事に寺の外に出なければ、虎長の息子のうち、ただ一人大坂にいる長門と、その女房どもを捕らえて、お気の毒だが、疫病やみの村で目を覚ましていただくことになる。食事も水も、その他の世話も、村の売女《ばいた》どもがすることになると、したためられていた。母親が虎長の手中にある間は、うかつなことはできない。だが、もし母がもどらぬときは、全国にのろしを上げるつもりだ。「御母君にはお変わりはありませぬかな」

「おかげさまで」そう言いながら、虎長の顔の表情がゆるんだ。一つには母のことを思い出したからでもあるが、また一つには、石堂のやるせない心境がおかしかったからだ。「七四歳にしては、驚くほど丈夫で、手前が、母の年になったとき、あれほど達者でいられるかどうか」

虎長よ、おまえはいま五八歳だが、五九まで生きることはないのだと、石堂は自分に言い聞かせた。「御母君には、くれぐれもよろしくお伝えください。お邪魔をしたが、これにて失礼するとしよう」彼はひどく丁重にお辞儀をしたが、内心こみあげてくるうれしさを隠すのに骨が折れた。「なんと、肝心な用件を忘れるところでござった。最終の大老会議は延期されることになって、今宵の日没にはお会いすることはなくなった」

虎長は微笑を浮かべたままだったが、心中穏やかではなかった。

「ほほう、それはまた、なぜ」

「木山殿が御病気になられた。杉山殿と大野殿は延期に賛成され、手前も同意した。当面の重大な問題に比べれば、一日二日の延期はささいなことでござろう」

「木山殿欠席で会議を開いては」

「我々は、開くべきでないということで意見が一致した」石堂の目が嘲笑している。

「正式に」

「ここに、四人の証印がある」

虎長は腹が立った。遅れれば遅れるほど、計りしれない危険に身をさらすことになるからだ。今夕の会議を延ばすなら、石堂の母を人質にするか。いや、命令がいってもどってくるには余りにも時間がかかりすぎ、結局はせっかくの獲物も、ただで譲り渡すことになりかねない。

「で、会議はいつごろになりますかな」

「木山殿には明日か、明後日には、治ってもらわないと困るのだが」

「なるほど。では、当方の医師を木山殿のもとに遣わしましょう」

「木山殿もさぞ喜ばれましょうが、医者が面会を禁じております。病気がうつるおそれがあるとか」

「病名は」

「知りませぬ。それ以上のことは聞いておりませぬ」

「その医者は異人ですかな」
「さよう、切支丹《きりしたん》の医者の長と聞いておる。切支丹大名には切支丹の医者を兼ねた宣教師がついておるので。あれほどの大名となると、我々の医者では用が足りぬとみえる」石堂はばかにしたように言った。

虎長はますます困った。その医者が日本人なら、いろいろ打つ手はある。だが、切支丹の医者となると、当然イエズス会の宣教師であり、その一人の仕事を妨害したり、逆らったりすれば、すべての切支丹大名を敵に回すことになりかねない。それほどの危険は冒せない。ツウジとの親交も、切支丹大名の大野、木山を向こうに回しては役に立つまい。彼らの共同戦線は、切支丹たちの利益のためなのだ。すぐに、異人の宣教師たちに接近して、二人が何を代償に手を握ったのかを、なんとかして探り出さねばなるまい。石堂が本当に大野と木山を味方に引き入れたとして、この二人が結束して行動するとなれば、あとの切支丹大名はすべて、この二人についていくだろう。そうなれば自分は孤立する。ならば残された道はただ一つ、〝紅天〟だけだ。

「それでは明後日、木山殿を訪問いたそう」そう言って、最終期限を指定した。

「しかしながら、伝染病とのこと。お手前が大坂にいる間に、もしものことがあれば当方の面目が立ちませぬ。大坂にいる間はこの石堂の賓客《ひんきゃく》、お世話は当方の責任、どうぞ、御訪問なされぬよう願いたい」

「いやいや、その点は御安心くだされい、石堂殿。わしにとりつくような伝染病はまだありませぬ。お手前は、いつかの易者の占いを忘れておられまいな」六年前、日本と朝鮮、中国との戦争を解決するために、太閤のもとに中国の使節団がやってきたとき、一行のなかに一人の高名な占い師がいた。この中国人の予言したことは、その後、みなそのとおりになったのだが、太閤は、自分の催したぜいたくにして豪華な酒宴の席上、その占い師に大名たちの死を占わせた。占い師は、虎長は中年のうちに、刀にかかって死ぬだろうと言った。有名な朝鮮征伐の立役者の石堂は病気では死なず、功なり名とげて老人になり、その時代の最も有名な人物となって死ぬ。そして、太閤自身は長生きし、尊敬され、あがめられながら、健康な世継ぎを一人残して、自分の寝所で死ぬだろうと言った。その予言は、当時まだ子供のなかった太閤を非常に喜ばせた。彼は、それまでの彼らの無礼な態度に怒って、一時は、一行を殺してしまうつもりであったが、占いのおかげで殺さずに帰してやることにした。中国の皇帝は、太閤が期待したような和平交渉の任務を使節団に与えたのではなく、ただ単に、「太閤を倭《わ》の国の王に、任ずる」という、メッセージを持たせただけだった。しかし彼は一行を、用意させた棺桶には入れず、生かしたまま国に帰した。そして、朝鮮と中国に対する戦を再開した。

「いや、虎長殿、忘れてはおりませぬ」彼は、そのときのことをよく覚えていた。「しかし、伝染病はやっかいなもの。例えば、御子息の信雄殿のようにあばたになるとか、あるいは大野のようにまずい病になるとか。大野殿はまだお若いのに病人だ。さよう、病人だ」

一瞬、虎長はたじろいだ。彼は、その病気のひどさは二つともよく知っていた。彼の長男信雄は一〇年前、一七歳のときに天然痘にかかった。日本人、中国人、朝鮮人、切支丹のあらゆる医者たちが、あらゆる治療を施したが、病を抑えることはできず、死には至らなかったものの信雄の顔はくずれてしまった。虎長は、もし自分が天下をとったら、きっとこの病を根絶してやると心に誓った。女からうつるという説はほんとうだろうか。女たちはどこでこの病気を拾ってくるのか。どうすれば治せるのか。哀れな信雄よ。天然痘にさえならなければ、おまえは跡継ぎのはずだった。おまえは秀でたつわものであり、数忠にまさる為政者であり、目先のきくやつだ。おまえがいまの世で、これほど多くの重荷を負わねばならないとすれば、よほど前世で悪業を重ねたにちがいない。

「御仏《みほとけ》の慈悲により、そのような病にかかるもののないように……」

「そのとおり」石堂は、この自分がその病気にかかればよいと虎長は願っているだろうと思いながら、再びお辞儀をすると、立ち去った。

虎長から口を切った。「さてと」

広松は答えた。「こうなりましたら、殿がここにとどまられましょうと、即刻発たれましょうと、結果はどうせ破滅となりましょう。殿はもはや裏切られ、孤立しておられます。大老会議のため御滞在を続けても、相手はまず一週間は引き延ばしましょう。その間に、石堂は大坂周辺に軍勢を集めるでしょうから、そうなれば、殿は脱出できなくなります。その際、江戸におられる落葉の方の身に何が起こりましょうとも、石堂は見捨てる覚悟を決めております。殿を裏切って、四人の大名は殿に対抗するつもりです。大老会議における四対一の票決により、殿は弾劾されることになります。もしここをお発ちになったとしても、大老たちは石堂の望むような決議をするでしょう。四対一の決議には、殿も従わねばなりませぬ。殿はすでに、そのように誓わされています。大老として、御言葉は守らなくてはなりませぬ」

「そのとおりだ」

沈黙が続いた。

広松は待っていたが、心配は広がる一方だった。「いかが、なされますか」

「まず、ひと泳ぎしてこよう」虎長は驚くほど朗らかに、そう言った。「それから、あの異人に会うとしよう」


城内の虎長の居室に面した庭を通って、女が一人、かやぶきの離れに向かって静かに歩いていった。楓《かえで》の木立の中に、その離れは映りよく見えた。女の着物も帯も、地味な絹ではあったが、その上品なことは中国の著名な織職人の作を思わせた。髪は、近ごろ京都ではやりの髪型に高く結い上げ、長い銀のかんざしを差していた。色白の肌を陽光から守るように、色合いの美しい傘をさしている。小柄で五尺そこそこだが、体はみごとに均整がとれている。首のまわりに金の鎖をしており、その先には、小さな金の十字架が下がっていた。

桐は離れの濡れ縁で待っていた。簾《すだれ》の内側にどっしりと座っているが、大きなお尻は座布団からはみ出そうだ。彼女は、女が苔《こけ》の庭に巧みにしつらえられた踏み石を伝って近づいてくるのを、見守っていた。

「まり子さん、あなたはいつもお美しくて、お若くていらっしゃること」桐は、女のあいさつに答えながら、なんの嫉妬心もなくそう言った。

「ほんとにそうならうれしいのに、桐壺様」まり子はほほ笑みながら答えた。そして、座りながら、着物の裾を整えた。

「いえ、ほんとうよ。この前お会いしたのは、いつだったかしら。二年……いえ、三年前かしらね。初めてお会いしてからこの二〇年間、あなたは少しも変わっていない。覚えていらっしゃる？　黒田様の催された宴会でのこと。あなたは一四歳で、まだ結婚なさったばかりで、初々しかったこと」

「ただ、おどおどしていました」

「いいえ、ちっともおどおどなどしてはいませんでしたよ」

「あれは、二〇年前ではなく、一六年前ですわ、桐壺様。はい、あの日のことはよく覚えています」覚えていたくないのに。あの日、私の父が、主君にあたる暴君の黒田公に仇討ちなさるつもりだと、兄から耳打ちされたのだ。お父上が暗殺するつもり……主君を。

ええ、そうです、桐様。あの年の、あの日、あのときのことを私は忘れません。あれが恐ろしい人生の始まりでした。私は、事件が起こる前からそのことを知っていたとは、だれにも話したことはありません。夫にも、舅《しゅうと》の広松にも告げませんでした。二人とも黒田様の忠実な家臣でした。反逆は重臣の一人によって計画されました。さらに悪いことには、私の主君でもある黒田様に私は知らせませんでした。ですから私は、主君にも、夫にも、夫の家族に対しても自分の務めを果たさなかったのです。夫の家族とは、結婚した以上私にとってただ一つの家族ですのに。おお、聖母マリア様、私の罪をお許しください。罪障の消滅にお力をお与えください。私は愛する父を守るために、沈黙を続けました。でも、父は一〇〇〇年の栄誉を汚しました。おお、神様、ナザレのイエス様、永劫の責苦からこの罪人を救いたまえ……

「あれは一六年前でございました」まり子は、平静に言った。

「あの年、私は虎長様の御子を宿していました」桐はそう言いながら、思い出していた。もし、黒田公が、あなたの父上の裏切りによって殺されなかったら、虎長様は長久手の合戦に行かなかったであろう。そうすれば、私もそこで風邪などひかず、子供を流産することもなかったであろう。そうなったかもしれないし、そうならなかったかもしれない。すべては前世の縁《えにし》だ、たとい何が起ころうとも。「そうね。まり子さん」いまの桐には、彼女に対するなんの悪意もない。「随分昔になったわね。何かあの世の出来事みたい。でもあなたは年を知らない。私もあなたのように美しいお顔や、美しい髪をして、あなたのように優しい歩き方をしてみたいわねえ」桐は笑った。「でも、答えは簡単。私は食べすぎ」

「まあ、そんなことおっしゃって。桐様は虎長様の御寵愛を受けておられます。それだけでもう十分でございましょう。あなたは思慮深く、心の温かい、何一つ欠点のない、幸せなお方です」

「あら、私はもっと細くなって、それでもいただくものはいただいて、そのうえお気に入られれば、もう何も言うことはないのよ」桐は言った。「でもあなたはどうなの。幸せではないの」

「私は文太郎様のお遊びの道具ですわ。でも夫が幸せなら、もちろん私も幸せで、夫の喜びは私の喜びです。あなた様と同じですわ」

「ええ、でも同じではないわ」桐壺は扇子を動かした。金色の絹の扇面に午後の日差しが反射した。まり子さん、私はあなたでなくてよかった。あなたの美しさ、聡明さ、勇気、学問には及ばないけれど。そうよ、あの憎たらしい醜男《ぶおとこ》の、生意気で、乱暴な男とは一日も暮らせないわ。あれは、父君の広松様とはまるで正反対。それにつけても、広松様はすばらしいお方。けれども文太郎は、世の中にあんなひどい息子はありはしない。ああ、私も子供が欲しかった。でも、まり子さん、あなたはなぜ、あんなひどい仕打ちに何年も耐えているの。あなたはどうして御自分の悲劇を我慢しているの。それでいて、顔にも心にも曇りのないのは、どうしたことでしょう。「あなたは、ほんとうに驚いた人なのね」

「ありがとうございます、桐壺様。ほんとに桐様。お目にかかれてよかったわ」

「私こそ。ところで、御子息はお元気」

「ええ、それが、元気も元気、猿次は一五歳になりました。信じられますか、背が高く、たくましくて、父親にそっくり。広松様からは領地を賜ったりして……そうそう、猿次が近々、祝言を挙げることになりましたが、お聞きですか」

「いいえ。どなたと」

「木山様の孫娘にあたる方で、虎長様が御計らいくださったものです。戸田家にとってまたとない良縁でございますが、ただ一つ、そのお嬢様が、もう少し息子を大事にし、息子にふさわしいものに……」と言いかけて、まり子は少し恥ずかしそうに笑った。「おやおや、世間なみの姑のようなことを言って……でも、あなた様もきっとそう思われますわ。あの方は、躾《しつけ》がまだですの」

「御自分でするつもり」

「できましたら。私には、お姉様がいないのは幸いなのですが、おかげで、どうしたらよいかわからなくて」

「その子をまずなつかせてから、召使いたちを仕込んだように仕込めばいいわ」

「ええ、そうなればよいのですが、なかなか……」まり子の両手はひざに置いたままだ。トンボがきて止まり、しばらくして飛び去った。「主人にこちらへ来るように言われましたが、虎長様が私に御用だとか」

「はい。上様は通訳をお願いしたいということで」

まり子は驚いた。「どなたの」

「新しい異人さんよ」

「まあ、神父のツウジさんは……御病気ですか」

「いいえ」桐壺は、扇をもてあそびながら言った。「虎長様が、初めての御会見のときの宣教師ではなく、あなたをお呼びになったわけは、私にはわからないままだわ。ねえ、まり子さん、私たちはお台所をお願かりし、召使いを取り仕切り、食物や調度品を買い整え、そのうえ殿方の身の回りのお世話に明け暮れているのに、男というものは妻には何ひとつ話さないのですからね」

「で、女は勘を働かせるわけですわ」

「そうね」桐壺のまなざしは穏やかで、親しみがこもっていた。「でも、これはごく内密のことだと思うわ。だからあなたの切支丹の神様に誓っても、この会見のことはだれにももらさないようにね」

日がかげり気温が下がってきたような気がする。

「わかりました」まり子はそう言ったが、いちまつの懸念が残った。桐の心は、夫にも、舅の広松にも、懺悔《ざんげ》にも言ってはならぬと、いうことだと思う。虎長の命令で、夫が自分をここによこしたからには、主君である虎長への忠誠義務のために夫には話さずにすむだろうが、懺悔に何も言わずにいることができるだろうか。それに、神父のツウジさんではなく、なぜこの自分が通訳をするのか。彼女はいままた、自分の意思とは関係なく、政治的陰謀のなかに巻き込まれようとしているのだと思った。あのときもそうだった。そして自分の人生は狂ってしまった。ああ、私は名門の藤本家などに生まれなければよかった。なまじの語学の才など持ち合わせなければよかった。おかげで、難しいポルトガル語とラテン語を覚えてしまった。いや、いっそのこと、生まれてこなければよかったのだ。でも、そうだったら、息子をもつことも、神の御子や、その真理や、不滅の生命について学ぶこともできなかったろう。

まり子よ、これがおまえの前世からの縁なのだと、彼女は悲しく心の中でつぶやいた。そういう宿命なのだ。

「わかりましたわ、桐様」そう彼女は、決意をこめて言った。「神の御名において誓いますが、今日ここでの話は一言も他言しません。また、上様の通訳をしたときは、いつもそうします」

「それから、御自分の気持ちとは別に、お話の内容を正確にお伝えするようにしてくださいね。今度の異人は変わっていて、妙なことを言います。ですから、上様も何か特別な理由があって、いろいろ考えられたうえで、あなたを呼ばれたのだと思いますよ」

「私は、虎長様のおぼしめしのままに従います。私の忠誠心については、御懸念は要りません」

「それはもちろん、心配したこともないわ」

いつの間にか、霧のような雨が降ったらしく、花びらも、苔も、木の葉もしっとりと潤って、みずみずしい。

「一つお願いがあるの。その十字架を見えないようにしてくださいな」

まり子の指は、反射的に十字架をかばうようにした。「なぜ。虎長様も、一門の長の広松様も、私の改宗には反対なさらなかったのに。主人も……主人も十字架を身に着けることを許してくれていますわ」

「そうよ。でも、十字架を見るとあの異人は怒りだすの。虎長様は異人を怒らせず、気持ちを和らげておきたいの」


ブラックソーンは、こんなふうに小さくかわいらしい女には、初めて出会った。「コンニチ、虎長サマ」彼はヨーロッパの廷臣ふうのお辞儀をすると、虎長のそばに座っている丸い目の少年と、その後ろにいる太った婦人に会釈した。彼らはみな、この小さな離れ家のぐるりの濡れ縁に座っている。

ブラックソーンは着物の裾を直し、濡れ縁の前の土の上に置かれた座布団の上に座った。

「ゴメン、ナサイ、虎長サマ、ニホン、ゴ、ハナシマセン。ツヤク、イマス、カ」

「私があなたの通訳をします、セニョール」まり子はすぐに、ほぼ完璧なポルトガル語で答えた。「でも、あなたは日本語が話せるのですか」

「いいえ、セニョリータ、ほんの片言です」ブラックソーンは驚いて答えた。彼はアルヴィト神父が通訳するものと思っていたし、虎長は侍たちや大名の矢部なども連れてくるものと予想していた。だが、侍たちは近くにはだれもおらず、庭のまわりを囲んでいるだけである。

「上様のお尋ねは、どこから、いえ、それよりもまず、ラテン語でお話ししたほうがよいでしょうか」

「どちらでも、お好きなほうを」教育のある男として、ブラックソーンはラテン語の読み書きと会話ができた。

この女は何者だ。どこでこれほど完璧なポルトガル語を習ったのだ。しかも、ラテン語まで。イエズス会しか考えられない、やつらの学校だ。おお、やつらの賢いこと。真っ先に学校を建てるのだからな。

イグナティウス・ロヨラがイエズス会を創立してから、まだ七〇年だが、いまや彼らの学校はキリスト教世界のなかでは最もすぐれたものとなり、世界の至るところに広まっている。イエズス会の影響力は国王たちの運命をすら左右するようになった。彼らはローマ法王に取り入り、あるいは宗教改革の波をくい止め、彼らの布教の版図を広大なものにしていった。

「それでは、ポルトガル語でお話ししましょう」と彼女は言った。「上様はあなたがどこで〝片言の日本語〟を学ばれたのかと、聞いておられます」

「牢獄にフランシスコ修道会の修道士がいて、その男が教えてくれました。例えば、〝食物、友人、風呂、行く、来る、ほんとう、嘘、ここ、あそこ、私、あなた、どうぞ、ありがとう、欲しい、欲しくない、囚人、はい、いいえ〟などです。残念ながら、まだ始めたばかりです。どうか虎長公に、私は、御質問にお答えし、お役に立つつもりであると言ってください。また、牢獄から出られたことを少なからず喜び、感謝しています、と」

ブラックソーンは、彼女が向き直って、虎長に話している様子を見つめていた。彼は、短い文章で、簡潔に、注意深く話さねばなるまいと思った。なぜなら、ほとんど同時通訳をしていたあの宣教師と違って、この女は彼が話し終わるまで待ち、それから話の内容を要約したり説明したりしているからだ。こうした場合、問題となるのは、すぐれた通訳を除けばたいていの通訳は、イエズス会の連中も含めて意識的と無意識的とを問わず、会話の内容になにかしら通訳自身の意見を反映させてしまうことだ。入浴と按摩《あんま》と食事と、二時間の睡眠のおかげで、彼は見違えるほど元気になっていた。風呂では、腰巻き姿のたくましい女たちが彼の肩をたたき、髪を洗い、きちんと束ねてくれ、床屋はひげを剃ってくれた。彼は清潔な下帯、着物、帯、それに足袋《たび》と草履を与えられた。清潔な部屋には清潔な布団が敷かれてあり、彼はそこで眠った。何もかも、夢のようだったが、夢を見ることもなくぐっすり寝込んで目を覚ましたとき、彼は一瞬、これは夢なのか、あるいは牢獄が夢だったのかと思った。

彼は、再び虎長に会わせてもらえることを願いながら、会ったら何を言い、何を明かそうかと考え、また、いかにしてアルヴィト神父を出し抜き、優位に立つかを思い巡らし、じっと待った。虎長に対しても優位に立つのだ。なぜなら、修道士のドミンゴがポルトガル人のことや、日本の政策や貿易のことを話してくれたおかげで、いまや、疑う余地もなく自分は虎長の役に立つ人間であることがわかっているからだ。そうすれば、虎長はお礼に、望みどおりの金品をくれるにちがいない。

そしていま、宣教師と争わなくてもいいのだと思うと、さらに確信がわいてくる。ほんの少しのツキと、忍耐とが必要なだけだ。

虎長は、人形のようにかわいい通訳の言うことに、熱心に耳を傾けている。

あの女なら片手で持ち上げられるだろう。あの腰におれの両手を左右からあてがえば、指同士がとどいてしまうだろう。年はいくつだろう。すばらしい女だ。結婚しているか。指輪ははめていないが、ぜひ知りたいものだ。宝石の類は何ひとつ身に着けていない。髪に差した銀のかんざしだけだ。そういえば、もう一人の太った女も何も着けていない。

思い出してみれば、あの村にいた二人の女も宝石を身に着けていなかったし、村次の家のどの女も着けていなかった。なぜだ。

それに、あの太った女は何者だ。虎長の妻か。それともあの少年の乳母か。あの子は虎長の息子なのか。いや、孫だろう。修道士のドミンゴの話では、日本人は妻は一人しか持てないが、同時に、複数の配偶者——法的に認められている愛人——を、何人でも望むだけ、持てるということだ。

あの通訳の女は虎長の愛人かもしれない。あんな女と寝たらどんなによい気分だろう。おれだったら、あの女はつぶれてしまうかもしれん。いや、そんなことはない。イギリスにもあのくらいの小さな女はいる。だが、似ても似つかない。

少年は小さくて姿勢がよく、つぶらな目をしている。黒い髪は一つに束ねており、月代《さかやき》は剃っていない。そして、好奇心でいっぱいのような顔でこちらを見ている。

深く考えずに、ブラックソーンはウインクをしてみせた。すると、少年は飛び上がって笑いだした。そして、まり子の話をさえぎると、指差したり、しゃべったりしている。だが、みんなは叱りもせず、少年のおしゃべりを黙って聞いている。

「虎長様は、あなたがなぜそのようなことをしたのかと、お尋ねです」

「いや、ただ、あの子を喜ばしてやろうと思っただけだ。あの子も人の子、おれの国では子供たちは、ウインクをしてやるとみんな笑うからね。うちの息子もあの子と同じくらいの年だ。七歳だけど」

「若君様も七歳です」まり子は間をおいてそう言うと、振り返って、彼の言ったことを通訳した。

「若君というと、その子が虎長公の一人息子というわけか」と、ブラックソーンは尋ねた。

「さしあたって、あなたは、こちらの質問に答えるだけにしていただきたい、とのことです」それから彼女は付け加えた。「あなたが辛抱なされば、あとで、聞きたいことをお聞きになる機会が与えられるでしょう」

「わかった」

「あなたのお名前は大変言いにくい……そのような発音が、日本語にはないからですが……あなたを呼ぶのに、安針さんという日本名を使ってもよろしいですか」

「もちろん」ブラックソーンは彼女の名を聞きたかったが、さっき彼女に言われたことを思い出し、自分自身に忍耐を言い聞かせた。

「ありがとう。上様がお尋ねですが、あなたは子供がありますか」

「娘が一人。この子はおれがイギリスを離れる直前に生まれたから、もう二歳になるわけだ」

「奥様は一人ですか、それともたくさんいますか」

「一人だ。それがおれたちの習慣だから。ポルトガルやスペインも同じですよ。我々には側室というのはいない」

「その方は、あなたの最初の妻ですか」

「そうだ」

「あなたは何歳ですか」

「三六」

「イギリスのどこに住んでいますか」

「チャタムのはずれ……ロンドンの近くにある小さな港だ」

「ロンドンは、お国の首都ですか」

「はい」

「あなたは何語をしゃべるのかと、お聞きです」

「英語、ポルトガル語、スペイン語、オランダ語、それにもちろんラテン語も」

「オランダ語とはなんですか」

「ヨーロッパの言葉で、オランダで話されている。ドイツ語とそっくりだ」

彼女は眉をひそめた。「オランダ語は異教徒の言葉でしょう、ドイツ語も」

「両国ともカトリックではないが」彼は慎重に答えた。

「失礼ですが、それは異教徒と同じでしょう」

「いや、そうではない。キリスト数は二つのはっきり異なる宗派に分かれている。カトリックとプロテスタントだ。いまのところ、この両派はお互いに敵同士だ」彼女は驚いている様子だが、虎長は会話から取り残されて、いらいらしはじめている。気をつけろと、彼は自分自身に注意した。この女は間違いなくカトリックだぞ。話をそらしていこう。そして簡潔にするのだ。「虎長公は、宗教についての議論がお好きではないようだ。この問題は最初の会見のときにも少し出たのだが……」

「あなたはプロテスタントですか」

「そうだ」

「すると、カトリックの信者はあなたの敵ですか」

「カトリックのほとんどの人は、おれたちを異教徒で、敵だと思っている」

彼女はためらったが、ついに、虎長のほうに向き直り、通訳した。

庭の周囲を大勢の警固の侍が取り囲んでいる。かなり遠巻きにしているが、全員、茶色の装束である。間もなく、ブラックソーンは、木陰に小さく一団となっている一〇人ほどの灰色の侍が、じっと少年を見ているのに気がついた。なんの意味なのだ。

虎長はまり子とやりとりしていたが、またブラックソーンに話しかけた。

「上様はあなたや、あなたの家族のことをお知りになりたいそうです。それから、あなたのお国のこと、女王や代々の支配者のこと、風俗、習慣、歴史についても。またほかの国々のこと、特に、ポルトガルとスペインについてお話しください。あなた方が住んでおられる世界についてのすべてを。あなたの船、武器、食物、貿易について、また、あなたの経験した戦い、操船術、水先案内の仕方、航海中の事件などもお知りになりたいとのことです。それに、失礼ですが、なぜお笑いになるのか」

「お尋ねの内容が、すべておれの知っていることばかりだから」

「それこそ、まさに、上様がお知りになりたいことなのです。上様はすべてについて真実をお知りになりたいのです。ありのままの事実と、それについてのあなたの御意見を」

「喜んでお話ししたいが、時間がかかってもいいのだろうか」

「上様には、時間がおありとのことです」

ブラックソーンは虎長を見て、「ワカリマス」と言った。

「失礼ながら、上様には、あなたの発音が少々間違っているとのことです」そう言って、まり子は彼に手本を示してくれたので、彼はそのとおりまねをし、礼を言った。

「さて、どこから始めたらいいだろうか」

まり子は虎長に聞いた。虎長のたくましい顔に、一瞬の微笑が浮かんだ。「初めからと、仰せられています」

ブラックソーンは、これが自分のテストだぞと思った。やり方は無限にあるようにみえるが、どこから始めるべきだろうか。だれに向かって話しかけるべきだろうか。虎長か、少年か、それともあの女か。ここにいるのがみな男なら、明らかに、虎長に語りかけるべきだろう。だが、いまの場合はどうする。なぜ、あの少年と女がこの席にいるのだ。何か意味があるはずだ。

彼は、少年と女とに話しかけることにした。「大昔、我が国は、エクスカリバーと呼ばれる魔法の剣を持った大王が治めていた。お妃は国中でいちばん美しい女だった。王の最高顧問は魔法使いのマーリンで、王の名前はアーサーといった」少年時代に父親がよく話してくれた伝説を、彼は自信をもって話しはじめた。「アーサー大王の首都はカメロットと呼ばれ、戦争もなく、豊かな収穫に恵まれた平和な時代だった。そして……」そう語りながら、彼は大きな過ちを犯していることに、はっと、気がついた。物語の中心は、不忠な臣下ランスロットと密通する妃グイネビア、アーサー王の庶子で父に逆らって戦いをいどむモードレッド、そして、その戦いで息子を殺し、自分もまた息子の手にかかって致命傷を負うアーサー王たちが登場する。くそっ、おれはなんという間抜けだ。虎長は偉大な王ではないのか。ここにいるのは彼の女たちではないのか、彼の息子ではないのか。

「御気分でもお悪いのですか」

「いや……いや、失礼、え……」

「王様と、豊かな収穫についてのお話の途中でした」

「そう、そこで……しかし、どこの国でも同じだが、我々の過去の歴史も、多くの神話と伝説の霧のなかで、くだらない話ばかりだ」彼は時間をかせごうとして、つじつまの合わないことをしゃべった。

彼女は当惑して彼を見つめた。虎知の目は、いっそう鋭さを増し、少年はあくびをした。

「お話は途中でしたが」

「では……」と言いかけて、頭に名案がひらめいた。「いちばんいいのは、おれたちの知っている世界地図を描いてみせることだろう」彼は急いで言った。「その案はどうだろう」

彼女がそう通訳すると、虎長の顔には興味を示す反応が表れたが、少年と太った女は手ごたえがない。どうやって彼らを話に引き込むか。

「上様がお許しです。紙を持ってこさせます」

「ありがとう。だが、いまはこいつで間に合う。あとで、何か書く物をくれれば本式の地図を描こう」

そう言って、ブラックソーンは指で砂の上に、彼らに見やすいように、逆さまに、大ざっぱな地図を描いた。「地球は、オレンジのように丸いものだが、この地図はその皮のようなものだ。皮を縦に切ると楕円形がいくつもできるが、それを横に並べて、南北の端のほうを少し横に伸ばすと、こうなる。メルカトールというオランダ人が、いまからちょうど二〇年前にこの方法を発明した。それが最初の正確な世界地図だ。この地図があれば、あるいは彼の作った地球儀があれば航海することができる」彼は大陸に分けてみせた。「こちらが北でこちらが南、それに東と西、日本はここで、おれの国は反対側のここだ。このあたりは全部まだ未知の世界で、探険されていない……」彼は、メキシコの上からニュー・ファウンドランドまでの北アメリカや、ペルーと海岸部を除いた南アメリカ、ノルウェーから北と東の一切、モスクワから東の一切、アジア全域、アフリカ内陸部、ジャワから南、それに南アメリカの先端などを手で示した。「我々は海岸線は知っているが、それ以外はほとんど知らない。アフリカ、南北アメリカ、それにアジアの内陸部については全くわかっていない」彼は彼女のためにひと区切りした。

彼女の通訳はすっかり板についてきた。みんなも、だんだん興味をそそられてきたようだ。

「若君様は、私たちの国を地図の上で知りたいとおっしゃっておられます」

「ここだ。ここが中国だ。海岸からどのくらい奥まであるのかは知らない。ここからここまで

「若君は、日本はその地図の上では、なぜそのように小さいのかと聞いておられます」

航海するのに、おれは二年かかった」虎長と太った婦人は、もっとよく見ようとして、首を伸ばした。

「ほかと比べるとそうなる。ここにあるニュー・ファウンドランドからこのメキシコまでの距離は、一リーグを三マイルとして、ほぼ一〇〇〇リーグだが、ここから江戸まではおよそ一〇〇リーグしかない」

みんなが黙った。しばらくして、彼らの間で何かやりとりされた。

「虎長様は、あなたがどのような経路で日本に来たのか、地図の上で示されるようにとのことです」

「こうだ。ここがマゼラン水路……海峡という。ここだ、南アメリカの先端だ。八〇年前にここを発見したポルトガルの船乗りの名前をとって、そう名づけられた。その後、ポルトガルとスペインは自分たちでこの航路を独占するために、ひた隠しにしてきた。第三国人でここを通過したのは、おれたちが初めてだ。おれは彼らの秘密の航海日誌、つまり海図を持っていたが、それでも、そこを通過するのに六ヵ月も待った。風向きが逆だったからだ」

彼女がそう通訳すると、虎長は信じられぬという面持ちで彼を見た。

「上様は、あなたの間違いだと言われます。蛮人、いえ、ポルトガル人はみな南からやって来ます。それが唯一の航路です」

「確かにそれは、ポルトガル人のお気に入りの航路だ。いわゆる喜望峰回りだ。彼らは、アフリカやインド、香料諸島《モルッカ》の沿岸に、食糧の備蓄と、越冬のための砦をたくさんもっているからな。そして、彼らの軍艦がこれらの海岸をパトロールし、独占している。しかし、スペイン人たちはアメリカの太平洋側の植民地やフィリピン群島に行くのに、マゼラン海峡を通るか、ここにあるパナマ地峡を陸路横断して時間を節約している。我々にとっては、マゼラン海峡を通って航海するほうが安全だ。そうしないと、敵方のポルトガルの要塞から手厳しい攻撃を受ける羽目になるから。どうか虎長公に、伝えてくれ。おれは彼らの要塞のある場所をいくつも知っているとな。ついでながら、大半は日本人の軍勢を使っているんだ」牢獄の中でいろいろ教えてくれた修道士はスペイン人だったから、ポルトガル人とイエズス会に対しては敵意を抱いていたっけ。

ブラックソーンは、彼女の顔にすぐ反応が表れるのを見た。彼女が虎長に伝えると、虎長の顔にもすぐ反応が表れた。彼女に時間を与えろ、話を複雑にするなと、彼は自分に言い聞かせた。

「日本の軍勢とは、侍という意味ですか」

「浪人というほうが当たっているだろう」

「あなたは、〝秘密の〟海図と言いましたね。上様は、それをどのようにして手に入れたかと、お尋ねです」

「オランダ生まれのピーター・スイダホフという名前の男が、ゴアの首席司教の秘書をしていた。ゴアはポルトガル領インドの首都だ。もちろん御存じと思うが、ポルトガル人は武力でインドを手に入れようとしている。彼は、当時、ポルトガル領の総督も兼ねていたこの大司教の私設秘書をしていたため、あらゆる種類の書類を目にする機会があった。そして何年もかかって、彼はポルトガル人の航海日誌、つまり海図をいくつか手に入れ、写しをとった。それらのなかには、マゼラン海峡を通る秘密の航路や、喜望峰の回り方、ゴアからマカオを経由して日本に至る航路に散在している浅瀬や暗礁の位置などが載っていた。おれが持っていた航海日誌はマゼラン海峡のものだ。それはその他の書類とともに、おれの船から消えてなくなった。それらはおれの生命同然で、同時に、虎長公にとっても計りしれぬほどの価値のあるものなのに」

「上様は、それらの書類を探す命令を出されたとのことです。お続けください」

「スイダホフはオランダに帰国すると、極東開発の独占権をもつ東インド貿易会社にそれらを売った」

彼女は冷ややかな目で見ている。

「その男は、金が目当てのスパイでしたか」

「彼はその海図で金をもうけた。つまり、そうだ。それが彼らの習慣なのだ。報酬はいつも金だ。肩書や土地じゃない、金だけだ。オランダは共和国で、もちろん、おれの国と同盟国オランダとは、スペイン、ポルトガルと戦っているが、戦はもう何年も続いている。おわかりいただけるだろうが、戦争しているかぎり、敵の秘密を探り出すことは、絶対だ」

まり子は虎長のほうを向き、しばらく説明していた。

「上様は、その大司教はなぜ敵方の者を雇ったのかと、お尋ねです」

「ピーター・スイダホフの話によると、この大司教はイエズス会の者で、商売以外には関心がなかったそうだ。スイダホフは彼らの収入を二倍にしてやった。そこで彼はかわいがられた。彼はひどく頭のいい商人で……オランダ人はその点にかけてはポルトガル人より一枚上だ。そういうわけで、彼の身分はあまり厳密に調査されなかったというわけだ。青い目に金髪、つまり、ドイツやそこらのヨーロッパ人のなかにも、カトリック教徒はたくさんいるからね」ブラックソーンは彼女が訳し終わるのを待ってから、慎重に付け加えた。「彼はもともと軍人で、アジアにおけるオランダのスパイの首領だった。彼は部下を何人かポルトガルの船に乗船させていた。虎長公にお伝えください。日本との交易を失えば、ポルトガル領インドは長くはもたない」

虎長は、まり子が話している間、地図の上に目を注いでいた。彼女の話を聞いてもべつに反応も示さなかったので、ブラックソーンは、彼女はちゃんと通訳したのだろうかと思った。

「上様には、できるだけ早く世界地図を紙に描いて、ポルトガルのすべての基地と、そこにいる日本の浪人の数を記してもらいたいとのことです。ではどうぞ、話をお続けください」

ブラックソーンは、自分が大きく前進できたことを感じた。しかし、少年があくびをしたのを見て、目的の港は同じでも、航路を変えてみようと思った。「世界はどこも同じとはかぎっていない。例えば、我々が赤道といっているこの線の南側は、季節は逆になっている。こちら側が夏なら、向こう側は冬だ。こちらの夏には、向こうはがたがた震えている」

「なぜ、そうなるのですか」

「わからないが、ほんとうのことだ。現在、日本に来るには、南にあるこれらの二つの海峡のいずれかを通らなければならない。我々イギリス人は、シベリアの北を回るか、アメリカの北を通るかして、北回りの航路を発見しようとしているところだ。おれは遠い北国に行ったことがあるが、そこではどこもかしこも、ほどんど一年中解けることのない雪と氷におおわれていて、ものすごく寒いから、毛皮の手袋をしなかったら指はあっという間に凍ってしまう。そこに住んでいる人々は、ラプランド人と呼ばれている。彼らは毛皮で衣服を作る。男は狩りをし、女はなんでもやる。女の仕事の一つに衣服を作ることがあるが、それには長いこと毛皮を嚙んで柔らかくする。そうでないと縫えないからね」

まり子が声を出して笑った。

ブラックソーンも微笑を返しながら、内心自信を深めた。「ほんとうです、それは。ホント」

「ホントだと……何がほんとうなのだ」虎長は通訳が待ち切れなかった。

笑いが収まらないままに、彼女は、ブラックソーンの話を虎長に聞かせた。みなも笑い出した。

「おれは彼らと一年近く暮らした。氷に閉じこめられて、雪解けを待たねばならなかった。彼らの食物は魚とアザラシで、ときには、北極熊や鯨も食べる。彼らはなんでも生で食べるが、いちばんのごちそうは鯨の脂を生で食べることだ」

「まあ、まさか」

「ほんとうだ。そして彼らは雪で作った小さな丸い家に住んでいて、風呂には一度も入らない」

「え、一度も」彼女はまた吹き出した。

彼はうなずいてみせたが、イギリスでも入浴はまれで、暖かい国のポルトガルやスペインより風呂に入らないということは、彼女には伏せておこうと思った。

彼女が伝えると、虎長は信じられないといった様子で頭を振った。

「上様は、それは誇張しすぎであると申されております。風呂なしではだれも生きてはゆけません。たとい野蛮人でも」

「ほんとうだ……ホント」彼は穏やかに言いながら、片手を上げた。「ナザレのイエス・キリストと、我が魂に誓います。それは真実です」

彼女は黙って、彼を見つめていた。「何もかも」

「そうだ。虎長公は真実を尋ねられた。とすれば、なんで嘘を言うだろうか。おれの生命はあの方の手に握られているのに。真実を証明するのは簡単だ……いや、いま言ったことがほんとうであることを証明するのは非常に難しい。あなたが自分でそこへ行って、その目で確かめてもらうより仕方がないのだから。敵であるポルトガル人やスペイン人に聞いてみても、むだだろうな。しかし、虎長公は真実を求められた。虎長公なら、おれが真実を言っていることを信じてもらえるだろう」

まり子はちょっと考え込んだ。それから彼の言ったことを慎重に通訳した。そして、「虎長様は、風呂に入らずに生きてゆけるとは信じ難いと申しております」

「そのとおりだ。しかし、寒い国の話で、そこの習慣はこの国とは異なっている。例えば、おれの国でも、入浴は健康によくないとだれもが信じている。おれの祖母のグラニイ・ジェイコバが、よく言っていた。『生まれたときに一回、棺に入るときに一回、風呂に入れば天国の門がくぐれる』とね」

「とても信じられません」

「あなた方の習慣にも、信じられないようなものがいくつかある。しかし、おれが生まれてから風呂に入った回数よりも、この国に来てから短期間の間に入った回数のほうが多いのは、間違いない。そのほうが気持ちがよいということも素直に認める」そして、にやりとした。「入浴に害があるとは、おれはもう信じていない。つまり、ここに来てそれがわかったというわけだ」

桐が口を開いた。「ほんとに、驚いた人ね、ほんとに」

「まり子、おまえはあの男の言うことをどう思う」虎長が聞いた。

「あの方はほんとうのことを言っていると思います。あるいは、ほんとうのように思えます。明らかに、あの方は上様にとって、おそらく、大きな価値をもつものと思われます。私たちは外の世界のことについては、何も知りませんので。いえ、それを知ることが上様にとって価値があるのかどうかは、私にはよくわかりません。けれども、あの方は天から降ってきたのか、地からわいたのかと思うほど、不思議な方です。そしてもし、あの方がポルトガルとスペインの敵であるとしたら、あの方の情報は、それが信じられるものであれば、上様にとっても大事なもののように思えますが」

「私もそう思います」桐が言った。

「若君はどう思われます」

「私か。そうだな。あの男は醜いな。金色の髪と猫のような目が嫌いだ。人間のようには見えないぞ」少年はひと息にそう言った。「あの男のような異人に生まれず、父上のような侍に生まれてよかった。もう一度水泳の練習にいきたい」

「また明日。弥右衛門」虎長はそう言いながら、この水先案内人とじかに話ができないことを、もどかしく思った。

彼らがお互い同士話し合っている間に、ブラックソーンは、そろそろタイミングがきたと思っていた。すると、まり子が彼のほうに向き直って言った。

「上様は、なぜあなたがそのような北国におられたのかと、お尋ねです」

「おれは船の水先案内人だった。そして、北回りの航路を見つけようとしていた。まだまだ、吹き出すような話はいくらでもある。例えば、いまから七〇年前、スペインとポルトガルの王は、新しい国を発見したら、彼らの間で二分するという大まじめな条約に調印した。だからあなた方の国も、半分はポルトガルの所有になるわけだ。つまり、あなた方の国は正式にはポルトガル領だ。虎長公も、あなたも、ほかのみなさんも、この城も、城にあるすべての物も、ポルトガルのものになったのだ」

「なんということを。失礼ですが、あまりにばかげています」

「やつらの思い上がりのほどが、信じ難いものであることは認める。しかし、これは事実だ」

すぐさま、彼女が訳しはじめると、虎長はさげすむように笑った。

「虎長様は、御自分と中国の皇帝の間で、同じように天下を二分できると申されますが」

「虎長公にお伝えください。残念ですが、少し意味が違う」ブラックソーンは自分が危ない橋を渡っていることに気づいた。「いま言ったことは正式な書面になっており、それに基づいて、両国の王の家臣たちが発見した非カトリック国は王たちのものであり、そこの為政者を追い払って、カトリックの統治にする権利があると書いてある」彼は地図の上で、ブラジルを北から南に二分する線を指で描いてみせた。「この線から東側は全部ポルトガルに属し、西側はすべてスペインのものだ。一五〇〇年にペドロ・カブラルがブラジルを発見した。それで現在、ポルトガルはブラジルを所有しているわけだが、土着の文化と支配者を追っ払って、鉱山から採取した金銀や、原住民の寺から略奪した財宝で金持ちになったというわけだ。これまでに発見されたアメリカ大陸のほかの国は、スペインのものになっている。メキシコ、ペルー、それにこのあたり、南アメリカ大陸のほとんどすべてがそうだ。彼らはインカ帝国の住民を一掃し、彼らの文化を破壊し、何十万という原住民を奴隷にしてしまった。〝征服軍《コンキスタドーレス》〟たちは近代的な銃を持っているが、原住民は何も持っていなかった。〝征服軍〟の後ろから神父たちがやってくる。間もなく、何人かの王侯たちが改宗し、敵意が生じはじめ、やがて、王侯親族同士が反目し合うようになり、王国はこま切れにされてしまう。いまやスペインは世界一の金持ちの国だが、それというのも、こうしてインカやメキシコからの金銀を略奪して本国に送っているからだ」

まり子はもう笑わなかった。彼女は、ブラックソーンの講義の重大さを素早く悟った。虎長もそうだった。

「上様はこれは役に立たないお話だと申されます。彼らはどうして、そのような権限を手に入れたのですか」

「自分で手に入れたのではない」ブラックソーンは重々しく言った。「ローマ法王が彼らにその権限を与えている。この世におけるキリストの代理人である法王が、彼らに神の言葉を広める報奨として与えているのだ」

「とても信じられません」彼女が叫んだ。

「おれの言ったことをそのまま訳してくれないか。それは、ホントなんだ」

彼女はその言葉に従って話しだしたが、動揺を隠しきれなかった。

「上様が……申されますには、あなたは……あなたは、あなたの敵のことを中傷しようとしています。真相はどうなのですか。覚悟して話してください」

「法王アレクサンデル四世は、一四九三年に最初の境界線を引いた」ブラックソーンは話を始めながら、若いときにアルバン・カラドックから多くの事実を頭にたたきこまれたことや、ドミンゴ神父が、日本人の誇りの高さや日本人の心のとらえ方を教えてくれたことに感謝した。

「一五〇六年になると、ローマ法王ユリウス二世は、一四九四年にスペインとポルトガルが調印したトルデシーリャス条約の変更を承認し、その結果、従来の境界線が少し変わった。一五二九年といえばいまからわずか七〇年前だが、法王クレメンス七世はサラゴサ条約を承認した。その結果、第二の線がここに引かれた」彼の指は砂の上の経線に沿って縦に動いたが、その線は日本の南の端を横切った。「この条約により、ポルトガルはあなたの国の独占権を得た、というより日本からこちら、中国、アフリカまでを独占することになった。カトリックを広める代わりに、これらの土地を、どんな手を使ってでも、独占的に食いものにできるのだ」ここで彼は、通訳を待った。彼女は混乱のあまり、話すことをためらっている。虎長が彼女の通訳を待ちかねて、いらいらしているのが感じられた。

まり子は無理に口を開くようにして、彼の言ったことを通訳した。それからまたブラックソーンの話に耳を傾けるのだが、話の内容に不快の思いをしていた。そんなことがほんとうにありうるのだろうか。ローマ法王ともあろうお方が、どうしてこのようなことを認めるのであろう。我が国をポルトガルにお与えになるとは。嘘にちがいない。だが、この水先案内人は主イエス・キリストに誓っている。

「上様、水先案内人が申すには、その当時、つまり、これらの決定をローマ法王がなされたころは、ほとんどの国はカトリックで、安針さんの国もそうでした。そのころはまだ……まだ分裂は起こっていませんでした。そのため、その……そのようなローマ法王の決定は、当然、すべての国々を束縛するものでした。それはそれとして、水先案内人の申しますには、ポルトガル人たちが日本を食いものにする独占権をもっているにもかかわらず、スペインとポルトガルは、中国との交易で日本が富を得ているのをみて、日本の領有権をめぐって絶え間なく争っているそうでございます」

「どう思う？　桐さん」虎長も、ほかの者におとらず衝撃を受けていた。少年だけが、つまらなそうに扇をもてあそんでいる。「あの男は自分で真実を言っていると思っています。ええ、そうですわ。でも、どうやって確かめたらよいのでしょうね」と桐は言った。

「まり子、おまえならどのようにしてそれを確かめる」虎長が聞いた。ブラックソーンの話に対する彼女の反応には戸惑うものがあったが、彼女を通訳として使ってよかったと思っていた。「私なら神父のツウジ様にお尋ねしてみます」彼女は答えた。「それからまた、だれか、信頼できる家臣を一人、世界に出して見てこさせましょう。この安針と一緒に」

桐が言った。「万一、その宣教師が話を認めなかったとしても、必ずしも、安針がでたらめを言ったことにはなりますまいね」桐は、虎長がツウジさんに代わる通訳を探していたとき、まり子を推薦してよかったと思った。彼女には、まり子は信頼できる人間であり、ひとたび彼女が神に誓えば、たとい切支丹の宣教師からどのように厳しい詮議を受けようとも、必ず沈黙を守るであろうということを知っていた。あの悪魔のような者たちには、知られなければ知られないほどいいのだと、桐は思った。それにしても、この異人はなんという知識の宝庫なのだろう。

桐は、少年がまたあくびをするのを見て喜んだ。この子供にも、理解されなければされないほどいいのだから。それから口を切った。「これから切支丹の宣教師の長の者を呼びにやって、これらの事実を問いただしてみてはいかがでしょう。その者がなんというか、聞いてみたいものです。あの者たちはなんでも顔に出しますし、隠すのは下手なようですから」

虎長はうなずいたが、目はまり子のほうを向いている。「そなたは南の蛮人たちを知っているわけだが、法王の命令には従うものなのか」

「全くそのとおりでございます」

「法王の命令は、切支丹の神の言葉のようにみなされるのか」

「そうです」

「すべてのカトリック教の信者は、みな法王の命令に従うのか」

「そうです」

「日本の信者もか」

「そうと思います」

「そなたもか」

「はい、上様。もしそれが、ローマ法王様から私に直接出された御命令でありますならば、私の魂の救いのために従います」彼女の視線には不動のものがあった。「ですが、そのときがくるまでは、私は、御主君様と、一族の長と、夫の命令だけに従うものです。私は日本人であり、切支丹の信者でもありますが、その前に、何よりも私は侍の血をひくものでございます」

「このローマ法王の命令が、我が国に上陸しておらぬとあれば、結構だが」虎長はしばらく考えていた。それから、この異人の安針の処分について決意した。「水先案内人に告げよ……」と言いかけて、口をつぐんだ。全員の目が、小道を通って近づいてくる年配の女に集まった。

彼女は尼僧の法衣と頭巾《ずきん》をまとっていた。四人の灰色の侍が彼女に従っていた。侍たちが立ち止まり、彼女はそのまま一人でこちらへ歩いてくる。

第17章

みないっせいに、頭をすりつけるように低くお辞儀をした。虎長が見ると、異人は、自分のまねをしている。ツウジ以外は、どの異人もお辞儀などせず、自国の風習に従って、突っ立ったり、相手をしげしげと見たりするものだが、この水先案内人はのみこみが早いと、虎長は思った。虎長の心にはこの男から聞いた話がいまでも脈を打っている。数えきれぬほどの質問がわき起こってくるが、それはまず抑えて、当面の危険に心を集中させた。

桐は急いで身をずらし、自分の座布団を老女に差し出し、手を貸してそこに座らせた。それから老女の後ろにかしこまると、そのまま身じろぎもせず控えている。

「ありがとう、桐壺さん」老女はそう言うと、みなに会釈を返した。老女の名は綾という。太閤の未亡人で、彼の死後は剃髪して尼となっていた。「前触れもなく、突然にお邪魔してすみませぬ、虎長様」

「お方様には、いつなりと、お越しいただきとうございます」

「ええ、ありがとう」彼女はブラックソーンを一べつすると、目を細めて、さらにしげしげと見た。「それにしても、どうやら、とんだところへ参ったようですね。どなたかよく見えませぬが……異人ですか。近ごろはますます目が悪くなってきました。ツウジさんではありませんね」

「いや、これは新しくきた異人にござります」虎長が答えた。

「ああ、これが」綾は顔を近づけるようにして、じっと見つめた。「目が見えぬため、失礼をしましたと、お伝えくださいまし」

まり子は、そのとおりブラックソーンに伝えた。「あの方のお国にも近視の人がたくさんおりますが、みな、眼鏡を掛けているそうで、この国には眼鏡があるのかと尋ねましたので、ごく一部の人たちが、南方の異人から手に入れて持っていると答えました。そしてこちらのお方も以前は掛けておられましたが、いまではやめられているということも申しました」

「そのとおり。私には、まわりがあまり見えぬほうがいいのです。当節のことなど、何も見たくはありませぬから」綾は後ろを振り返って少年の姿を見ると、たったいま、気がついたようなふりをして言った。「おや、こんなところにおいでになったのね、捜していたのですよ」彼女は恭しく、お辞儀をした。

「お目にかかれてうれしゅうございます、母上」弥右衛門はうれしそうに、にっこりしながらお辞儀を返した。「母上も、この異人の話を聞けばよろしかったのに。世界地図を書いて、おもしろい話をしてくれました。一度も風呂に入らない人のいる国があるのだそうです。死ぬまで風呂に入らず、雪でつくった家に住んで、鬼のように毛皮を着ているのだそうです」

「そのような異人が、この国にたびたび来るようでは困りものですねえ。異人の言うことはまるでわからないばかりか、だいいち、ひどいにおいがするではありませぬか。私には、そなたの父君の太閤殿下が、どうしてこのような者たちのことを辛抱できたのか、ほんとにわかりませぬ。けれど、殿下は男でしたし、そなたも男、卑しい女子より忍耐心はあるもの。それに何よりそなたの後見がよくできたお方」老いた目がきらりと光って、虎長を振り返った。「虎長殿は、この国のだれよりも忍耐強いお方だもの」

「忍耐心は、男子にとって大切なもの。上に立つ者にとっては特に、欠かすことのできぬものにございます」虎長が答えた。「また知識を求める心をもつのもよいことです。そうですな、弥右衛門殿……知識は見知らぬ国からやってくるもの」

「そうですとも伯父上」弥右衛門が言った。「そのとおりでございましょう、母上」

「おお、おお、そのとおりでございますとも。私が女で、このようなことに煩わされなくて助かりました」綾は、隣に来て座った少年を抱きしめた。「ところで、私がなぜここに来たかと申しますと、関白様をお連れするためです。一緒にお食事したあと、習字の稽古に参らねばなりませぬ」

「習字はいやだ。水泳にいきたい」

虎長はことさら、もったいぶった口調で諭すように言った。「この虎長が弥右衛門殿の年ごろには、やはり習字が苦手であったが、そのうえ二〇歳になれば、合戦をやめて塾に入らねばならぬ。そのほうがもっといやなことであった」

「塾へもどったのか……大人になってから……恥ずかしいことだ」

「人の上に立つ者は字が上手でなければなりませぬ。ただはっきり書けるだけでなく、よい字を書かなければなりませぬぞ。関白様ともなれば、だれよりも上手でなくてはなりませぬ。もし下手だったら、天皇様や大名方に手紙を書くときどうなさる？　上に立つ者は、すべてにわたって下の者よりすぐれていなければならず、また上に立つ者は困難なことも、たくさんやりとげなければなりませぬぞ」

「わかった。関白というのは難しいものだ」弥右衛門は偉そうに眉をひそめた。「それじゃ、すぐ稽古にいくよ。二〇歳になってからしなくてもよいようにな。そのころはお国の大事な仕事があるのだから」

だれの目にも弥右衛門はよい子だった。「聞き分けのよいこと」と、綾が言った。

「はい、母上。母のおっしゃるとおり、父上のように賢いのです。母者はいつ帰ってくるのだろう」

綾は虎長の顔をちらりと見やった。「じきにもどられるだろう」

「もうすぐだと思うが」と、虎長も言った。彼には、綾が石堂のさしがねで、少年を連れ出すために送り込まれたのがわかっていた。虎長が、少年と護衛を水泳の帰りに直接庭に連れてきたのは、それによって彼らのいらだちを増すためだった。また少年に、変わった水先案内人を見せてしまうことにより、石堂が少年に新しい経験を与える喜びを横取りしてしまったのだ。

「若君のお守りも気の疲れることで、落葉の方が、早く大坂にもどってくれればどれほどうれしいことかしれぬのに。そうすれば私も寺にもどれる。そうそう、お方様と、それに葵の方はどうしておられます」綾が聞いた。

「達者にしております」虎長は心の中で笑いながら、綾に答えた。九年前、いつにない親愛の情を示した太閤が彼をひそかに招いて、自分の妾の落葉の方の妹、葵を妻にしないかとすすめた。「そうすれば、両家は末長く結ばれることになるではないか」と、太閤が言った。

「さようにござります。手前はその名誉に値するとは思いませぬが、お言葉に従わせていただきます」太閤とのつながりを切りたくなかった虎長は、恭しく答えた。だが彼は、太閤の妻の綾は承知するとしても、側室の落葉の方は虎長を憎んでいたから、彼女の言うことならなんでもきく太閤に働きかけて、その結婚を阻止するだろうと思った。そしてまた、落葉の妹を妻にするのは避けたほうが賢明であることもわかっていた。なぜなら、葵が妻となれば、落葉が彼に対して大きな力をもつだけで、彼自身のためになることは何一つないだろう。しかし仮に、彼女が息子の数忠と結婚してくれるならば、そのときは、一族の長としての虎長は完全な支配者となるだろう。数忠と葵とをうまく結婚させるには、かなりの策略が必要だったが、ついにそれは実現し、いまや葵は、落葉に対する防波堤として彼には貴重な存在である。なぜなら、落葉は妹をひどくかわいがっていたから。

「嫁のお産は昨日の予定でしたが、まだのようです。べつに心配なこともありませぬので、落葉の方も直ちに江戸を発ちになるだろうと推量いたしております」

「三人も娘が続いたので、このあたりで葵も男の孫を産んでくれてもよいころですね。私も男子誕生を願ってお祈りでもいたしましょう」

「かたじけなく存じます」虎長はいつものように彼女に好感を覚えながら言った。彼女が実際にそう思っているのはわかっていた。もちろん彼自身は、彼女の家を危険なめにあわせることしかできないのだが。

「佐津子の方も、おめでただそうですね」

「はい。手前は果報者でござります」虎長は、いちばん新しい側室である佐津子の、若く、丈夫で、温かい体を思い出した。男の子が生まれてくれ。そうだ、そうなればありがたい。このわしさえ佐津子と同じ健康を保てるならば、彼女の一七歳という年齢は初めての子供を産むのにはよい年ごろだ。「この虎長は果報者にござります」

「仏様のおかげでございますね」綾はそう言いながら、ふと、ねたましさを感じた。この世は何か不公平のような気がする。虎長は、五男四女に加えて、これまでに五人の孫娘に恵まれ、いままた佐津子に子供が生まれようとしている。そのうえ、まだまだ元気で生き続けそうだし、若い側室に囲まれてまだいくらでも息子を産ませることができそうだ。それにひきかえ、この自分のすべての望みは、この七歳になる子供一人になってしまった。この子は落葉の子だが、私の子でもある。そう、弥右衛門は私の子供でもあるのだ……だが、初めのうちは、どれほど落葉が憎かったことか……。

彼女はみなが自分に注目しているのに気がついて、我に返った。「えっ、なんです」

弥右衛門は顔をしかめた。「稽古に参りませんか、母上様。これで二度目ですよ」

「これはこれは、ぼんやりしてしまいました。あなたも年をとるとそうなりますよ。さあ、それでは参りましょう」

桐は、彼女が立ち上がるのを助けた。弥右衛門は先に立って走りだした。灰色の侍たちはすでに立ち上がっていたが、なかの一人が彼を抱きとめると、肩車に乗せた。綾を護衛してきた四人の侍は互いに離れて、彼女を待っている。

「少し一緒にお歩きになりませぬか、虎長様。どなたか、たくましいお方に手を引いていただかないと」

虎長は、さっと立ち上がった。彼女は彼の手をとったが、寄り掛からなかった。「私には強い腕が必要です。弥右衛門にも、そしてこの国にも」

「いつでも、お役に立ちますことなら」と、虎長が答えた。

周囲から離れたとき、彼女は静かに言った。「大老はあなたお一人でなさるとよいのに。あなたが権力を握り、あなたが治めるのです。弥右衛門が成年になるまで」

「太閤殿下の御遺言でそれは禁じられております。たとい、手前がそう思ったとしてもそればかりはできませぬ。殿下のつくられた定めでは、一人の大老が権力をもつことは許されませぬ。この虎長は一人で権力を握ろうとは、毛頭思いませぬ」

「虎殿」彼女は、太閤が昔から彼を呼ぶときの呼び方を使ってきた。「虎殿と私の間には、隠すことは何一つないはず。あなたがその気になれば、できることではありませぬか。落葉の方のことは私におまかせを。元気なうちに権力を握り、将軍になり、そして……」

「お方様、それでは裏切りになります。将軍になどなろうとは思いませぬ」

「そうですとも。でも、もう一度だけ聞いてください。将軍になって、弥右衛門をあなたのただ一人の跡継ぎにするのです。あなたの唯一の跡継ぎに。そうすれば若はあなたのあと、将軍になれる。あの子は藤本家の血筋――落葉の祖父は黒田で、黒田の先祖は藤本です」

虎長は彼女を見つめた。「大名たちはそのような考えに従うでしょうか。朝廷方はそれをお許しなさるでしょうか」

「それは、弥右衛門一人ではできぬことです。しかし、あなたがまず将軍になり、あの子を養子にするということなら、一人残らず納得するでしょう。落葉の方と私とであなたを後押しいたします」

「落葉の方は、すでに御同意なのですか」虎長は驚いて聞いた。

「いいえ、まだ話しておりません。これは私だけの考えです。けれども、あの方も同意されるでしょう。その点は心配要りませぬ。前もって話しておきましょう」

「とても、ありえぬお話でございます。お方様」

「あなたなら石堂を牛耳ることができます。ほかの大名たちをも。いままでそうでした。それより心配なのは、虎殿、近ごろ耳にする戦の噂です。敵味方に分かれて、また暗い世の中になるとのこと。今度、戦が始まれば、いつまでも続いて、弥右衛門も夢中になってしまうことでしょう」

「この虎長も、そう考えております。そうです、もし戦が始まれば、果てしないものになりましょう」

「だからこそ、政権をとるのです。あなたの思うとおりになさい。だれに対しても、どんなことでも。弥右衛門はなかなかの子です。あなたもあの子を好きでしょう。あの子には父君の頭があります。それに、あなたの指導が伴えば、鬼に金棒。あの子に父君の遺産を継がせてやってください」

「手前といたしましては若君様にも、若君様の御相続にも毛頭反対するものではありませぬ。これは何度も申し上げております」

「あなたが進んであの子を守ってくださらねば、中村の家は滅ぼされてしまいます」

「お守りいたします」虎長は言った。「いかなることでありましょうとも。それは亡き太閤殿下にお約束したこと。この虎長、命にかけましても」

綾はため息をつくと、衣の胸元をかき合わせた。「老いの身には寒さがこたえます。秘密やら、戦やら、裏切り、死人、勝負、つまらないことが多すぎますね、虎殿。私はただの一人ぼっちの女にしかすぎませぬ。いまとなっては仏門に入れたことを喜んでおります。近ごろ心に思うことといえば、御仏のことと、来世のことばかり。でも、この世にいるうちは、あの子を守らなければならず、このようなことを申し上げたのです。御無礼をいたしました」

「いえ、いつなりと、喜んで御相談を承ります」

「ありがとう」綾は背筋を伸ばすようにして、こう言った。「よろしいですね。私の命のある間は、お世継ぎも落葉の方も、あなたの敵には回りませぬ」

「はい」

「私の申しましたことを、考えていただけますか」

「亡き殿の御遺言は、そのことを禁じております。その御遺志と、大老としての約定を破るわけにはまいりません」

二人は無言で歩いた。しばらくして、綾はため息まじりに言った。「なぜ、あの方を妻になさらないのです」

虎長の足が止まった。「落葉の方でございますか」

「そうですとも。あの方なら、政策としてみても申し分のないものです。あなたにとって、またとない御選択でしょう。そのうえ、あの方はお美しいし、若くて、丈夫で、家柄も最高の方です。かたや藤本、かたや簑原《みのわら》の血筋を受け継いで、まばゆいばかり。それにいまが女の盛りです。あなたにはいま、正室がおられませんね。なぜなさらないのです。そうなれば世継ぎの問題もなくなるし、国は二つに割れずにすみます。あの方との間に、きっとお子を授かりましょう。弥右衛門があなたの跡を継ぎ、その後は、弥右衛門の子か、あるいはあなたとの間にもうけた落葉の子たちが継げばよいのです。あなたは将軍になれるお方です。国の権力を握り、父としての権力をあわせもてば、あなたの思うとおりに弥右衛門を教育できましょう。あなたがあの子を正式に養子に迎えるとすれば、あの子はあなたのほかのお子たちと変わらないことになります。どうです、なぜ落葉の方を正室に迎えないのです」

そのわけは、あの女は顔と体は菩薩《ぼさつ》のように美しいが、内心は夜叉《やしゃ》のような、裏切りの牝豹《めひょう》だからだ。あの女は自分のことを女帝のように思い、そのように振舞うと、虎長は心の中でつぶやいた。閨《ねや》の中でもあの女には気を許してはならない。おまえの眠っているとき、まるでおまえを愛撫するかのように、なんでもなく、針でおまえの両眼を突き刺す女なのだ。だめだ。落葉はだめだ。たとい名前だけの結婚であったとしても。いや名前だけでは、あの女は承知しまい。だめだ。それは不可能だ。理由は山ほどあるが、少なくとも、一一年前、あの女が初めて孕《はら》んで以来というもの、わしを憎み、わしと、その一族の滅亡を謀ってきた女なのだ。

そのときあの女は一七歳だったが、すでにあの女はわしを破滅させることに専心していた。外見はいかにも柔らかく、熟れた桃のようにかぐわしいが、内面は氷の刃。切れのよい頭で、自分の魅力を駆使して、たちまち太閤の心をとりこにし、ほかの女たちを追い出してしまった。そうだ、太閤があの女を正式に自分のものにしたとき、まだ一五歳だったはずだが、そのとき以来太閤をすっかり手なずけてしまった。そうだ、忘れるな、ほんとうは、彼女があの年で太閤と寝ようとしたのであって、太閤のほうが彼女をものにしたのではない——たとい太閤がどう思っていようとも。そうだ、落葉は一五歳のときすでに、自分の欲しいものがわかっており、それを手に入れる方法も知っていたということだ。そのあとで奇跡が起こった。太閤に待ちに待った世継ぎができた。彼女は太閤の知った女たちのなかで、ただ一人、母親となった。何人の女たちが太閤と寝ただろう。少なくとも一〇〇人はくだるまい。イタチのように絶倫の彼は、一〇人の男が寄ってもかなわないほどの愛液を女たちの体に注ぎ込んだ。そして、太閤に愛された女たちは年齢も身分も雑多で、一夜妻から正妻まで、上は藤本家の姫君から下は下層階級の遊女まで、いろとりどりであった。にもかかわらず、だれ一人妊娠した者はいなかった。もちろん彼女らの多くは太閤に捨てられたり、離縁されたり、他家に嫁に出されたりしたあとで、ほかの男の子供を産んではいる。だが落葉を除いて、太閤の子を産んだ者はいなかった。

彼女は、太閤が五三歳のとき初めて彼の子供を産んだが、かわいそうに、この子は生まれつき病弱で、間もなく死んでしまった。太閤は悲しみのあまり半狂乱になって、その子の衣裳を引き裂き、我と我が身を責めたが、彼女を責めることはしなかった。それから四年後、奇跡的に彼女は再び孕んだ。奇跡的にもまた男子で、奇跡的にも今度は健康な子であった。落葉は二一歳になっていた、太閤は落葉のことを〝かけがえのない女〟と呼んだ。

果たして、弥右衛門の父はほんとうに太閤だったのか、それとも別の男だったのか、真相がわかるのなら巨額の賞金を出してもいい。だが、真相のわかる日はくるのか、おそらくこまい。いかにしようとも、証拠となるようなものは出てこないだろう。

ほかのことならあれほど利口だった太閤が、落葉については盲目で、狂ったように彼女と弥右衛門を溺愛したのは不思議なことだ。さらには、太閤のただ一人の世継ぎの母となった落葉は、その実の父も、継父も母も、太閤に殺されている。それも不思議な縁《えにし》だ。

彼女は、子種欲しさにほかの男と寝て、孕んだあとで秘密を守るためにその男を殺すというほどの才覚をもっているのだろうか、それも一度ならず二度までも。

彼女はそれほどの裏切り女か。そうだ、そういう女だ。

落葉を嫁に……とんでもないことだ。


「そのようなお話をいただき、光栄に存じます」と、虎長が言った。

「あなたは男です、虎殿。あなたならあのようなお方でもたやすく操ることができましょうね。この国で、それができるのはあなただけでしょうね。ほんとに落葉はあなたにうってつけですよ。あの方はいま、我が子の利益を守るために大変な苦労をしています。それなのにあの方を守ってくれる人はだれもいません。落葉の方は、あなたにふさわしい妻になりましょうね」

「落葉様には、そのようなことをお考えになったこともないと思いますが」

「もし、考えたことがあったとしたら」

「ぜひ知りたいものでございます、内々に。そうです。もしそうなりましたら、計り知れぬほどの名誉でございます」

「弥右衛門の相続までの中継ぎをできるのは、あなただけだという大方の評判ですよ」

「世の中には、愚か者が多うございます」

「そうですね。でも、あなたは違います、虎長様。そして落葉の方も違いますよ」

それにあなたも違いますな、お方様。と、彼は思った。


（1巻終わり）

訳者あとがき

本書は、James Clavell, SHOGUN 1975の全訳である。

翻訳に当たっては、できるかぎり、現代口語に近い平明な文章にすることに心掛けた。

一部の固有名詞は、日本語の漢字を当てるうえで、著者の基本的な了解のもとに、少し変更を加えた（Anjiro→網代）。また、一部は日本語の混乱を避けるために、別名と入れ替えた（Yodo→綾の方）。

著者の偶発的な、あるいは意図的な、日本語会話、あるいは地理上の誤りなどは、それらしく改めるか、あるいは削除した。

英語国民のためのサービス的説明（畳とは……、障子とは……）で、日本の読者に必要のないと思われる部分は削除した。

その他は、多少の時代考証の誤りを含めて残らず訳出し、原著を尊重した。著者もいうとおり、これは史書ではなく、フィクションだからである。

一九八〇年七月

宮川一郎

※本書は、1980年刊行の『将軍』(上・中・下)(TBSブリタニカ)を底本として再刊したものです。なお、一部の表現を著作権継承者の了承のもと、現代的な観点から修正いたしました。ご了承ください。

訳者紹介　宮川一郎

1925年生まれ。脚本家、翻訳家。東京大学文学部卒。主な脚本に映画『黒線地帯』『地獄』、ドラマ『水戸黄門』『雲霧仁左衛門』『江戸川乱歩の美女シリーズ』など。2008年没。

カバー・デザイン　ヤマグチタカオ
カバー・イラスト　Adobe Stock
帯写真提供　FX
DTP製作　生田　敦

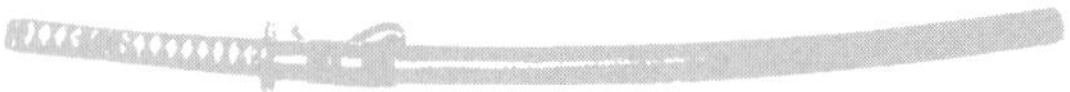

将軍　1

発行日　2024年7月10日　初版第1刷発行
　　　　2024年10月20日　第2刷発行

著者　ジェームズ・クラベル
監修　綱淵謙錠
訳者　宮川一郎
発行者　秋尾弘史
発行所　株式会社 扶桑社
〒105-8070
東京都港区海岸1-2-20　汐留ビルディング
電話　03-5843-8842(編集)
03-5843-8143(メールセンター)
www.fusosha.co.jp

印刷・製本　タイヘイ株式会社印刷事業部

ISBN 978-4-594-09806-3